annabac
SUJETS & CORRIGÉS 2024

SVT
SPÉCIALITÉ

Tle
…érale

- **Jacques Bergeron**
- **Jean-Claude Hervé**

Professeurs agrégés de l'Université

- **Hélène Hervé**
- **Hervé Mulard**

Professeurs agrégés de SVT

Avec la collaboration de Denise Maréchal

 ISSN 1168-3775 ISBN 978-2-278-10571-7

Achevé d'imprimer par Macrolibros en Espagne
Dépôt légal n° 10571-7/01 - Août 2023

SOMMAIRE GÉNÉRAL

Avec votre Annabac, préparez-vous à l'épreuve

de SVT et au Grand Oral en 5 étapes !

Les sujets et les fiches classés par thème

Pour chaque thème, voici les ressources de votre Annabac.

Indiquez sur cette liste l'avancement de vos révisions.
☐ À retravailler encore ☒ Désormais ok !

La Terre, la vie et l'organisation du vivant

L'origine du génotype des individus

La complexification et l'évolution des génomes au sein des populations

À la recherche du passé géologique de notre planète

Enjeux planétaires contemporains

L'organisation fonctionnelle des plantes à fleurs et la production de matière organique

Reproduction de la plante, entre vie fixée et mobilité

Les variations climatiques passées

Corps humain et santé

Comportements, mouvement et système nerveux

La cellule musculaire

Le contrôle des flux de glucose, source d'énergie des cellules musculaires

Comportements et stress : vers une vision intégrée de l'organisme

- Coordination éditoriale : Grégoire Thorel et Gaëlle Messé
assistés de Rachel Le Nouail
- Édition : Nathalie Ferry
- Graphisme : Dany Mourain et le studio Favre & Lhaïk
- Prépresse : Hatier et Nadine Aymard
- Illustration : Juliette Baily
- Schémas : Bernard Sullerot et STDI
- Mise en page : STDI
- Iconographie : Hatier illustration

S'échauffer, s'approprier les méthodes

INFOS et CONSEILS sur les épreuves

Deux sujets ÉTAPE par ÉTAPE

1 En quoi consiste le nouveau programme de SVT en T^{le} ?

Si vous avez choisi l'enseignement de spécialité de SVT en Terminale, le programme s'articule autour de trois grands thèmes.

A La Terre, la vie et l'organisation du vivant

Ce premier thème vise à l'acquisition d'une culture scientifique axée sur des **concepts fondamentaux** de la biologie et de la géologie.

- En **biologie**, on étudie comment les mécanismes de la méiose et de la fécondation régissent les modalités de la transmission des caractères héréditaires et contribuent à l'unicité génétique des individus. On envisage ainsi les principes de l'analyse génétique. Dans une perspective évolutive, on réfléchit à l'inéluctable évolution des génomes au sein des populations.
- En **géologie**, on s'appuie sur les principaux aspects de la dynamique terrestre pour interpréter des objets géologiques qui permettent de reconstituer des événements passés.

Sous-thèmes	Contenus
1. Génétique et évolution	**A.** L'origine du génotype des individus
	B. La complexification des génomes : transferts horizontaux et endosymbioses
	C. L'inéluctable évolution des génomes au sein des populations*
	D. D'autres mécanismes contribuent à la diversité du vivant*
2. À la recherche du passé géologique de notre planète	**A.** Le temps et les roches
	B. Les traces du passé mouvementé de la Terre*

* Thème ne pouvant faire l'objet d'une évaluation lors de l'épreuve écrite

CONSEIL Plusieurs thèmes du programme de SVT font appel à des notions développées dans l'enseignement de physique-chimie : isotopes stables, radioactifs, radiogéniques, lois de la radioactivité ; notions d'oxydo-réduction et de fermentation. Efforcez-vous de les revoir lorsque vous les abordez en SVT.

B Les enjeux planétaires contemporains

- Pour étudier le premier enjeu, celui de **l'alimentation humaine**, on envisage la plante en tant que productrice de matières organiques.

● Le second enjeu est celui du **réchauffement climatique** : il est abordé, dans un premier temps, à travers l'étude des variations climatiques passées et de leurs causes.

Sous-thèmes	Contenus
1. De la plante sauvage à la plante domestiquée	**A.** L'organisation fonctionnelle des plantes à fleurs
	B. La plante, productrice de matière organique
	C. Reproduction de la plante entre vie fixée et mobilité
	D. La domestication des plantes*
2. Les climats de la Terre : comprendre le passé pour agir aujourd'hui et demain	**A.** Reconstituer et comprendre les variations climatiques passées
	B. Comprendre les conséquences du réchauffement climatique et les possibilités d'actions*

* Thème ne pouvant faire l'objet d'une évaluation lors de l'épreuve écrite

C Le corps humain et la santé

● Un axe majeur de ce thème est la **commande de la motricité** par le système nerveux et les facteurs qui peuvent l'affecter.

● Deux autres aspects sont l'étude des mécanismes énergétiques mis en œuvre dans les cellules musculaires et l'intégration du fonctionnement des systèmes nerveux endocriniens et immunitaires à propos du stress.

Sous-thèmes	Contenus
1. Comportements, mouvements et systèmes nerveux	**A.** Les réflexes
	B. Cerveau et mouvement volontaire
	C. Le cerveau, un organe fragile à préserver
2. Produire le mouvement : contraction musculaire et apport d'énergie	**A.** La cellule musculaire : une structure spécialisée permettant son propre raccourcissement
	B. Origine de l'ATP nécessaire à la contraction de la cellule musculaire
	C. Le contrôle des flux de glucose, source essentielle d'énergie des cellules musculaires
3. Comportements et stress : vers une vision intégrée de l'organisme	**A.** L'adaptabilité de l'organisme
	B. L'organisme débordé dans ses capacités d'adaptation*

* Thème ne pouvant faire l'objet d'une évaluation lors de l'épreuve écrite

2 Quelles sont les différentes épreuves du nouveau bac en SVT ?

Vous avez choisi la spécialité SVT en T^le^. Vous devez passer deux épreuves distinctes : l'épreuve de spécialité, qui comporte une partie écrite et une partie pratique, et l'épreuve dite du « Grand Oral » pour laquelle vous devez préparer une question en rapport avec les SVT.

A En résumé

L'épreuve de spécialité (coeff. 16)

LA PARTIE ÉCRITE
- **Quand ? En mars**
- **Durée : 3 h 30**
- **Structure : deux exercices**
- **Barème : 15 points**

LA PARTIE PRATIQUE (ECE)
- **Quand ? En mars**
- **Durée : 1 heure**
- **Structure : réalisation d'une expérience + compte rendu**
- **Barème : 5 points**

Le Grand Oral (coeff. 10)

TRAVAIL EN AMONT
Sur deux questions dont l'une au moins se rapportant au programme de SVT

DÉROULEMENT
- **Quand ? Au 3e trimestre**
- **Durée : 20 min**
- **Structure : exposé sur l'une des deux questions + entretien**

B L'épreuve écrite

1. L'exercice 1

● Noté sur 6 ou 7 points, le premier exercice amène à rédiger un **texte argumenté répondant à la question scientifique posée**. Le sujet peut être accompagné d'un ou de plusieurs documents.

● Comme le traduit le terme « accompagné », le statut de ces documents est différent de celui des documents du second exercice. Les textes officiels indiquent : « les documents fournis sont conçus comme une aide : ils peuvent vous permettre d'illustrer votre exposé, mais leur analyse n'est pas attendue ».

2. L'exercice 2

● Dans cette seconde partie du sujet, notée sur 8 ou 9 points, vous devez développer un **raisonnement scientifique pour résoudre le problème posé**.

● L'exercice permet d'évaluer votre capacité :
– à analyser les documents fournis et intégrer leur analyse dans une démarche de résolution du problème posé ;
– à structurer et rédiger correctement le raisonnement.

C L'épreuve pratique (ECE)

Dans les textes officiels, cette épreuve s'intitule « évaluation pratique des capacités expérimentales » (ECE).

1. Le déroulement de l'épreuve

Vous tirez votre sujet au sort parmi les situations retenues par votre lycée.

L'épreuve comporte deux étapes.

● Lors de l'**étape 1**, vous proposez une stratégie pour résoudre le problème posé dans l'énoncé du sujet, stratégie que vous soumettez oralement à l'examinateur. Celui-ci l'ayant validée ou ajustée, vous la mettez en œuvre.

> ATTENTION **Vous serez évalué(e) sur la manière de gérer votre manipulation. À la fin de celle-ci, n'oubliez pas de ranger avec soin le matériel et de laisser, dans la mesure du possible, le poste de travail dans l'état où vous l'avez trouvé.**

● Lors de l'**étape 2**, vous présentez par écrit, les résultats obtenus (texte enrichi de visuels) et vous utilisez ces résultats pour fournir la réponse à la question posée dans le sujet.

> REMARQUE **Deux professeurs examinateurs sont présents dans la salle où a lieu l'évaluation. Un examinateur évalue au maximum 4 élèves, qui ne peuvent être ceux qu'il avait dans ses classes de l'année en cours.**

2. Comment s'y préparer ?

▶ Reportez-vous à la section « **Réussir l'épreuve pratique** », à la fin de l'ouvrage.

D Le « Grand Oral »

1. Les trois temps de l'épreuve

Les trois temps du Grand Oral

1. LA PRÉPARATION
- **Sur la question choisie par le jury (parmi les deux que vous avez travaillées)**
- **20 minutes pour mettre en ordre vos idées et préparer un support remis au jury**

2. L'EXPOSÉ
- **Présentation synthétique en 5 minutes**
- **Debout, sans notes**

3. L'ENTRETIEN
- **Sur l'exposé dans un premier temps**
- **Puis sur votre projet de poursuite d'études**

2. Quelques conseils pour le choix de la question

● La question doit **mettre en lumière un des grands enjeux du programme**, c'est-à-dire un des trois grands thèmes envisagés aussi bien en 1re qu'en Tle :
– « La Terre, la vie et l'organisation du vivant » ;
– « Les enjeux planétaires contemporains » ;
– « Le corps humain et la santé ».

● Vous devez choisir une question :
– qui ouvre sur une problématique issue de votre programme (qui ne soit donc pas une simple reprise d'un sujet de ce programme) ;
– en lien avec les études que vous comptez effectuer par la suite.

3. Comment préparer l'épreuve ?

▶ Reportez-vous à la section « **Réussir le Grand Oral** », à la fin de l'ouvrage.

3 Comment réussir l'épreuve écrite ?

Il faut bien évidemment commencer par fournir un travail régulier tout au long de l'année, afin qu'au moment des révisions vous n'ayez qu'à vous remettre en tête les notions déjà maîtrisées. Cela vous permettra également de mieux gérer votre stress le jour J ! Voici cependant quelques conseils spécifiques pour chaque partie de l'épreuve.

A Réussir l'exercice 1

● À travers cet exercice, il vous est demandé de mobiliser et de restituer vos connaissances dans un **texte solidement construit**, qui doit comporter :
- une introduction ;
- un développement structuré en un petit nombre de parties (une partie = un paragraphe), chacune étant matérialisée par un titre ;
- une conclusion-bilan.

● Voici quelques conseils spécifiques.

L'introduction	• Commencez, lorsque c'est possible, par replacer le sujet dans une perspective un peu plus large. • Précisez ensuite l'objet de votre exposé en vous appuyant sur le libellé du sujet. La problématique de la question à traiter doit être clairement indiquée. • Définissez les mots-clés se rapportant aux notions essentielles et annoncez le plan que vous allez suivre.
La conclusion	• Résumez dans un premier temps les points essentiels de votre démonstration. • Essayez de créer une ouverture en faisant le lien avec un sujet s'inscrivant dans son prolongement.
Le schéma bilan	Même s'il ne vous est pas demandé, vous ne devez pas hésiter à ajouter un schéma, du moment qu'il apporte quelque chose à votre démonstration et révèle une compréhension correcte du sujet.

● Veillez à utiliser une syntaxe correcte et un vocabulaire scientifique.

● Si on vous demande de faire un **schéma**, faites-le soigneusement, avec une légende précise.

B Réussir l'exercice 2

1. Remarques générales

- Le libellé du sujet indique le problème à résoudre à l'aide des documents fournis. Il ne comprend pas plus d'une ou deux questions de façon à ne pas guider trop précisément la démarche à suivre.
- Les documents peuvent avoir été vus au cours de l'année, mais plus souvent ce sont des **documents inconnus**. Cependant, même dans ce dernier cas, leur interprétation fait appel à des notions du programme.
- Pour exploiter ces documents, vous devez **« mobiliser vos connaissances »**, comme indiqué dans le sujet. Pour autant il ne s'agit pas de réciter toutes les connaissances sur le thème auquel se rapporte le sujet. Il faut exploiter les seules connaissances qui permettent d'aboutir à des conclusions à partir des informations extraites des documents.

2. Les différentes étapes

Étape	Tâches
1. Comprendre le sujet	• Prenez le temps de lire très attentivement l'ensemble des documents. • Notez au brouillon ce que chaque document apporte par rapport au problème posé, de façon à avoir une bonne compréhension du sujet. • Réfléchissez à l'organisation de votre réponse.
2. Exploiter les documents	• Pour chaque document, dégagez en premier lieu l'information pertinente par rapport au problème. • Interprétez-la à l'aide de vos connaissances.
3. Construire la réponse	• Reprenez le libellé du sujet dans l'introduction. • Faites apparaître le plan de votre réponse à l'aide de titres ; indiquez entre parenthèses les numéros des documents qui se rapportent à chaque partie. • Concluez chaque partie, en indiquant éventuellement les points non résolus.
4. Conclure	• Reprenez les conclusions partielles. Enchaînez-les logiquement, de façon à aboutir à une réponse claire au problème posé. • Vous pouvez recourir, éventuellement, à un schéma-bilan.

CONSEIL **Dans une partie, vous pouvez parfois prendre en compte les informations complémentaires fournies par deux documents. Votre démarche ne suit pas obligatoirement l'ordre des documents.**

Des mécanismes à l'origine de la diversité génétique des individus

1 h 30
7 points

La diversité génétique des individus s'explique pour partie par la diversité des gamètes. Le brassage interchromosomique à lui seul permet à un être humain de produire 2^{23} gamètes différents. Mais en réalité la diversité génétique des gamètes produits est encore plus élevée.

Présenter les différents mécanismes, dont celui illustré par le document 1, qui contribuent à la diversité génétique des individus de la descendance.

Vous rédigerez un texte argumenté. On attend que l'exposé soit étayé par des expériences, des observations, des exemples…

LÉGENDE
- Notions scientifiques
- Limites du sujet

MÉTHODE
Le libellé du sujet est précédé d'une introduction qui indique le **thème** du sujet à traiter, ici, la diversité génétique des individus. Cela vous permet de repérer à quel **chapitre** étudié en classe le sujet se rapporte.

DOCUMENT Image de chromosomes réalisée dans des cellules de testicules du criquet migrateur lors de la prophase de première division de méiose

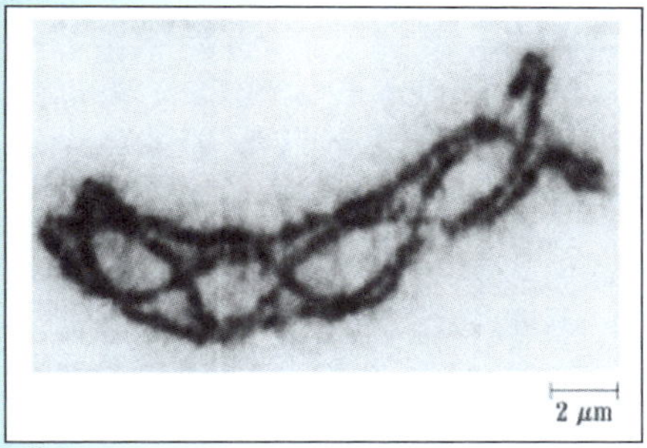

Ph © D.R.

CONSEIL
Repérez les **mots-clés** dans le titre du document. Ainsi l'expression *prophase de première division de méiose* évoque l'appariement des chromosomes homologues durant lequel ont lieu les crossing-over entre chromatides non sœurs.

ÉTAPE 1 au brouillon

Lire l'énoncé et comprendre le sujet

15 min

Dans l'introduction et le libellé du sujet, repérez les mots ou expressions clés qui indiquent les **notions scientifiques** sous-jacentes (termes soulignés en orange ici).

Définissez-les au brouillon **le plus précisément possible** de façon à établir ce que vous allez devoir exposer et/ou démontrer.

diversité génétique des individus

- Désigne la diversité des génotypes des individus.
- Génotype : ensemble des allèles présents dans la cellule-œuf à l'origine d'un individu. Pour chaque gène (en dehors de ceux propres aux chromosomes sexuels), un individu possède deux allèles. Cet individu est homozygote s'il possède deux allèles identiques, hétérozygote s'il possède deux allèles différents.

diversité des gamètes

- Les gamètes sont haploïdes (n chromosomes) et ne possèdent donc qu'un seul allèle de chaque gène.
- Les gamètes produits par un individu diffèrent les uns des autres par l'association des allèles des différents gènes qu'ils possèdent.

mécanismes

Il s'agit des événements de la reproduction sexuée :
- les brassages intra et interchromosomiques de la méiose, à l'origine de la diversité génétique des gamètes ;
- le hasard de la fécondation, à l'origine de la diversité des génotypes des descendants.

Puis identifiez les mots et expressions clés qui donnent les **limites du sujet** et précisent les attendus (termes soulignés en violet ici).

individus de la descendance

L'expression évoque la diversité des individus issus d'un couple.
Pour montrer comment elle se crée, on envisagera chez les parents deux gènes, pour lesquels chaque parent sera hétérozygote, que l'on nommera arbitrairement.
Par exemple : a1/a2 et b1/b2.

plus élevée — Le brassage interchromosomique, cité dans l'introduction, n'est pas le seul mécanisme créateur de diversité allélique des gamètes. Le brassage intrachromosomique, évoqué par le document, peut modifier l'association des allèles des gènes présents sur une même paire de chromosomes (gènes liés).

pour partie — La diversité des gamètes n'est pas la seule cause de la diversité génétique des individus. La fécondation, qui associe deux gamètes parmi les milliards présents au sein d'une population, y contribue également.

Enfin, **reformulez le sujet** au brouillon en en dégageant la **problématique**. Ce travail vous permet d'envisager l'ensemble des points à traiter et d'éviter les hors sujets. Par ailleurs, il vous aidera à élaborer l'introduction et le plan de votre exposé.

Une façon simple de le faire est d'écrire l'**ensemble des questions** auxquelles devra répondre votre exposé.

Les individus issus d'un couple ont des génotypes qui diffèrent les uns des autres ainsi que de ceux de leurs parents.

Question 1

Quels sont les mécanismes de la méiose qui expliquent que chaque individu produit des gamètes tous différents génétiquement, c'est-à-dire possédant chacun une combinaison unique des allèles des gènes de l'espèce ?

Question 2

Comment la fécondation joue-t-elle sur cette diversité allélique des gamètes pour doter chaque individu d'un génotype unique ?

ÉTAPE 2 au brouillon — Exploiter le document

5 min

Le document qui accompagne parfois le libellé de l'exercice 1 est un **document d'aide.** Il vous aide à déterminer les limites de votre exposé. Il vous aide également à illustrer votre exposé et/ou à appuyer votre propos.

Il est important de le **décrire** avec les termes appropriés.

Vous pouvez, si besoin, l'intégrer dans votre copie (après l'avoir découpé et collé) et l'annoter ou en réaliser un dessin d'interprétation légendé.

Sur le document, on observe deux chromosomes dupliqués et appariés qui tendent à se séparer sauf à certains endroits, les chiasmas.
À leur niveau, les chromatides homologues s'échangent des fragments.
Ce processus, appelé crossing-over, est à l'origine du brassage intrachromosomique.

ÉTAPE 3 au brouillon — Construire la réponse

10 min

Ayant reformulé le sujet, vous devez concevoir le plan de votre exposé, c'est-à-dire définir les différentes parties qu'il comportera. Chaque partie doit se rapporter à une grande idée, que vous énoncerez dans le titre.

Ensuite, dans chaque partie, identifiez les notions à développer. N'oubliez pas d'illustrer votre exposé par des schémas explicatifs : ils sont notamment indispensables dans tout sujet relatif à la diversité génétique.

Voici le plan proposé pour ce sujet.

Partie 1

Mécanisme du brassage interchromosomique conduisant à la diversité génétique des gamètes

- **Appariement des chromosomes homologues et déroulement de la méiose**
  SCHÉMA des allèles de 2 gènes situés sur des chromosomes non homologues chez un individu hétérozygote pour ces 2 gènes
- **Le brassage interchromosomique**
  SCHÉMA du comportement des paires de chromosomes au cours de deux méioses aboutissant à la production de 4 types de gamètes génétiquement différents
- **Généralisation à plusieurs gènes situés sur n chromosomes**

Partie 2

Mécanisme du brassage intrachromosomique conduisant à la diversité génétique des gamètes

- **Le crossing-over au cours de la prophase de la première division de la méiose**
  PHOTO du document d'aide et DESSIN d'interprétation
- **Le brassage intrachromosomique**
  SCHÉMAS du comportement des chromosomes homologues au cours d'une méiose aboutissant à la production de 4 types de gamètes génétiquement différents
- **Généralisation à un plus grand nombre de gènes**

Partie 3

La fécondation, créatrice de la diversité des génotypes des descendants

- **Diversité des génotypes pour deux gènes**
  ÉCHIQUIER DE CROISEMENT prévisionnel des génotypes de la descendance de deux parents hétérozygotes pour deux gènes et ayant tous deux le même génotype
- **Généralisation à un plus grand nombre de gènes**

ÉTAPE 4 au propre

Rédiger l'introduction

15 min

En vous aidant du travail qui précède, rédigez l'introduction. Il est recommandé de la finaliser au brouillon, sauf si vous manquez de temps. Elle doit comporter les points signalés en bleu ci-dessous.

[Définition de termes liés au sujet] *Dans les espèces diploïdes, comme l'est l'espèce humaine, chaque individu possède deux allèles pour chacun de ses gènes. Cet ensemble d'allèles est le génotype. Les descendants d'un couple ont des génotypes qui diffèrent entre eux et qui diffèrent de ceux de leurs parents.*

Pour un gène donné, les allèles d'un individu peuvent être identiques, cette personne est alors homozygote, ou différents, auquel cas la personne est hétérozygote. Dans l'espèce humaine, chaque personne est hétérozygote pour 10 % de ses gènes au moins.

[Reformulation de la problématique] *La diversité génétique des descendants d'un couple résulte en premier lieu du fait que les parents sont hétérozygotes pour de nombreux gènes. Elle résulte ensuite des mécanismes intervenant au cours des deux phénomènes fondamentaux de la reproduction sexuée : la méiose et la fécondation.*

[Annonce du plan] *Nous présenterons les brassages chromosomiques qui se produisent au cours de la méiose et sont à l'origine de l'extraordinaire diversité des gamètes produits par une personne au cours de sa vie. Puis nous envisagerons la fécondation, qui joue sur la diversité allélique des gamètes qu'elle réunit au hasard dans un zygote, dotant chaque individu d'un génotype unique.*

À NOTER
Un individu homozygote pour tous ses gènes ne produirait qu'un seul type de gamètes.

MÉTHODE
Il est également possible de reformuler la problématique sous forme interrogative : « Comment expliquer la diversité des génotypes de la descendance d'un couple ? »

ÉTAPE 5 au propre

Rédiger le développement

30 min

Votre développement suit le plan que vous avez préparé au brouillon. Reprenez les titres de vos paragraphes et **développez les notions essentielles** au moyen d'exemples précis.

I. Mécanisme du brassage interchromosomique conduisant à la diversité génétique des gamètes

A. Appariement des chromosomes homologues et déroulement de la méiose

On considère un individu, hétérozygote pour deux gènes, qui possède les allèles a1 et a2 d'un gène et les allèles b1 et b2 d'un deuxième gène. Les deux gènes sont situés sur deux chromosomes non homologues.

Localisation des gènes a et b sur deux paires de chromosomes homologues dans les cellules des organes reproducteurs, au début de la méiose

Chaque chromosome est formé de deux chromatides identiques car, durant l'interphase qui a précédé l'entrée en méiose, il y a eu duplication de chacun d'entre eux.

La première division de la méiose débute par l'appariement des chromosomes homologues.

Considérons deux paires de chromosomes appariés. À la métaphase, ces paires de chromosomes se placent à l'équateur de la cellule. À l'anaphase, pour chaque paire, un chromosome, toujours formé de deux

À NOTER
Avec un seul gène, toutes les méioses ne conduisent qu'à deux types de gamètes, avec par exemple, l'un possédant l'allèle **a1** et l'autre l'allèle **a2**.

CONSEIL
Les deux chromosomes homologues d'une même paire sont distingués par leur couleur (ex. : en vert, le chromosome d'origine maternelle, en bleu, celui d'origine paternelle). Les deux paires se distinguent par leur taille et par la position des centromères.

S'ÉCHAUFFER

chromatides, migre vers un pôle et son homologue vers l'autre pôle.

Puis au cours de la deuxième division de la méiose, il y a séparation des chromatides de chaque chromosome. Les quatre cellules formées, futurs gamètes, héritent donc de deux chromosomes non homologues et d'un seul allèle de chaque gène. Les gamètes sont haploïdes, ils possèdent n chromosomes portant chacun un seul allèle de chaque gène.

CONSEIL
Ne décrivez pas toutes les étapes de la méiose en détail. Ciblez les mécanismes créateurs de diversité génétique des gamètes.

B. Le brassage interchromosomique

Le positionnement d'une paire de chromosomes sur le plan équatorial à la métaphase de la première division de la méiose est indépendant de celui des autres paires. Ainsi, à l'anaphase, le chromosome portant les allèles a2 a autant de chance d'être associé avec le chromosome portant les allèles b1 qu'avec celui portant les allèles b2.

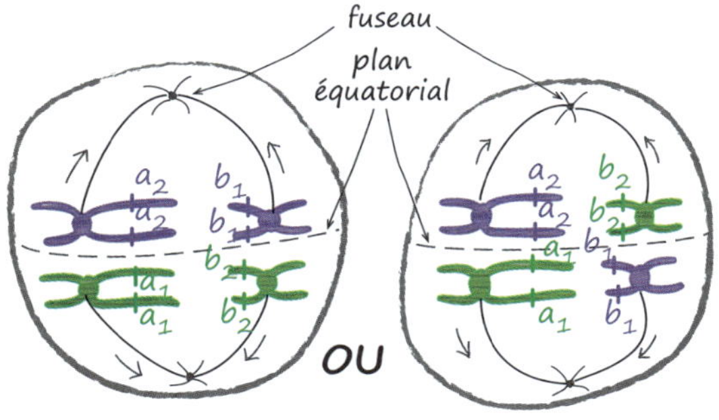

Brassage génétique interchromosomique au cours de deux méioses différentes

MÉTHODE
Un **schéma** doit être assez grand pour que le correcteur puisse juger rapidement de sa pertinence. Il doit avoir un titre et être légendé. Les couleurs – en petit nombre – vous aident à mettre en évidence la notion illustrée.

Après la deuxième division de la méiose, la première modalité conduit à deux types de gamètes de génotypes (a1 ; b2) et (a2 ; b1), et l'autre modalité à deux types de gamètes de génotypes (a1 ; b1) et (a2 ; b2).

Si l'on considère de multiples méioses, il se forme donc quatre sortes de gamètes génétiquement différents.

À NOTER
Ces quatre sortes de gamètes sont en quantité égale, mais, pour ce sujet, ce n'est pas très important. Ce qui compte, c'est la diversité génétique **qualitative**.

C. Généralisation à plusieurs gènes situés sur *n* chromosomes

Imaginons maintenant un individu hétérozygote pour trois gènes situés sur des chromosomes différents. À chacun des quatre types de gamètes produits précédemment, il faut ajouter deux possibilités correspondant à l'allèle du troisième gène reçu, donc $4 \times 2 = 8$ types de gamètes.

Soient c1 et c2, les allèles du 3e gène. Une méiose pourra donner par exemple :
(a1 ; b1 ; c1) et (a2 ; b2 ; c2)
ou (a1 ; b1 ; c2) et (a2 ; b2 ; c1)
ou (a1 ; b2 ; c1) et (a2 ; b1 ; c2)
ou (a1 ; b2 ; c2) et (a2 ; b1 ; c1).

La diversité des gamètes issue du brassage interchromosomique dépend du nombre de paires de chromosomes (n), supports des gènes impliqués.

Ainsi, un individu produit deux types de gamètes différents pour $n = 1$, l'un vecteur d'un chromosome maternel, l'autre d'un chromosome paternel, quatre pour $n = 2$, huit pour $n = 3$.

En généralisant, 2^n combinaisons chromosomiques différentes sont possibles. Dans l'espèce humaine, où il y a 23 paires de chromosomes, une personne peut donc produire, par le brassage interchromosomique, 2^{23} associations chromosomiques différentes dans les gamètes.

CONSEIL
Vous démontrez votre maîtrise du sujet en reprenant et en explicitant la formule donnée dans l'introduction du sujet.

[Transition] En conclusion, on voit que c'est le comportement indépendant des paires de chromosomes à la métaphase-anaphase de la première division de la méiose qui est à l'origine du brassage interchromosomique, un des deux mécanismes créateurs de la diversité génétique des gamètes.

MÉTHODE
La transition résume les idées exposées précédemment et annonce la partie suivante.

Cependant un chromosome porte non pas un, mais des centaines de gènes. Faut-il en déduire que les combinaisons alléliques portées par un même chromosome ne sont jamais défaites ?

II. Mécanisme du brassage intrachromosomique conduisant à la diversité génétique des gamètes

A. Le crossing-over au cours de la prophase de la première division de la méiose

Le document, inséré ci-dessous, est une photo prise durant la prophase de la première division de la méiose. Les chromosomes homologues y sont appariés, mais ils tendent à se séparer, sauf au niveau de certains points appelés chiasmas.

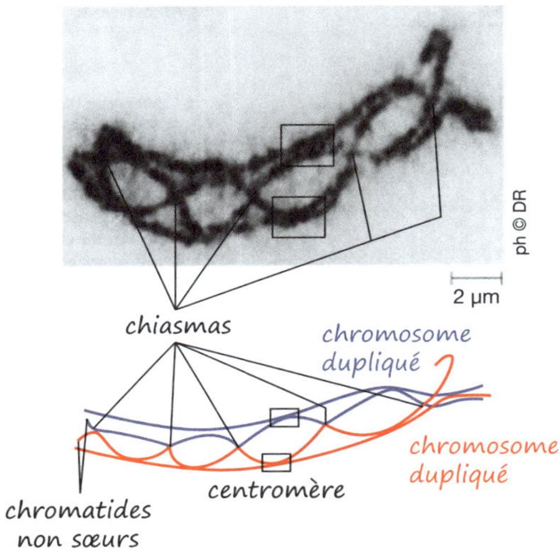

Photo et dessin d'interprétation de chromosomes appariés, en prophase de première division de méiose

Des échanges de fragments entre deux chromatides non sœurs s'effectuent au niveau des chiasmas. Ce phénomène est appelé crossing-over et est à l'origine du brassage intrachromosomique.

À NOTER
Le centromère est un endroit où les deux chromatides sœurs sont accolées. Il n'est pas toujours facile à identifier. En cas de doute, il faut faire un choix. Il sera accepté par le correcteur du moment que l'on n'a pas confondu avec un chiasma.

MÉTHODE
On utilise ici le document pour introduire le brassage intrachromosomique. Le schéma réalisé n'a pas de visée explicative.

B. Le brassage intrachromosomique

Soit un individu hétérozygote pour deux gènes situés sur la même paire de chromosomes. Il possède les allèles a1 et a2 d'un gène et c1 et c2 d'un autre gène.

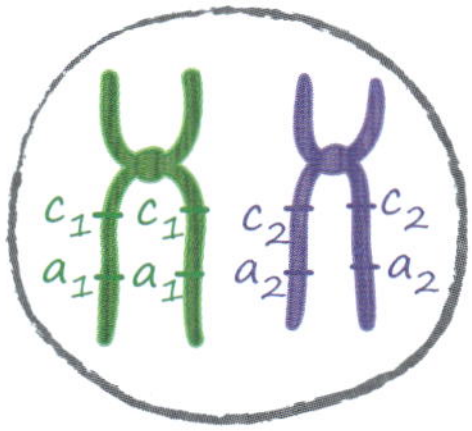

Localisation des allèles sur les chromosomes au début de la prophase de la première division de la méiose

Au cours de la prophase, un crossing-over peut avoir lieu entre les locus des deux gènes, ce qui sera d'autant plus probable que les locus seront éloignés l'un de l'autre.

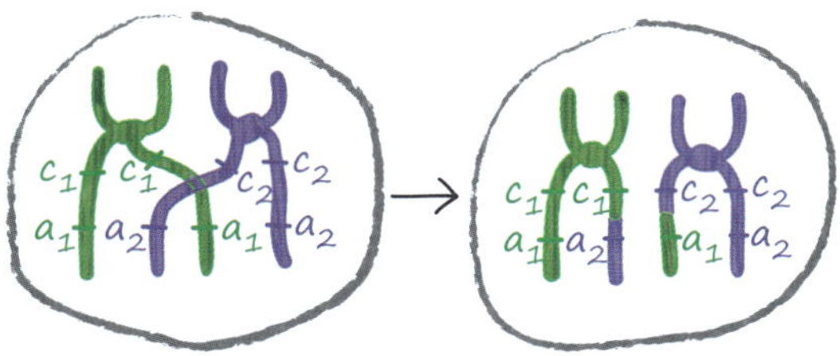

Remaniement des chromosomes homologues par crossing-over

CONSEIL
Dans un schéma explicatif, contentez-vous de montrer les conséquences d'un seul crossing-over.

Il en résulte qu'une des deux chromatides de chaque chromosome présente une nouvelle association des allèles des deux gènes (a2c1) pour l'une, (a1c2) pour l'autre.

À la fin de la méiose, on aboutit à quatre gamètes génétiquement différents, de génotypes respectifs (a1c1), (a2c1), (a1c2) et (a2c2).

À NOTER
Il n'y a réassociation des allèles que si le crossing-over est situé entre les locus des deux gènes.

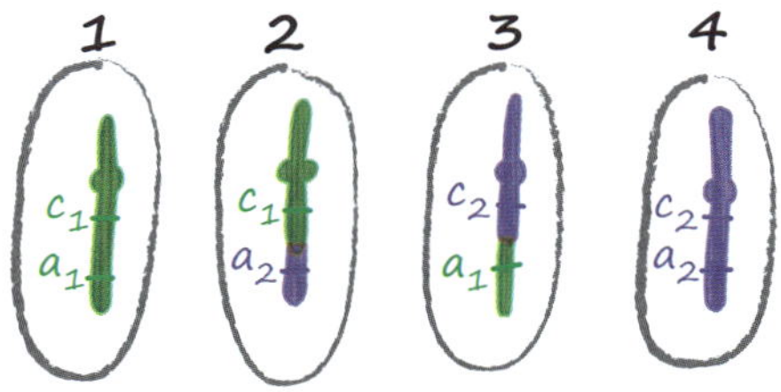

Quatre types de gamètes génétiquement différents obtenus à la fin de la méiose

[Notons que le brassage intrachromosomique donne moins de gamètes recombinés (gamètes 2 et 3 sur le schéma ci-dessus) que de gamètes non recombinés car un crossing-over entre les locus des deux gènes n'a pas lieu à toutes les méioses.]

À NOTER
À partir d'une hétérozygotie pour deux gènes, le brassage intrachromosomique entraîne la même variabilité des gamètes (quatre types) que le brassage interchromosomique.

CONSEIL
Cette remarque n'est pas indispensable, mais témoigne de votre maîtrise du sujet.

C. Généralisation à un plus grand nombre de gènes

Un chromosome est le support de centaines ou de milliers de gènes suivant sa taille. De plus, un individu est hétérozygote pour 10 % au moins de ses gènes, et un crossing-over au moins a lieu pour chaque paire de chromosomes homologues à chaque méiose.
Enfin, la position du ou des crossing-over est variable d'une méiose à l'autre.

De ces trois considérations, il résulte que la diversité des gamètes issue de multiples méioses et engendrée par les crossing-over est considérable.

[Transition] Voyons maintenant comment la diversité des gamètes conduit, suite à la fécondation, à la diversité des génotypes des descendants d'un couple.

III. La fécondation, créatrice de la diversité des génotypes des descendants

A. Diversité des génotypes pour deux gènes

Les génotypes de la descendance d'un couple dépendent de ceux des parents. Imaginons qu'un parent soit hétérozygote pour deux de ses gènes, et que l'autre soit homozygote pour ces mêmes gènes (situation de « test-cross »). Le premier parent produirait 4 types de gamètes génétiquement différents, on obtiendrait donc dans la descendance 4 génotypes possibles.

Considérons maintenant le cas de deux gènes pour lesquels les parents ont le même génotype et sont hétérozygotes. Nous savons que, l'un comme l'autre, ils produisent 4 types de gamètes, que les gènes soient situés ou non sur le même chromosome.

À NOTER
On ne s'occupe pas du pourcentage de chaque type de gamètes produits par un individu : on ne cherche pas à savoir s'ils ont été obtenus par brassage intra ou interchromosomique. Ce sont les **divers types** de gamètes produits qui importent.

La fécondation unit deux gamètes, ce qui se traduit par la mise en commun, au sein du noyau de la cellule-œuf, des n chromosomes de l'ovule et des n chromosomes du spermatozoïde. Cela établit le génotype de l'individu.

La rencontre des gamètes est aléatoire. La probabilité de rencontre entre un ovule et un spermatozoïde d'individus présents dans une population est la même quels que soient leurs génotypes.

La prise en compte de la diversité des gamètes produits par un individu et de la rencontre au hasard des gamètes permet de construire l'échiquier de croisement prévisionnel de la descendance.

Gamètes mâles / Gamètes femelles	a1b1	a1b2	a2b1	a2b2
a1b1	a1a1b1b1	a1a1b1b2	a1a2b1b1	a1a2b1b2
a1b2	a1a1b1b2	a1a1b2b2	a1a2b1b2	a1a2b2b2
a2b1	a1a2b1b1	a1a2b1b2	a2a2b1b1	a2a2b1b2
a2b2	a1a2b1b2	a1a2b2b2	a2a2b1b2	a2a2b2b2

Échiquier prévisionnel de la génération issue de croisements entre deux individus hétérozygotes pour deux gènes et ayant le même génotype

L'échiquier indique qu'à partir de parents ayant le même génotype, et produisant chacun 4 types de gamètes, il apparaît dans la descendance 9 génotypes possibles (contre 4 seulement dans la situation où l'un des deux parents est homozygote pour les gènes envisagés). Le hasard de la fécondation contribue ainsi grandement à la diversité génétique de la descendance.

B. Généralisation à un plus grand nombre de gènes

Le nombre de combinaisons génétiques possibles dans les gamètes est d'autant plus élevé que le nombre de gènes à l'état hétérozygote est plus grand chez les parents.

Imaginons deux individus hétérozygotes pour 3 gènes (ajoutons le gène c par exemple). Chacun produit 8 types de gamètes différents. Aux 9 génotypes obtenus chez les descendants dans le tableau ci-avant, il faut ajouter trois associations possibles pour le gène c : soit c1c1, soit c1c2, soit c2c2.
Ce qui donne $9 \times 3 = 27$ possibilités de génotypes pour les descendants.

Ainsi, si les deux parents sont hétérozygotes pour deux gènes, on obtient dans l'échiquier prévisionnel de croisement 3^2 possibilités, s'ils sont hétérozygotes pour trois gènes, on obtient 3^3 possibilités, et, en généralisant à n gènes, on obtient 3^n possibilités de génotypes dans la descendance.

À NOTER
Le chiffre 3 correspond aux trois possibilités d'association pour les deux allèles du gène considéré. Par exemple a1a1 ou a1a2 ou a2a2.

ÉTAPE 6 au propre

Rédiger la conclusion

10 min

Dans votre conclusion, vous devez apporter des réponses précises à la question posée dans le libellé du sujet. Pour cela, **résumez les idées clés** que vous avez exposées dans chacun des paragraphes.

N'oubliez pas de garder 5 minutes pour vous relire.

La diversité des génotypes des individus de la descendance d'un couple est engendrée par les phénomènes ayant lieu au cours des deux étapes de la reproduction sexuée, la méiose et la fécondation.

Le comportement indépendant des paires de chromosomes à la métaphase-anaphase de la première division de la méiose engendre un brassage des allèles des gènes localisés sur des chromosomes non homologues, dit « brassage interchromosomique ». Si l'on considère un grand nombre de méioses, cela aboutit à une diversité génétique des gamètes d'autant plus grande que le nombre de paires de chromosomes (n) est élevé (2^n).

Les allèles des gènes situés sur un même chromosome échappent au brassage interchromosomique. Cependant, le crossing-over assure un brassage dit « intrachromosomique ». Le brassage des allèles au cours de la méiose concerne donc tous les gènes. [Le brassage intrachromosomique intervient en premier, puis le brassage interchromosomique agit sur des chromosomes recombinés. Cela aboutit à une extraordinaire diversité de gamètes, d'autant plus grande que le nombre de gènes à l'état hétérozygote est élevé.]

La fécondation crée des zygotes de génotype diploïde, à 2n chromosomes. Exploitant la diversité des gamètes, elle augmente la diversité des génotypes des individus de la descendance car la rencontre des gamètes mâles et femelles est aléatoire. [Chaque individu (en dehors des vrais jumeaux) a donc un génotype unique au sein de l'espèce.]

MÉTHODE
Ici, on met en avant le lien entre deux grandes idées exposées (les deux types de brassage) et la problématique. On répond donc à cette dernière sans revenir sur les détails exposés dans le développement.

CONSEIL
La dernière phrase peut, comme ici, faire ressortir l'idée force du sujet, ou ouvrir sur un aspect qui n'a pas été traité mais qui se rattache au sujet.

2 L'exercice 2 étape par étape

L'origine d'une protéine placentaire

1 h 45
8 points

Lors de la grossesse, un organe transitoire, le placenta, assure les échanges entre le fœtus et sa mère. On cherche à expliquer son origine.

Expliquez pourquoi les scientifiques lient les caractéristiques du placenta de la lignée humaine à un transfert latéral de gènes.

Vous organiserez votre réponse selon une démarche de votre choix, intégrant des données des documents et les connaissances utiles.

CONSEIL
Il n'est pas obligatoire d'exploiter les documents dans l'ordre du sujet.

À NOTER
Des points sont attribués pour la pertinence de votre démarche, sa logique, le fait qu'elle débouche sur une réponse précise au problème posé.

DOCUMENT 1 Le placenta humain

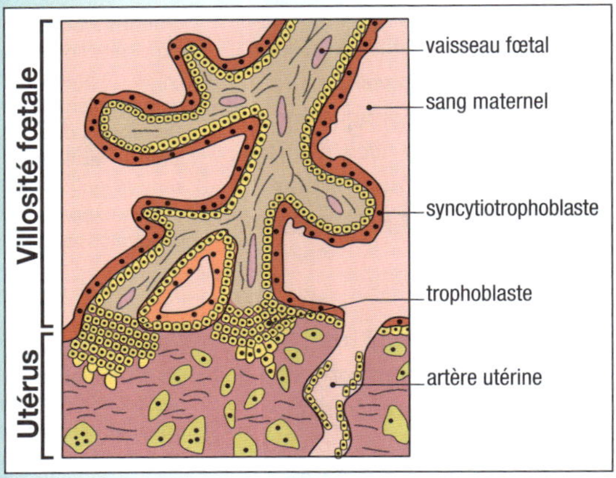

D'après ipubli.inserm.fr

MÉTHODE
Lisez le sujet, y compris les documents, en soulignant les mots-clés. Identifiez pour chaque document l'information apportée. Aidez-vous de leur titre. Annotez chaque document en conséquence, comme nous l'avons fait ici.

Le placenta est un organe transitoire, présent lors de la grossesse, dont la fonction première est d'assurer les échanges entre le fœtus et sa mère.
Ce tissu d'origine fœtale est issu des cellules de l'embryon, les trophoblastes. Ceux-ci font partie des rares cellules de l'organisme humain capables de fusion cellulaire.
Environ 6 jours après la fécondation, les trophoblastes fusionnent en un tissu (le syncytiotrophoblaste) plurinucléé permettant l'implantation de l'embryon dans la muqueuse utérine.
À partir de J15, se développent les villosités choriales, véritables unités fonctionnelles du placenta. Elles sont parcourues par des vaisseaux fœtaux et baignent dans le sang maternel ou s'ancrent dans l'utérus maternel. Le syncytiotrophoblaste est un tissu essentiel, en contact direct avec le sang maternel, qui assure des fonctions d'échange (O_2, CO_2, nutriments, hormones, etc.) entre la mère et le fœtus.

La fusion des cellules est une spécificité du placenta, caractéristique indispensable à sa fonction.

DOCUMENT 2 **Comparaison de la séquence de la protéine MSRV d'enveloppe du virus HERV-W et de celle de la syncytine du placenta humain**

La protéine virale correspond à la séquence notée *Query* et la syncytine à celle notée *Sbjct*. Les acides aminés communs sont présentés en code à une lettre, entre les deux séquences. La partie de la séquence capable de s'insérer dans la membrane plasmique d'une cellule est indiquée par une barre noire.

À NOTER
- Les sites où les deux séquences diffèrent sont représentés par un espace blanc ou par un +.
- Les – représentent des acides aminés absents dans la séquence de la syncytine par rapport à celle de MSRV.

```
Query: MSRV-Env (GenBank: AAK18189.1)
Sbjct: Syncytin (GenBank: AF072506.2)
                              Alignment statistics
   Score          Expect          Method                  Identities       Positives       Gaps
944 bits(2439) 0.0    Compositional matrix adjust. 473/542(87%) 490/542(90%) 4/542

Query  1    MALPYHTFLFTVLLPPFALTAPPPCCCTTSSSPYQEFLWRTRLPGNIDAPSYRSLSKGNS  60
            MALPYH FLFTVLLP F LTAPPPC C TSSSPYQEFLWR + PGNIDAPSYRSLSKG
Sbjct  1    MALPYHIFLFTVLLPSFTLTAPPPCRCMTSSSPYQEFLWRMQRPGNIDAPSYRSLSKGTP  60

Query  61   TFTAHTHMPRNCYNSATLCMHANTHYWTGKMINPSCPGGLGATVCWTYFTHTSMSDGGGI  120
            TFTAHTHMPRNCY+SATLCMHANTHYWTGKMINPSCPGGLG TVCWTYFT T MSDGGG+
Sbjct  61   TFTAHTHMPRNCYHSATLCMHANTHYWTGKMINPSCPGGLGVTVCWTYFTQTGMSDGGGV  120

Query  121  QGQAREKQVKEAISQLTRGHSTPSPYKGLVLSKLHETLRTHTRLVSLFNTTLTRLHEVSA  180
            Q QAREK VKE ISQLTR H T SPYKGL LSKLHETLRTHTRLVSLFNTTLT LHEVSA
Sbjct  121  QDQAREKHVKEVISQLTRVHGTSSPYKGLDLSKLHETLRTHTRLVSLFNTTLTGLHEVSA  180

Query  181  QNPTNCWMCLPLHFRPYISIPVPEQWNNFSTEINTTSVLVGPLVSNLEITHTSNLTCVKF  240
            QNPTNCW+CLPL+FRPY+SIPVPEQWNNFSTEINTTSVLVGPLVSNLEITHTSNLTCVKF
Sbjct  181  QNPTNCWICLPLNFRPYVSIPVPEQWNNFSTEINTTSVLVGPLVSNLEITHTSNLTCVKF  240

Query  241  SNTIDTTSSQCIRWVTPPTRIVCLPSGIFFVCGTSAYHCLNGSSESMCFLSFLVPPMTIY  300
            SNT  TT+SQCIRWVTPPT+IVCLPSGIFFVCGTSAY CLNGSSESMCFLSFLVPPMTIY
Sbjct  241  SNTTYTTNSQCIRWVTPPTQIVCLPSGIFFVCGTSAYRCLNGSSESMCFLSFLVPPMTIY  300

Query  301  TEQDLYNHVVPKPHNKRVPILPFVIRAGVLGRLGTGIGSITTSTQFYYKLSQEINGDMEQ  360
            TEQDLY++V+ KP NKRVPILPFVI AGVLG LGTGIG ITTSTQFYYKLSQE+NGDME+
Sbjct  301  TEQDLYSYVISKPRNKRVPILPFVIGAGVLGALGTGIGGITTSTQFYYKLSQELNGDMER  360

Query  361  VTDSLVTLQDQLNSLAAVVLQNRRALDLLTAKRGGTCLFLGEERCYYVNQSRIVTEKVKE  420
            V DSLVTLQDQLNSLAAVVLQNRRALDLLTA+RGGTCLFLGEE CYYVNQS IVTEKVKE
Sbjct  361  VADSLVTLQDQLNSLAAVVLQNRRALDLLTAERGGTCLFLGEECCYYVNQSGIVTEKVKE  420

Query  421  IRDRIQCRAEELQNTERWGLLSQWMPWTLPFLGPLAAIIFLLLFGPCIFNFLVKFVSSRI  480
            IRDRIQ RAEEL+NT  WGLLSQWMPW LPFLGPLAAII LLLFGPCIFN LV FVSSRI
Sbjct  421  IRDRIQRRAEELRNTGPWGLLSQWMPWILPFLGPLAAIILLLLFGPCIFNLLVNFVSSRI  480

Query  481  EAVKLQIVLQMEPQMQSMTKIYRGPLDRPARLCSDVNDIEVTPPEEISTAQPLLHSNSVG  540
            EAVK    LQMEP+MQS TKIYR PLDRPA   SDVNDI+ TPPEEIS AQPLL  NS G
Sbjct  481  EAVK----LQMEPKMQSKTKIYRRPLDRPASPRSDVNDIKGTPPEEISAAQPLLRPNSAG  536

Query  541  SS  542
            SS
Sbjct  537  SS  538
```

Les séquences des deux protéines ont une forte similitude.

27 acides aminés identiques sur 29.

Doc. U.S. National Library of Medecine

D'après *Médecine/sciences*, volume. 33, numéro 4, avril 2017, www.medecinesciences.org

DOCUMENT 3 **Le gène de la syncytine**

a) Expression du gène de la syncytine dans différents tissus humains

Les ARN extraits de cellules de différents tissus humains (pistes 1 à 10) sont soumis à une électrophorèse avant d'être mis en contact avec une sonde radioactive correspondant à un ADN simple brin correspondant au gène de la syncytine, avant visualisation sur un film photographique.

CONSEIL
Pensez au rôle de l'ARN messager dans la cellule.

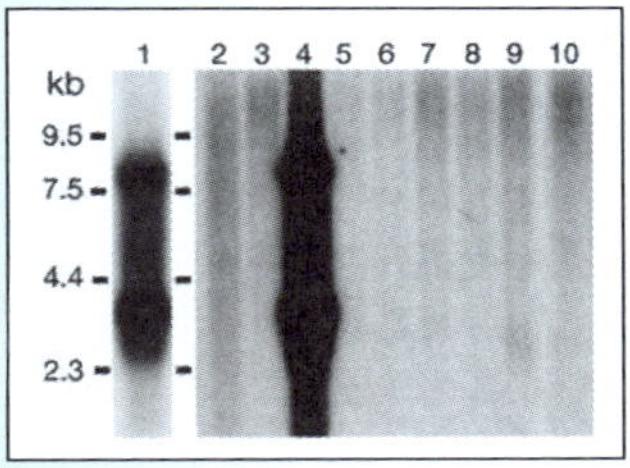

Doc. Mi, S., Lee, X., Li, Xp. *et al.* *Nature* 403, 785-789 (2000)

Le gène codant pour la syncytine ne s'exprime que dans le placenta.

kb : millier de paires de bases.
2 : cœur. 3 : cerveau. 1 et 4 : placenta. 5 : poumons. 6 : foie. 7 : muscles squelettiques. 8 : rein. 9 : pancréas. 10 : rate.

b) Présence du gène de la syncytine dans différentes espèces

L'ADN de différentes espèces est soumis à une électrophorèse avant d'être mis en contact avec une sonde radioactive correspondant à un ADN simple brin correspondant au gène de la syncytine, avant visualisation sur un film photographique.

CONSEIL
Visualisez que la sonde est une séquence d'ADN du gène de la syncytine.

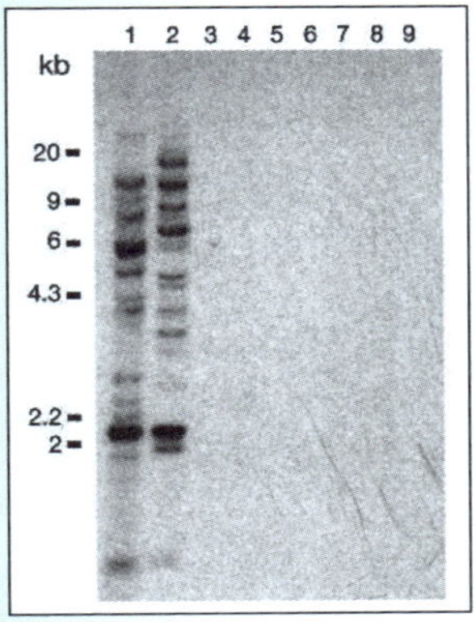

Doc. Mi, S., Lee, X., Li, Xp. *et al.* *Nature* 403, 785-789 (2000)

Le gène codant pour la syncytine humaine est aussi présent dans le génome du singe Rhésus.

kb : millier de paires de bases.
1 : humain. 2 : singe Rhésus (singe de l'ancien monde). 3 : rat. 4 : souris. 5 : chien. 6 : vache. 7 : lapin. 8 : poulet. 9 : levure.

DOCUMENT 4 Expérience d'obtention du syncytium

Des cellules utérines humaines sont infectées par un vecteur viral dans lequel est inséré un gène non fonctionnel de la syncytine humaine (image de gauche) ou un gène fonctionnel de la syncytine humaine (image de droite).

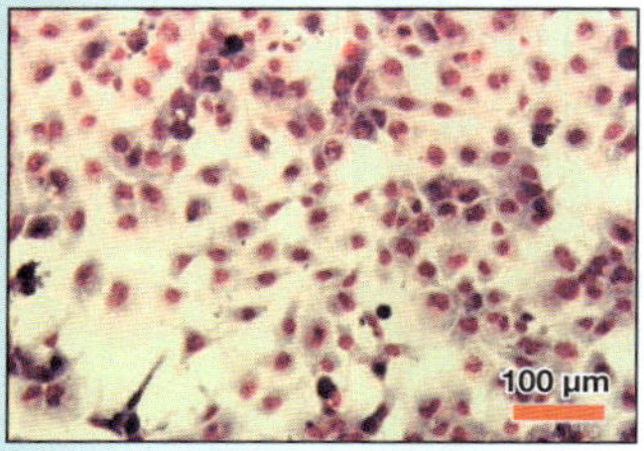

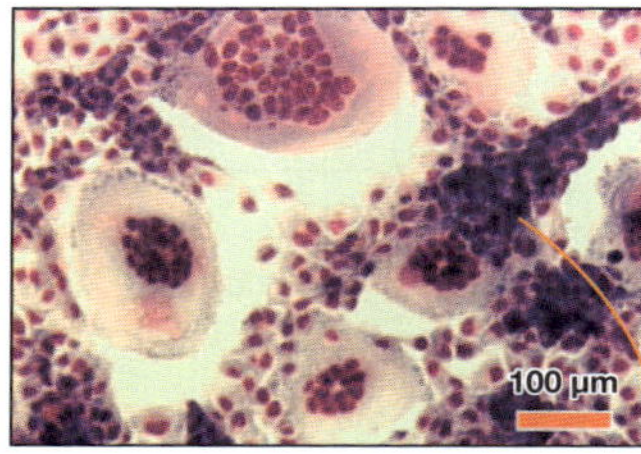

© Mi et coll. *in Nature* vol. 403, pp. 785-789 (17 février 2000)

La syncytine provoque la fusion des cellules en culture.

DOCUMENT 5 Arbre évolutif des primates montrant les rétrovirus qui se sont intégrés dans le génome humain

Les noms des rétrovirus sont indiqués à côté des flèches matérialisant la période où l'intégration virale a eu lieu.

CONSEIL
Ce document permet de dater le transfert latéral. Recherchez le gène HERV-W, étudié dans le doc. 2.

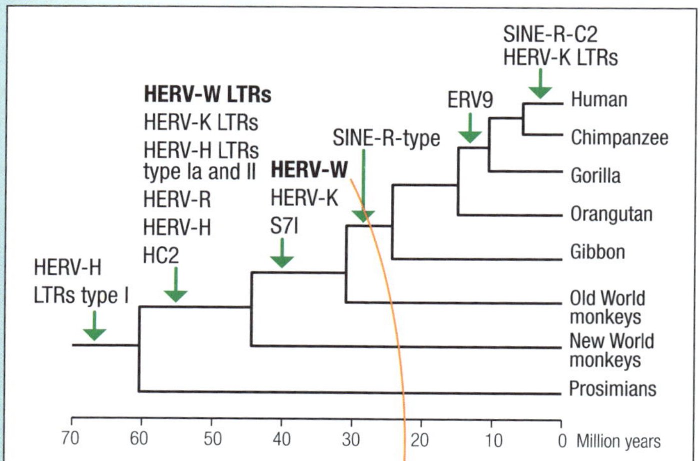

D'après Kim *et al.* (1999)

Le virus HERV-W a intégré le génome d'une espèce ancestrale de la lignée humaine il y a 40 Ma.

ÉTAPE 1 au brouillon — S'approprier la problématique du sujet

30 min

Analysez les mots-clés du sujet que vous avez soulignés.

Transfert latéral de gènes : Processus par lequel un organisme intègre du matériel génétique provenant d'un autre organisme sans en être le descendant, donc sans intervention de la reproduction sexuée ou asexuée (reproduction = transfert vertical).

Caractéristiques du placenta : Elles sont fournies par le document 1.

Lignée humaine : Au sens strict, désigne toutes les espèces plus étroitement apparentées à l'espèce humaine que ne le sont les chimpanzés et tous les autres primates actuels (toutes ont disparu).
Au sens large (celui du sujet), désigne tous les primates fossiles et actuels, dont l'Homme, qui possèdent le gène codant pour une syncytine héritée d'une même espèce ancestrale.

La réflexion sur les mots-clés et les informations issues d'une première analyse des documents doivent vous aider à mieux comprendre le sujet et à le **reformuler sous forme de questions** auxquelles votre exposé devra répondre.

Question 1

Quel est le gène qui, en s'exprimant, engendre les caractéristiques du placenta humain, et quelle est sa fonction précise ?

Question 2

De quel organisme provient ce gène puisqu'il s'agit d'un transfert latéral ?

Question 3

Quand a-t-il été acquis au cours de l'histoire de la lignée humaine ?

ÉTAPE 2 au brouillon

Exploiter au brouillon les documents

15 min

Utilisez vos **connaissances** pour interpréter les informations extraites des documents. Ne développez pas le raisonnement d'analyse de chaque document, mais rédigez des **conclusions partielles** apportant des éléments de réponse aux questions indiquées dans la reformulation du sujet.

Document 1

Le placenta, d'origine embryonnaire, se forme à partir de cellules qui possèdent la particularité de fusionner. Il en résulte la formation d'un tissu plurinucléé indispensable à l'implantation de l'embryon dans la muqueuse utérine, donc aux échanges entre la mère et le fœtus. Ce sont les caractéristiques du placenta.

Document 2

La syncytine est une protéine placentaire codée par un gène humain. Sa séquence présente une forte similitude avec celle de la protéine d'enveloppe du virus HERV-W, notamment au niveau de leur partie fonctionnelle (27 acides aminés identiques sur 29).
Elles sont donc homologues. Cela suggère que le gène codant pour la syncytine est d'origine virale.

Document 3

a) Le gène de la syncytine ne s'exprime que dans les cellules placentaires.
b) Ce gène se trouve aussi dans le génome du singe Rhésus. Étonnamment, il est absent du génome d'autres mammifères placentaires. Il est donc issu d'une espèce ancêtre de l'homme et du singe Rhésus.

Document 4

In vitro, dans la culture où il s'exprime, le gène de la syncytine provoque la fusion des cellules humaines. Cela confirme le rôle de la syncytine dans l'élaboration des caractéristiques du placenta.

Document 5

D'après ce document et les documents 2 et 3b : le gène de la syncytine est un gène d'un virus HERV-W qui s'est intégré dans le génome d'une espèce ancêtre de l'homme (transfert latéral) il y a 40 Ma, avant la séparation de la lignée des « Old World monkeys », dont fait partie le singe Rhésus, de celle des Hominoïdes, à laquelle appartient l'homme.

ÉTAPE 3 au brouillon — Construire votre réponse

10 min

Il vous faut maintenant **établir le plan** de votre exposé. Mettez en relation les questions formulées à l'étape 1 et les conclusions partielles rédigées à l'étape 2 pour organiser une démonstration cohérente et logique. Cette réflexion conduit ici à un plan en deux parties.

Partie 1

Le rôle du gène humain de la syncytine, dans la formation du placenta

Les caractéristiques du placenta (doc. 1)

- Le placenta se forme par fusion des cellules embryonnaires.
- Ce tissu plurinucléé est indispensable aux échanges entre la mère et le fœtus.

L'expression du gène de la syncytine, spécifique du placenta (doc. 3a)

- Le gène de la syncytine code pour une protéine, la syncytine.
- Il ne s'exprime que dans les cellules placentaires.

Mise en évidence expérimentale du mode d'action de la syncytine (doc. 4)

In vitro, la syncytine provoque la fusion de cellules en un tissu plurinucléé.

Partie 2

Le gène de la syncytine, résultat d'un transfert latéral entre un virus et une espèce ancestrale

Comparaison de la séquence de la syncytine et de celle d'une protéine d'enveloppe d'un virus (doc. 2)

- La syncytine et la protéine d'enveloppe du virus HERV-W sont homologues.
- Le gène humain de la syncytine est donc issu d'un gène viral.

Datation du transfert latéral à l'origine du gène de la syncytine humaine

- Seul le singe Rhésus possède un gène homologue du gène codant pour la syncytine humaine (doc. 3b).
- Le transfert du gène HERV-W a eu lieu il y a 40 millions d'années dans la lignée des singes de l'ancien monde (doc. 5).

ÉTAPE 4 au propre — Rédiger l'introduction

10 min

Ne rédigez votre introduction qu'**après avoir réalisé le travail précédent** (notamment l'étape 3), ainsi vous saurez parfaitement ce qui doit y figurer et vous n'y consacrerez pas trop de temps. Rédigez l'introduction au brouillon ou directement sur votre copie, selon le temps dont vous disposez.

[Formulation de la problématique] *Le placenta est l'organe qui permet les échanges entre la mère et le fœtus. Il existe chez la très grande majorité des mammifères, dont l'espèce humaine. Son apparition au cours de l'histoire de la lignée humaine suppose l'acquisition d'un ou plusieurs gènes nouveaux par une espèce ancestrale.*

[Annonce du plan] *Nous commencerons par indiquer les caractéristiques du placenta humain. Ensuite, après avoir montré que le gène de la syncytine s'exprime spécifiquement lors de la formation du placenta, nous étudierons comment il engendre les caractéristiques du placenta humain.*

Dans un deuxième temps, nous montrerons que le gène de la syncytine provient d'un transfert latéral de gène, c'est-à-dire de la transmission de matériel génétique d'un virus à une espèce ancestrale de la lignée humaine, transfert que nous situerons dans le temps.

MÉTHODE
Posez le **cadre général** dans lequel la problématique s'inscrit : ici, il s'agit de comprendre comment les humains ont acquis le placenta au cours de leur histoire évolutive.

MÉTHODE
Annoncez le plan tout en définissant la **notion scientifique clé** qui va être démontrée : ici, le transfert latéral d'un gène viral, devenu gène de la syncytine chez l'espèce humaine, à l'origine de la formation du placenta.

ÉTAPE 5 au propre — Rédiger le développement

30 min

Le développement repose sur la démarche élaborée au brouillon. Reprenez les titres des paragraphes et rédigez votre analyse détaillée des documents sélectionnés. N'oubliez pas que l'analyse du document doit venir en premier et que vos connaissances servent à dégager une conclusion qui repose sur les informations extraites.

I. Le rôle du gène humain de la syncytine dans la formation du placenta

A. Les caractéristiques du placenta (doc.1)

Le placenta est un organe temporaire fabriqué par l'embryon. Il est limité par une couche de cellules, les trophoblastes, qui permettent l'implantation de l'embryon dans la muqueuse utérine. La propriété originale des trophoblastes est de fusionner les membranes qui les séparent. Les trophoblastes sont ainsi transformés en un tissu plurinucléé, le syncytiotrophoblaste, en contact direct avec la muqueuse utérine. Ce tissu est indispensable à la réalisation des échanges entre la mère et le fœtus, donc à la gestation.

CONSEIL
Sélectionnez uniquement les informations qui seront utiles par la suite, ne répétez pas tout le document.

B. L'expression du gène de la syncytine, spécifique du placenta (doc. 3a)

Le titre du document 2 indique que la syncytine est une protéine placentaire. Comme toute protéine, la syncytine est codée par un gène présent dans l'ensemble des cellules de l'organisme. Les chercheurs ont identifié les ARN messagers (ARNm) du gène de la syncytine parmi les ARN présents dans différents tissus. Les ARNm sont les produits de la transcription, première étape de l'expression d'un gène dans une cellule. Le cliché du document 3a montre que seules les cellules du placenta (lignes 1 et 4) possèdent l'ARNm de la syncytine et donc expriment le gène.

En conclusion : on a observé que les cellules du trophoblaste sont capables de fusionner leurs membranes, mais aussi que ce sont les seules cellules du corps à exprimer le gène de la syncytine.

Ces deux observations laissent supposer que la syncytine est impliquée dans le phénomène de fusion cellulaire permettant la formation du placenta.

À NOTER
La technique d'**électrophorèse** sépare les différents ARNm extraits des cellules, puis une sonde radioactive (ADN simple brin correspondant ici au gène de la syncytine) s'hybride avec l'ARNm recherché, s'il est présent.

C. Mise en évidence expérimentale du mode d'action de la syncytine (doc. 4)

[Problématique] La syncytine agit-elle bien en provoquant la fusion des membranes cellulaires ?

[Protocole expérimental] Pour le démontrer, les chercheurs ont utilisé des cellules utérines humaines en culture. Ces cellules n'appartenant pas au placenta, elles n'expriment donc pas naturellement le gène de la syncytine. Le gène de la syncytine activé a été transféré dans certaines de ces cellules, tandis que d'autres ont reçu un gène inhibé (témoin).

[Analyse] Les cellules en culture ayant intégré un gène non fonctionnel de la syncytine restent de petite taille (20 µm), isolées les unes des autres avec un seul noyau. En revanche, les cellules ayant intégré un gène de la syncytine fonctionnel forment des cellules nettement plus grandes (de 100 à 200 µm) et possèdent quelques dizaines de noyaux. Dans cette culture, les cellules ont donc fusionné en un syncytium. Comme la seule différence entre les deux cultures porte sur l'expression du gène de la syncytine, on peut dire que l'hypothèse est confirmée : la syncytine est une protéine qui engendre la fusion des trophoblastes.

[Conclusion] On a donc démontré que le gène codant pour la syncytine s'exprime dans les trophoblastes du placenta, ce qui entraîne la fusion de ces cellules, phénomène indispensable à la réussite de la gestation.

Mais d'où vient le gène de la syncytine humaine ?

> **MÉTHODE**
> Les étapes de l'étude d'un document expérimental sont toujours les mêmes. Il ne faut pas oublier de conclure pour montrer en quoi l'analyse répond à la problématique.

> **MÉTHODE**
> Il est important, à la fin de la **conclusion d'une partie**, d'annoncer ce qui suit.

II. Le gène de la syncytine, résultat d'un transfert latéral entre un virus et une espèce ancestrale

A. Comparaison de la séquence de la syncytine et de celle d'une protéine d'enveloppe d'un virus (doc. 2)

Le document 2 permet de comparer la séquence d'acides aminés de la syncytine avec celle de la protéine MRSV, protéine d'enveloppe du virus HERV-W.

La syncytine et la protéine d'enveloppe du virus ont une grande similitude. Sur 540 acides aminés, on observe 87 % de similitude entre les deux séquences. Sur la partie fonctionnelle de la syncytine, cette similitude est encore plus élevée puisque seuls 2 acides aminés diffèrent sur 29 entre la séquence de la syncytine et la séquence virale, ce qui correspond à 93 % de similitude.

Cette forte similitude des deux protéines indique que les gènes qui les codent – le gène codant pour la protéine d'enveloppe du virus et celui qui code la syncytine du génome humain – sont homologues, c'est-à-dire qu'ils dérivent d'un gène ancestral commun. Comment est-ce possible ?

Le gène de la syncytine est un gène de la famille virale HERV-W. Cela suggère qu'il a été intégré au cours d'une infection virale au génome d'une espèce ancestrale. [En effet, un virus est un parasite intracellulaire obligatoire. Sachant que certains virus, les rétrovirus, insèrent au cours de leur cycle de développement leur génome dans le génome humain], on peut supposer que c'est ce phénomène qui est à l'origine de la présence du gène de la syncytine chez les humains.

Cette conclusion est renforcée par le fait que [la protéine d'enveloppe du virus est capable de provoquer la fusion entre l'enveloppe du virus et la membrane plasmique, ce qui permet l'entrée du génome viral dans la cellule.] Le document 4 a montré que la syncytine provoque la fusion des cellules.

L'ensemble de ces données a donc permis de démontrer que la propriété permettant à la syncytine de provoquer la fusion cellulaire s'explique par l'origine virale du gène qui code pour cette protéine.

À la suite d'une infection passée, une espèce ancestrale de la lignée humaine a intégré dans son génome un nouveau gène, issu du génome d'un rétrovirus de la famille HERV-W. Peut-on dater cette innovation ?

CONSEIL
N'oubliez pas de **citer des chiffres** quand le document s'y prête.

MÉTHODE
Afin d'interpréter correctement les données, l'utilisation de la **notion d'homologie** est ici indispensable. Veillez à toujours faire le lien entre les informations issues des documents et les connaissances utiles pour les interpréter et dégager des conclusions.

LÉGENDE
[Connaissances de 1re]

À NOTER
On mobilise ici les **connaissances de 1re** sur le mode d'action des virus. Notamment, on cite la capacité des rétrovirus (tels que le VIH) à intégrer leur génome au sein de celui de la cellule hôte.

B. Datation du transfert latéral à l'origine du gène de la syncytine humaine

Le placenta n'est pas une spécificité de l'espèce humaine. On peut dans un premier temps se demander si ce gène est aussi présent chez d'autres espèces de mammifères.

Le document 3b indique le résultat d'une électrophorèse du génome de différentes espèces (mammaliennes ou non), suivie d'une hybridation avec une sonde radioactive spécifique du gène de la syncytine.

Celui-ci est bien présent dans le génome de l'espèce humaine et existe également dans celui du singe Rhésus. Le génome du singe Rhésus possède donc un gène homologue du gène humain codant pour la syncytine. En revanche, les autres mammifères ne possèdent pas le gène de la syncytine humaine. Ce dernier n'a donc pas été acquis par une espèce ancestrale commune à tous les mammifères placentaires, mais par une espèce ancestrale de primate.

Dans un deuxième temps, nous allons tenter de préciser le moment de cette acquisition à l'aide du document 5. L'arbre phylogénétique des primates indique qu'au cours de leur histoire, il y a acquisition de gènes de virus à plusieurs reprises. Le gène de la protéine MSRV (gène MSRV) homologue du gène de la syncytine appartient au virus HERV-W.

L'infection par le virus HERV-W est positionnée à 40 millions d'années sur l'arbre phylogénétique. Ainsi toutes les lignées issues de la première espèce ancestrale qui possédait le gène MSRV, devenu gène de la syncytine, en ont hérité : c'est-à-dire les singes de l'ancien monde, comme le singe Rhésus et les hominoïdes (gibbons, orangs-outans, gorilles, chimpanzés et humains).

À NOTER
On s'attend à ce que d'autres placentaires possèdent eux aussi ce gène.

MOT-CLÉ
Homologue ne veut pas dire identique. Ce terme signifie que le gène du singe Rhésus présente une grande similitude de séquence avec le gène humain.

CONSEIL
Quand vous analysez plusieurs documents ensemble, établissez un **lien entre les conclusions** tirées de chacun d'eux.

ÉTAPE 6 au propre

Rédiger la conclusion

10 min

Dans votre conclusion, vous devez **résumer et mettre en relation les conclusions partielles** extraites de l'analyse des documents, pour aboutir à une **réponse** cohérente, démontrant votre bonne compréhension de la problématique. N'oubliez pas pour finir de relire la totalité de votre copie.

Le syncytiotrophoblaste placentaire est responsable des échanges entre la mère et le fœtus. Il est caractérisé par la présence de cellules géantes multinucléées provenant de la fusion de cellules placentaires. Cette fusion est déclenchée par la syncytine, une protéine codée par un gène qui ne s'exprime que dans les cellules du placenta (doc. 1, doc. 3a, doc. 4).

La séquence de la syncytine présente une très forte similitude avec celle de la protéine d'enveloppe d'un rétrovirus HERV-W (doc. 2). Cette protéine d'enveloppe réalise la fusion entre l'enveloppe virale et la membrane plasmique des cellules infectées pour y faire pénétrer le génome viral.

Les similitudes de séquence et de fonction entre la protéine virale et la syncytine supposent que le gène de la syncytine a été acquis par transfert latéral chez une espèce ancestrale à la suite d'une infection par un rétrovirus de la famille HERV-W, daté à 40 millions d'années (doc. 5).

À NOTER
On a justifié la notion de transfert latéral, exprimée dans le libellé du sujet, en mettant en relation les conclusions extraites des documents 1, 2, 3a et 4.

Présent chez tous les singes de l'ancien monde, groupe auquel appartient l'espèce humaine, le gène viral devenu gène de la syncytine a donc été transmis de génération en génération dans toutes ces lignées, par reproduction sexuée, ce qui correspond à un transfert vertical. Pour cela, il faut que l'infection des individus de la population ancestrale ait touché leurs cellules germinales.

S'entraîner sur chaque thème du programme

La Terre, la vie et l'organisation du vivant

3 Exercice 1

Des mécanismes de diversification génétique

1 h 30
7 points

S'ENTRAÎNER

INTÉRÊT DU SUJET • Expliquez, en vous appuyant sur des schémas, les conséquences du brassage intrachromosomique au cours d'une méiose normale et lors d'une anomalie survenant pendant la méiose.

La diversification génétique des êtres vivants s'explique notamment par la diversité des gamètes produits lors de la méiose. Au cours de celle-ci, des accidents peuvent survenir contribuant aussi à cette diversité.

En vous appuyant sur l'exemple d'une méiose normale d'une cellule à $2n = 2$ chromosomes et d'un accident de méiose conduisant à une duplication d'un gène, montrez que ces mécanismes sont à l'origine de la diversité génétique des gamètes.

Remarque : la paire de chromosomes homologues sera porteuse d'un gène A (avec les allèles *a1* et *a2*) et d'un gène B (avec les allèles *b1* et *b2*).

Votre exposé sera structuré avec une introduction et une conclusion. Il sera accompagné de schémas.

DOCUMENT D'AIDE **La paire de chromosomes homologues concernée par la méiose**

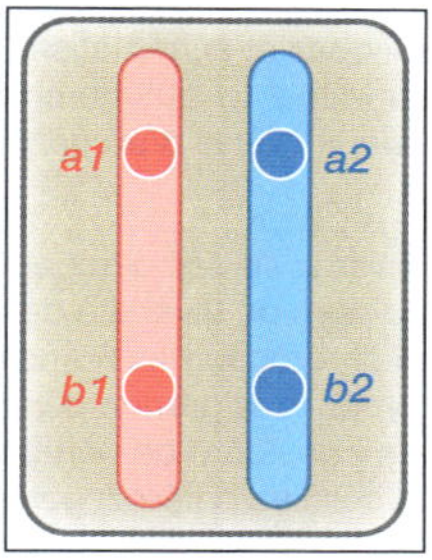

LES CLÉS DU SUJET

Étape 1. Comprendre le sujet

• On considère la méiose dans des cellules où $2n = 2$, c'est-à-dire qui ne possèdent qu'une seule paire de chromosomes homologues. En conséquence, le brassage interchromosomique n'est pas en jeu au cours de la méiose de ces cellules.

• Il s'agit de montrer comment le brassage intrachromosomique affectant une cellule hétérozygote pour deux gènes conduit à quatre types de gamètes pour les gènes considérés. Il faut ensuite montrer comment une anomalie dans ce brassage amplifie la diversité des gamètes en étant à l'origine d'une duplication de gènes.

• La nature des conséquences de l'accident de la méiose (la duplication de gènes) vous indique qu'il faut schématiser une méiose avec un crossing-over inégal.

Étape 2. Exploiter le document

Le document d'aide doit vous servir à schématiser, dans votre introduction, la localisation chromosomique des allèles des gènes considérés dans la cellule.

Étape 3. Construire la réponse

Introduction	Schématisez la localisation des allèles des deux gènes sur les chromosomes homologues d'une cellule qui entre en méiose.
I. Mécanismes du brassage allélique au cours de la méiose	• Expliquez et schématisez le remaniement des chromosomes par crossing-over au cours de la prophase I. • Expliquez et illustrez la localisation des allèles à la fin de la première division de la méiose. • Expliquez et schématisez le brassage intrachromosomique obtenu à la fin de la méiose, en concluant sur la création de diversité génétique.
II. Mécanismes à l'origine de la duplication d'un gène	Expliquez et schématisez une méiose avec un crossing-over inégal tel qu'une chromatide devienne porteuse de deux allèles d'un gène.
Bilan	• Insistez sur les deux phénomènes fondamentaux créateurs de diversité des gamètes : l'appariement des chromosomes homologues suivi du crossing-over. • Évoquez la grande diversité des gamètes produits si on considère de nombreuses méioses affectant des cellules hétérozygotes pour de nombreux gènes. • Évoquez la notion de famille multigénique.

3 CORRIGÉ GUIDÉ

Introduction

• C'est dans les gonades d'un mammifère (testicules et ovaires) que les cellules-mères diploïdes des gamètes (spermatocytes I et ovocytes I) subissent la méiose. Celle-ci est caractérisée par deux divisions cellulaires successives aboutissant à la formation de quatre cellules haploïdes (n chromosomes) qui se différencient en gamètes.

• Toutes les cellules-mères des gamètes d'un individu ont le même caryotype et le même génotype. En revanche, les cellules haploïdes issues d'une méiose, même unique, sont génétiquement différentes. Cette diversité est due au brassage des allèles des gènes au cours de la méiose.

• En outre, des anomalies peuvent survenir au cours des méioses, et notamment celles qui conduisent à une autre forme de diversité génétique consistant en la duplication d'un allèle d'un gène.

• Pour décrire les mécanismes à l'origine de ces diversités génétiques, nous allons considérer une espèce dont le caryotype ne comprend que deux chromosomes, ces chromosomes homologues portant en particulier les allèles de deux gènes A et B. La figure 1 ci-après schématise la garniture chromosomique d'une cellule-mère des gamètes au début (a) et à la fin (b) de l'interphase qui précède la méiose.

> **À NOTER**
> La disposition des allèles indique que les allèles *a1* et *b1* proviennent d'un gamète de l'un des parents et *a2* et *b2* du gamète de l'autre parent.

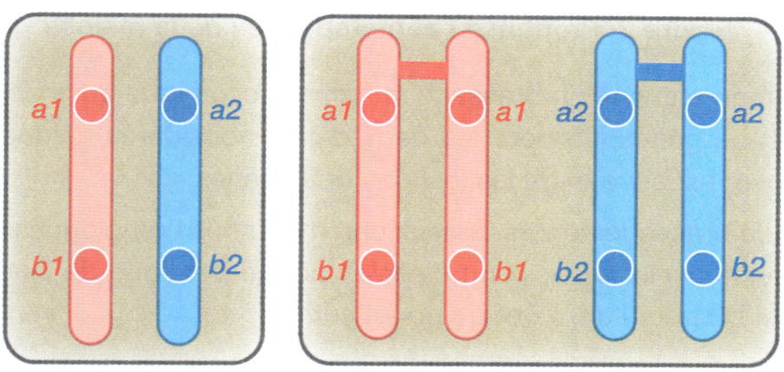

a. Début d'interphase b. Fin d'interphase

Figure 1. Cellule-mère des gamètes ($2n = 2$) à l'interphase

S'ENTRAÎNER

I. Mécanisme du brassage allélique au cours de la méiose

> **▶ Le piège à éviter**
> Ne décrivez pas une méiose sans crossing-over ni une méiose où le crossing-over est situé en dehors des locus des deux gènes, car elles ne créent pas de diversité pour les gènes considérés.

A. Le remaniement des chromosomes homologues au cours de la prophase I

• Cette prophase est caractérisée, dans un premier temps, par l'appariement étroit des chromosomes homologues ; puis, dans un deuxième temps, les chromosomes d'une même paire tendent à se séparer sauf au niveau de chiasmas, dont la position et le nombre sont variables d'une méiose à l'autre.

• C'est au niveau de ces chiasmas que se produit le crossing-over (figure 2) qui consiste en l'échange de fragments entre chromatides non sœurs de chromosomes homologues.

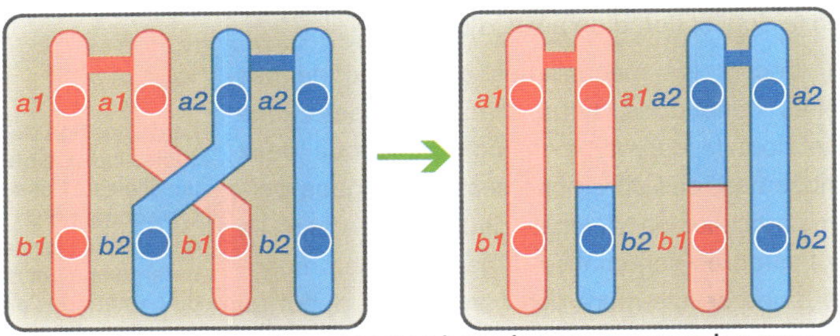

Remaniement des chromosomes homologues par crossing-over

Figure 2. **Prophase I et métaphase I de la méiose**

• Cet échange entraîne un brassage intrachromosomique qui s'accompagne d'un brassage génétique pour les deux gènes considérés uniquement si le crossing-over est situé entre les loci des deux gènes.

• Ce type de brassage conduit à deux chromosomes homologues possédant chacun une nouvelle association d'allèles portée par l'une de leurs chromatides : *a1* et *b2* pour l'un, *a2* et *b1* pour l'autre.

B. La fin de la première division de la méiose dans une cellule $2n = 2$

• Pendant la métaphase, les deux chromosomes homologues encore appariés se placent de part et d'autre de la plaque équatoriale.

• À l'anaphase, un chromosome (toujours formé de deux chromatides) se dirige vers l'un des pôles de la cellule et son homologue vers l'autre pôle.

Chacune des deux cellules-filles n'hérite donc que d'un chromosome, et chaque chromosome est toujours formé de deux chromatides, qui diffèrent par les deux associations d'allèles qu'elles portent (figure 3).

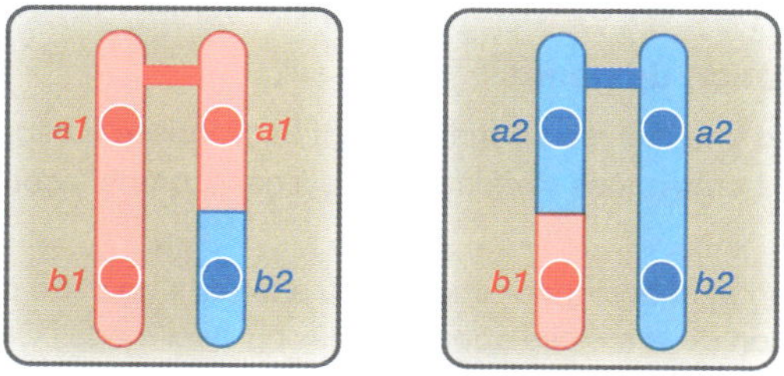

Figure 3. Fin de la première division de la méiose

C. La deuxième division de la méiose

• La deuxième division se déroule comme au cours d'une mitose normale dans chacune des deux cellules issues de la première division, cellules haploïdes avec un seul chromosome dans l'exemple envisagé.

• À l'anaphase, dans chaque cellule, les deux chromatides du chromosome se séparent et migrent chacune vers un pôle.

On aboutit à quatre cellules haploïdes (figure 4) :

– deux cellules dites parentales, possédant la combinaison initiale des allèles des deux gènes (*a1b1* pour l'une, *a2b2* pour l'autre) ;

– deux cellules dites recombinées, possédant de nouvelles associations des allèles (*a1b2* pour l'une et *a2b1* pour l'autre).

MOTS-CLÉS
Un gamète produit par un individu est dit **parental** lorsqu'il possède l'association d'allèles de gènes identique à celle du gamète qu'il a reçu de l'un de ses parents.
Il est dit **recombiné** s'il possède une association d'allèles autre.

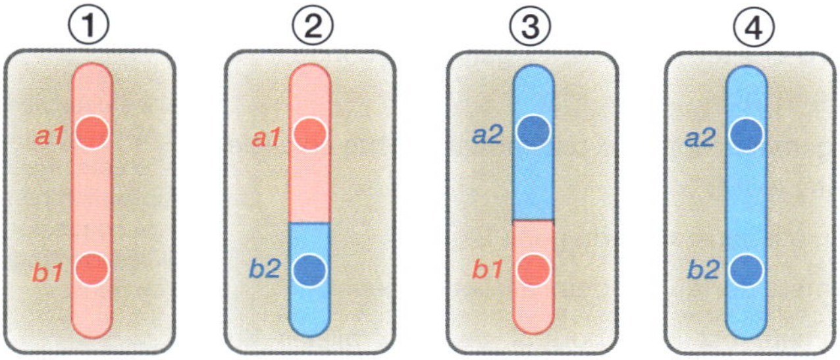

① (*a1 b1*) et ④ (*a2 b2*) : gamètes parentaux
② (*a1 b2*) et ③ (*a2 b1*) : gamètes recombinés

Figure 4. Fin de la méiose

• Les cellules recombinées témoignent du brassage allélique réalisé par la méiose, lequel brassage accroît la diversité génétique des gamètes.

II. Mécanismes à l'origine de la duplication d'un gène

A. La duplication de gènes

• Dans le cas d'une méiose normale durant la prophase I, l'appariement des chromosomes homologues s'effectue gène à gène, d'une façon étroite et très précise.

• La duplication peut avoir pour origine une anomalie de cette prophase de la première division de la méiose appelée crossing-over inégal. Celui-ci est dû à un défaut dans l'appariement des chromosomes.

> **▶ Le conseil de méthode**
>
> « Crossing-over inégal » signifie que les échanges entre les deux chromatides homologues ne sont pas équilibrés par suite d'un léger décalage dans l'appariement. Cela aboutit à une duplication d'un gène si ce crossing-over anormal a lieu très près du locus d'un des gènes.
>
> Il faut exagérer le décalage dans le schéma pour le rendre lisible.

• Considérons un crossing-over inégal aboutissant à la duplication du gène B (figure 5, page suivante). Tout d'abord, le crossing-over a lieu près du locus du gène B, mais il y a un décalage dans sa position sur les deux chromatides homologues impliquées (figure 5a).

Le crossing-over a alors lieu en arrière de l'allèle *b2* sur l'une des chromatides et en avant de l'allèle *b1* sur l'autre chromatide.

• À la fin de ce type de prophase I, l'une des chromatides considérées possède deux allèles *b1* et *b2* du gène alors que l'autre chromatide ne possède plus d'allèle de ce gène (figure 5b).

B. Les gamètes obtenus

• À la fin d'une telle méiose, les gamètes sont de trois types (figure 5c) :

– deux gamètes normaux possédant chacun un allèle des gènes A et B ;

– un gamète sans allèle du gène B ;

– un gamète porteur de deux allèles du gène B.

> **À NOTER**
> Ici les deux allèles *b1* et *b2* du gène B sont différents, mais la duplication génique peut concerner deux allèles identiques d'un gène.

• Ce gamète est ainsi porteur de deux allèles du même gène occupant des loci différents sur un même chromosome. Puisque ces allèles occupent deux loci différents, on peut alors parler de deux gènes. Il y a eu une duplication génique.

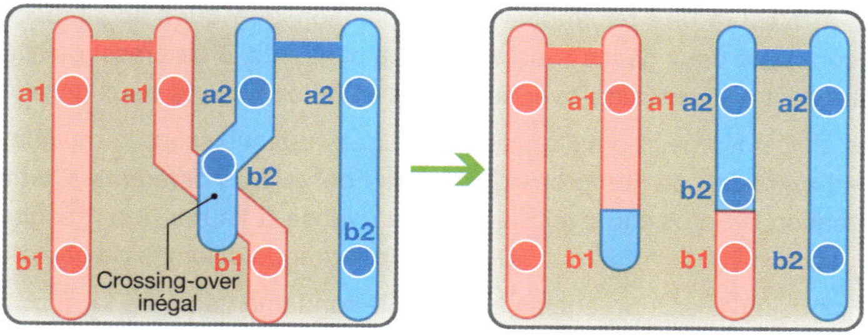

a. Prophase de la première division
(remaniement des chromosomes par un crossing-over inégal)

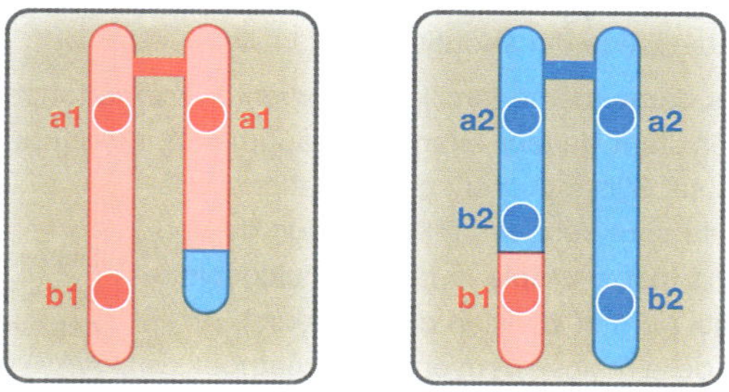

b. Fin de la première division de la méiose
(2 cellules haploïdes)

① (*a1 b1*) et ④ (*a2 b2*) : **gamètes parentaux**

② (*a1*) : **gamète recombiné** privé d'allèle du gène B

③ (*a2 b2 b1*) : **gamète recombiné** possédant deux allèles du gène B (= gène B **dupliqué**)

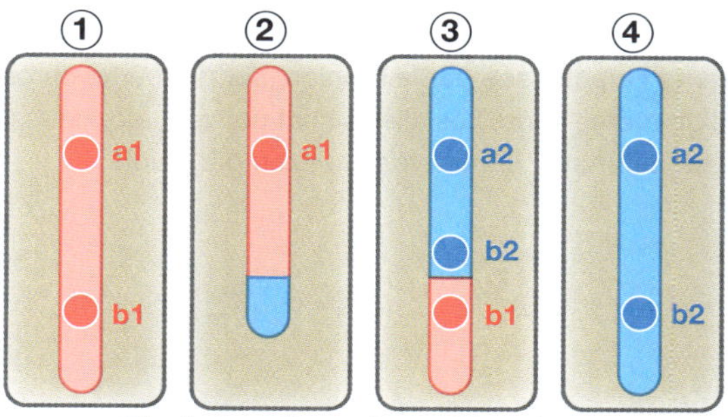

c. Fin de la méiose et gamètes obtenus

Figure 5. Méiose présentant un crossing-over inégal

Bilan

• Des faits essentiels qui contribuent à la diversité génétique des gamètes lors d'une méiose normale sont :

– l'appariement des chromosomes homologues ;

– le crossing-over affectant les chromatides non sœurs.

S'ENTRAÎNER

• Il y a toujours une recombinaison chromosomique qui s'accompagne, si l'on considère deux gènes avec des allèles différents, d'un brassage allélique uniquement si le crossing-over se produit entre les loci des deux gènes.

• Les chromosomes homologues des cellules qui subissent la méiose possèdent en réalité de nombreux gènes avec des allèles différents. Comme la localisation du crossing-over varie d'une méiose à l'autre, il en résulte des brassages alléliques différents, d'où une très grande diversité de gamètes.

• Le crossing-over joue également un rôle fondamental dans la duplication génique, mais il doit être inégal pour réunir deux allèles d'un même gène sur le même chromosome.

• Si ce mécanisme de duplication d'un gène se répète au cours de l'histoire évolutive d'une espèce, on aboutit à une famille multigénique.

• Si ces gènes d'une même famille conservent la même fonction, la quantité de protéine résultant de leur expression augmente, ce qui peut conférer un avantage évolutif. S'ils subissent des mutations indépendantes, cela peut conduire à l'apparition de nouvelles fonctions (par exemple la famille multigénique des opsines qui permet la vision des couleurs). Ainsi, les anomalies de la méiose peuvent être créatrices de diversité et avoir un impact évolutif.

À NOTER
Dans la conclusion, on peut généraliser et dépasser l'exemple envisagé.

• Le crossing-over normal est à l'origine de nouvelles combinaisons d'allèles préexistants, alors que le crossing-over inégal conduit à une diversité différente caractérisée par la réunion, sur un même chromosome, de deux allèles d'un même gène. Les allèles sont souvent identiques, mais ils peuvent parfois être différents, comme dans l'exemple étudié.

La myopathie de Duchenne

1 h 50
8 points

INTÉRÊT DU SUJET • Ce sujet va vous amener à vous intéresser à un cas de génétique humaine en rapport avec l'hérédité liée au sexe. À partir de l'étude d'un arbre généalogique et d'un caryotype, vous allez devoir estimer la probabilité de transmission d'une maladie héréditaire.

La myopathie de Duchenne est une maladie dégénérative des fibres musculaires. Les personnes atteintes de cette maladie ne synthétisent pas ou synthétisent mal une protéine, la dystrophine.
On désigne par *m* l'allèle qui code pour une dystrophine non fonctionnelle et par m^+ l'allèle codant pour une dystrophine fonctionnelle.
Dans la famille dont l'arbre généalogique est retracé dans le document 2, on s'étonne que Mlle X (III9) soit myopathe.

Après avoir établi la localisation chromosomique du gène à partir des informations extraites de l'arbre généalogique, expliquez aux membres de cette famille l'origine de la myopathie de Mlle X et la probabilité qu'a le couple III5-III8 d'avoir un enfant myopathe.

DOCUMENT 1 Fréquence de la myopathie de Duchenne

La myopathie de Duchenne est une maladie héréditaire monogénique qui atteint essentiellement des garçons dans la proportion, en France, de 1 sur 3 500, et très rarement des filles. Dans la population, la fréquence de l'allèle impliqué est de l'ordre de 1 sur 30. Dans le petit nombre de cas où les hommes souffrant de la maladie ont atteint l'âge d'avoir des enfants, les garçons issus de tels pères n'ont jamais été atteints. On connaît en revanche plusieurs cas où une femme a eu des garçons myopathes de pères différents.

DOCUMENT 2 **Arbre généalogique d'une famille où plusieurs membres sont atteints de la myopathie de Duchenne**

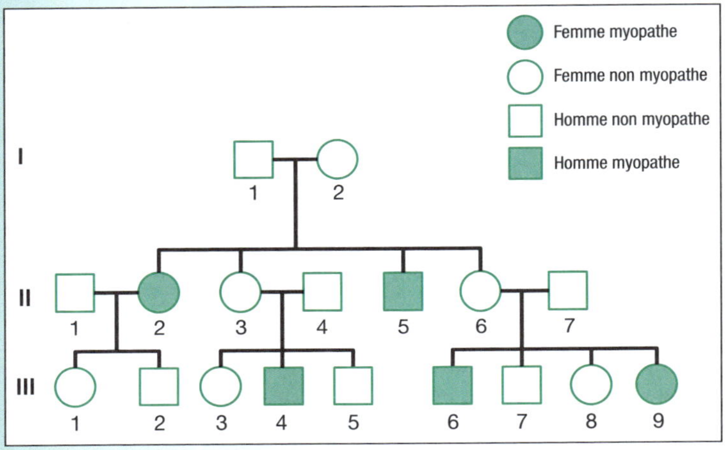

DOCUMENT 3 **Caryotype de Mlle X (III9)**

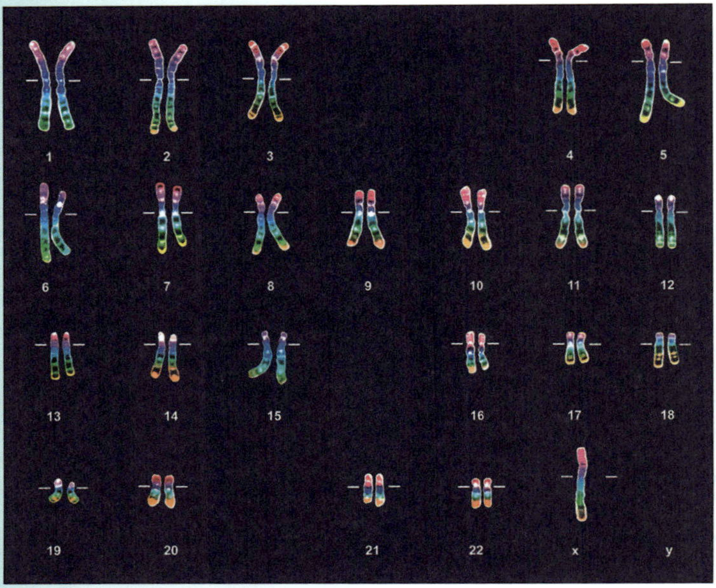

Ph © SOVEREIGN – ISM

LES CLÉS DU SUJET

Étape 1. Comprendre le sujet

• Pour conduire l'argumentation, il faut envisager les différentes localisations chromosomiques *a priori* possibles du gène de la dystrophine et, pour chacune d'elles, en tirer les conséquences sur les phénotypes dans les populations et chez les individus de l'arbre généalogique.
• Il faut ensuite confronter ces prévisions aux données fournies pour les documents afin de conclure sur la localisation la plus probable.
• Pour la seconde partie du sujet, il s'agit de rechercher une anomalie dans le caryotype de la femme III9 et montrer que ceci permet d'expliquer pourquoi cette femme est myopathe.
• Enfin, il faut déterminer les génotypes des individus pour lesquels on demande d'établir des prévisions sur leur descendance.

Étape 2. Exploiter les documents

Il est judicieux de commencer par l'exploitation du document 2 et d'utiliser ensuite les autres documents pour apprécier la pertinence des hypothèses que vous aurez pu faire à partir de ce document 2 sur la localisation chromosomique du gène.
• Le document 1 présente des données sur la fréquence de la myopathie de Duchenne dans la population.
• Le document 2 permet de déterminer la dominance ou la récessivité du phénotype myopathe, et donc des allèles du gène.
• Le document 3 est le caryotype de la femme dont on doit expliquer l'origine de la myopathie. Son étude permet de détecter une anomalie expliquant sa myopathie.

Étape 3. Construire la réponse

I. Dominance ou récessivité de l'allèle responsable de la myopathie de Duchenne	Raisonnez à partir de l'arbre généalogique en étudiant un cas où un descendant est atteint de myopathie alors que ses parents ne le sont pas.
II. Localisation chromosomique du gène de la dystrophine	Établissez des hypothèses sur cette localisation et testez-les à partir des informations extraites des documents.

III. Origine du génotype de la femme III9	• Déterminez l'anomalie du caryotype de cette femme afin d'expliquer son phénotype. • Expliquez l'origine de cette anomalie.
IV. Probabilité pour le couple III5-III8 d'avoir un enfant atteint de myopathie	• Déterminez les probabilités des diverses conditions menant à la naissance d'un enfant atteint de la myopathie de Duchenne. • Calculez le produit des différentes probabilités de ces conditions.
Conclusion	• Reprenez en les résumant les conclusions tirées de votre argumentation. • Élargissez à la notion d'hérédité liée au sexe.

4 CORRIGÉ GUIDÉ

Introduction

La myopathie de Duchenne est une maladie génétique monogénique. Pour expliquer les modalités de la transmission de cette maladie, nous allons d'abord, à partir des documents, établir si l'allèle responsable de la myopathie est dominant ou récessif et réfléchir ensuite à la localisation chromosomique du gène de la dystrophine. Nous verrons ensuite comment cette connaissance sur la localisation du gène permet d'expliquer le phénotype de la femme III9 et la probabilité pour que le couple III8-III5 ait un enfant myopathe.

I. Dominance ou récessivité de l'allèle responsable de la myopathie de Duchenne

> ▶ **Le conseil de méthode**
> Pour mettre en évidence une récessivité, il faut rechercher dans l'arbre généalogique une personne dont le phénotype est différent de ceux de ses deux parents.

• Les individus II5, III4, III6 sont atteints de myopathie, et leurs parents ne le sont pas.

• Puisque c'est une maladie héréditaire, l'un des parents au moins devrait posséder l'allèle *m*. Si cet allèle était dominant, un des parents devrait être myopathe. Ce n'est pas le cas. L'allèle *m* est donc récessif.

> **À NOTER**
> Il existe en réalité dans toutes les populations plusieurs allèles (et non un seul) du gène et responsables d'une myopathie plus ou moins grave. Tous ces allèles sont récessifs : pour raisonner on peut n'en considérer qu'un seul.

II. Localisation chromosomique du gène de la dystrophine

A. Le gène est-il situé sur un autosome ?

• Si le gène est situé sur un autosome, cela suppose que toutes les personnes myopathes ont des parents hétérozygotes.

MOT-CLÉ
Un **autosome** est un chromosome non sexuel.

• Ainsi, les personnes II1, II4 et II7 du document 2, en couple avec l'un des membres de la famille observée, doivent être porteuses de l'allèle responsable.

• Or la fréquence de l'allèle *m* dans la population est faible, ce qui rend cette condition très peu probable. En outre, cela n'explique pas que la maladie n'affecte qu'exceptionnellement les femmes.

> **▶ Le secret de fabrication**
> Remarquez bien que le raisonnement fait intervenir la fréquence de l'allèle responsable de la maladie dans la population.

B. Le gène est-il situé sur le chromosome Y ?

• Si le gène était situé sur une région propre au chromosome Y, et donc absent du chromosome X, tout garçon myopathe devrait avoir un père myopathe.

• L'arbre généalogique (document 2) montre que ce n'est jamais le cas. En outre, le document 1 indique que les garçons ayant un père myopathe ne sont jamais atteints. Le gène de la dystrophine n'est donc pas situé sur le chromosome Y.

À NOTER
Les chromosomes sexuels X et Y possèdent des régions homologues et des régions non homologues. Les gènes présents dans la région propre au chromosome X n'existent pas sur le chromosome Y et inversement.

C. Le gène est-il situé sur une région propre au chromosome X ?

• Dans cette hypothèse, les garçons myopathes ont pour génotype XmY. Ils ont reçu le chromosome X de leur mère qui doit donc être hétérozygote Xm^+Xm.

• Les femmes I2, II3 et II6 ont donc ce génotype, et les femmes II3 et II6 ont reçu le chromosome Xm de leur mère. Le fait que ces femmes aient aussi des garçons non myopathes s'explique très bien car elles sont hétérozygotes.

S'ENTRAÎNER

III. Origine du génotype de la femme III9

• D'après le document 1, l'individu III9 est un cas rare de myopathie car la personne malade est une femme. D'après l'hypothèse précédente de localisation du gène sur le chromosome X, et compte tenu du caractère récessif de l'allèle *m*, cette femme devrait avoir pour génotype XmXm.

• Cela suppose que son père possède le chromosome Xm et a donc le génotype XmY. Celui-ci devrait donc être myopathe, or ce n'est pas le cas. L'hypothèse de localisation sur le chromosome X semble infirmée.

• En analysant son caryotype (document 3), on constate qu'il présente une anomalie chromosomique : la femme III9 ne possède qu'un seul chromosome X. Ainsi, il devait manquer un chromosome X au spermatozoïde ou à l'ovule à l'origine de sa conception.

À NOTER
Il s'agit du syndrome de Turner.

• Supposons que cela soit chez le spermatozoïde. Dans ce cas, le seul chromosome X de la femme III9 provient de sa mère II6. Celle-ci est hétérozygote et a donc pu lui transmettre le chromosome X porteur de l'allèle *m* (Xm). L'hypothèse que l'anomalie chromosomique ait eu lieu lors de la formation du spermatozoïde de son père est donc corroborée.

▶ Le conseil de méthode

Un autre raisonnement plus complet est possible.
On suppose cette fois que c'est l'ovule qui ne possédait pas de chromosome X.
Dans ce cas, c'est le spermatozoïde qui aurait fourni le chromosome X de la femme III9. Comme elle est myopathe, le père devrait être myopathe.
Ce n'est pas le cas. Cette hypothèse doit être abandonnée.
C'est donc bien le spermatozoïde du père qui ne possédait pas de chromosome X.

• Lors d'une méiose chez l'homme II7, il y a eu une anomalie :

– soit dans la migration des chromosomes X et Y à la première division de la méiose ;

– soit dans la migration des deux chromatides d'un chromosome X à la deuxième division.

IV. Probabilité pour le couple III5-III8 d'avoir un enfant atteint de myopathie

• La femme III8 a un frère myopathe, donc sa mère est hétérozygote. Il y a une probabilité de 1/2 pour qu'elle soit hétérozygote elle-même. De même, si elle est hétérozygote, il y a une probabilité de 1/2 pour qu'elle transmette l'allèle *m* à son fils.

• L'homme III5 n'est pas myopathe, il a donc le génotype Xm^+Y. En conséquence, les filles du couple III5-III8 ne peuvent pas être myopathes.

• La probabilité de naissance d'un garçon est de 1/2. La probabilité pour que le couple ait un enfant myopathe est le produit des probabilités de tous les événements pour qu'il le soit :

$$\frac{1}{2} \times \frac{1}{2} \times \frac{1}{2} = \frac{1}{8}.$$

Conclusion

• Seule l'hypothèse d'une hérédité liée au sexe, où le gène codant pour la dystrophine est situé sur la région propre au chromosome X, rend compte des caractéristiques de l'arbre généalogique présenté.

• En particulier, cela explique que seuls les garçons sont atteints, car ils ne possèdent qu'un seul allèle du gène ; si celui-ci code pour une dystrophine non fonctionnelle, cela se traduit par le phénotype myopathe. Chez les filles, il faut que les deux allèles soient mutés pour que le phénotype myopathe se réalise. Cela est très rare, car les garçons myopathes n'ont généralement pas de descendants.

• Le phénotype myopathe de Mlle X semble contredire cette localisation du gène, car son père n'est pas myopathe et n'a pu lui transmettre l'allèle muté. L'analyse de son caryotype fournit une explication : elle ne possède qu'un seul chromosome X. Elle a reçu son unique chromosome X de sa mère, hétérozygote, qui lui a donc transmis l'allèle muté. Son génotype s'apparente alors à celui des garçons myopathes.

• Ainsi, les caractéristiques de l'hérédité liée au sexe sont à prendre en compte lorsque l'on établit la probabilité pour un couple d'avoir un enfant myopathe. Par exemple, si le père n'est pas myopathe, on peut assurer (à moins d'une anomalie au cours de la méiose) que les filles ne seront pas atteintes. Seuls les garçons peuvent l'être si la mère est hétérozygote.

5 Exercice 1

Endosymbiose des mitochondries

1 h 30
6 points

INTÉRÊT DU SUJET • Ce sujet vous permet de mobiliser vos connaissances pour expliquer que la cellule eucaryote actuelle résulte d'une ancienne association d'organismes, ensuite transmise de génération en génération.

Les mitochondries, organites énergétiques des cellules eucaryotes, sont actuellement considérées comme le résultat d'une endosymbiose ancienne. Exposez les arguments qui confortent cette affirmation.

LES CLÉS DU SUJET

Étape 1. Comprendre le sujet

- On considère que, dans l'histoire de la vie, les premières mitochondries résultent de l'endosymbiose de bactéries par des cellules eucaryotes primitives qui en étaient dépourvues.
- Ce sont des arguments en faveur de cette origine bactérienne des mitochondries qu'il faut présenter. Cela implique d'exposer les caractéristiques communes aux mitochondries et bactéries.

Étape 2. Construire la réponse

I. Caractères remarquables des mitochondries	Exposez les caractères que les mitochondries partagent avec les bactéries.
II. Caractères des bactéries	Mettez en avant les similitudes avec les mitochondries.

III. Association endosymbiotique mitochondriale	• Situez dans le temps l'endosymbiose mitochondriale. • Décrivez le processus de phagocytose, à l'origine de l'endosymbiose.
IV. Endosymbiose mitochondriale et histoire évolutive des eucaryotes	• Développez l'idée de transmission des mitochondries de génération en génération par les mécanismes de la reproduction. • Évoquez l'idée d'évolution des génomes de l'endosymbiote et de la cellule hôte.
Conclusion	• Généralisez la notion d'endosymbiose à l'origine des organites énergétiques des cellules eucaryotes. • Introduisez l'idée que la cellule eucaryote est une « chimère ».

5 CORRIGÉ GUIDÉ

Introduction

• Les organites énergétiques des cellules eucaryotes sont les mitochondries et les chloroplastes. Les mitochondries sont le siège de la respiration cellulaire, les chloroplastes sont le siège de la photosynthèse.

• Ces organites sont considérés comme des bactéries endosymbiotiques. L'endosymbiose est un phénomène au cours duquel un organisme est incorporé au sein d'un autre organisme.

• Nous allons envisager les arguments qui ont conduit à considérer que les mitochondries des cellules eucaryotes actuelles résultent d'une endosymbiose passée.

MOT-CLÉ
Dans un sens plus étroit qui est celui du sujet, l'**endosymbiose** désigne le cas où l'un des partenaires (l'endosymbiote) est enfermé dans une cellule de l'hôte à la suite d'une phagocytose.

I. Caractères remarquables des mitochondries

1. Existence d'une double membrane

• Les mitochondries sont des organites limités par une double membrane : une membrane externe et une membrane interne présentant des replis (crêtes).

• Elles sont le siège de la respiration cellulaire, c'est-à-dire oxydation de matières organiques avec utilisation du dioxygène (O_2). En particulier, la membrane interne et les crêtes sont le support de la chaîne respiratoire, où l'O_2 est réduit en H_2O.

• Cette respiration cellulaire assure la conversion de l'énergie des matières organiques venues du cytoplasme en énergie chimique sous forme d'ATP (adénosine triphosphate) utilisable, hors de la mitochondrie, pour les diverses activités cellulaires.

2. Présence d'un ADN mitochondrial

• Contrairement aux autres organites cellulaires (mis à part le noyau), les mitochondries possèdent leur propre ADN. Il s'agit d'un ADN circulaire comme celui des bactéries.

• Cet ADN comprend un certain nombre de gènes qui codent pour des protéines mitochondriales, dont celles qui sont impliquées dans la respiration cellulaire.

• Les mitochondries possèdent des ribosomes qui permettent la synthèse de ces protéines.

3. Une semi-autonomie

• Dans la cellule, de nouvelles mitochondries se forment à partir des mitochondries préexistantes, indépendamment de la division cellulaire.

• La réplication de l'ADN mitochondrial est suivie d'une division binaire de la mitochondrie (figure 1).

À NOTER
La capacité à se reproduire dans la cellule indépendamment de la division cellulaire traduit une certaine autonomie, de même que la capacité à la synthèse protéique. Mais cette autonomie n'est pas totale car on n'a jamais réussi à cultiver des mitochondries en dehors des cellules.

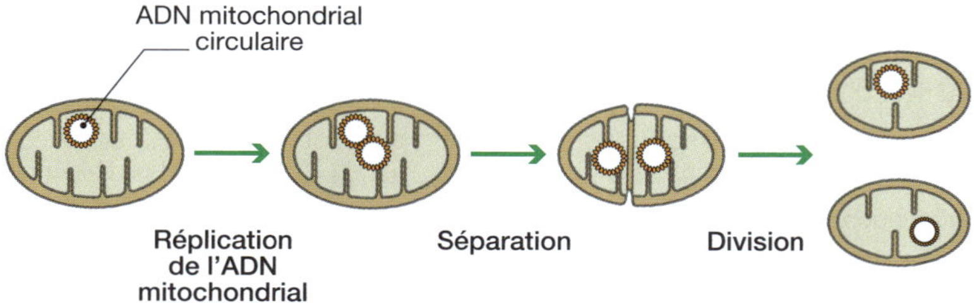

Figure 1. La division binaire de la mitochondrie

II. Caractères des bactéries

• Le génome bactérien est constitué par un chromosome circulaire qui n'est pas entouré d'une enveloppe nucléaire. Dans le cytoplasme des bactéries existent des ribosomes qui assurent la synthèse de toutes les protéines de la bactérie. Chaque bactérie-fille récupère une copie du génome bactérien.

• La multiplication asexuée des bactéries est assurée par une réplication de l'ADN du chromosome bactérien suivie d'une division binaire de la bactérie. Chaque bactérie-fille récupère une copie du génome bactérien.

• Plusieurs espèces de bactéries actuelles sont capables de respiration cellulaire, semblable à celle qui existe chez les eucaryotes.

• Par tous ces caractères morphologiques et physiologiques, les mitochondries apparaissent comme très proches des bactéries actuelles.

> **▶ Le conseil de méthode**
> Un autre plan était possible : au lieu d'envisager successivement les caractères des mitochondries et des bactéries, on aurait pu considérer un à un chaque caractère à la fois chez les mitochondries et chez les bactéries.

III. Association endosymbiotique mitochondriale

• Il y a 2 milliards d'années environ, existaient des cellules eucaryotes sans mitochondries. Il existait également de nombreuses espèces de bactéries, dont certaines étaient capables de respirer. La cellule eucaryote était limitée par une membrane souple lui permettant de phagocyter des proies.

• Le mécanisme à l'origine de l'endosymbiose mitochondriale consiste en une phagocytose de bactéries pratiquant la respiration par une cellule eucaryote primitive anaérobie. La phagocytose se traduit par l'incorporation de la bactérie dans la cellule eucaryote (figure 2, en rouge, la cellule eucaryote primitive sans mitochondries, en bleu la bactérie). Le génome de la cellule eucaryote se trouve dans le noyau, limité par une enveloppe nucléaire (les points rouges sont les ribosomes). Le génome de la bactérie est dans le cytoplasme et non entouré d'une membrane nucléaire.

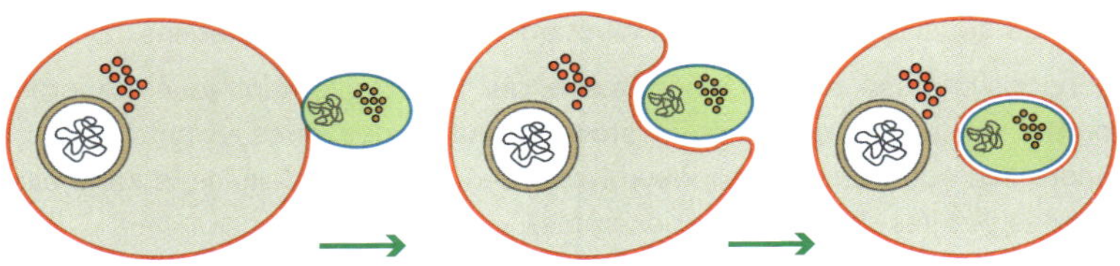

Figure 2. **Cellule eucaryote phagocytant une bactérie**

• La bactérie, dans la cellule hôte, est alors non seulement limitée par sa propre membrane, mais également par une membrane externe provenant de la membrane de la cellule eucaryote (membrane de la vésicule de phagocytose). Par ce processus, l'endosymbiote est ainsi limité par une double membrane. L'existence de cette double membrane conforte donc l'hypothèse de l'origine bactérienne des mitochondries.

IV. Endosymbiose mitochondriale et histoire évolutive des eucaryotes

• Toutes les mitochondries actuelles descendent de l'endosymbiose primitive. Cela signifie qu'au cours de l'histoire évolutive des cellules eucaryotes, lors de la reproduction asexuée et sexuée de tous les eucaryotes, il y a eu transmission des mitochondries de génération en génération.

• Cette transmission s'est accompagnée de l'évolution du génome des mitochondries. Il y a eu transfert d'un grand nombre de gènes initialement mitochondriaux dans l'ADN de la cellule hôte. De nombreuses protéines mitochondriales sont codées par des gènes nucléaires, synthétisées dans le cytoplasme puis transférées aux mitochondries.

• Cela explique que les mitochondries ne soient plus des organismes autonomes et que l'association actuelle est si intime et bénéfique que les deux associés sont inséparables.

Conclusion

• Les mitochondries ne sont pas les seuls organites cellulaires résultant d'une endosymbiose, les chloroplastes sont le résultat d'une endosymbiose entre une cellule eucaryote déjà pourvue de ses mitochondries avec des bactéries chlorophylliennes (cyanobactéries).

• Les eucaryotes ont acquis leurs mécanismes énergétiques de bactéries qu'ils ont emballées dans leurs cellules et qui sont devenues héréditaires.

• La cellule eucaryote est une chimère, non seulement parce qu'elle contient des bactéries endosymbiotiques, mais aussi parce que le génome de leur noyau est un mélange génétique de gènes eucaryotiques et de gènes bactériens.

MOT-CLÉ
En biologie, une **chimère** est un organisme possédant deux ou plusieurs génomes distincts.

• L'endosymbiose est un phénomène qui a certainement joué un grand nombre de fois au cours de l'histoire évolutive des êtres vivants et qui a encore lieu actuellement (endosymbiose des algues unicellulaires xanthelles dans les cellules de coraux par exemple).

À NOTER
« Un jour, mes ancêtres ont été une bactérie et un proto-eucaryote indépendants, puis un jour suivant, ils furent en symbiose, et maintenant celle-ci est devenue si étroite que je ne discerne plus qu'une seule espèce : l'homme »

Marc-André Selosse (biologiste français né en 1968), *Jamais seul*, Actes Sud, 2017.

6 Exercice 2

Transferts horizontaux et verticaux chez les bactéries

1 h 50
8 points

S'ENTRAÎNER

INTÉRÊT DU SUJET • Ce sujet vous amène à comprendre comment la résistance aux antibiotiques peut se répandre à des populations bactériennes diverses.

Le génome des bactéries est constitué d'un chromosome et de plasmides, chacun étant des molécules d'ADN circulaires. Les plasmides possèdent des gènes dont certains confèrent la résistance à certains antibiotiques.

▶ **Montrez, en utilisant les informations extraites des documents, qu'il existe des mécanismes de transferts horizontaux pouvant faire évoluer le génome de bactéries.**

DOCUMENT 1 Expériences de Griffith (1928)

Streptococcus pneumoniae est une bactérie pathogène pour les humains et à l'origine notamment d'infections des voies respiratoires supérieures.

Il en existe plusieurs souches, dont la souche S et la souche R.

• Les streptocoques de la souche S, qui sont entourés d'une capsule de nature glucidique et forment, lorsqu'ils sont cultivés sur un milieu solide nutritif, des colonies dont la surface est lisse. Ces streptocoques sont virulents et peuvent causer des pneumonies voire des septicémies.

• Les streptocoques de la souche R, mutants de la souche S, qui sont dépourvus de capsule et forment des colonies rugueuses (« R ») sur le même milieu solide nutritif. Facilement phagocytés par les granulocytes, ces streptocoques ne sont pas virulents.

En 1928, Frederick Griffith (biologiste et médecin britannique, 1879-1941) a réalisé l'expérience schématisée ci-après au cours d'une recherche sur la mise au point d'un vaccin contre le streptocoque.

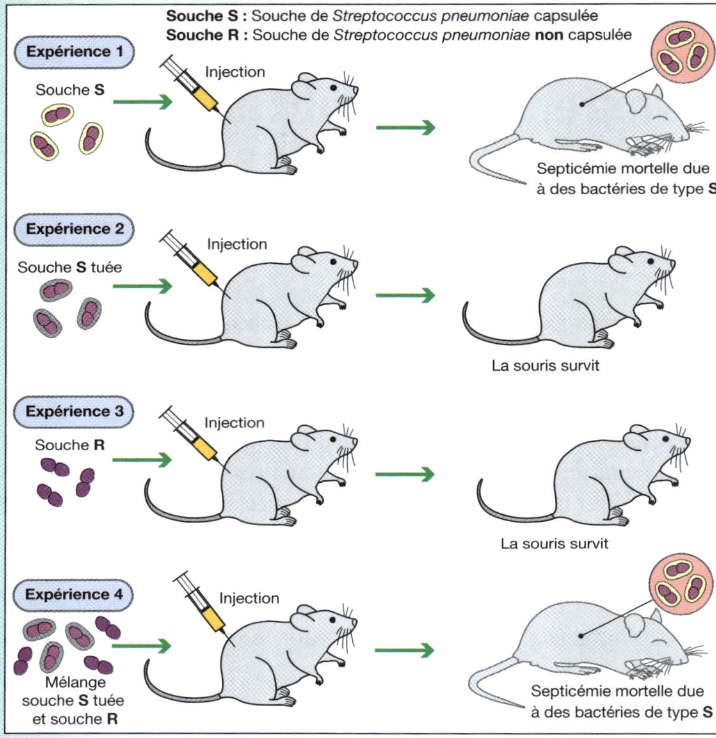

DOCUMENT 2 **Expérience de Avery, MacLeod et McCarty (1944)**

Les résultats expérimentaux de F. Griffith ont ensuite été confirmés par d'autres chercheurs, dont les expériences sont des prolongements de celle de F. Griffith.

– En 1931, les chercheurs Martin Dawson et Richard Sia ont obtenu la transformation de bactéries R en bactéries S *in vitro* en cultivant des bactéries R sur milieu solide additionné d'extraits de bactéries S tuées par la chaleur.

– En 1944, Oswald Avery (médecin américain, 1877-1955), Colin MacLeod (généticien américain, 1909-1972) et Maclyn McCarty (généticien américain, 1911-2005) ont poussé l'analyse plus loin en réalisant l'expérience schématisée ci-après.

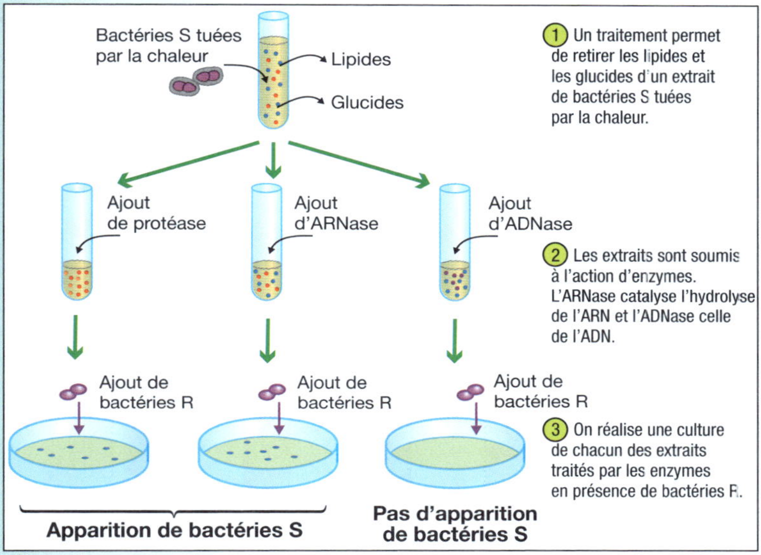

DOCUMENT 3 *Yersinia pestis* et la streptomycine

Yersinia pestis, le bacille de la peste, parasite au cours de son cycle de développement deux hôtes, un mammifère, généralement un rongeur, le rat, et un insecte, la puce, chez qui le parasite se développe dans le tube digestif. Le bacille peut être transmis à l'humain via les piqûres de puces provenant de rongeurs infectés.

Jusqu'à récemment, la streptomycine était un antibiotique très efficace contre le bacille. En 1995, à Madagascar, pays où sévit encore la peste, on a constaté la présence de souches de *Yersinia pestis* résistantes à la streptomycine.

DOCUMENT 4 Acquisition d'une résistance aux antibiotiques

Pour expliquer l'origine de l'acquisition de la résistance de *Yersinia pestis*, des chercheurs ont réalisé l'expérience suivante.

a) Première étape de l'expérience

Les chercheurs ont d'abord nourri des puces avec du sang contenant des bactéries d'une souche d'*Escherichia coli* résistante à la streptomycine et des bacilles de la peste sensibles à cet antibiotique.

Ils ont ensuite suivi l'évolution des *Yersinia pestis* dans le tube digestif des puces.

Les graphiques A et B suivants traduisent les résultats obtenus.

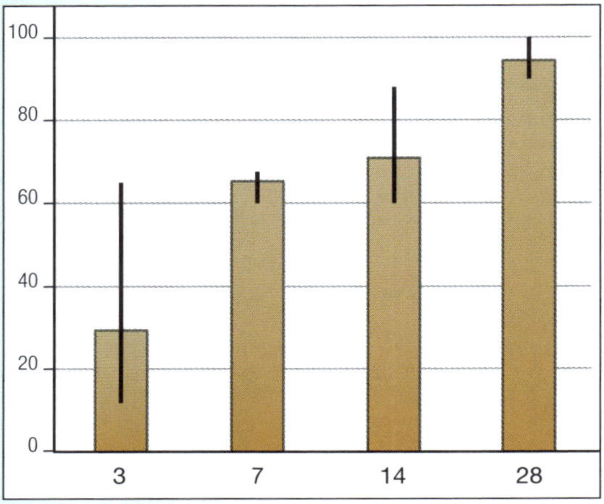

Figure 1a. **Pourcentage de puces contenant des *Yersinia pestis* résistants en fonction du nombre de jours après l'infection**

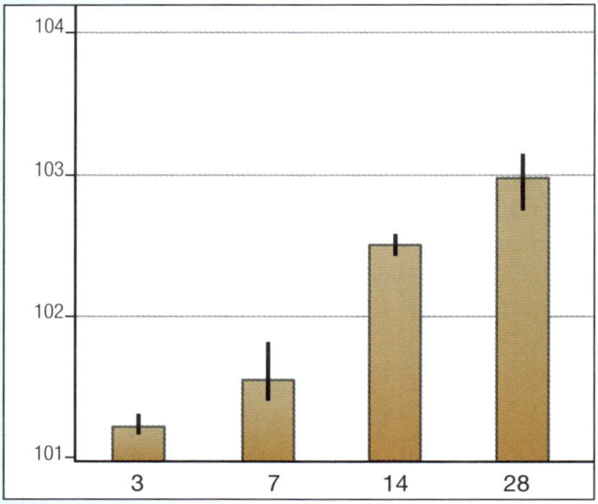

Figure 1b. **Nombre moyen de bacilles résistants par puce en fonction du nombre de jours après l'infection**

b) Deuxième étape de l'expérience

Les chercheurs ont alors réalisé une électrophorèse des plasmides présents chez les bacilles :

– R : *Yersinia pestis* sensibles à la streptomycine ;

– D : *Escherichia coli* résistantes à la streptomicine ;

– 1, 2, 3, 4 : *Yersinia pestis* résistantes à la streptomycine respectivement 3, 7, 14 et 28 jours après le « repas infectieux ».

À droite de l'électrophorèse sont indiquées les abréviations des plasmides présents dans les bactéries.

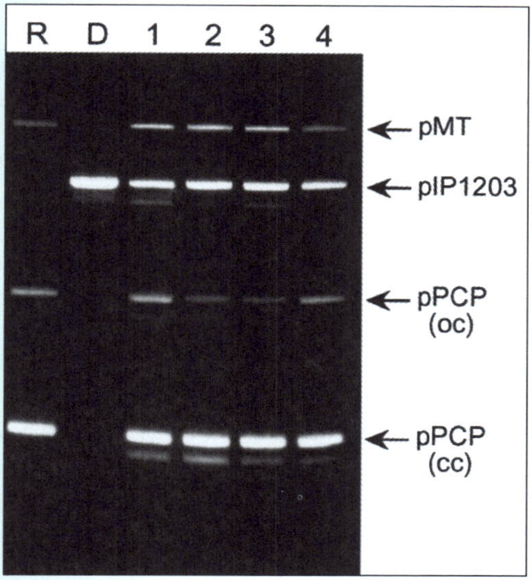

Doc. Extr. De : Galimand *et al.*, 1997-N. *Engl. J. Med.*, 337:677-680.

Au cours d'expériences complémentaires, consistant à nourrir des puces avec du sang contenant des bacilles de la peste et des *Escherichia coli* sensibles à la streptomycine, les chercheurs n'ont constaté aucune apparition de bacille de la peste résistant à la streptomycine chez les puces infectées.

D'après B. J. Hinnebusch *et al.*, *Molecular Microbiology*, 2002-2, 349-354

LES CLÉS DU SUJET

Étape 1. Comprendre le sujet

• À partir des informations extraites des documents, il s'agit de montrer que les génomes de bactéries peuvent évoluer en intégrant des gènes provenant d'autres bactéries.
• Les deux exemples fournis illustrent deux modalités de ce transfert horizontal, la transformation bactérienne et la conjugaison bactérienne.

Étape 2. Exploiter les documents

• Le document 1 est une expérience *in vivo* permettant de mettre en évidence que la souche R a acquis la virulence de la souche S alors que celle-ci était tuée.
• Le document 2 vient confirmer cette capacité à se transformer de la souche R, en reproduisant l'expérience *in vitro* (expérience de Dawson et Sia). L'expérience de Avery et MacLeod va plus loin en donnant la possibilité d'identifier les molécules à l'origine de cette transformation.
• Le document 3 fait état de la présence de souches de *Yersinia pestis* résistantes à la streptomycine (antibiotique).
• Le document 4 illustre le mécanisme de conjugaison bactérienne. Il montre que les bacilles de la peste sont devenus résistants à la streptomycine en incorporant un plasmide issu de *Escherichia coli*.

Étape 3. Construire la réponse

I. La transformation bactérienne	• Dégagez la notion de principe transformant. • Démontrez que ce principe transformant est de l'ADN. • Définissez transfert horizontal et transformation bactérienne.
II. La conjugaison bactérienne	• Montrez qu'il y a eu une évolution du génome du bacille de la peste par suite d'un contact avec des *Escherichia coli* résistantes à la streptomycine. • Montrez que l'acquisition de la propriété de résistance à la streptomycine par le bacille de la peste est due à un transfert d'un plasmide de *Escherichia coli*.
Conclusion	Reprenez bien les notions de transfert horizontal et de transfert vertical, ainsi que celles de transformation et de conjugaison bactériennes.

6 CORRIGÉ GUIDÉ

Introduction

Le génome bactérien peut muter, et les mutants peuvent ensuite se répandre dans les populations à la suite d'une sélection positive. Mais le génome des bactéries peut évoluer à la suite d'autres mécanismes que les mutations ; ceux-ci sont qualifiés de transferts horizontaux. Nous allons, à partir des informations extraites de l'analyse des documents envisager ces mécanismes de transfert horizontal.

I. La transformation bactérienne

A. La notion de principe transformant (document 1)

> **▶ Le conseil de méthode**
> Pour tirer des conclusions des données du document 1, utilisez la méthode comparative : comparer les résultats de deux expériences ne différant que par un seul paramètre. N'oubliez pas que les colonies visibles résultent de multiplications à partir d'une bactérie initiale et donc illustrent la transmission verticale d'un caractère déterminé génétiquement.

- La comparaison des expériences 1 et 3 montre que les bactéries de souche S sont très virulentes contrairement aux bactéries de souche R.
- La comparaison des expériences 2 et 4 indique que l'association de bactéries S tuées (non virulentes) et de bactéries R donne naissance à des bactéries S virulentes, alors que l'injection des seules bactéries S tuées est sans effet.
- Comme l'injection de souches S tuées seules n'entraîne pas l'apparition de bactéries S virulentes, les bactéries S apparues dans l'expérience 4 ne peuvent provenir que des bactéries R vivantes. Celles-ci ont donc acquis la capacité à fabriquer une capsule. Cette capacité a été acquise par l'intermédiaire des bactéries S tuées. Ces bactéries S ont donc fourni un principe transformant qui a fait apparaître la capacité nouvelle chez les bactéries R.

> **À NOTER**
> C'est la présence de cette capsule qui confère la virulence aux bactéries de type S.

• La septicémie implique que les bactéries R, en se multipliant, transmettent leur nouvelle capacité à leurs descendants.

• Le transfert du principe transformant des bactéries S en bactéries R est un transfert horizontal. La transmission de ce principe transformant d'une bactérie-mère à ses descendantes caractérise un transfert vertical.

À NOTER
La septicémie indique que de multiples foyers bactériens se trouvent dans le sang et divers organes de la souris, ce qui implique une multiplication des bactéries.

B. L'ADN principe transformant : l'expérience de Avery et MacLeod (document 2)

• L'expérience de Avery et MacLeod, qui confirme celle de Dawson et Sia, montre que la transformation de bactéries R en bactéries S peut être obtenue *in vitro*, en dehors de la souris. La souris n'est donc pas nécessaire à cette transformation.

À NOTER
Cette expérience utilise une propriété fondamentale des enzymes : leur spécificité.

• L'expérience de Avery et McLeod a pour objectif de déterminer la nature de la substance présente dans les extraits de bactéries S à l'origine de la transformation des bactéries R en bactéries S.

• Les protéases sont des enzymes qui hydrolysent les protéines. En conséquence, la fraction 1 de l'extrait est dépourvue de protéines. Cependant, cet extrait provoque la transformation des bactéries R en bactéries S : le principe transformant n'est donc pas de nature protéique.

• La fraction 2 de l'extrait est traitée par une enzyme qui dégrade les molécules d'ARN (ARNase). Pourtant, l'extrait privé de ces molécules permet la transformation de bactéries R en bactéries S. Les molécules d'ARN ne sont donc pas celles qui permettent la transformation.

• La fraction 3 de l'extrait cellulaire des bactéries S, traitée par une enzyme qui dégrade les molécules d'ADN (ADNase), perd la capacité de transformer les bactéries R en bactéries S. Cela signifie que les molécules d'ADN des bactéries S confèrent aux bactéries R la capacité de synthétiser une capsule.

• L'ADN des bactéries S présent dans le milieu de culture R a donc modifié le génome de ces dernières en leur conférant la capacité à fabriquer une capsule.

À NOTER
Cette expérience est historiquement très importante parce qu'elle démontrait pour la première fois que l'ADN est le support d'une information génétique, ici la capacité de synthétiser une capsule.

• Cela implique que la portion d'ADN qui porte les gènes qui permettent de fabriquer une capsule a pénétré dans les bactéries R, s'est incorporée au génome des bactéries R et peut donc être transmise à leur descendance.

II. La conjugaison bactérienne : une autre forme de transfert horizontal

• La transformation bactérienne et la conjugaison bactérienne sont deux processus assurant le transfert horizontal de gènes.

• Le document 4a montre que, dans les jours qui suivent le repas infectieux, le pourcentage de puces contenant des bacilles de la peste résistants à la streptomycine n'a fait que croître pour atteindre près de 100 % au bout d'un mois.

• En outre, le nombre de bacilles résistants par puce a été multiplié par 100 environ entre le 3e et le 28e jour. Cela signifie que des bacilles de la peste au départ sensibles sont devenus résistants et qu'ils se sont multipliés au cours du temps.

• Il y a donc eu un changement dans le génotype des bacilles de la peste, entraînant un changement de phénotype. Ce changement est dû à la présence, dans le repas infectieux, des bactéries *Escherichia coli* résistantes à la streptomycine, car il n'a pas lieu en l'absence d'*Escherichia coli* résistantes. La résistance à la streptomycine a donc été transférée aux bacilles de la peste à partir des bactéries *E. Coli* résistantes.

• Le cliché d'électrophorèse (document 4b) montre que la bactérie *Escherichia coli* possède un seul plasmide pIP1203. Il confère la capacité de résistance à la bactérie. Ce plasmide n'existe pas chez le bacille de la peste sensible à la streptomycine. En revanche, il se trouve dans les bacilles résistants à la streptomycine durant toute la durée de l'expérience.

> **▶ Le secret de fabrication**
>
> Les plasmides migrent au cours de l'électrophorèse en fonction de leur masse molaire. Chaque plasmide occupe donc un emplacement précis dans un cliché. Si plusieurs plasmides issus de bactéries différentes occupent le même emplacement (sur une même ligne horizontale), c'est qu'il s'agit du même plasmide.

• Ce plasmide a donc été transmis de bactéries *Escherichia coli* à des bacilles de la peste. On peut penser que la réunion dans le tube digestif de la puce des *Escherichia coli* résistantes et des bacilles de la peste sensibles a permis des contacts entre ces bactéries qui ont entraîné le transfert par conjugaison du plasmide pIP1203.

> **▶ Le secret de fabrication**
>
> Pour exploiter le document 4, n'oubliez pas qu'un plasmide est le support de gènes et donc que des propriétés d'une bactérie peuvent être dues à un plasmide.

Conclusion

• Dans les exemples envisagés, les streptocoques et les bacilles de la peste sont des bactéries qui ont acquis de l'ADN provenant d'autres bactéries. Il s'agit d'un transfert horizontal, où un organisme intègre du matériel génétique provenant d'un autre organisme sans être le descendant de ce donneur.

• Deux types de transfert horizontal chez les bactéries sont ici illustrés :

– la transformation bactérienne par absorption d'ADN de l'environnement et intégration de cet ADN dans le génome de la bactérie receveuse ;

– la conjugaison bactérienne où un plasmide d'une bactérie donneuse est transmis à une bactérie receveuse à la suite d'un contact étroit entre les deux bactéries.

• Ces deux processus modifient le génome des bactéries receveuses qui peuvent acquérir ainsi de nouvelles capacités et les transmettre à leurs descendants : transfert vertical.

• Les transferts horizontaux de gènes, et pas uniquement les mutations, sont des facteurs importants de l'évolution des génomes bactériens, en particulier dans l'expansion rapide des résistances aux antibiotiques.

7

Exercice 1 • Sujet zéro 2020

Les témoins d'une histoire géologique

1 h 30
7 points

S'ENTRAÎNER

INTÉRÊT DU SUJET • Il s'agit d'exposer les grands principes de chronologie relative de la formation des roches et des évènements qui les affectent. L'application de ces principes a permis de construire l'échelle des temps géologiques, une référence mondiale.

Une coupe géologique comme celle effectuée à partir de la carte géologique de Falaise témoigne d'un passé géologique.

▶ **Exposez les principes qui permettent de reconstituer une chronologie d'événements enregistrés et/ou de structures observées dans un objet géologique.**

Vous rédigerez un texte argumenté. On attend que l'exposé soit étayé par des observations, des exemples… éventuellement issus du document proposé.

DOCUMENT **Coupe géologique effectuée à partir de la carte géologique de Falaise**

Falaise est une commune située dans le département du Calvados, en région Normandie.

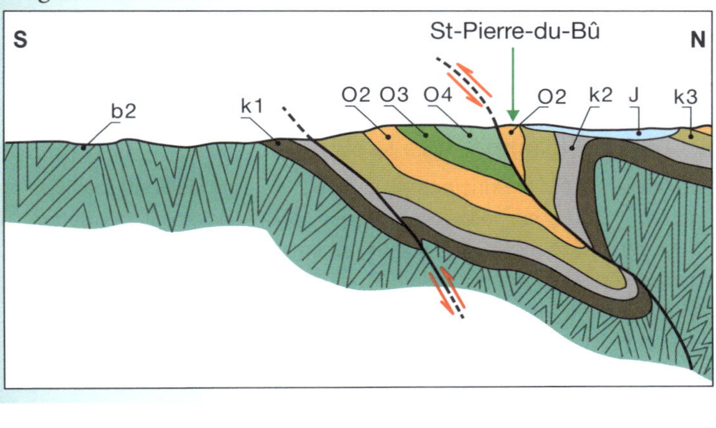

Légende des formations de la carte	Nature des formations	Caractéristiques des formations
J	Jurassique	Sédiments calcaires marins
O4	Formation du grès de May (Ordovicien moyen)	Sédimentation en milieu peu profond
O3	Formation des schistes d'Urville (Ordovicien inférieur)	Formations marines profondes
O2	Formation du grès armoricain (Ordovicien inférieur)	Formations marines littorales
k3	Formation des schistes violacés (Cambrien inférieur)	Formations marines traduisant un recul de l'océan
k2	Calcaire à Rosnaiella[1] du Cambrien inférieur	Calcaire marin traduisant des formations marines littorales
k1	Formation de conglomérats du Cambrien inférieur	Conglomérats de démantèlement de la chaîne cadomienne
b2	Terrains briovériens	Terrains intensément plissés suite à l'orogénèse cadomienne (–750 Ma à –540 Ma)

1 Les Rosnaiella appartiennent à un groupe d'animaux disparus à la fin du Cambrien et qui étaient des constructeurs de récifs.

LES CLÉS DU SUJET

Étape 1. Comprendre le sujet

Le mot-clé est « Principes ». Il s'agit de propositions considérées comme vraies, sur lesquelles repose le raisonnement permettant de dégager des conclusions sur les âges relatifs des structures géologiques. Après avoir énoncé un principe, on le met en œuvre dans l'analyse d'une situation (c'est un argument).

Étape 2. Exploiter le document

• Le document présente des structures permettant d'illustrer les principes de superposition, de continuité, de recoupement, d'inclusion et la notion de discordance angulaire.
• La légende des formations de la carte est un extrait simplifié de l'échelle stratigraphique qui intègre les principes de la chronologie pour les formations sédimentaires. Celles-ci sont de moins en moins âgées de bas en haut.
• Le document donne une indication d'âge pour les terrains du Briovérien, mais les méthodes de la chronologie absolue sont hors sujet.

Étape 3. Construire la réponse

Mobilisez vos connaissances sur les principes de la chronologie relative. Recherchez ensuite dans le document l'observation qui illustre chacun de ces principes.

I. Principes d'exploitation des relations géométriques entre objets géologiques	• Énoncez puis illustrez les principes de superposition, de continuité, de recoupement et d'inclusion. • Indiquez la succession des phénomènes géologiques aboutissant à une discordance angulaire.
II. Apport des données paléontologiques	• Énoncez le principe d'identité paléontologique. • Rappelez les caractéristiques d'un bon fossile stratigraphique.
III. Échelle stratigraphique des temps géologiques	• Expliquez le découpage des temps géologiques en ères, périodes et étages à partir de la légende de la carte. • Exposez l'utilisation de la carte en datation relative.
Conclusion	• Résumez les idées principales. • Soulignez que les méthodes de la chronologie absolue ont confirmé et précisé la chronologie établie par l'application des principes de la chronologie relative.

S'ENTRAÎNER

7 CORRIGÉ GUIDÉ

Introduction

• La planète Terre, active depuis sa formation, a eu une histoire marquée par une succession d'évènements géologiques enregistrés dans les formations géologiques actuelles. L'analyse de ces traces permet, en appliquant les principes de la chronologie relative, de situer dans le temps relativement les uns par rapport aux autres ces évènements (quel est le plus ancien, quel est le plus récent).

• Nous allons présenter ces principes et voir comment leur application à l'interprétation d'observations de terrain conduit à des conclusions sur l'âge relatif d'évènements ayant affecté la région étudiée.

• Enfin, nous verrons que l'application de ces principes a permis de construire une échelle de référence mondiale des temps géologiques.

I. Principes d'exploitation des relations géométriques entre objets géologiques

A. Le principe de superposition

• Les roches sédimentaires, résultant du dépôt de sédiments, sont disposées en couches ou strates superposées. D'après le principe de superposition, une strate est plus récente que celle qu'elle recouvre.

> **▶ Le secret de fabrication**
> La consigne du sujet insiste sur la nécessité de fournir des observations, des exemples, éventuellement issus du document proposé. Celui-ci fournit plusieurs observations exploitables pour démontrer les différents principes de la chronologie relative.

• La coupe géologique de Falaise montre une série sédimentaire allant des conglomérats jusqu'au grès de May. Bien que ces couches soient plissées, elles ont gardé l'ordre de leur formation. Les conglomérats sont la formation la plus ancienne. La couche calcaire qui les surmonte est plus récente que celle à conglomérats et plus ancienne que celle des schistes violacés.

• Le principe de superposition s'applique aussi à la datation relative des terrains volcaniques formés d'une superposition de couches de laves.

B. Le principe de continuité

• Une couche sédimentaire a le même âge sur toute son étendue. Par exemple, la coupe géologique de Falaise permet de suivre la couche des conglomérats sur l'ensemble de la section. Les conglomérats situés sous les terrains jurassiques au nord sont de même âge que les conglomérats k1 situés plus au sud.

À NOTER
La coupe géologique fournie n'était pas orientée. Elle l'a été dans ce corrigé pour faciliter le repérage des couches du document.

C. Le principe de recoupement

• Des déformations diverses, plis, failles, plis-failles, intrusions magmatiques, peuvent affecter les terrains géologiques. Pour les dater, on applique le principe de recoupement : une déformation est postérieure à la formation des roches qu'elle recoupe.

• La coupe géologique de Falaise montre au sud une faille qui affecte la couche des conglomérats et celle du calcaire à Rosnaiella. Une faille est une fracture des roches, accompagnée d'un déplacement relatif des terrains situés de part et d'autre de la faille. Ici, les terrains situés à droite de la faille (au nord) sont surélevés par rapport à ceux situés à gauche (au sud). La faille est postérieure à la formation des conglomérats et du calcaire.

• De même, la faille située près de Saint-Pierre-du-Bû est postérieure à toute la série sédimentaire allant des conglomérats au grès de May.

• Cette série sédimentaire est plissée. Or les couches sédimentaires se déposent horizontalement. Le plissement de ces terrains est postérieur à leur formation. Il a eu lieu après la formation des grès de May.

• Imaginons un pluton granitique qui affleure et recoupe les terrains briovériens. Ce pluton proviendrait du refroidissement d'un magma formé en profondeur et qui se serait introduit dans les terrains briovériens. Il serait ainsi postérieur à ces derniers.

D. Le principe d'inclusion

• Ce principe s'applique en particulier à l'échelle d'un échantillon de roche, et même à l'échelle du minéral. Il indique qu'un objet géologique inclus dans un autre est antérieur à ce dernier.

• Les conglomérats sont des formations détritiques où des galets sont inclus dans une matrice argileuse. Les galets sont antérieurs à la formation du conglomérat. Dans la coupe de Falaise, les galets sont des fragments de roches des terrains briovériens.

• Dans les terrains volcaniques basaltiques, il n'est pas rare de voir des enclaves de péridotites incluses dans le basalte. Elles sont antérieures à la formation du basalte.

E. L'histoire géologique révélée par les discordances angulaires

• Une surface de discordance angulaire est une surface de contact entre deux formations superposées où la disposition géométrique des couches est différente. Cette surface témoigne de la chronologie d'évènements géologiques.

• La coupe de Falaise, à droite (nord), montre des terrains jurassiques situés au-dessus des terrains sédimentaires plissés. Ces terrains jurassiques sont des calcaires marins qui sont disposés horizontalement. La surface de contact recoupe tous les terrains (conglomérats, calcaire, schistes). Cette surface est une surface de discordance angulaire.

• D'après le principe de superposition, les couches du Jurassique sont plus récentes que les formations qu'elles recouvrent. D'après le principe de recoupement, la surface de discordance est postérieure aux formations sédimentaires qu'elle recoupe.

Cette discordance angulaire traduit donc la succession des événements géologiques suivants :

1. dépôt de la série des formations sédimentaires allant de k1 à O4 (et même d'autres sédiments enlevés par la suite par l'érosion) ;

2. phase de plissement liée à la formation d'une chaîne de montagnes (orogenèse) ;

3. érosion des reliefs menant à leur pénéplanation ;

4. transgression de la mer dans la région, aboutissant au dépôt des sédiments à l'origine des terrains jurassiques.

À NOTER
Une discordance angulaire plus ancienne sépare les terrains briovériens des terrains sédimentaires qui les surmontent. Elle est liée à l'orogénèse cadomienne, qui n'a affecté que les terrains briovériens.

II. Apport des données paléontologiques

• Les formations sédimentaires renferment des fossiles, témoins des espèces animales ou végétales ou des micro-organismes ayant vécu au moment de la formation de ces roches.

• L'évolution du monde vivant au cours de l'histoire de la Terre est marquée par le renouvellement des espèces. Une espèce apparaît, puis se maintient un certain temps et finit par disparaître, souvent en étant à l'origine de nouvelles espèces. La présence d'une espèce fossile dans une succession de strates traduit donc une durée.

• Le principe d'identité paléontologique indique que les strates sédimentaires qui contiennent les mêmes associations de fossiles stratigraphiques sont de même âge. L'application de ce principe est précieuse pour établir une chronologie relative des couches sédimentaires éloignées les unes des autres et établir des identités entre différentes régions géologiques.

- Un bon fossile stratigraphique a une grande répartition géographique à l'échelle mondiale. En outre, il a une relative faible extension verticale dans une série sédimentaire, ce qui signifie que l'espèce a eu une durée de vie brève à l'échelle des temps géologiques (un million d'années, parfois moins).
- Des groupes d'espèces fossiles, comme celui des ammonites, ont eu une évolution marquée par un renouvellement rapide des espèces. Les fossiles d'ammonites sont très précieux pour établir des corrélations à distance.

> **▶ Le secret de fabrication**
> Le document ne suffit pas à illustrer tous les principes de la chronologie relative. En particulier, il fournit très peu d'informations sur les fossiles des roches sédimentaires, à relier au principe d'identité paléontologique et à la notion de fossile stratigraphique. Il faut alors présenter vos propres exemples. Comme ici, l'allusion aux ammonites.

- La couche k2 renferme des fossiles, les Rosnaiella, qui ont disparu rapidement. Si ces animaux constructeurs de récifs ont eu une grande extension géographique, ils pourraient être utilisés pour repérer les terrains cambriens.

III. Échelle stratigraphique des temps géologiques

- En appliquant les principes de la chronologie relative, les géologues ont établi des coupures dans l'histoire de la Terre, et construit ce qu'on appelle une échelle stratigraphique. Les coupures les plus larges résultent d'évènements biologiques majeurs ayant conduit à un taux de renouvellement des espèces particulièrement élevé (crises biologiques). Ainsi, la première subdivision est celle des grandes ères : l'ère précambrienne, le Paléozoïque (ère primaire), le Mésozoïque (ère secondaire) et le Cénozoïque (ères tertiaire et quaternaire). La coupure séparant l'ère primaire et l'ère précambrienne est ainsi marquée par la diversification importante des fossiles des métazoaires au début de l'ère primaire, celle entre l'ère secondaire et l'ère tertiaire est marquée par la disparition des ammonites, des dinosaures et de bien d'autres espèces.
- Les ères sont elles-mêmes subdivisées en périodes. Le Jurassique est par exemple une période de l'ère secondaire. Enfin, les périodes sont découpées en étages, qui sont les unités de base de l'échelle stratigraphique. Chaque étage est une unité définie à partir d'une coupe de référence dans une localité caractérisée par une association d'espèces de fossiles stratigraphiques.
- Ainsi, si l'on retrouve les mêmes associations de fossiles dans une autre région, qu'elle soit proche ou non, on utilisera cette référence pour dater ces nouvelles strates. C'est ainsi que les noms donnés aux strates de référence dans une localité ont été utilisés pour donner un âge relatif à d'autres terrains, démarche qui est toujours valable.

S'ENTRAÎNER

Conclusion

- L'étude géologique d'une région à partir d'observations de terrain et dans une perspective historique implique d'identifier les évènements géologiques l'ayant affectée dans le passé et leur chronologie relative. Celle-ci implique l'application de principes qui reposent sur la disposition géométrique des terrains les uns par rapport aux autres et sur la détermination précise des fossiles présents dans les différentes strates sédimentaires.
- Les discordances angulaires sont très importantes à considérer car elles sont les traces d'une succession d'évènements géologiques.
- Les fossiles stratigraphiques contribuent à situer dans le temps les formations sédimentaires d'une région par rapport à un calendrier géologique. Ce calendrier est une échelle stratigraphique, établie surtout à partir de critères paléontologiques.
- L'échelle stratigraphique établie à l'échelle mondiale par les travaux de la chronologie relative a été confirmée par les méthodes de datation absolue. Celles-ci ont permis de dater les coupures de l'échelle et de donner au moins approximativement la durée des ères, périodes et étages.

8 France métropolitaine, septembre 2021
Exercice 2

Histoire géologique de la région d'Andlau

1 h 50
8 points

S'ENTRAÎNER

INTÉRÊT DU SUJET • En relevant différents indices présents sur la carte géologique de la région d'Andlau et en les faisant parler, on reconstitue la chronologie de la formation des sols, dont la diversité fait la richesse viticole de la région.

Comme d'autres villages alsaciens, Andlau présente une production viticole qui se caractérise par la diversité des types de raisins produits. Cette dernière s'explique par les différents cépages (variétés de vigne) utilisés ainsi que par la diversité des sols de la région, qui traduit la grande hétérogénéité des roches du sous-sol. Cette hétérogénéité se retrouve à l'échelle régionale.

▶ **Expliquer comment la succession chronologique d'événements géologiques permet de rendre compte de la diversité des roches observées dans la région présentée dans le document 1.**

Vous organiserez votre réponse selon une démarche de votre choix intégrant des données du document et les connaissances utiles.

DOCUMENT 1 Carte géologique simplifiée de la région d'Andlau

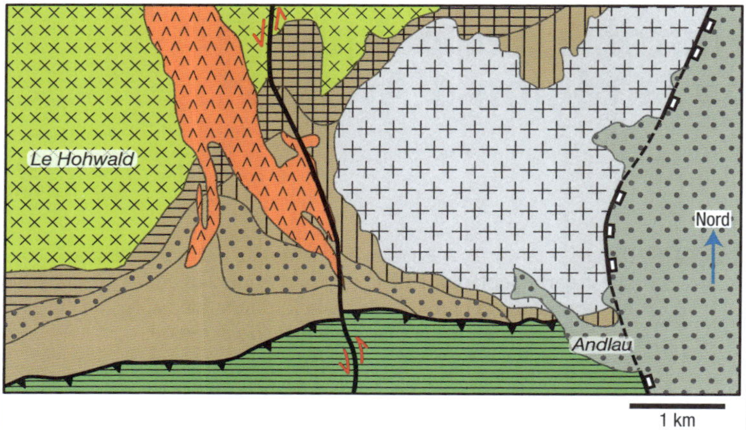

Roches magmatiques :

- Granite d'Andlau (−310 millions d'années)
- Filon de rhyolite (roche volcanique plus jeune que le granite d'Andlau)
- Granodiorite du Hohwald (roche de composition proche de celle d'un granite)

Roches métamorphiques :

- Cornéennes à sillimanite associées au granite d'Andlau
- Cornéennes à sillimanite associées à la granodiorite du Hohwald
- Schistes tachetés
- Schistes de Steige (origine : roche sédimentaire)
- Schistes de Villé âgés de plus de 500 millions d'années (origine roche sédimentaire)

Roches sédimentaires :

- Roches sédimentaires dont certaines contiennent des galets de granite d'Andlau

Structures tectoniques :

- Chevauchement (le triangle noir pointe vers l'unité chevauchante, qui est ici plus vieille que l'unité chevauchée). Chevauchement mis en place avant la granodiorite du Hohwald
- Faille normale recoupant le granite d'Andlau, les cornéennes et les schistes de Villé
- Parties de la faille normale recouvertes de roches sédimentaires
- Faille à déplacement horizontal

Le Hohwald, Andlau : villes

Redessiné, d'après la carte géologie de Sélestat 50 000ᵉ,
la carte de France au millionième et la thèse d'A.-S. Tabaud, 2012

DOCUMENT 2 **Composition minéralogique de roches du secteur d'Andlau**

Les trois roches ont la même composition chimique, mais comportent des minéraux différents.

	Roches	Schistes de Steige	Schistes tachetés	Cornéennes à sillimanite
Minéraux (liste non exhaustive)	Quartz	+	+	+
	Argiles	+		
	Biotite ou mica noir		+	+
	Muscovite ou mica blanc	+	+	
	Cordiérite		+	
	Andalousite		+	
	Sillimanite			+

La présence des minéraux est indiquée par les symboles + dans les cases grisées.

D'après le site planet-terre.ens-lyon.fr

DOCUMENT 3 **Domaines de stabilité de quelques minéraux repères**

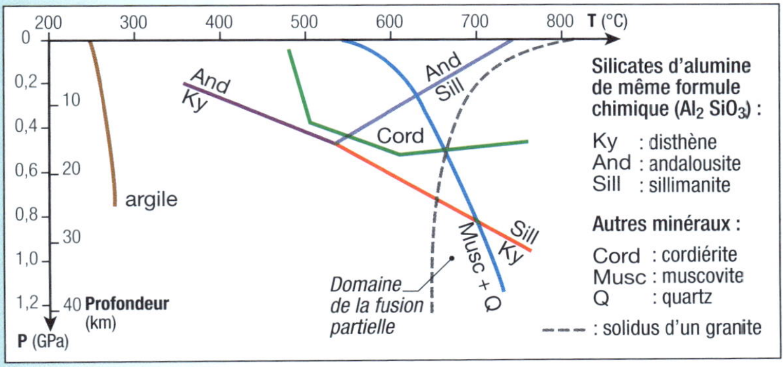

Le solidus limite le domaine solide (à gauche) du domaine solide + liquide (à droite).

D'après le site pedagogie.ac-montpellier.fr/svt

DOCUMENT 4 **Datation absolue de la granodiorite du Hohwald**

Un granite se trouvant à proximité et mis en place à la même période que la granodiorite du Hohwald a été daté par la technique de datation absolue U/Pb.

Le graphique suivant présente une portion de la courbe qui indique les combinaisons possibles des rapports des deux radiochronomètres $^{206}Pb/^{238}U$ et $^{207}Pb/^{235}U$ ainsi que les âges correspondants en millions d'années.

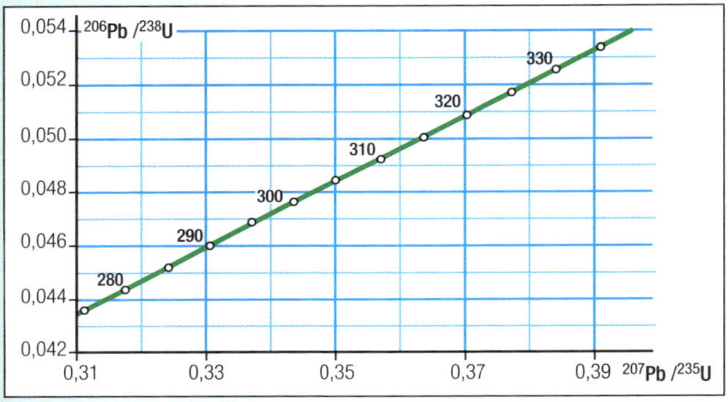

Sont également données dans le tableau ci-dessous les valeurs de rapports isotopiques pour trois fractions du granite qui a pu être daté. Elles se situent normalement sur une droite dont l'intersection avec la courbe indique l'âge de cristallisation de la roche.

Fractions de granite	Rapports isotopiques	
	$^{207}Pb/^{235}U$	$^{206}Pb/^{238}U$
1	0,35	0,0480
2	0,39	0,0533
3	0,33	0,0451

D'après A. Cocherie *et al.*, C. R. Geoscience 336 (2004)
et le site planet-terre.ens-lyon.fr

LES CLÉS DU SUJET

Étape 1. Comprendre le sujet

• La carte géologique est le document pivot. Elle présente les formations rocheuses affleurant dans la région d'Andlau. À partir de vos connaissances et, pour les cornéennes et schistes tachetés, des informations extraites des documents 2 et 3, il faut identifier les phénomènes géologiques qui leur ont donné naissance, puis les situer dans un cadre temporel, de manière à les inscrire dans une histoire. Pour cela, il faut appliquer les principes de la chronologie relative.

• Ces principes sont aussi utilisés pour situer dans le temps les déformations subies par les formations rocheuses (chevauchement, failles).

Étape 2. Exploiter les documents

• Le document 1 donne l'âge de quelques roches, mais fournit surtout des indices qui permettent d'identifier des événements géologiques.

• Les documents 2 et 3 permettent d'identifier le phénomène géologique à l'origine des schistes tachetés et des cornéennes.

• Le document 4 repose sur une méthode de chronologie absolue différente de celle vue en classe (vous n'avez pas à l'expliciter). Le document indique comment déterminer l'âge absolu de la roche étudiée.

Étape 3. Construire la réponse

Introduction	Précisez l'objectif du développement : reconstituer l'histoire géologique de la région à l'origine de la grande diversité de formations rocheuses.
I. Les formations sédimentaires anciennes	• Situez dans le temps la formation des schistes de Villé par rapport à celle des schistes de Steige. • Datez le chevauchement par rapport aux formations schisteuses.
II. Les roches magmatiques	• Datez la formation des plutons granitiques par rapport à celle des schistes de Steige. • Relevez l'âge du granite d'Andlau, et utilisez le graphique du document 4 pour obtenir une datation absolue du granite du Hohwald. • Datez, par rapport aux granites et aux schistes, la rhyolite.
III. Les cornéennes et les schistes tachetés	• Caractérisez la situation de ces roches métamorphiques par rapport aux granites. • Expliquez la formation de ces roches, et datez-les par rapport aux granites.

IV. Failles et roches sédimentaires les plus récentes	Datez les failles par rapport aux formations rocheuses de la carte, notamment les roches sédimentaires les plus récentes.
Conclusion	• Résumez la succession des événements géologiques ayant affecté la région d'Andlau. • Évoquez rapidement le lien entre viticulture et histoire géologique d'une région.

8 CORRIGÉ GUIDÉ

Introduction

• La carte géologique de la région d'Andlau, établie à partir des observations de terrain de géologues, renseigne sur les diverses formations rocheuses qui affleurent dans cette région et les déformations qu'elles ont subies.

• Nous allons identifier les phénomènes géologiques à l'origine de ces formations, et, en appliquant les principes de la chronologie relative, établir leur succession dans le temps. On peut ainsi décrire l'histoire géologique de la région comme une succession d'événements géologiques. En considérant le massif granitique du Hohwald, on verra comment une des méthodes de chronologie absolue permet de donner un âge relativement précis à une formation magmatique.

I. Les formations sédimentaires anciennes (doc. 1)

> ▶ **Le conseil de méthode**
> Il faut prendre en compte toutes les précisions données dans la légende de la carte pour pouvoir appliquer les principes de la chronologie relative.

• Les schistes de Villé et les schistes de Steige sont identifiés comme des roches sédimentaires. Ils résultent donc du dépôt de sédiments dans un bassin qui occupait la région au moment de leur formation. On ne dispose pas d'informations permettant de dire si le milieu était marin.

• On observe un chevauchement entre les schistes de Villé et ceux de Steige. Les triangles indicateurs du chevauchement sont orientés vers la formation de Villé, l'identifiant comme l'unité chevauchante. Celle-ci, âgée de plus de 500 millions d'années (Ma), est, d'après la légende, plus vieille que l'unité chevauchée, les schistes de Steige.

• Le chevauchement d'une formation sédimentaire par une autre plus ancienne, contraire au principe de superposition, traduit une déformation tectonique caractéristique d'une orogenèse. Le chevauchement, donc l'orogenèse, est postérieur à la formation des schistes de Steige.

II. Les roches magmatiques (doc. 2)

> ▶ **Le conseil de méthode**
> Ici, commencez par exposer les connaissances sur l'origine du granite qui permettront d'interpréter les informations extraites du document 1.

• Les granites sont des roches magmatiques plutoniques. Ils résultent du refroidissement lent d'un magma qui a cristallisé à une profondeur de quelques kilomètres. Ce magma, issu de la fusion partielle de roches préexistantes profondes, est monté vers la surface sans parvenir à l'atteindre.

• Les plutons granitiques recoupent les schistes de Steige. Conformément au principe de recoupement, les plutons sont donc plus récents. La légende indique l'âge du granite d'Andlau (–310 Ma), mais ne renseigne pas sur celui de la granodiorite du Hohwald. Le document 4 permet de l'établir.

• Le graphique du document 4 fournit une courbe de référence indiquant l'âge d'un granite en fonction des valeurs de deux couples isotopiques. Trois fractions d'un granite du même âge que la granodiorite du Hohwald sont analysées. Les valeurs des fractions analysées se situent sur une droite dont l'intersection avec la courbe de référence indique l'âge de cristallisation de la roche. En reportant sur le graphique les valeurs fournies sur les rapports isotopiques de ces trois fractions, on constate que la droite reliant les points obtenus recoupe la courbe de référence à 335 Ma, aux incertitudes près.

• La granodiorite du Hohwald est donc un peu plus âgée que le granite d'Andlau. Les schistes de Steige se sont donc formés entre –500 Ma (âge des schistes de Villé) et –335 Ma (âge de la granodiorite du Hohwald).

> **À NOTER**
> Au nord, la carte géologique indique que les cornéennes sont **à la fois** associées au granite d'Andlau et à la granodiorite du Hohwald. Cela suggère que les deux plutons ont le même âge ou un âge voisin.

• Une autre roche magmatique, mais volcanique, la rhyolite, affleure dans le secteur du Hohwald. Elle recouvre les schistes de Steige, les schistes tachetés et les cornéennes, mais aussi le granite du Hohwald. Elle résulte donc du refroidissement en surface d'une lave, postérieurement à ces formations.

III. Les cornéennes et les schistes tachetés

A. Disposition relative de ces deux formations

Ces roches forment une couronne autour du massif granitique d'Andlau et du massif du Hohwald. Les cornéennes forment la couronne la plus proche des granites, les schistes tachetés une couronne plus éloignée des granites et arrivant au contact des schistes de Steige. Cette disposition en couronne autour des massifs granitiques indique que ceux-ci ont contribué à leur formation. Étant des roches métamorphiques, cornéennes et schistes tachetés proviennent de la transformation à l'état solide de roches préexistantes.

B. Origine de ces roches métamorphiques (doc. 2 et 3)

• Le document 2 indique que les cornéennes et les schistes tachetés ont la même composition chimique que les schistes de Steige. Outre leur disposition, cela indique que cornéennes et schistes tachetés proviennent de la transformation métamorphique des schistes de Steige. Cette transformation se traduit par la formation de nouveaux minéraux : biotite, cordiérite et andalousite pour les schistes tachetés, biotite et sillimanite pour les cornéennes. Ces nouveaux minéraux se sont formés à partir des minéraux présents dans les schistes de Steige, argiles notamment, qui ne sont plus présents chez les schistes tachetés et cornéennes.

• Le document 3 fournit des informations sur le domaine de stabilité des minéraux disparus et des minéraux formés à la suite des réactions métamorphiques. Les argiles ne sont plus stables à des températures supérieures à 200 °C alors qu'andalousite, cordiérite et sillimanite sont stables à des températures nettement plus élevées. Cela signifie que cornéennes et schistes tachetés proviennent du métamorphisme des schistes de Steige, à la suite d'une forte augmentation de leur température.

C. Histoire de la formation de ces roches métamorphiques

> **▶ Le secret de fabrication**
> Les documents 2 et 3 n'ont pas été analysés pour eux-mêmes, mais comme source d'informations pour expliquer l'origine des roches.

• Le métamorphisme des schistes de Steige est consécutif à une forte augmentation de température, provoquée par la formation des plutons granitiques d'Andlau et du Hohwald. Comme l'indique le solidus du granite (doc. 3), le magma granitique, quand il commence sa cristallisation, est à une température supérieure à 800 °C à faible profondeur. La chaleur du magma diffuse dans la roche encaissante, à savoir les schistes de Steige. L'augmentation de température est la plus forte à proximité du pluton granitique, ce qui explique un métamorphisme plus intense des cornéennes que des schistes tachetés (révélé par la présence de la sillimanite uniquement dans les cornéennes). À une certaine distance du granite, l'élévation de température est trop faible pour que les réactions métamorphiques se réalisent.

• Cette histoire indique que les cornéennes et les schistes tachetés sont des roches dont la formation est plus récente que celle des schistes de Steige, et contemporaine de la mise en place des plutons granitiques.

IV. Failles et roches sédimentaires les plus récentes

• Les roches sédimentaires d'Andlau recouvrent les schistes de Villé, le chevauchement, les cornéennes et le granite. Leur formation est donc postérieure à celle de toutes ces roches ainsi qu'au chevauchement. Un autre argument est la présence de galets de granite d'Andlau au sein de certaines de ces roches sédimentaires. Conformément au principe d'inclusion, les galets sont plus anciens que les roches qui les contiennent.

• La faille normale, correspondant à un mouvement extensif, qui recoupe le granite d'Andlau est postérieure à la formation de ce granite. En revanche, elle est recouverte à certains endroits par les roches sédimentaires, ce qui indique qu'elle est antérieure à ces roches.

Conclusion

• La région d'Andlau a vu se succéder de nombreux événements géologiques qui sont à l'origine de la grande diversité des roches de cette région.

• D'abord deux épisodes sédimentaires, marqués par la formation des schistes de Villé, formation géologique la plus âgée, puis par celle des schistes de Steige. Le chevauchement des schistes de Steige par les schistes de Villé indique que la région a ensuite été affectée par une orogenèse.

• Suivent des épisodes magmatiques, marqués par la formation des granites d'Andlau et du Hohwald, dont l'âge est compris entre −300 Ma et −335 Ma et qui métamorphisent les schistes de Steige (métamorphisme de contact), ce qui génère de nouvelles roches, les cornéennes et les schistes tachetés. Un volcanisme suit, à l'origine de la rhyolite.

• Des déformations tectoniques dont la faille normale est la plus notable indiquent ensuite une tectonique en extension avec formation d'un bassin sédimentaire où s'accumulent des roches sédimentaires détritiques, avec pour certaines des galets provenant de l'érosion du granite d'Andlau.

• La diversité de roches résultant de l'histoire géologique de la région engendre une variété de sols propice à l'installation de cépages variés.

9 Sujet spécimen 2021 n° 2 • Exercice 1

Les sèves des plantes à fleurs

1 h 30
7 points

INTÉRÊT DU SUJET • Ce sujet implique de mobiliser l'ensemble de vos connaissances sur la nutrition des plantes. Vous montrerez comment leur organisation fonctionnelle (racines, tige, feuilles) leur permet de se nourrir dans le cadre d'une vie fixée entre sol et air.

Les végétaux présentent une organisation fonctionnelle adaptée à un mode de vie fixée. Ils sont dotés de structures d'échanges et de transport.

▶ Expliquer les mécanismes permettant la production des sèves.

Vous rédigerez un texte argumenté qui s'appuiera sur le document proposé, complété si besoin d'expériences et/ou d'observations et/ou d'exemples judicieusement choisis.

DOCUMENT **Composition moyenne comparée de quelques éléments de la sève brute et de la sève élaborée**

	Sève brute	Sève élaborée
H_2O (en %)	99	80
Glucides : saccharose et autres glucides solubles (en g/L)	Traces	100 à 300
Ions minéraux (en g/L)	0,2 à 4	1 à 5

D'après R. Jones *et al*, 2013 et S. Satoh, 2006

LES CLÉS DU SUJET

Étape 1. Comprendre le sujet

• Les termes clés sont « échanges », « transport » et « sèves ». Pour commencer, il faut définir les termes « sève brute » et « sève élaborée », caractéristiques des plantes terrestres.

• La question posée se rapporte à leur production, laquelle découle du prélèvement de molécules et d'ions dans l'environnement de la plante. Comme suggéré en introduction, il faut exposer les structures d'échanges qui permettent ces prélèvements.

• La production de sève élaborée implique la synthèse des molécules qu'elle transporte, il faut donc exposer les mécanismes fondamentaux de la photosynthèse.

Étape 2. Exploiter le document

Le document d'aide, sur la composition chimique des deux types de sèves, peut être utilisé pour introduire leurs lieux de production et le sens de leur transport.

Étape 3. Construire la réponse

On aurait pu choisir un plan en deux parties, une pour chaque type de sève. Ici, nous ajoutons une première partie pour situer l'importance des sèves dans le contexte de nutrition de la plante.

I. Les sèves et la nutrition des plantes	• Présentez le rôle des sèves dans la nutrition de la plante en vous aidant du document. • Présentez les structures caractéristiques du transport de chaque type de sève.
II. La production de la sève brute	• Décrivez les surfaces racinaires d'absorption d'eau et d'ions minéraux (système racinaire). • Présentez les associations avec d'autres êtres vivants (mycorhizes) qui augmentent l'efficacité de ce système.
III. La production de la sève élaborée	• Montrez que la photosynthèse nécessite la capture de l'énergie lumineuse, et un apport d'eau et de dioxyde de carbone aux cellules chlorophylliennes. • Décrivez l'organisation anatomique et cellulaire des feuilles qui permet la capture de la lumière et l'apport de CO_2 et d'eau aux cellules chlorophylliennes.
Conclusion	• Résumez les grandes idées : la nécessité de surfaces d'échanges étendues pour produire les sèves. • Précisez comment leurs productions respectives dépendent l'une de l'autre.

S'ENTRAÎNER

9 CORRIGÉ GUIDÉ

Introduction

• Pour se nourrir, les plantes chlorophylliennes prélèvent leurs nutriments dans le sol, par leur appareil racinaire, et dans l'atmosphère, par leur tige feuillée. Des transferts de matières entre ces deux appareils sont indispensables à la nutrition de tous les organes. Ils sont assurés grâce à la production et à la circulation des sèves brute et élaborée.

• Nous allons étudier où et comment ces deux types de sèves sont produits dans un environnement, sol comme atmosphère, où les nutriments sont en faible concentration.

I. Les sèves et la nutrition des plantes

A. Spécificités de la nutrition des plantes chlorophylliennes

• Les plantes chlorophylliennes sont autotrophes : elles se développent en produisant leurs matières organiques à partir de nutriments minéraux : eau, ions (nitrates par exemple) et dioxyde de carbone (CO_2).

• Cependant seuls les organes aériens, et en particulier les feuilles, sont autotrophes, grâce à leur capacité à réaliser la photosynthèse.

• Appareils aérien et souterrain jouent donc un rôle différent dans la nutrition de la plante. L'appareil souterrain prélève l'eau et les ions minéraux dans le sol alors que l'appareil aérien est le siège de la synthèse de matières organiques par photosynthèse.

• Toutes les cellules des organes de la plante ont besoin d'être alimentées en eau, ions et matières organiques. Cela implique des transferts de matières entre organes aériens et souterrains. Ils sont assurés par une double circulation, celle de la sève brute et celle de la sève élaborée.

B. Caractéristiques de la sève brute et de la sève élaborée

> ▶ **Le conseil de méthode**
> Utilisez le document d'aide pour introduire les données sur les sèves.

• Le document indique que l'eau est le principal constituant des deux types de sèves. Les autres substances sont dissoutes dans l'eau : les sèves sont donc des solutions.

• La sève brute est une solution très diluée puisque le pourcentage de l'eau est de 99 %. Les solutés sont quasi uniquement des ions minéraux car les glucides, seules matières organiques, sont à l'état de traces. Elle se forme au niveau des racines par prélèvement dans la solution du sol.

• Par rapport à la sève brute, la sève élaborée est une solution beaucoup plus concentrée (pourcentage de l'eau : 80 %). Les solutés sont surtout des glucides, en particulier le saccharose. Cette richesse en matières organiques traduit sa formation dans les feuilles, par photosynthèse.

À NOTER
La sève élaborée n'est pas plus riche en ions minéraux que la sève brute. Elle est simplement moins riche en eau, ce qui concentre les ions.

C. La circulation des sèves et la nutrition des organes de la plante

• À partir de leur lieu de formation, les sèves circulent dans toute la plante.

• La sève brute atteint tous les organes aériens de la plante, c'est pourquoi on la qualifie de sève ascendante. La sève élaborée est véhiculée jusqu'à tous les organes incapables de photosynthèse : les racines, mais aussi les bourgeons en croissance, les fleurs et les fruits avec leurs graines (figure 1).

• La double circulation des sèves est assurée par des tissus conducteurs ayant des caractéristiques différentes :

– les vaisseaux, constitués par des files de cellules cylindriques mortes, réduites à leur paroi lignifiée, et dont les cloisons transversales ont disparu, qui sont de véritables « pipelines » à sève brute ;

– les tubes criblés, constitués de files de cellules vivantes, allongées, dont les parois transversales sont criblées d'orifices, qui véhiculent la sève élaborée.

• Les vaisseaux et les tubes criblés forment deux systèmes continus, parallèles, associés dans tous les organes de la plante. Au niveau des feuilles, ils sont situés dans les nervures. Les sèves sont donc caractérisées par les structures qui les véhiculent.

▶ Le secret de fabrication

La formulation du sujet étant assez vague, cette première partie permet de démontrer votre appropriation de la problématique avant d'entrer davantage dans le détail de la production des sèves.

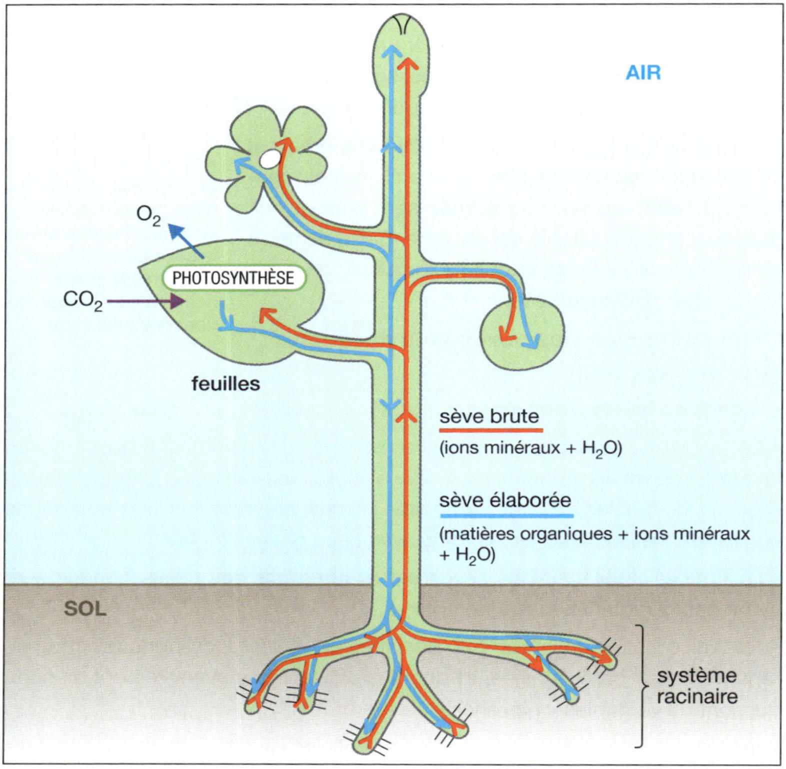

Figure 1. La double circulation des sèves dans la plante

II. La production de la sève brute

A. L'absorption de la solution du sol par le système racinaire

• L'appareil racinaire est extrêmement ramifié. Ce sont les racines les plus fines, jeunes, très nombreuses, qui assurent l'essentiel du prélèvement d'eau et d'ions minéraux dans la solution du sol. Leur croissance permanente, liée aux mitoses de leur méristème, suivies de l'élongation des cellules nouvellement produites, leur permet d'explorer des surfaces nouvelles.

• À proximité de l'extrémité d'une racine se trouve la zone pilifère. Elle est constituée par des poils absorbants de quelques millimètres de long. Constamment renouvelée, elle suit l'allongement de la racine dans le sol.

• Le nombre de poils absorbants d'une plante est estimé à plusieurs milliards pour une plante herbacée comme un pied de seigle ou de blé. Cela représente une surface de contact avec la solution du sol de 400 m^2 pour un pied de blé.

• De nombreuses espèces d'arbres, dont les racines ne présentent pas de zone pilifère, assurent leur prélèvement d'eau et d'ions grâce à une association symbiotique de leurs racines avec des filaments de champignons. Cette association est appelée mycorhize. Les filaments forment un feutrage autour des jeunes racines et pénètrent même à l'intérieur. Ils s'étendent dans le sol autour des racines, explorant pour le compte de la plante une surface de sol beaucoup plus importante que la surface racinaire. Ainsi, sous 1 m^2 de sol arboré, la surface des mycorhizes représente environ 100 m^2.

• L'importance de cette association pour la plante a été confirmée par des expériences montrant que la croissance de plants mycorhizés était, notamment sur des sols pauvres, nettement supérieure à celle de plants non mycorhizés de la même espèce.

• D'autres associations intervenant dans la nutrition minérale des plantes existent.

> À NOTER
> Certaines plantes ont de petites excroissances, les nodosités, contenant des bactéries capables d'assimiler l'azote atmosphérique présent dans les pores du sol. La sève brute est ainsi enrichie en ions azotés.

B. la formation de la sève brute des vaisseaux

• L'eau et les ions minéraux prélevés gagnent ensuite les vaisseaux situés à l'intérieur des racines, en circulant dans les parois des cellules et en passant de cellule en cellule.

• Plus de 90 % de l'eau de la sève brute arrivant aux feuilles s'évapore dans l'atmosphère : c'est la transpiration foliaire qui est le principal moteur de l'ascension de la sève brute. L'intensité de la transpiration foliaire affecte l'absorption racinaire. En période chaude, l'évaporation, et donc l'absorption racinaire, sont réduites.

III. La production de la sève élaborée

A. L'optimisation de l'exposition à la lumière des feuilles

• Contrairement à la production de la sève brute, celle de la sève élaborée ne se limite pas au prélèvement des nutriments dans l'environnement. Les glucides de la sève élaborée sont synthétisés dans les chloroplastes, de gros organites cellulaires, par photosynthèse.

• En prenant comme exemple la synthèse du glucose (à partir duquel se forme le saccharose), l'équation-bilan de la photosynthèse est :

$$6CO_2 + 12H_2O \xrightarrow{\text{énergie lumineuse}} C_6H_{12}O_6 + 6O_2 + 6H_2O$$

– Les molécules d'eau, au même titre que celles du CO_2, sont des nutriments utilisés par les cellules chlorophylliennes des feuilles pour la synthèse des glucides de la sève élaborée.

– Les atomes d'oxygène des molécules de dioxygène produites proviennent des molécules d'eau. Globalement, la photosynthèse est une réaction d'oxydo-réduction où l'eau est oxydée (photolyse) et le CO_2 réduit.

• La photosynthèse est une réaction d'oxydo-réduction non spontanée, qui se réalise grâce à l'énergie lumineuse captée par les pigments chlorophylliens contenus dans les chloroplastes.

À NOTER
Au cours de la photosynthèse, l'eau est oxydée grâce à l'énergie lumineuse. C'est une « photolyse » : $H_2O \rightarrow ½O_2 + 2H^+ + 2e^-$. En parallèle, le CO_2 accepte les e^- et les H^+ : il est réduit (CHO).

• Voyons les caractéristiques des feuilles qui optimisent la photosynthèse.

• Les feuilles sont plates, peu épaisses, elles développent une grande surface par rapport à leur volume. La surface de l'ensemble des feuilles d'un grand arbre est supérieure à celle d'un terrain de football. Les feuilles sont parallèles au sol et présentent donc une grande surface d'exposition aux rayons solaires.

• Le tissu foliaire, ou parenchyme, est situé entre les épidermes supérieur (face tournée vers le soleil) et inférieur (face tournée vers le sol). Chez beaucoup d'espèces, il est divisé en un parenchyme palissadique, situé sous l'épiderme supérieur et en un parenchyme lacuneux, constitué par des cellules irrégulières, laissant de grands espaces entre elles.

• Les cellules du parenchyme palissadique contiennent 80 à 85 % des chloroplastes de la feuille. Elles sont les plus exposées au soleil, ce qui constitue une optimisation de l'exploitation de l'énergie lumineuse pour la photosynthèse.

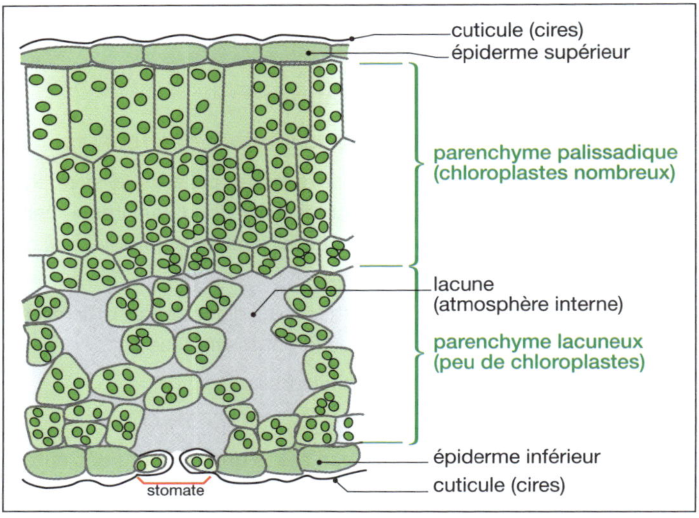

Figure 2. **Schéma d'une coupe de feuille**

• Les chloroplastes contiennent deux compartiments : le stroma et les thylakoïdes. Les thylakoïdes, disques aplatis dans les membranes desquels sont insérées les molécules de pigments chlorophylliens, constituent une importante surface d'absorption des radiations lumineuses, qui optimise elle aussi la captation de l'énergie solaire.

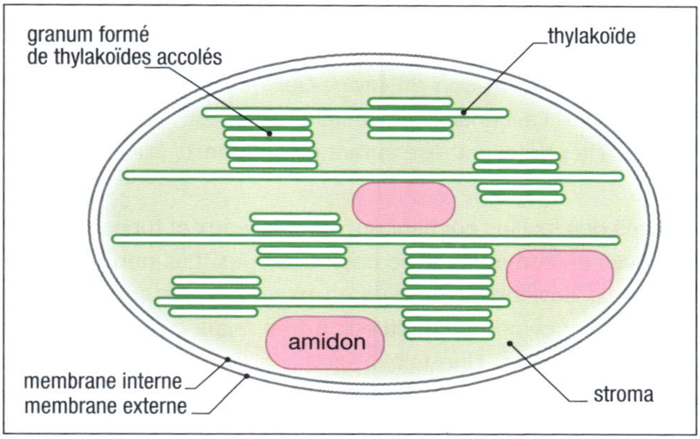

Figure 3. **Organisation d'un chloroplaste**

• À toutes les échelles (organisme, organe, cellule, organite cellulaire), les caractéristiques de la feuille favorisent la capture de l'énergie lumineuse indispensable à la synthèse des glucides de la sève élaborée.

B. L'optimisation de l'apport du CO_2 et de l'eau aux cellules

• Les cellules épidermiques sont recouvertes par une cuticule imperméable à l'eau et aux gaz. La perte d'eau par évaporation est ainsi limitée. Les gaz ne peuvent diffuser qu'à travers des structures, les stomates, présentes dans les épidermes, particulièrement dans l'épiderme inférieur.

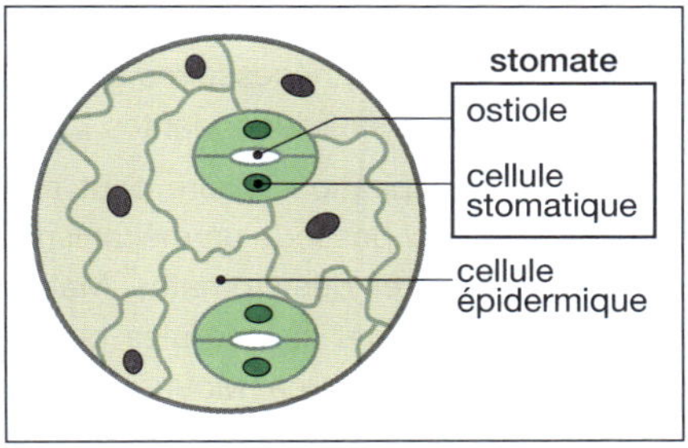

Figure 4. **Organisation d'un stomate dans l'épiderme foliaire**

• Les stomates sont en relation avec les cavités du parenchyme lacuneux, lesquelles constituent une atmosphère interne avec laquelle les cellules des parenchymes effectuent leurs échanges gazeux. Le CO_2 se dissout dans l'eau qui imprègne les parois cellulaires, passe dans les cellules, et atteint les chloroplastes.

• Cette surface d'échanges interne est très supérieure à la surface foliaire, ce qui favorise le prélèvement de CO_2 et l'évaporation de l'eau. Celle-ci, en tant que moteur de l'ascension de la sève brute, est indispensable à la photosynthèse autant que l'apport de CO_2.

À NOTER
Un grand arbre évapore des centaines de litres d'eau par jour, mais seuls quelques litres servent à la photosynthèse.

• Les nervures des feuilles contiennent les vaisseaux et tubes criblés conducteurs des sèves en continuité avec ceux des tiges. Les nervures se ramifient de plus en plus, deviennent de plus en plus fines, de sorte que toutes les cellules des parenchymes sont situées à très faible distance des vaisseaux véhiculant la sève brute. Une faible partie de l'eau de la sève brute passe alors dans les cellules et sert à la photosynthèse. La majeure partie passe sous forme de vapeur dans l'atmosphère interne, puis diffuse dans le milieu extérieur. Une troisième partie, enrichie par les glucides issus de la photosynthèse, passe dans les tubes criblés. Ainsi se forme la sève élaborée.

Conclusion

• Les grandes surfaces racinaires et les mycorhizes optimisent l'absorption d'eau et d'ions minéraux, constituants de la sève brute. Les grandes surfaces aériennes optimisent la capture de l'énergie lumineuse, mais également, à travers les stomates, les échanges gazeux (CO_2, H_2O) nécessaires à la synthèse des glucides, composants essentiels de la sève élaborée.

• La circulation de la sève brute apporte l'eau nécessaire à la photosynthèse des cellules chlorophylliennes. La production de sève élaborée et sa circulation jusqu'au système racinaire sont nécessaires au fonctionnement de ce dernier. Les deux productions sont interdépendantes.

• En cas de sécheresse, la transpiration foliaire peut causer la mort de la plante par déshydratation. Celle-ci possède un mécanisme de protection qui consiste en une fermeture des pores des stomates. Mais cela entraîne aussi l'arrêt de l'apport du CO_2 et de l'eau aux cellules chlorophylliennes, donc l'arrêt de la production de la sève élaborée. Mourir de soif (apport de la sève brute) ou mourir de faim (arrêt de la production de sève élaborée), tel est le dilemme qui se pose à la plante en cas de sécheresse.

Le phototropisme chez les végétaux

1 h 30
8 points

INTÉRÊT DU SUJET • Ce sujet démontre comment les études à l'échelle de l'organisme et à l'échelle cellulaire de la plante se complètent pour expliquer la réaction du phototropisme.

Les parties aériennes de la plante sont les lieux de production de matière organique par photosynthèse. Cette réaction nécessite la présence de lumière. Différentes adaptations permettent aux végétaux d'optimiser la capture de la lumière. L'une d'elles est le phototropisme positif, qui correspond à la capacité de certains organes à s'orienter vers la lumière.

▶ **Expliquer les mécanismes qui permettent à certaines plantes à fleurs d'orienter leur croissance vers la lumière.**

Vous organiserez votre réponse selon une démarche de votre choix intégrant des données des documents et les connaissances utiles.

DOCUMENT 1 Une croissance différentielle au sein du végétal

Pour tester l'action de l'orientation de la lumière sur la croissance des végétaux, on utilise deux lots de jeunes pousses de blé. Le lot A est initialement éclairé avec une lumière uniforme venant de toutes les directions. On lui applique ensuite une lumière unilatérale pendant 30 secondes. À la fin du protocole, ce lot est à nouveau placé sous une lumière uniforme. Le lot B est éclairé pendant toute la durée de l'expérience avec une lumière uniforme. On mesure la croissance du côté éclairé et non éclairé des jeunes pousses du lot A et la croissance des jeunes pousses du lot B.

a) Protocole expérimental

Figure 1a. **Schéma du protocole expérimental appliqué au lot A**

D'après le site snv.jussieu.fr

b) Résultats

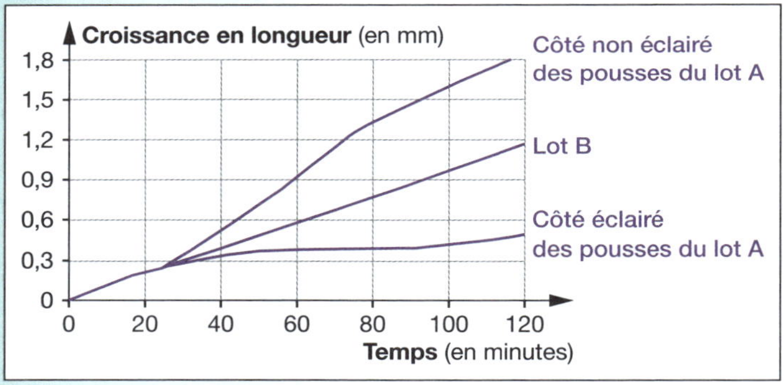

Figure 1b. **Évolution de la croissance en longueur des jeunes pousses de blé des lots A et B**

D'après Lino et Briggs, 1984

Remarque : les résultats obtenus pour les pousses du lot B sont similaires quel que soit le côté considéré.

DOCUMENT 2 **La distribution de l'auxine au sein du végétal**

L'auxine est une hormone végétale jouant un rôle essentiel dans le développement des végétaux. Une technique permet de révéler la présence d'auxine par une coloration bleue. Les résultats obtenus sont présentés dans la figure 2.

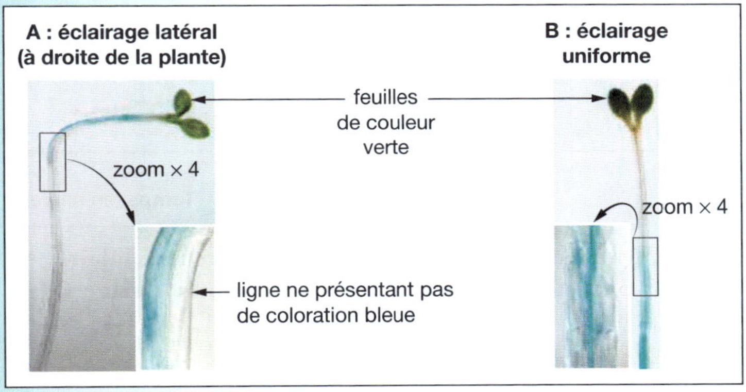

Doc. d'après *Plant Physiology*, Taiz et Zeiger, 2002, Publisher Sinauer Associates ; 3 edition (Aug 30 2002)

Figure 2. **Localisation de l'auxine dans des plants d'*Arabidopsis thaliana* en fonction de l'orientation de l'éclairage**

D'après Plant Physiology Taiz et Zeiger, 2002

DOCUMENT 3 **Action de l'auxine sur le pH extracellulaire**

Pour déterminer les mécanismes d'action de l'auxine sur la croissance cellulaire végétale, on a mesuré l'évolution de différents paramètres physico-chimiques, dont le pH, suite à l'injection d'auxine. Dans les résultats présentés ci-dessous, le pH du milieu extracellulaire des cellules de soja a été mesuré. Dans le lot 2 on a ajouté de l'auxine dans le milieu, contrairement au lot 1 où aucune modification n'a été apportée.

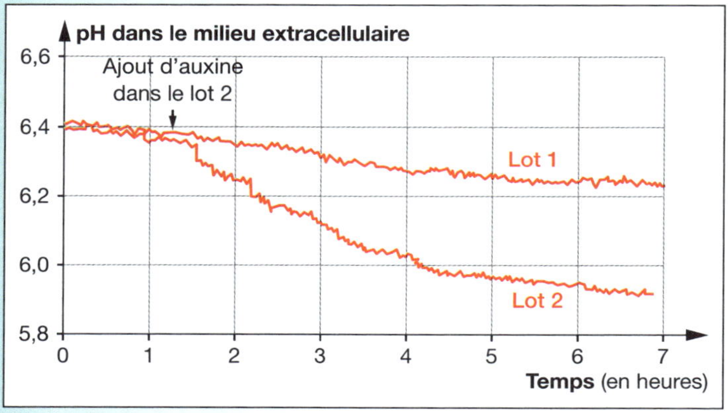

***Figure 3.* Évolution du pH du milieu extracellulaire en fonction du temps et de l'injection d'auxine**

D'après *Biologie et multimédia*, Roger Pratt

DOCUMENT 4 **Action du pH sur l'élongation cellulaire**

On mesure l'élongation de segments de plants de soja incubés dans un milieu tampon à pH = 6,4. Le pH du milieu du lot 2 est modifié au bout de 3 heures, alors que celui du lot 1 est maintenu constant.

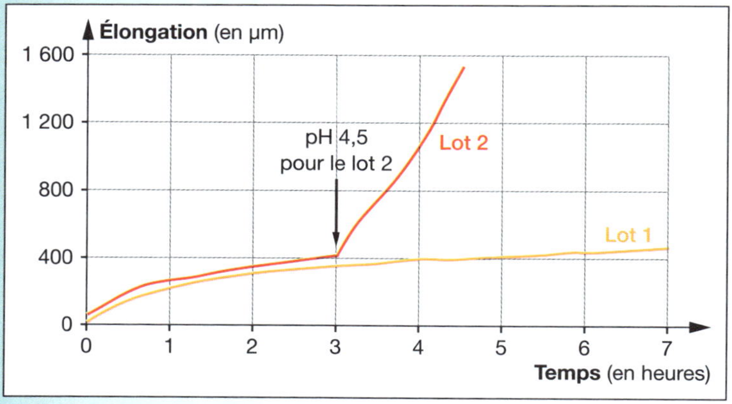

***Figure 4.* Évolution de l'élongation de segments de plants de soja en fonction du temps**

D'après *Biologie et multimédia*, Roger Pratt

DOCUMENT 5 **Le rôle des expansines dans l'élongation cellulaire**

a) Mode d'action des expansines

Les cellules végétales sont entourées par une matrice extracellulaire (la paroi), qui est composée de nombreuses molécules dont la cellulose et l'hémicellulose. Des liaisons hydrogène relient ces deux composants et confèrent à la paroi une forte résistance à l'étirement. Par conséquent, la croissance des cellules végétales ne peut se faire que si ces liaisons sont fragilisées. Les expansines sont des protéines capables, dans certaines conditions, de se fixer à des molécules de la paroi comme la cellulose et de s'intercaler entre les molécules d'hémicellulose et de cellulose en cassant les liaisons hydrogène.

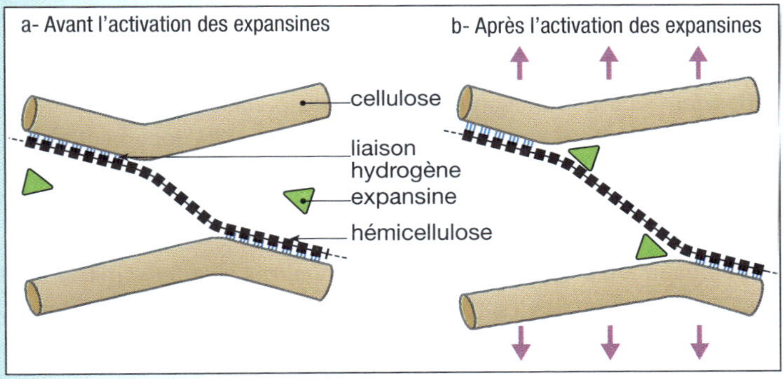

Figure 5. **Schéma simplifié montrant le rôle des expansines**

D'après www.cell.com

b) L'action du pH sur l'activité des expansines

Le graphique ci-dessous indique la quantité d'expansines liées à des molécules de la paroi des cellules de blé pour différents pH extracellulaires.

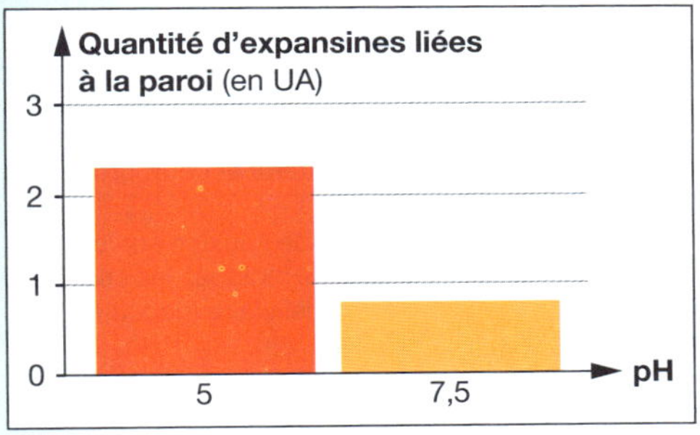

D'après *National Center for Biotechnology Information*

LES CLÉS DU SUJET

Étape 1. Comprendre le sujet

• L'expression clé est « phototropisme positif », définie en introduction. Les cellules d'une tige d'une plante en croissance soumise à un éclairement unilatéral subissent une croissance différentielle, de telle sorte que la plante se courbe vers la source de lumière.

• Le deuxième mot-clé est « mécanismes ». Vous devez envisager l'interaction entre les hormones végétales qui contrôlent le développement des plantes et les facteurs du milieu pour expliquer le phototropisme. Pour aller plus loin, réalisons une première analyse des documents.

Étape 2. Exploiter les documents

• Les documents sont présentés dans un ordre logique, chacun apportant une information qui permet de préciser le mécanisme mis en évidence par le document précédent. Ainsi, le document 1 décrit la courbure phototropique tandis que le document 2 démontre le lien entre l'éclairement différentiel et la concentration au sein de la tige de l'auxine, une hormone de croissance.

• Le document 3 décrit l'action de l'auxine, qui acidifie le milieu extracellulaire, la paroi, en provoquant une excrétion d'ions H^+ hors du cytoplasme. Le document 4 montre le lien entre l'acidification du milieu extérieur et l'élongation cellulaire. On comprend seulement alors que la croissance différentielle ne résulte pas de mitoses, mais bien d'un mécanisme de croissance des cellules elles-mêmes.

• Enfin, le document 5 précise le lien entre pH et action des expansines sur la paroi.

Étape 3. Construire la réponse

I. Lumière et concentration en auxine	• Comparez l'élongation des côtés éclairé et non éclairé des tiges en croissance (doc. 1). • Comparez la concentration en auxine du côté éclairé par rapport au côté non éclairé. • Proposez une vue d'ensemble du mécanisme reliant éclairement unilatéral et courbure phototropique.
II. Mécanisme d'action de l'auxine	Montrez l'action de l'auxine sur le pH de la paroi squelettique, puis indiquez les conséquences sur l'élongation cellulaire (doc. 3 et 4).

III. Acidification de la paroi et élongation cellulaire	Précisez le rôle des expansines en tant que protéines facilitatrices de l'élongation cellulaire, et montrez l'influence du pH sur leur activité (doc. 5).
Conclusion	Dans ce type de sujet où les liens de cause à effet sont attendus, il est judicieux de conclure en proposant un bilan sous forme de schéma : il doit, ici, traduire la succession des mécanismes conduisant de l'éclairement unilatéral à la courbure phototropique.

10 CORRIGÉ GUIDÉ

Introduction

La croissance des végétaux dépend de facteurs environnementaux. L'un des plus importants est la lumière. De nombreuses plantes orientent la croissance de leur tige vers la source de lumière, c'est le phototropisme positif. Cette croissance, qu'elle se fasse par mitose ou par élongation cellulaire, est par ailleurs contrôlée par des hormones végétales, dont l'auxine. Montrons, à l'aide des documents, la succession des mécanismes à l'origine du phototropisme.

I. Lumière et concentration en auxine

A. Effet de l'éclairement unilatéral sur la croissance des tiges (document 1)

• Les pousses A sont initialement soumises à un éclairement uniforme. Elles grandissent verticalement (doc. 1a). Puis on les soumet à un éclairement unilatéral pendant 30 s, suivi d'un éclairement uniforme durant 2 h. Les pousses B, constamment éclairées de façon uniforme, jouent le rôle de témoins.

> **▶ Le conseil de méthode**
> On a décrit le dispositif expérimental et introduit la notion de témoin. Cette démarche est indispensable pour dégager les conclusions qui vont suivre.

• Durant les deux heures qui suivent l'éclairement unilatéral, l'allongement du côté qui n'a pas été éclairé des pousses A est nettement supérieur à celui du côté qui a été éclairé : 1,8 mm contre 0,4 mm (doc. 1b). Les pousses B ont, elles, conservé une croissance verticale. L'éclairement unilatéral est donc responsable de la croissance différentielle des côtés des tiges des pousses A.

• De plus, l'allongement des tiges du lot B a été de 1,2 mm en deux heures, ce qui est significativement supérieur à la croissance du côté éclairé des tiges du lot A (0,4 mm). L'éclairement unilatéral a donc inhibé la croissance du côté éclairé. En revanche, l'allongement du côté qui n'a pas été éclairé est supérieur à celui des pousses B (1,8 mm). L'éclairement unilatéral a donc stimulé la croissance des tiges du côté non éclairé.

▶ Le conseil de méthode

Ne cherchez pas à interpréter l'ensemble d'une expérience d'un seul bloc. Ici, on distingue deux conclusions sur les conséquences de l'éclairement unilatéral : l'une qui montre qu'il est responsable de la croissance différentielle, l'autre qui précise ses effets sur les côtés éclairé et non éclairé des pousses. Une dernière conclusion peut être dégagée de l'étude de cette expérience.

• L'effet des 30 secondes d'éclairement unilatéral se fait sentir alors que les pousses A sont soumises par la suite à un éclairement uniforme. Les pousses sont donc sensibles aux variations de positionnement de la source de lumière. Les changements induits durant ce bref laps de temps suffisent à entraîner la croissance différentielle des deux côtés, notamment une croissance particulièrement faible du côté éclairé, elle-même responsable de la courbure vers la lumière (phototropisme).

B. La répartition de l'auxine et la croissance différentielle (document 2)

• Par quel mécanisme l'exposition à un éclairement unilatéral entraîne-t-elle cette croissance différentielle ? L'auxine est une hormone impliquée dans le développement des plantes. Les chercheurs ont voulu savoir si l'éclairement unilatéral agissait sur les concentrations d'auxine dans les zones d'élongation.

• En A, la tige de l'*Arabidopsis* a poussé vers la lumière : c'est la réaction phototropique. Le zoom sur une région de la tige révèle que la concentration d'auxine dans la partie la moins éclairée est nettement plus forte que dans la partie éclairée. Cette répartition différentielle de l'auxine ne se retrouve pas chez les plantes B, soumises à un éclairement uniforme.

• L'éclairement unilatéral a donc engendré une plus forte concentration d'auxine du côté non éclairé que du côté éclairé. Comment l'auxine agit-elle pour stimuler la croissance des cellules ?

II. Mécanisme d'action de l'auxine

A. L'auxine et le pH de la paroi squelettique (document 3)

• On étudie la croissance de jeunes pousses de soja (lot 1) dans un milieu dont on mesure l'évolution du pH durant 7 h : celui-ci baisse de 0,2 unité. On réalise la même expérience, mais on ajoute de l'auxine dans le milieu (lot 2). On observe une baisse plus importante du pH, qui passe de 6,4 à 5,9. L'auxine a donc engendré une acidification du milieu.

• L'acidification du milieu ne peut être due qu'à une sortie d'ions H^+ des cellules vers le milieu extracellulaire. Une caractéristique des cellules végétales est qu'elles sont entourées par une paroi squelettique rigide. L'acidification du milieu montre que les ions H^+ peuvent la traverser. L'effet de l'auxine mis en évidence est donc un abaissement du pH de la paroi des cellules végétales, c'est-à-dire son acidification.

• Y-a-t-il une relation entre l'acidification de la paroi et la croissance des cellules ?

MOT-CLÉ
La croissance végétale est due à deux mécanismes : la multiplication des cellules par mitose et, d'autre part, leur **élongation** par augmentation de volume, qui implique la croissance de la paroi cellulaire.

B. Action de l'acidification de la paroi sur l'élongation cellulaire (document 4)

• Dans l'expérience relatée par le document 4, les fragments de soja du lot 1 ont été placés dans un milieu à pH 6,4. Un deuxième lot, placé dans les mêmes conditions, subit une croissance comparable à celle du lot 1 jusqu'à ce que, au bout de 3 heures, le pH soit abaissé à 4,5.

• On constate une augmentation immédiate de l'élongation des cellules des fragments lorsqu'on acidifie le milieu : en 1 h leur longueur passe de 400 µm à 1 100 µm en moyenne, alors que la longueur des cellules du lot 1 n'a augmenté que de 50 µm en moyenne.

C. Bilan des informations extraites des documents 3 et 4

• L'auxine a le même effet sur l'élongation cellulaire qu'une acidification directe du milieu extérieur.

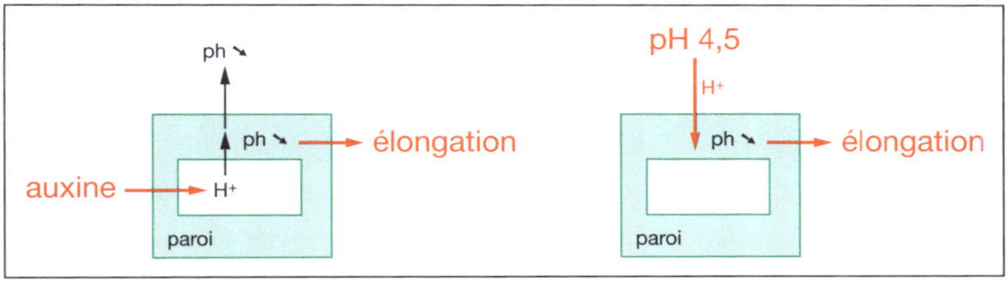

Figure 1. **Effet de l'auxine ou d'un abaissement du pH sur l'élongation de cellules végétales**

• Un milieu enrichi en auxine s'acidifie car l'auxine provoque l'expulsion des ions H^+, qui passent dans la paroi puis dans le milieu (doc. 3).

• L'acidification de la paroi stimule l'élongation cellulaire, ce qui est très probablement dû à la croissance de la paroi squelettique elle-même.

> **▶ Le conseil de méthode**
> Prenez le temps de construire une conclusion partielle lors de l'analyse de documents complémentaires. Cela peut se faire, comme ici, sous forme d'un schéma. Seul, il peut suffire, et témoigne de votre maîtrise de l'analyse menée. Ce conseil est également valable pour construire une conclusion générale qui démontre, d'un seul coup d'œil, votre maîtrise du sujet.

III. Acidification de la paroi et élongation cellulaire (document 5)

• Comment l'acidification de la paroi stimule-t-elle l'élongation cellulaire ? Le doc. 5a indique que la rigidité de la paroi est due à des liaisons hydrogène entre les fibres de cellulose et d'hémicellulose. Ces liaisons peuvent être cassées lorsque des protéines d'expansine activées se fixent aux fibres de cellulose, s'intercalant entre ces dernières et les fibres d'hémicellulose.

• Le document 5b indique que la quantité d'expansines double lorsque le pH extracellulaire passe de 7,5 à 5. L'acidification de la paroi active donc des précurseurs des expansines. Les expansines activées rompent alors les liaisons hydrogène entre les fibres cellulosiques, ce qui entraîne une extensibilité de la paroi cellulaire, donc l'élongation des cellules.

Conclusion

Le schéma ci-après prend en compte l'ensemble des informations extraites des documents afin de résumer la succession des mécanismes explicatifs du phototropisme.

> **À NOTER**
> Ce schéma bilan est ciblé sur le problème à résoudre, posé en introduction.

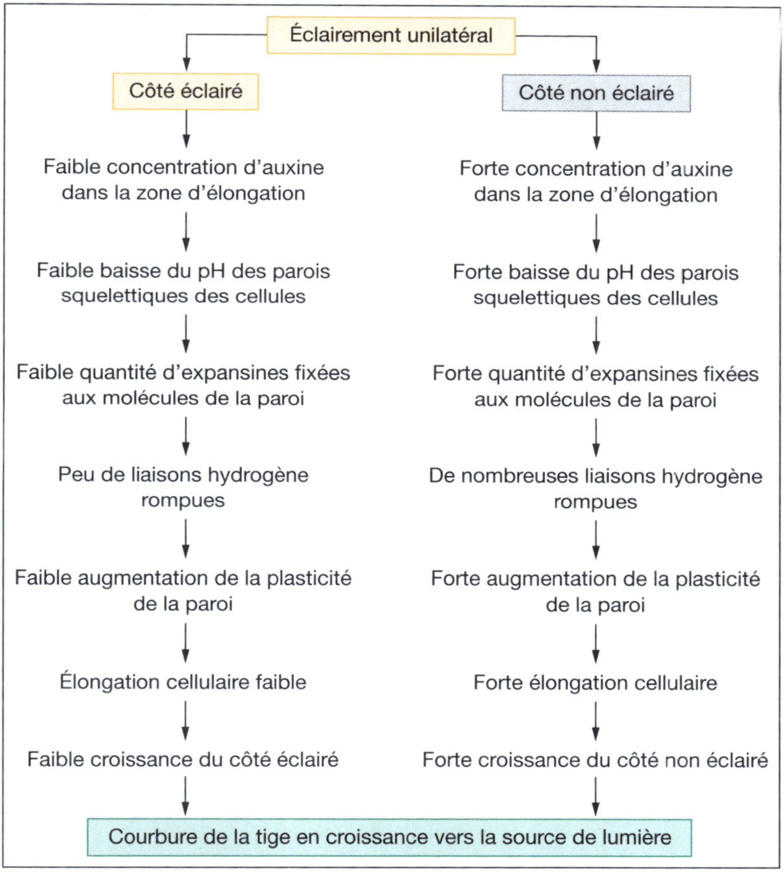

Figure 2. Les mécanismes du phototropisme

11 France métropolitaine, septembre 2021
Exercice 1

Reproduction et hérédité chez les végétaux

1 h 40
7 points

INTÉRÊT DU SUJET • Ce sujet porte sur les modalités de la reproduction des plantes à fleurs. Il implique de réinvestir les connaissances sur l'évolution clonale et le brassage génétique.

En agronomie, certaines variétés végétales aux caractéristiques intéressantes sont cultivées afin de les multiplier en grand nombre et de les commercialiser. Les individus de ces variétés recherchées sont très souvent hétérozygotes pour plusieurs gènes codant les caractéristiques d'intérêt. Ainsi, le choix du mode de reproduction de ces individus hétérozygotes est déterminant pour en obtenir de grandes quantités possédant toutes les mêmes caractéristiques intéressantes.

▶ **Montrer que les modes de reproduction existant chez les végétaux ne sont pas équivalents pour obtenir, à partir d'individus hétérozygotes pour deux gènes indépendants, une descendance elle-même entièrement hétérozygote.**

Vous rédigerez un texte argumenté. On attend des expériences, des observations, des exemples pour appuyer votre exposé et argumenter votre propos. Vous pourrez utiliser l'exemple proposé dans le document ci-après.

DOCUMENT **Un exemple d'une variété végétale d'intérêt**

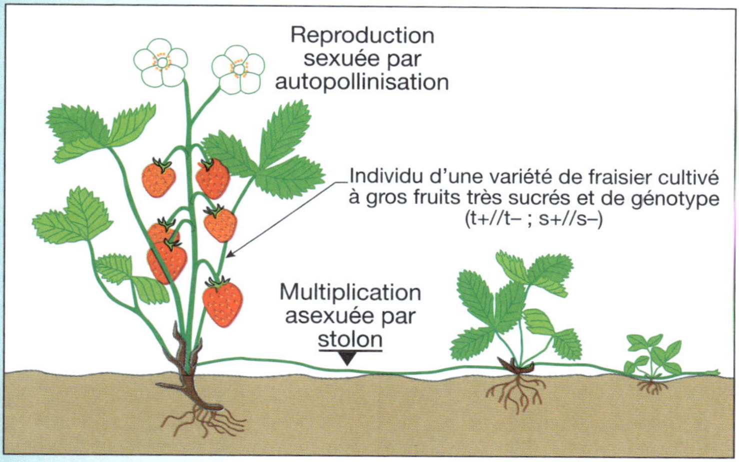

D'après Banque de schémas, académie de Dijon

Les caractéristiques recherchées chez le fraisier cultivé sont contrôlées par des allèles de deux gènes indépendants :
– le gène « T », qui intervient dans la détermination de la taille des fruits, existant sous deux versions : l'allèle dominant « t+ » pour des fruits de grande taille et l'allèle « t– » pour des fruits de petite taille ;
– le gène « S », qui intervient dans la détermination de la teneur en sucre des fruits, existant sous deux versions : l'allèle dominant « s+ » pour l'obtention de fruits sucrés et l'allèle « s– » pour l'obtention de fruits très peu sucrés.

S'ENTRAÎNER

LES CLÉS DU SUJET

Étape 1. Comprendre le sujet

Dans le libellé du sujet, « obtenir une descendance entièrement hétérozygote », l'adverbe « entièrement » est très important. Il faut décrire précisément, pour chaque mode de reproduction, le protocole à suivre pour atteindre l'objectif. On comparera ensuite l'efficacité et la rapidité des deux protocoles.

Étape 2. Exploiter le document

Le document d'aide illustre les deux modes de reproduction et précise les génotypes parentaux. On l'utilisera donc pour décrire les protocoles qui permettent, à partir des deux modes de reproduction, d'obtenir la descendance souhaitée à partir du plant de fraisier mère.

Étape 3. Construire la réponse

Introduction	Rappelez les mécanismes généraux des deux modes de reproduction et introduisez votre développement.
I. Obtention d'une descendance hétérozygote par reproduction sexuée	• Décrivez la composition de la génération F1 obtenue à partir du plant mère par autopollinisation. • Décrivez la sélection des individus de la génération F1 pour obtenir une génération F2 entièrement hétérozygote.
II. Obtention d'une descendance hétérozygote par reproduction asexuée	• Expliquez comment les stolons contribuent à produire une génération de fraisiers entièrement hétérozygote. • Dégagez la notion de clone et précisez son évolution.
Conclusion	Comparez la rapidité et l'efficacité des deux modes de reproduction pour obtenir une descendance entièrement hétérozygote.

11 CORRIGÉ GUIDÉ

Introduction

- Beaucoup de plantes à fleurs comme le fraisier ont deux modes de reproduction, l'un sexué, l'autre asexué.
- La reproduction sexuée dépend de la méiose, qui produit les gamètes mâles dans les étamines et les gamètes femelles dans le pistil, et de la fécondation, qui se déroule au sein d'un ovule. Les ovules fécondés deviennent les graines qui donnent naissance aux plantes de la génération suivante.
- Au cours de la reproduction asexuée (ou multiplication végétative), il n'y a ni méiose ni fécondation. Ses modalités sont variables, mais la mitose intervient nécessairement.

• Ces différences entre les deux modes de reproduction se répercutent sur la transmission des gènes des plantes parentales à leur descendance. Nous allons le voir en comparant comment on peut obtenir une descendance de plantes toutes hétérozygotes pour deux gènes, à partir d'individus parentaux eux-mêmes hétérozygotes pour les mêmes gènes.

I. Obtention d'une descendance hétérozygote par reproduction sexuée

A. Composition génotypique de la génération F1 obtenue à partir de parents hétérozygotes pour deux gènes

• Prenons l'exemple du fraisier du document. Il montre des fruits, ce qui indique une reproduction sexuée de la plante. D'après la légende, elle s'est effectuée par autopollinisation, ce qui signifie que le pollen produit a pollinisé le pistil des fleurs du même fraisier. La rencontre entre gamètes mâles et femelles issus d'un même plant correspond à une autofécondation.

• Le génotype de ce fraisier pour les deux gènes considérés, l'un régissant la grosseur de la fraise, l'autre sa richesse en sucres, est : (t+//t– ; s+//s–).

• Par suite de la dominance des allèles t+ et s+, le phénotype de la fraise est [gros fruits sucrés], c'est-à-dire qu'elle a les qualités d'intérêt.

> MOT-CLÉ
> Le phénotype de la fraise dépend du génotype de la plante mère pour les deux gènes considérés.

• Les deux gènes sont indépendants, donc situés sur des chromosomes non homologues. Par suite du brassage interchromosomique à la méiose, le fraisier a produit 4 types de gamètes en quantités égales, qu'il s'agisse des gamètes mâles ou des gamètes femelles : (t+/s+/), (t+/s–/), (t–/s+/) et (t–/s–/).

• L'échiquier de croisement ci-dessous indique les divers génotypes de la descendance F1.

Gamètes mâles / Gamètes femelles	t+/s+/	t+/s–/	t–/s+/	t–/s–/
t+/s+/	t+//t+; s+//s+	t+//t+; s+//s–	t+//t–; s+//s+	**t+//t–; s+//s–**
t+/s–/	t+//t+; s+//s–	t+//t+; s–//s–	**t+//t–; s+//s–**	t+//t–; s–//s–
t–/s+/	t+//t–; s+//s+	**t+//t–; s+//s–**	t–//t–; s+//s+	t–//t–; s+//s–
t–/s–/	**t+//t–; s+//s–**	t+//t–; s–//s–	t–//t–; s+//s–	t–//t–; s–//s–

• On constate que cette descendance n'est pas entièrement hétérozygote pour les deux gènes. Seuls 4 génotypes, signalés dans l'échiquier, le sont. L'objectif visé n'est pas atteint.

> **À NOTER**
> Pour observer les phénotypes, il faut recueillir les graines, les semer et attendre la production des fruits.

B. Obtention d'une génération F2 entièrement hétérozygote pour les deux gènes

• Dans la génération F1 précédente, il y a 1/16 de plantes homozygotes (t+//t+ ; s+//s+) et 1/16 de plantes homozygotes (t–//t– ; s–//s–). En réalisant un croisement entre deux plantes de génotype (t+//t+ ; s+//s+) et (t–//t– ; s–//s–), on obtiendra une descendance entièrement hétérozygote. Cela implique d'empêcher l'autopollinisation et de faire plusieurs opérations pour repérer, à partir des phénotypes, les plants qui ont les génotypes recherchés.

II. Obtention d'une descendance hétérozygote par reproduction asexuée

A. Formation de clones

• Le document montre qu'à partir du pied de fraisier initial, il s'en est formé deux autres à partir d'un organe végétatif, le stolon. On parle de multiplication végétative, qui est une forme de reproduction asexuée.

• La croissance du stolon est réalisée grâce aux nombreuses mitoses des cellules du méristème du bourgeon terminal du stolon. La formation d'une nouvelle plante repose sur la propriété de totipotence des cellules végétales du méristème.

> **MOT-CLÉ**
> La totipotence désigne la capacité que possède une cellule de se différencier en tous les types cellulaires.

• Les mitoses ayant permis la formation des nouveaux pieds sont des reproductions conformes. Il n'y a pas de brassage génétique : les pieds de fraisier formés ainsi ont tous le même génotype que la plante mère et forment un clone de plantes hétérozygotes pour les deux gènes.

B. Évolution clonale

• Lors de la réplication de l'ADN qui précède l'entrée en mitose des cellules, il y a toujours des mutations qui touchent quelques gènes. Les nouveaux allèles apparus se transmettent ensuite aux cellules qui dérivent de celles ayant subi les mutations. Si chez le fraisier il y a des mutations dans les cellules du bourgeon terminal du stolon, celles-ci peuvent se retrouver dans les cellules des fleurs et des fruits ainsi que dans celles de nouveaux stolons. Le génotype du clone évolue ainsi inexorablement, et cela peut parfois se traduire dans le phénotype. Mais la mutation est un phénomène aléatoire, et dans le cas du fraisier étudié elle ne peut avoir d'impact que si elle affecte les gènes régissant la grosseur des fruits et leur richesse en sucres.

Conclusion

- Par les deux modes de reproduction, on peut obtenir, à partir d'individus hétérozygotes pour deux gènes, une descendance entièrement hétérozygote. Avec la reproduction asexuée, qui ne fait intervenir aucun brassage génétique, mais uniquement des mitoses qui conservent le même génome parental, on obtient rapidement un clone de plantes ayant le même génotype que les parents, donc exprimant le même phénotype, en particulier les caractéristiques d'intérêt. En outre, comme le montre l'exemple du fraisier, c'est un procédé qui peut être très rapide et engendrer une descendance nombreuse.
- Pour obtenir le même résultat avec la reproduction sexuée, il faut croiser les plantes parentales hétérozygotes pour les deux gènes. Mais ce croisement n'aboutit pas à une descendance entièrement hétérozygote. Il faut alors recueillir les graines de la génération F1 pour sélectionner les plantes homozygotes ayant des génotypes différents. Leur croisement engendrera une descendance entièrement hétérozygote. Ce processus, long, implique des semis de graines issues des croisements réalisés.
- La reproduction asexuée est donc le mode de reproduction à privilégier lorsqu'on désire obtenir rapidement et en grand nombre une descendance entièrement hétérozygote à partir de parents ayant ce génotype. On peut toutefois noter que des mutations peuvent créer des génotypes, et mener parfois à des phénotypes différents de ceux des plantes parentales.

S'ENTRAÎNER

Fleur et diversité génétique des végétaux

1 h 40
7 points

INTÉRÊT DU SUJET • Cet exercice associe de façon complémentaire deux points du programme : les caractéristiques biologiques de la reproduction sexuée des plantes d'une part, les brassages génétiques qu'elle assure d'autre part.

Même s'il existe différents types d'organisation florale, la fleur présente une architecture commune constituée de pièces stériles et fertiles. Cet appareil clé de la reproduction sexuée des angiospermes participe à la grande diversité des individus de ce groupe.

▶ **Montrer comment, grâce à leurs différentes pièces florales, des individus parentaux peuvent produire une descendance génétiquement variée, lors de la reproduction sexuée.**

Vous rédigerez un texte argumenté. On attend des expériences, des observations, des exemples pour appuyer votre exposé et argumenter votre propos.

LES CLÉS DU SUJET

Étape 1. Comprendre le sujet

- Le sujet est axé sur la diversité génétique des végétaux. Il faut montrer que des caractéristiques des pièces florales fertiles favorisant la fécondation croisée contribuent à cette diversité génétique à chaque génération.
- Il faut aussi montrer que les pièces florales stériles, en particulier les pétales, en favorisant la pollinisation par les insectes, y contribuent aussi.
- Enfin, il faut réinvestir vos connaissances sur les brassages génétiques pour conclure sur la façon dont la reproduction sexuée des végétaux favorise le maintien d'une diversité génétique dans les populations.

Étape 2. Construire la réponse

Introduction	Indiquez le problème à résoudre : montrer comment les caractéristiques des pièces florales participent à la diversité génétique des angiospermes.
I. Présentation des pièces florales	Faites une description, axée sur la distinction pièces stériles-pièces fertiles, de l'organisation d'une fleur complète.
II. Plantes autogames et allogames	• Discutez de la possibilité d'autofécondation et de fécondation croisée chez les plantes. • Montrez que la fécondation croisée est favorisée, ce qui entretient la diversité génétique.
III. Les pétales et la pollinisation par les insectes	Décrivez des propriétés de la corolle de nombreuses fleurs qui favorisent la pollinisation par les insectes, et par là l'allogamie.
IV. Les brassages génétiques	Résumez les brassages inter- et intrachromosomiques au cours de la méiose, créateurs de diversité génétique.
Conclusion	Résumez les caractéristiques de la reproduction sexuée des plantes qui conduisent à la production d'une descendance génétiquement variée.

12 CORRIGÉ GUIDÉ

Introduction

Par rapport à la reproduction asexuée, la reproduction sexuée des êtres vivants conduit à créer et à maintenir une diversité génétique au sein des populations. C'est généralement le cas chez les angiospermes, malgré l'association d'organes reproducteurs au sein des fleurs qui pourrait laisser penser l'inverse. Pour qu'il y ait variabilité génétique, il faut que la fécondation fasse intervenir des gamètes femelles et des gamètes mâles ayant des génotypes différents. Nous allons voir comment les caractéristiques des pièces florales, fertiles mais aussi stériles, contribuent à réaliser ces critères. Nous envisagerons alors les mécanismes génétiques qui, lors de la formation des gamètes, assurent les brassages génétiques créateurs de diversité.

I. Présentation des pièces florales

• Les plantes possèdent des fleurs très diverses. Beaucoup ont quatre sortes de pièces florales : les sépales et les pétales, qualifiés de stériles car ne produisant pas de gamètes, puis les étamines et le pistil, fertiles. Les étamines produisent les grains de pollen, vecteurs des gamètes mâles. Le pistil contient le ou les ovules, au sein desquels se trouve un gamète femelle. Les plantes possédant de telles fleurs sont dites hermaphrodites.

• D'autres plantes ont des fleurs unisexuées, possédant les unes uniquement des étamines, les autres un pistil. Lorsque la plante possède sur un même pied les deux types de fleurs, elle est aussi hermaphrodite. Lorsqu'elle possède uniquement des fleurs femelles ou des fleurs mâles, la plante est alors unisexuée.

> ▶ **Le secret de fabrication**
> On ne se limite pas à une description des pièces florales. On dégage les notions qui ont de l'importance par rapport au sujet posé.

II. Plantes autogames et allogames

A. La pollinisation

• La reproduction implique que les grains de pollen arrivent sur le pistil (stigmate) : c'est la pollinisation. La germination d'un grain de pollen dans le pistil conduit finalement à la fécondation du gamète femelle, donc à la formation du zygote à l'origine d'un nouvel individu.

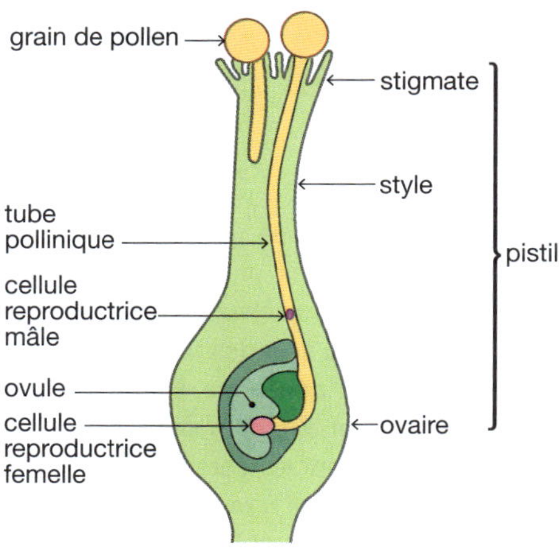

Figure 1. La fécondation

• Pour que les fécondations conduisent à une diversité génétique des zygotes, il faut que la fécondation fasse intervenir des gamètes génétiquement différents. Cela dépend du mode de pollinisation de la plante.

B. L'autopollinisation : les plantes autogames

• Le stigmate d'une fleur peut être pollinisé par le pollen de la même plante. Cette autopollinisation conduit à l'autofécondation. Répétée de génération en génération, elle engendre des individus ayant une faible diversité génétique.

• Cette autopollinisation est obligatoire chez les plantes comme les violettes où la pollinisation puis la fécondation ont lieu dans le bouton floral. Chez les autres plantes hermaphrodites, on pourrait penser que l'autopollinisation est là aussi fréquente, mais ce n'est pas le cas.

C. La pollinisation croisée : les plantes allogames

• Dans le cas de la pollinisation croisée, le pollen d'une plante est transporté sur le stigmate d'une fleur appartenant à une autre plante de la même espèce. La pollinisation croisée est obligatoire chez les plantes unisexuées. Elle est aussi favorisée chez beaucoup de plantes hermaphrodites, et cela par des mécanismes qui affectent les pièces florales fertiles.

• Un premier mécanisme réside dans le fait qu'étamines et pistil n'arrivent pas en même temps à maturité. Deux variantes sont réalisées : dans un cas, les étamines d'une plante libèrent le pollen alors que le pistil n'est pas réceptif, dans l'autre cas, le pistil est réceptif alors que les étamines ne sont pas arrivées à maturité. Comme les plantes sont à des états de maturité divers, cela favorise la pollinisation croisée.

• Un autre mécanisme important est l'autostérilité ou l'auto-incompatibilité. Le pollen d'un individu ne peut germer sur le stigmate d'une fleur de ce même individu. Ou s'il germe, il ne peut atteindre et féconder les ovules. Cette barrière, à déterminisme génétique, est l'obstacle le plus fréquemment réalisé et le plus efficace contre l'autofécondation.

III. Les pétales et la pollinisation par les insectes

• Chez beaucoup de plantes, la pollinisation est assurée par les insectes qui visitent les fleurs. Ils viennent y chercher le nectar et le pollen. Le nectar est un liquide sucré secrété par des glandes, ou nectaires, situées profondément dans la fleur, obligeant l'insecte butineur à y pénétrer, ce qui favorise le dépôt du pollen sur son corps. Chez des plantes comme la sauge, des dispositifs anatomiques déversent le pollen sur le dos de l'insecte lorsque celui-ci pénètre dans la fleur.

• Nectar et pollen n'orientent pas le vol des insectes. Ce sont les couleurs vives des pétales, les odeurs qu'ils dégagent qui les attirent.

• Les insectes visitent pendant plusieurs jours les fleurs des plantes d'une même espèce. Cela favorise la pollinisation et la fécondation croisées, et donc la reproduction entre des plantes ayant des génotypes différents.

IV. Les brassages génétiques

• Les caractéristiques des pièces florales des angiospermes font que chez la majorité d'entre eux il y a une fécondation croisée, c'est-à-dire une fécondation entre des plantes ayant des génotypes différents. Chaque plante est hétérozygote pour de nombreux gènes, et deux plantes qui se croisent peuvent avoir des allèles différents des gènes.

• La méiose a lieu dans les étamines et les ovules de chaque plante. Au cours de celle-ci, des brassages génétiques font qu'une plante produit une grande diversité de gamètes. Le brassage intrachromosomique affecte les gènes situés sur un même chromosome par suite de crossing-over ayant lieu au cours de la prophase de la première division de la méiose. Le brassage interchromosomique, qui affecte des gènes situés sur des chromosomes différents à la métaphase-anaphase de la première division de la méiose, amplifie le brassage des gènes.

MOT-CLÉ
Chez les animaux, l'ovule désigne le gamète femelle. Chez les angiospermes, il s'agit de la structure, présente dans l'ovaire du pistil, qui renferme le gamète femelle (appelé oosphère).

▶ Le secret de fabrication
Si vous avez le temps, intégrez un schéma montrant un cas simple de brassage génétique au cours de la méiose (cf. fiches mémo 1 et 2).

Conclusion

Les caractéristiques des pièces florales font que la pollinisation et la fécondation de la majorité des angiospermes sont croisées (allogamie). Actuellement, les individus d'une espèce présentent une grande diversité génétique, ce qui se traduit par le fait qu'ils sont hétérozygotes pour de nombreux gènes, et ce différemment d'un individu à l'autre. Par suite des brassages génétiques intra- et interchromosomiques à la méiose, chaque individu produit une grande diversité de gamètes mâles et femelles. La fécondation croisée fait que chaque descendant de deux plantes hérite d'un assemblage d'allèles de gènes qui lui est propre.

Allogamie chez les angiospermes

1 h 50
8 points

INTÉRÊT DU SUJET • Cet exercice permet d'expliquer un très bel exemple de coadaptation entre deux espèces, l'une végétale, l'autre animale. Il mobilise les notions associées à la reproduction sexuée des plantes et celles sur la respiration mitochondriale.

Contrairement à l'autogamie, l'allogamie correspond à la fécondation croisée entre individus distincts d'une même espèce. D'une manière générale, l'allogamie est plus favorable à la diversité génétique que l'autogamie. Des mécanismes favorisant ce mode de reproduction ont été sélectionnés dans de nombreux groupes d'angiospermes au cours de l'évolution. C'est le cas en particulier au sein d'espèces capables de produire de la chaleur (thermogéniques) comme chez les philodendrons.

Expliquer en quoi les particularités des philodendrons thermogéniques favorisent l'allogamie.

Vous organiserez votre réponse selon une démarche de votre choix intégrant des données des documents et les connaissances utiles.

DOCUMENT 1 **Les inflorescences de philodendrons**

Les philodendrons ont des fleurs mâles et des fleurs femelles disposées sur un axe. L'ensemble forme une inflorescence entourée par une structure ressemblant à une grande feuille, la bractée.

Photographies de l'inflorescence des philodendrons

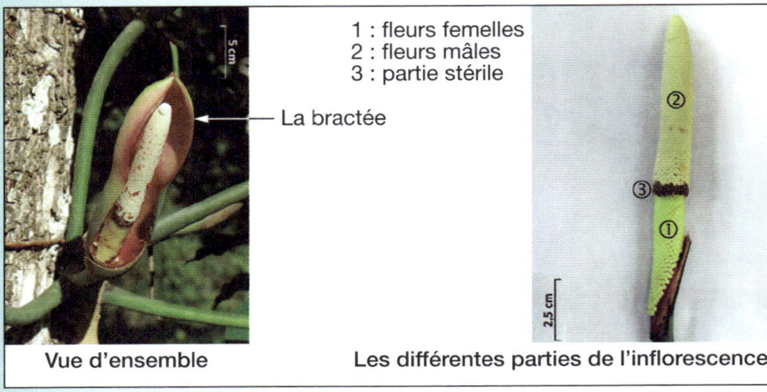

ph © A. C. D. Maia and H. Teichert

D'après www.researchgate.net

DOCUMENT 2 La thermogenèse chez les angiospermes

a. La respiration alternative

La majorité des angiospermes présente une température proche de celle de l'environnement. Cependant, certains végétaux ont des tissus qui sont capables de produire de la chaleur par un ensemble de mécanismes que l'on nomme « thermogenèse ». La thermogenèse a lieu au sein des membranes mitochondriales des tissus concernés.

Schéma simplifié de la synthèse d'ATP et de la production de chaleur au sein des membranes mitochondriales des cellules thermogéniques

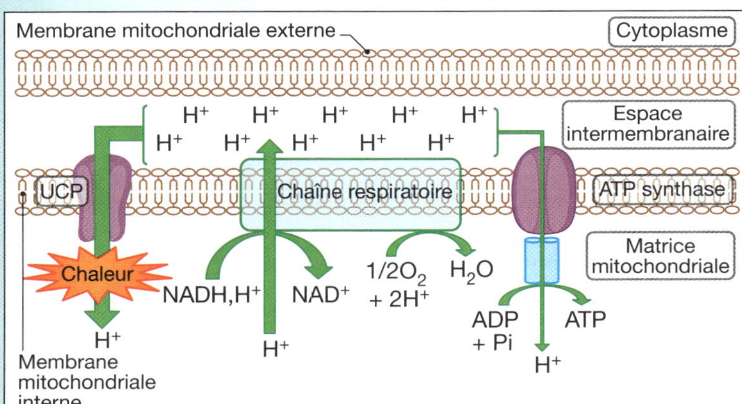

D'après www.researchgate.net

b. Profil d'expression du gène UCP

Une analyse de l'expression du gène codant pour la protéine UCP a été réalisée dans différentes parties d'un plant de philodendron thermogénique et à différents moments. Les résultats sont présentés dans le document ci-contre. La présence d'une bande blanche indique que le gène UCP est exprimé et son intensité traduit le niveau d'expression du gène.

Profil d'expression du gène UCP dans différentes parties d'un plant de philodendron

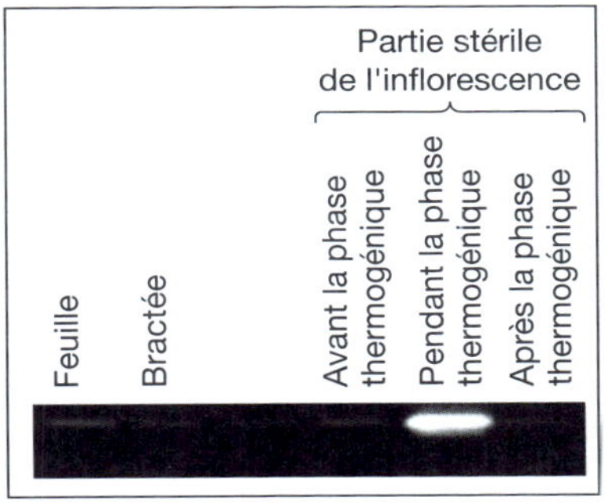

Ito, K. & Seymour, R. (2006), *Biology letters*, 1. 427-30.

D'après www.researchgate.net

DOCUMENT 3 Thermogenèse et reproduction sexuée

a. Photographies de l'inflorescence de *Philodendron adamantum* pendant la période de reproduction sexuée

L'inflorescence de chaque individu suit le processus de maturation décrit ci-dessous. Cependant, il existe un décalage dans le temps de la maturation des inflorescences de différents individus. Par ailleurs, lorsque les fleurs mâles d'un organisme deviennent matures, les pistils de la même inflorescence ne sont plus réceptifs aux pollens.

1er jour : maturation des fleurs femelles		2e jour : maturation des fleurs mâles		
07h00 - 09h00	18h30 - 21h30	07h00	11h00 - 12h30	18h00
			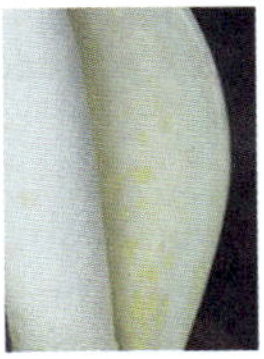	
		Coléoptère (*Erioscelis emarginata*)	Production de résine collante sur la bractée	Coléoptère recouvert de pollen s'apprêtant à quitter l'inflorescence

Sur les différentes observations effectuées pendant l'expérience, seule l'espèce de coléoptère *Erioscelis emarginata* a été trouvée au contact de l'inflorescence.

D'après Maia *et al.*, *International Journal of Plant Sciences*, septembre 2010, 171, p. 740-748

b. Évolution de la thermogenèse de *Philodendron solimoesense*

L'évolution de la thermogenèse de *Philodendron solimoesense* est comparable à celle de *Philodendron adamantum*. On a mesuré la différence de température entre l'inflorescence et l'air ambiant à partir du moment où les fleurs femelles atteignent leur maturité.

Évolution de la différence de température entre l'inflorescence et l'air ambiant pendant la période de reproduction sexuée

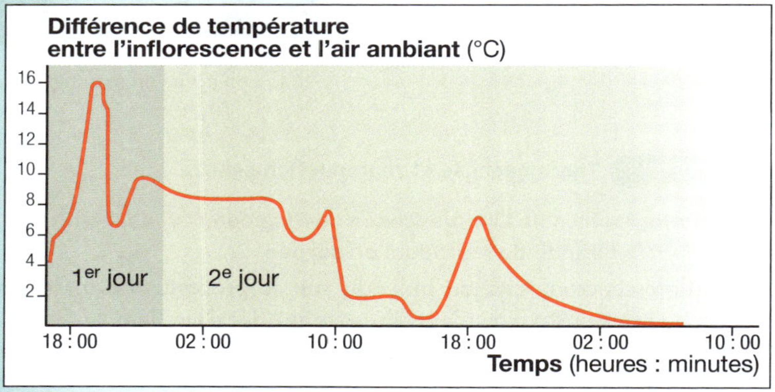

D'après *Pour la Science*, septembre 2007

DOCUMENT 4 Libération de molécules odorantes par l'inflorescence des philodendrons

a. Effet des molécules odorantes

Des études menées sur *Philodendron adamantum* ont montré que ses inflorescences émettaient une odeur lors du premier jour de la période de reproduction sexuée vers 18 h 30. La présence de 39 composés volatils différents a été révélée. Le dihydro-β-ionone et le méthyl jasmonate faisaient partie des composés les plus présents. Pour comprendre le rôle de ces substances émises par le végétal, on a placé à l'extérieur des appâts parfumés contenant ces deux molécules pendant 4 nuits et on a compté le nombre d'insectes s'en approchant.

Évolution du nombre d'insectes s'approchant des appâts en fonction de la nature des substances déposées

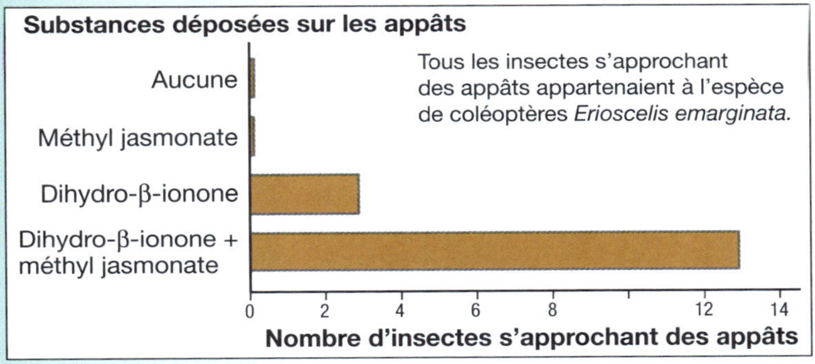

D'après *International Journal of Plant Sciences*, septembre 2010

b. Effet de la température sur le mouvement des masses d'air

La masse volumique de l'air varie en fonction de différents paramètres comme la pression atmosphérique, la température et l'humidité. Une diminution locale de la masse volumique de l'air conduit à un mouvement ascendant de cette masse.

Évolution de la masse volumique de l'air sec en fonction de la température à une pression de 1 atmosphère

Température en °C	Masse volumique en kg/m^3	Température en °C	Masse volumique en kg/m^3
–5	1,316	25	1,184
0	1,292	30	1,164
5	1,269	35	1,146
10	1,247	40	1,127
15	1,225	45	1,110
20	1,204	50	1,092

D'après Wikipédia

S'ENTRAÎNER

LES CLÉS DU SUJET

Étape 1. Comprendre le sujet

• Tout d'abord, considérez les caractéristiques de la reproduction sexuée des philodendrons : leur pollinisation, croisée (allogamie), est notamment assurée grâce à la coopération d'une espèce de coléoptère. Il faut saisir que c'est la production de chaleur par l'inflorescence à maturité qui rend la coopération possible.
• Expliquez le mécanisme de production de chaleur par les mitochondries des cellules de la partie stérile de l'inflorescence.

Étape 2. Exploiter les documents

• Le document 1 montre les différentes parties de l'inflorescence.
• Le document 2 schématise le mécanisme de production de chaleur par les mitochondries des cellules de la partie stérile de l'inflorescence.
• Le document 3a permet d'établir que l'autogamie n'est guère possible chez les philodendrons.
• Le document 4, associé au document 3b, permet d'expliquer comment la production de chaleur par l'inflorescence rend possible la pollinisation croisée par une espèce de coléoptère.

Étape 3. Construire la réponse

Introduction	• Présentez les notions d'autogamie et d'allogamie. • Indiquez qu'on va rechercher ce qui favorise l'allogamie chez les philodendrons.
I. Autogamie et allogamie chez les philodendrons	• Décrivez l'organisation de l'inflorescence en précisant ce qu'on peut en déduire sur le mode de reproduction (autogame ou allogame) du philodendron. • Montrez en quoi les caractéristiques biologiques de la reproduction sexuée du philodendron rendent peu probable l'autogamie et facilitent l'allogamie.
II. Thermogenèse et pollinisation croisée	• Montrez que la production de chaleur par l'inflorescence favorise une allogamie réalisée grâce à une espèce de coléoptère. • Décrivez le mécanisme producteur de chaleur au sein des mitochondries des cellules stériles de l'inflorescence qualifié de « respiration alternative ».
Conclusion	Résumez comment une propriété métabolique de l'inflorescence associée à des propriétés biologiques de la reproduction font que les philodendrons sont des plantes allogames.

13 CORRIGÉ GUIDÉ

Introduction

• De nombreuses espèces de plantes possèdent des organes femelles et des organes mâles situés dans une même fleur, ou du moins présents sur la même plante. La pollinisation du pistil d'une plante par le pollen produit par la même plante est possible chez certaines espèces. Si cela est réalisé, on parle d'autogamie. Mais si le pollen d'une plante pollinise le pistil d'une autre plante appartenant à la même espèce, on parle d'allogamie (fécondation croisée).

• À partir des informations fournies dans les documents, nous allons rechercher ce qui favorise l'allogamie chez les philodendrons.

I. Autogamie et allogamie chez les philodendrons

A. L'organisation de l'inflorescence

• Le document 1 montre que l'inflorescence de la plante est composée à son sommet uniquement de fleurs mâles (étamines). En revanche, à sa base, l'inflorescence est composée uniquement de fleurs femelles (pistils).

• Comme ces fleurs sont présentes sur la même plante, rien n'interdit *a priori* l'autogamie malgré la présence d'une partie stérile entre les régions mâles et femelles de l'inflorescence.

B. L'autogamie est empêchée

Le document 3a indique qu'il y a un décalage dans le temps de la maturation des fleurs mâles et femelles : celles-ci arrivent à maturité un jour avant les fleurs mâles. En outre, lorsque les fleurs mâles d'une plante arrivent à maturité, les pistils de la même inflorescence ne sont plus réceptifs au pollen. Selon ces données, le pollen produit par une plante ne peut pas polliniser les pistils des fleurs femelles de la même plante.

> ▶ **Le secret de fabrication**
> Le document fournit toutes les informations sans qu'il soit nécessaire de les extraire des données. Il ne faut pas se limiter à les répéter, mais les intégrer dans un raisonnement débouchant sur une conclusion.

C. L'allogamie est facilitée

• Le décalage dans le temps de la maturation des inflorescences de différents individus explique que le pollen d'une plante puisse féconder les fleurs d'autres individus, qui peuvent être réceptives à ce moment-là.

• Le document 3a signale aussi la présence de coléoptères de l'espèce *Erioscelis emarginata* au contact de l'inflorescence. Comme le document montre un coléoptère recouvert de pollen s'apprêtant à quitter l'inflorescence, on peut penser que cet insecte participe à la pollinisation croisée des philodendrons en visitant des plantes différentes. Ces deux propriétés de la reproduction favorisent l'allogamie.

II. Thermogenèse et pollinisation croisée

A. Synchronisation de l'attraction du pollinisateur et de la maturation des fleurs femelles

• Le document 3a indique que le premier jour, la maturation des fleurs femelles a lieu entre 18 h 30 et 21 h 30. Or le document 3b signale qu'à la même période, la température de l'inflorescence est jusqu'à 16 °C supérieure à celle du milieu ambiant. Cela implique une production de chaleur par l'inflorescence pendant cette période.

• Le document 4 indique qu'à la même période l'inflorescence émet des substances odorantes variées. Il y a donc une concordance dans le temps entre la maturation des pistils des fleurs femelles, la production de chaleur par l'inflorescence et l'émission d'un parfum.

• L'expérimentation relatée dans le document 4a montre que l'association de deux substances du parfum émis par l'inflorescence, le méthyl jasmonate et le dihydro-β-ionone, attire spécifiquement les coléoptères de l'espèce *Erioscelis emarginata*, insecte pollinisateur des philodendrons.

• Le document 4b indique que la masse volumique de l'air diminue lorsque la température augmente. L'intense production de chaleur par l'inflorescence fait que l'air au voisinage est chauffé et s'élève. Cela favorise la dispersion en hauteur des substances odorantes, volatiles, et donc l'attraction qu'elles exercent sur les coléoptères. La thermogenèse de l'inflorescence agit donc de façon complémentaire à l'émission de parfum pour faciliter la pollinisation croisée.

B. Mécanisme de la thermogenèse

• Il reste à découvrir les particularités du métabolisme des philodendrons qui permettent à leur inflorescence de produire beaucoup de chaleur, favorisant l'allogamie. Le document 2a indique que cette faculté est due à une caractéristique de leurs mitochondries, qui possèdent une protéine transmembranaire, l'UCP, dans leur membrane interne.

> **À NOTER**
> Il faut bien repérer les divers compartiments de la mitochondrie, qui sont indiqués dans la légende, afin de les utiliser à bon escient dans votre texte.

• Le document 2b précise que le gène codant l'UCP ne s'exprime que dans les cellules de la région stérile de l'inflorescence pendant une période brève, celle où l'inflorescence produit de la chaleur. Cela confirme que cette protéine est impliquée dans la production de chaleur.

• Le document 2a schématise le mécanisme par lequel la respiration mitochondriale assure la conversion de l'énergie des métabolites. Pour toutes les cellules de la plante, y compris les cellules stériles de l'inflorescence en dehors de la période de la thermogenèse, cette énergie est convertie en ATP grâce à l'activité d'une enzyme transmembranaire, l'ATP synthase.

• L'ATP est la seule source d'énergie utilisable pour toutes les activités cellulaires. L'expression du gène UCP entraîne un changement dans la conversion énergétique des cellules. Le fonctionnement de leurs chaînes respiratoires est toujours le même, mais, dans la conversion énergétique, l'UCP devient fonctionnelle à la place de l'ATP synthase (au moins en grande partie), et toute l'énergie des métabolites est convertie en chaleur : il n'y a pas synthèse d'ATP. La chaleur est une forme d'énergie non utilisable par les cellules, et elle se dissipe dans le milieu. Ce sont les caractéristiques du métabolisme énergétique des philodendrons qui assurent la thermogenèse.

> **▶ Le secret de fabrication**
> Nous n'avons pas utilisé toutes les informations du schéma car elles ne font pas partie des connaissances exigibles. On y voit que l'oxydation des métabolites par le cycle de Krebs engendre un gradient de protons dans l'espace intermembranaire, et que c'est l'énergie de ce gradient qui est convertie en ATP ou totalement en chaleur.

C. Bilan sur l'allogamie des philodendrons

• À partir de 18 heures le premier jour, les fleurs femelles arrivent à maturité et la production de chaleur par les inflorescences est maximale, ce qui va finalement attirer spécifiquement les coléoptères. À cette période, les bractées sont écartées, ce qui facilite la visite de ces insectes.

• À 11 heures le lendemain, les insectes qui sont encore en train de butiner les inflorescences sont enfermés entre les bractées à la suite de la production d'une substance collante. Les fleurs femelles ne sont déjà plus réceptives au pollen, tandis que les fleurs mâles arrivent à leur tour à maturité. Les coléoptères, plus ou moins enfermés dans les inflorescences par les bractées, se couvrent de pollen.

• À 18 heures, ils quittent leur inflorescence sans polliniser les fleurs femelles, devenues non réceptives. Cependant les fleurs femelles des inflorescences d'autres individus sont, elles, parvenues à maturité avec décalage, et accueillent les coléoptères recouverts de pollen.

S'ENTRAÎNER

Conclusion

- Le décalage dans le temps de la maturité des étamines des fleurs mâles et du pistil des fleurs femelles au sein d'une inflorescence ainsi que la réceptivité très limitée dans le temps des pistils font que l'autogamie a une très faible probabilité de se produire.
- La concordance entre maturation des fleurs femelles, thermogenèse par l'inflorescence, et émission de substances odorantes a pour conséquence la visite des fleurs femelles à maturité par des coléoptères pollinisateurs, ce qui favorise l'allogamie.
- La thermogenèse joue un rôle essentiel dans la reproduction sexuée des philodendrons. Elle est déclenchée au moment où les fleurs femelles sont à maturité, par l'expression d'un gène, dans les cellules stériles de l'inflorescence, qui code pour une protéine mitochondriale, l'UCP. Grâce à cette protéine, l'énergie libérée par la respiration est totalement convertie en chaleur.
- Les caractéristiques génétiques du philodendron témoignent ainsi d'un haut niveau d'adaptation à l'espèce *Erioscelis emarginata* : spécificité des parfums à cette espèce, protéine UCP assurant la thermogenèse, colle emprisonnant les coléoptères jusqu'au moment de polliniser de nouvelles inflorescences. Ce niveau d'adaptation résulte sûrement d'une coévolution de ces deux espèces, animale et végétale.

14 Sujet spécimen 2021 n° 1 • Exercice 1

Climats et dioxyde de carbone

1 h 30
7 points

INTÉRÊT DU SUJET • Ce sujet amène à réfléchir sur l'importance de la concentration de l'atmosphère en CO_2 en tant que facteur déterminant du climat, à différentes échelles de temps. Votre compréhension du cycle du carbone est mobilisée.

S'ENTRAÎNER

Depuis le début du Paléozoïque, la température globale n'a cessé d'évoluer et ce, à différentes échelles de temps.

▶ **Montrer que les variations du taux de CO_2 atmosphérique et les perturbations du cycle du carbone depuis le Paléozoïque jusqu'à l'actuel permettent d'expliquer en partie l'évolution de la température mondiale.**

Vous rédigerez un texte argumenté. On attend des expériences, des observations, des exemples pour appuyer votre exposé et argumenter votre propos.

LES CLÉS DU SUJET

Étape 1. Comprendre le sujet

• L'effet de serre est un facteur clé de la température de surface. Vous devez mettre en évidence la corrélation entre les variations de la température globale et celles de la teneur en CO_2.

• L'introduction évoque la variation de la température mondiale « à différentes échelles de temps ». Il faut mobiliser vos repères chronologiques. Le Paléozoïque (l'ère primaire) débute il y a 540 Ma (millions d'années) et se termine il y a 250 Ma. S'ensuivent le Mésozoïque (ère secondaire), puis le Cénozoïque il y a 65 Ma (ères tertiaire et quaternaire). À ces échelles, on ne s'intéresse pas aux variations fines de la température ou de la teneur en CO_2 atmosphérique, estimées avec des incertitudes. En revanche, les données des glaces antarctiques permettent l'étude des variations climatiques du Quaternaire à l'échelle des milliers d'années.

• L'expression clé « perturbations du cycle du carbone » désigne les variations dans les échanges de carbone entre ses différents réservoirs, dont l'atmosphère. Vous devez décrire les phénomènes géologiques qui ont fait varier la concentration en CO_2. Les réservoirs et les mécanismes impliqués diffèrent selon l'échelle de temps considérée.

Étape 2. Construire la réponse

I. Température globale, concentration en CO_2 et cycle du carbone à l'échelle des millions d'années	• Présentez l'évolution de la teneur en CO_2 et de la température au cours des derniers 540 Ma. • Montrez que ces évolutions sont liées à des variations dans les flux du cycle du carbone à l'échelle des millions d'années.
II. Variations de la température et de la concentration en CO_2 à l'échelle des milliers d'années	• Présentez les cycles climatiques des derniers 800 000 ans et les variations de la concentration en CO_2 durant la même période. • Expliquez l'origine des perturbations du cycle du carbone durant cette période. • Montrez comment ces perturbations ont affecté la concentration en CO_2 et donc la température mondiale.
Conclusion	• Faites une synthèse des conclusions partielles. • Évoquez les perturbations du cycle du carbone engendrées depuis l'ère industrielle et leurs conséquences sur le climat.

14 CORRIGÉ GUIDÉ

Introduction

Depuis 540 millions d'années, les climats de la Terre et sa température moyenne ont changé à plusieurs reprises. Parmi les facteurs qui régissent la température moyenne de la Terre, il y a l'effet de serre, sans lequel la Terre serait actuellement à –18 °C au lieu de +15 °C. Nous allons montrer que les variations de la concentration en CO_2, un gaz à effet de serre, sont corrélées à celles de la température globale. Nous montrerons par ailleurs qu'elles résultent de plusieurs phénomènes géologiques, impactant le cycle du carbone différemment suivant l'échelle de temps considérée.

I. Température globale, concentration en CO_2 et cycle du carbone à l'échelle des millions d'années

A. Variations de la température globale et de la teneur en CO_2 atmosphérique depuis 540 Ma

1. Durant le Paléozoïque (–540 à –250 Ma)

• La première moitié du Paléozoïque (–540 à –400 Ma) est une période chaude. La concentration en CO_2 de l'atmosphère était 15 à 20 fois supérieure à la concentration préindustrielle.

> **▶ Le conseil de méthode**
> Placez des repères chronologiques tout au long de votre exposé. Vous devez connaître la température et les valeurs approximatives de la teneur en CO_2 de l'atmosphère des différentes ères.
> Rappelez-les, sans entrer dans les détails, en prenant comme référence les valeurs de l'ère préindustrielle (280 ppm en 1800).

• Le climat de la deuxième moitié du Paléozoïque est caractérisé par un refroidissement, qui atteint son maximum vers –300 Ma. Ainsi, à la fin du Carbonifère et au début du Permien (–290 Ma), une calotte glaciaire recouvrait les continents Amérique du Sud, Afrique, Inde, Australie, Antarctique, regroupés en un seul, le Gondwana, situé autour du pôle Sud. Toutefois, les continents de l'hémisphère nord situés près de l'équateur bénéficiaient d'un climat chaud et humide.

> **MOT-CLÉ**
> Les continents du Gondwana se sont trouvés successivement proches du pôle Sud, du Carbonifère au Permien, et gardent des traces (roches striées, moraines) de calotte polaire.

• La concentration en CO_2 de l'atmosphère a constamment baissé à partir de –400 Ma pour atteindre un minimum, au plus fort de la glaciation, aux alentours de –300 Ma. Elle était alors proche de la concentration préindustrielle, voisine de 300 ppm. Elle réaugmente à la fin du Permien, dernière période du Paléozoïque, et la calotte glaciaire disparaît.

2. Durant le Mésozoïque (–250 à –65 Ma)

Le Mésozoïque est une ère chaude. La température moyenne était une dizaine de degrés plus élevée que l'actuelle et la concentration atmosphérique en CO_2 était entre trois et cinq fois plus élevée que celle de la période préindustrielle.

3. Durant le Cénozoïque (–65 Ma à l'actuel)

• Pendant la première moitié du Cénozoïque, le climat chaud présent au Mésozoïque persiste. La concentration atmosphérique en CO_2 est au moins trois fois supérieure à celle de la période préindustrielle.

S'ENTRAÎNER

• Vers –34 Ma, à la transition Éocène-Oligocène, il y a une nette baisse de la teneur en CO_2, associée à un refroidissement marqué par le début de l'englacement de l'Antarctique, alors centré sur le pôle Sud.

• Vers –2,5 Ma, c'est au tour des hautes latitudes des continents de l'hémisphère nord d'être recouvertes de glace. La concentration en CO_2 atteint une valeur de 300 ppm il y a 2,5 Ma, valeur qui ne sera plus dépassée jusqu'au début de l'industrialisation.

4. Bilan

• Durant les derniers 540 Ma, il existe une concordance entre les variations de la température globale et celles de la concentration en CO_2. Ainsi, les minimums de la concentration en CO_2 coïncident avec les périodes glaciaires, celle du Carbonifère-Permien et celle des derniers 3 Ma. Inversement, les périodes chaudes sont celles où la concentration en CO_2 était nettement supérieure à la teneur actuelle (> 1 000 ppm).

• Cette corrélation confirme que les variations de la concentration en CO_2, en agissant sur l'intensité de l'effet de serre, ont déterminé les variations de température à l'échelle des millions d'années. Cela ne signifie pas cependant qu'elles ont été le seul facteur agissant sur le climat.

À NOTER
Les variations de l'albédo (liées au déplacement des continents) et celles de l'insolation comptent aussi.

• Pour expliquer les variations de la concentration en CO_2 et donc celles de la température, il faut considérer les perturbations du cycle du carbone.

B. Perturbations du cycle du carbone à l'échelle des Ma

1. Le cycle du carbone à l'échelle des millions d'années

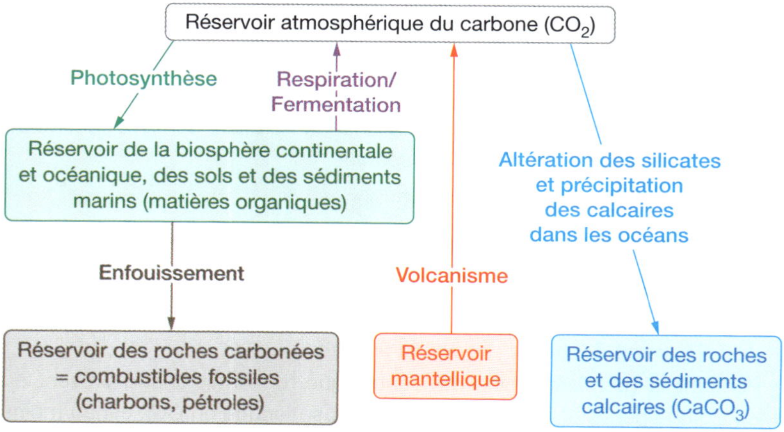

Figure 1. Les flux du cycle du carbone à l'échelle des millions d'années

• Les atomes de carbone sont contenus dans différents réservoirs. Ces réservoirs sont présentés dans la figure ci-avant, ainsi que les flux qui font varier la teneur en CO_2 atmosphérique, à l'échelle des millions d'années.

• Deux flux font baisser la concentration en CO_2 de l'atmosphère à cette échelle de temps. Le premier correspond à l'altération des roches riches en minéraux silicatés (granite, gneiss, basalte). Dès que des reliefs se créent, ils sont immédiatement érodés, ce qui correspond à une destruction mécanique des roches, et altérés chimiquement par l'eau de pluie et de ruissellement. L'eau qui ruisselle et stagne parfois dans le sol et le sous-sol est chargée en CO_2. Le CO_2 et les ions H^+ dissous réagissent avec les minéraux silicatés, riches en calcium, ce qui forme des argiles et libère des ions Ca^{2+} et HCO_3^-. Entraînés par les rivières et les fleuves jusqu'aux océans, ces ions précipitent ensuite sous forme de roches calcaires ($CaCO_3$). Le bilan de l'altération des silicates associée à la précipitation des carbonates dans les océans piège, sous forme de $CaCO_3$, une molécule de CO_2 par molécule de silicate altérée.

> **À NOTER**
> Vous pouvez écrire les réactions chimiques si vous les maîtrisez.

• Le deuxième flux à l'origine d'une baisse de la teneur en CO_2 à l'échelle des millions d'années correspond à la formation des roches carbonées par piégeage des matières organiques. Ce piégeage abaisse la concentration en CO_2 car il empêche la restitution à l'atmosphère du CO_2 qui a servi à la synthèse des matières organiques (photosynthèse).

• Un flux assure le transfert du CO_2 du réservoir mantellique à l'atmosphère, le volcanisme. À l'échelle des millions d'années, la concentration en CO_2 de l'atmosphère dépend de l'intensité relative des deux flux qui soutirent le CO_2 de l'atmosphère et de celui résultant des éruptions volcaniques, qui en apporte.

2. Perturbations du cycle du carbone et baisse de la concentration en CO_2 au Carbonifère et au Cénozoïque

• La baisse de la teneur en CO_2 durant le Carbonifère s'explique par la formation des chaînes de montagnes de la Pangée (orogenèse hercynienne, dont les traces actuelles sont les massifs cristallins de l'Amérique du Nord et de l'Europe). De même, la baisse durant le Cénozoïque, à partir de la transition Éocène-Oligocène, s'explique par la formation des chaînes alpines et surtout de l'Himalaya. L'altération des reliefs formés, favorisée de plus par un climat chaud et humide lié à leur position intertropicale et un couvert forestier important, a piégé de grandes quantités de CO_2 atmosphérique dans les carbonates des océans.

> **MOT-CLÉ**
> Le terme « Carbonifère » fait référence aux importants gisements de charbon datés de cette époque.

• Le piégeage des matières organiques a été particulièrement important durant la fin du Dévonien et bien plus encore durant le Carbonifère. À cette époque, les continents situés entre les tropiques, soumis à des climats chauds et humides, étaient pour la première fois colonisés par une végétation arborée. C'est la période des fougères arborescentes. Ainsi, d'importants gisements de charbon se forment par enfouissement et transformation des matières organiques de la forêt houillère, préservées de la décomposition.

• La figure 2 schématise les mécanismes de la perturbation du cycle du carbone au Carbonifère qui expliquent la baisse de la température durant cette période.

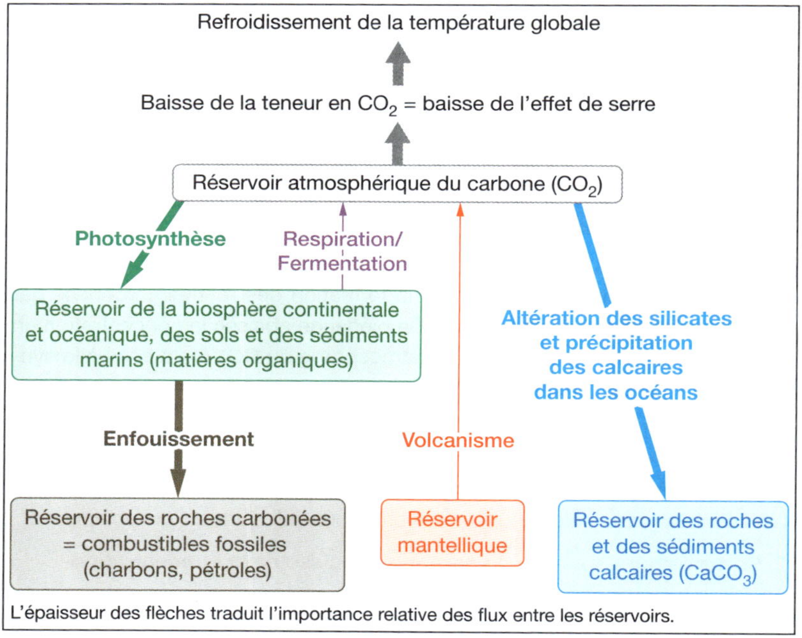

Figure 2. **Piégeage du carbone dans les réservoirs des roches carbonées et calcaires au Carbonifère**

3. Perturbations du cycle du carbone et climat chaud au Mésozoïque

• Au Mésozoïque, un volcanisme important, lié à la dislocation de la Pangée, a libéré de grandes quantités de CO_2 dans l'atmosphère. Ce volcanisme est celui ayant lieu à l'axe des dorsales océaniques, aux zones de subduction, aux points chauds. Au Crétacé en particulier, la vitesse d'expansion des océans a été forte, ce qui traduit une forte activité volcanique à l'axe des dorsales.

• La figure 3 schématise les mécanismes de la perturbation du cycle du carbone au Mésozoïque qui expliquent la hausse de la température durant cette période.

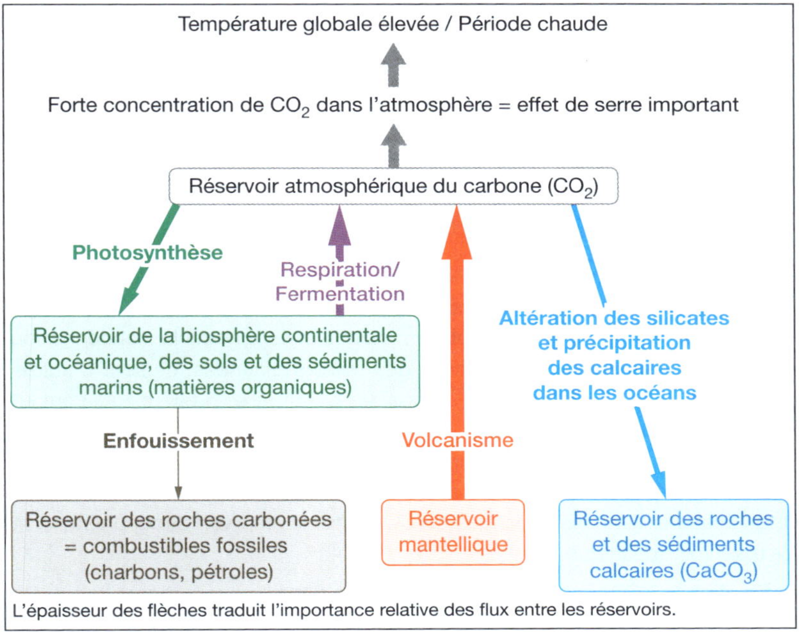

Figure 3. Bilan du cycle du carbone au cours du Mésozoïque

II. Variations de la température et de la concentration en CO_2 à l'échelle des milliers d'années

A. Les cycles de température glaciaire-interglaciaire

• Depuis 3 Ma, nous sommes dans une période glaciaire, définie par l'existence permanente de calottes glaciaires, notamment celle de l'Antarctique, mais son intensité a varié. L'analyse du $\delta^{18}O$ des glaces de l'Antarctique depuis 800 000 ans a montré l'existence de cycles climatiques d'une durée approximative de 100 000 ans. Chaque cycle comprend une longue période de refroidissement lent, dite « période glaciaire », qui dure environ de 80 000 à 90 000 ans, et une phase de réchauffement rapide, dite « période interglaciaire », qui dure de 10 000 à 20 000 ans. La dernière « période glaciaire » s'est traduite il y a 20 000 ans par l'extension maximale des calottes glaciaires de l'Amérique du Nord et de l'Europe. La « période interglaciaire » actuelle a débuté il y a 12 000 ans.

MOT-CLÉ
Une période glaciaire est définie par la permanence de la calotte antarctique. Mais on parle également de « période glaciaire », par opposition à la « période interglaciaire », dans un cycle climatique.

• L'analyse de la composition des bulles d'air emprisonnées dans les glaces de l'Antarctique a permis de connaître la concentration en CO_2 depuis 800 000 ans. Elle présente des variations calquées sur celles de la température : un maximum de 280 ppm durant un épisode interglaciaire, et un minimum de 200 ppm au maximum de la glaciation. Cette corrélation suggère qu'à cette échelle des milliers d'années les variations de la concentration du CO_2 ont pu influencer l'évolution de la température.

B. Perturbations du cycle du carbone qui expliquent la corrélation CO_2-température

• Alors qu'à l'échelle des millions d'années les phénomènes géologiques ont impacté la température mondiale en modifiant fortement la concentration en CO_2 de l'atmosphère, à l'échelle des milliers d'années, ce sont d'autres mécanismes, les variations périodiques des paramètres orbitaux, qui sont en cause. En faisant varier l'intensité de l'énergie solaire reçue à la surface de la Terre, ils ont déclenché des changements dans la température de surface. Par ce fait, ils ont perturbé le cycle du carbone à court terme en entraînant des modifications dans les échanges de CO_2 entre le réservoir atmosphérique et le réservoir océanique.

• En effet, le CO_2 est un gaz dont la solubilité dans l'eau augmente lorsque la température des eaux océaniques de surface diminue. Au cours d'un refroidissement d'origine astronomique, le CO_2 passe donc de l'atmosphère dans les eaux océaniques, ce qui diminue sa concentration et baisse l'effet de serre. Cela amplifie le refroidissement. C'est l'inverse au cours d'un réchauffement. Ainsi, les variations du CO_2 ne déclenchent pas la variation de température mais l'amplifient.

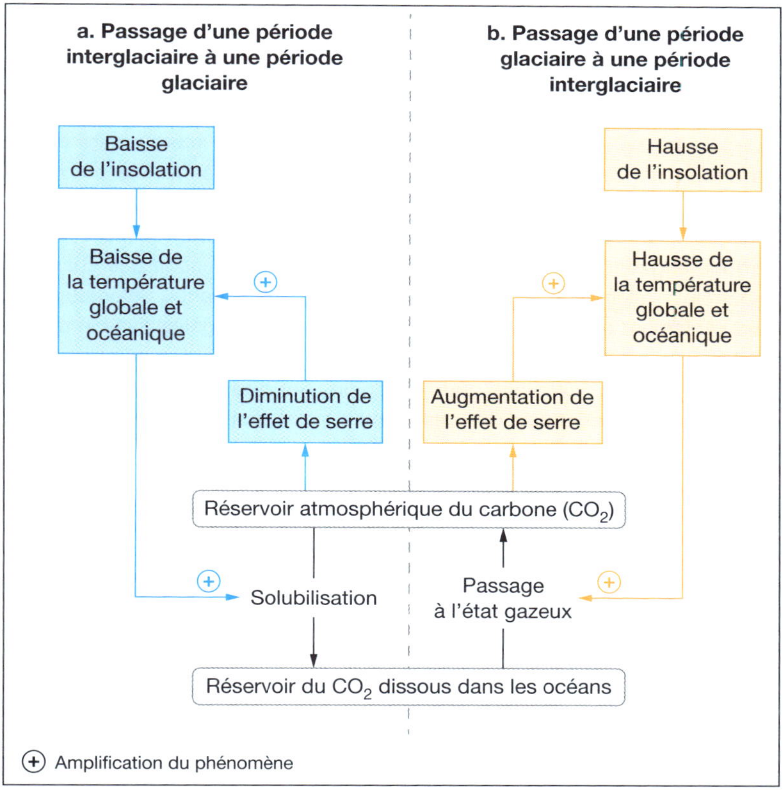

Figure 4. Renforcement de la variation climatique initiée lors du passage d'une période glaciaire à une période interglaciaire et *vice versa*

Conclusion

• À différentes échelles de temps, il existe une corrélation entre les variations de la teneur en CO_2 de l'atmosphère et celles de la température mondiale.

• Les perturbations du cycle du carbone, c'est-à-dire les variations dans les flux entre le réservoir atmosphérique et les autres réservoirs, ont impacté la concentration en CO_2 atmosphérique à l'échelle des millions d'années et ont ainsi modifié l'effet de serre, donc le climat. Ces variations sont liées à la tectonique des plaques.

- En revanche, au cours des 800 000 dernières années, si les variations du CO_2 n'ont pas été le facteur déclenchant de l'alternance période glaciaire-période interglaciaire, elles ont amplifié les changements climatiques initiés par les variations périodiques de l'insolation.
- Depuis 10 000 ans, nous sommes dans une période interglaciaire durant laquelle la concentration en CO_2 est restée à peu près stable autour de 280 ppm. Mais depuis près de trois cents ans, on constate une augmentation continue de la concentration en CO_2 due à des perturbations du cycle du carbone engendrées par les activités humaines : combustion des charbons et pétroles, calcination des calcaires pour faire des ciments, déforestations. Le dérèglement du cycle du carbone, à une vitesse inégalée dans le passé, est responsable de l'augmentation de près de 1 °C de la température mondiale moyenne, et davantage pour les régions des hautes latitudes, en moins d'un siècle, ce qui entraîne des changements climatiques sur l'ensemble des continents.

La Grande Coupure

1 h 30
8 points

INTÉRÊT DU SUJET • C'est une étude sur l'impact de la tectonique des plaques sur le climat. Vous reconstituerez les liens causaux à l'origine d'un changement climatique majeur qui a participé à la crise biologique Éocène-Oligocène.

Au début du xxe siècle, les paléontologues ont décrit de grandes modifications de la biodiversité à la limite de l'Éocène et de l'Oligocène, il y a environ 34 millions d'années.
Cet événement, connu depuis sous le nom de « grande coupure », a rapidement été expliqué par un important changement climatique que l'on cherche à reconstituer ici.

Caractériser le changement climatique ayant eu lieu lors de la transition Éocène-Oligocène et proposer des explications sur son origine.

Vous organiserez votre réponse selon une démarche de votre choix intégrant des données des documents et les connaissances utiles.

DOCUMENT 1 **Synthèse de données sur la transition Éocène-Oligocène**

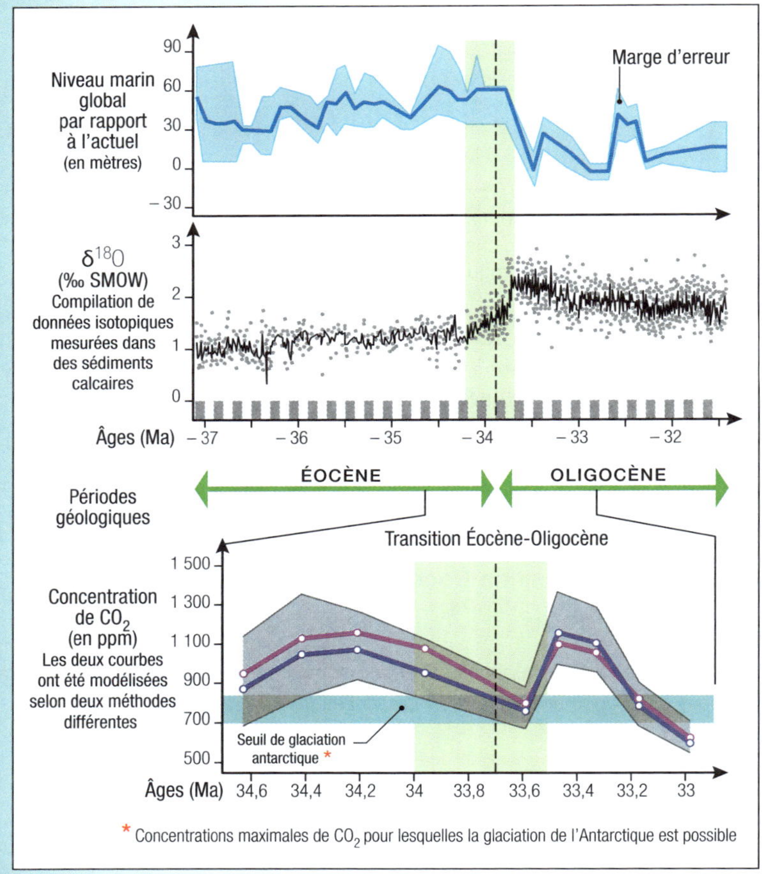

D'après Ghirardi, J., thèse, (2016) et Pearson, P. N., *Nature*, (2009)

DOCUMENT 2 **Reconstructions paléogéographiques et océanographiques autour du pôle Sud, depuis 86 Ma (en haut) et situation actuelle (en bas)**

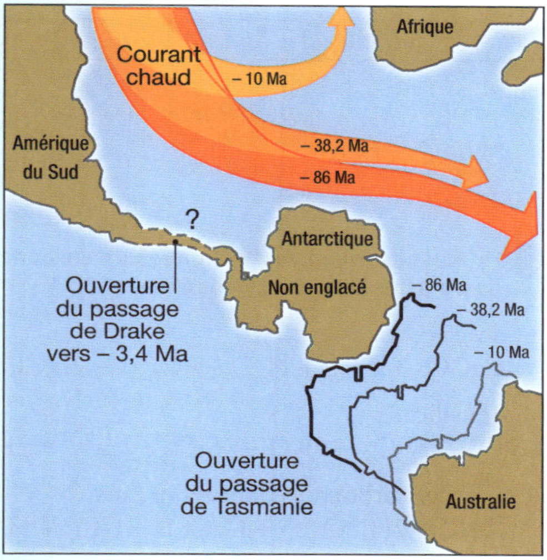

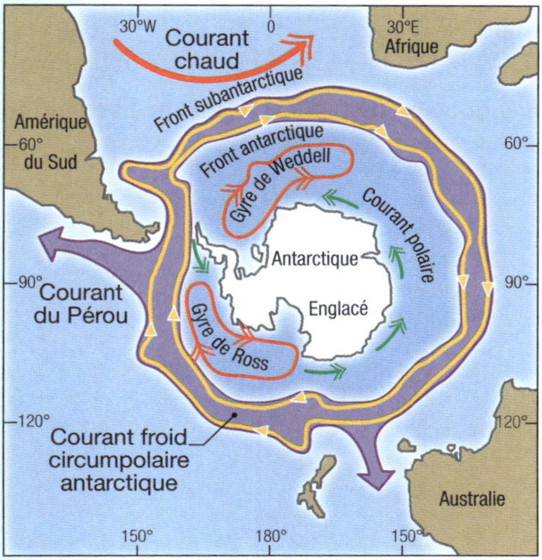

D'après Schaaf, A. Boesch, Q., *Sciences de la Terre et de l'Univers*, éditions Vuibert, p. 315

DOCUMENT 3 **Albédo de différentes surfaces terrestres**

Type de surface	Mer	Forêts	Champs cultivés	Sable	Glace	Neige fraîche
Albédo	0,1	0,1	0,2	0,2	0,5	0,85

DOCUMENT 4 **Processus majeurs d'échanges de carbone entre atmosphère et géosphère**

L'altération des carbonates :

$$CaCO_3 + CO_2 + H_2O \rightarrow Ca^{2+} + 2HCO_3^-$$

L'altération des silicates :

$$CaSiO_3 + 2CO_2 + H_2O \rightarrow SiO_2 + Ca^{2+} + 2HCO_3^-$$

La précipitation des carbonates dans les océans :

$$Ca^{2+} + 2HCO_3^- \rightarrow CaCO_3 + CO_2 + H_2O$$

Le piégeage de la matière organique, issue de la photosynthèse des végétaux, dans les roches :

$$CO_2 + H_2O \rightarrow CH_2O \text{ (matière organique)} + O_2$$

Le dégazage du manteau par le volcanisme libère du CO_2.

D'après le site cnrs.fr

DOCUMENT 5 **Colonnes stratigraphiques montrant la succession des roches et leurs localisations dans la chaîne du Zagros**

Les événements géologiques observés ici sont représentatifs de ceux qui se sont déroulés, à la même époque, des Alpes jusqu'à l'Himalaya.

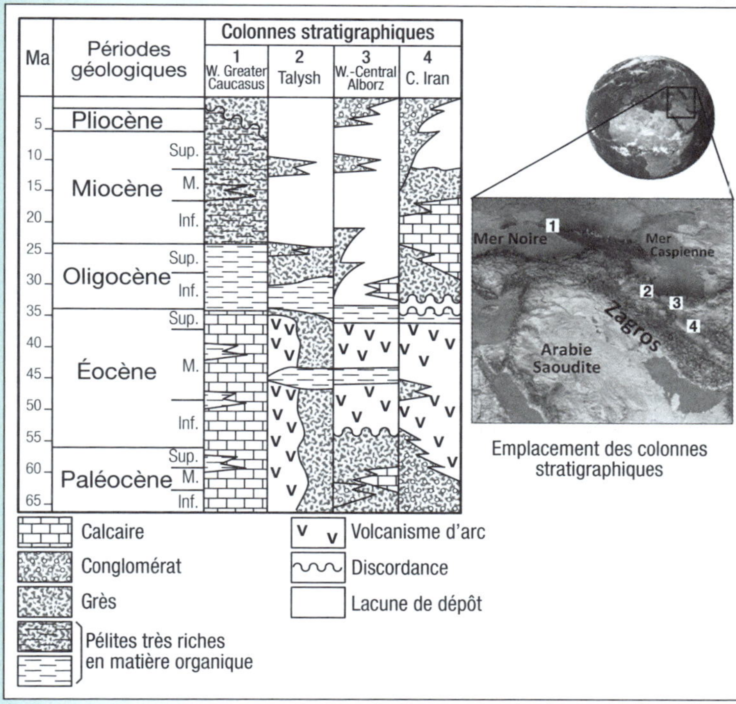

Emplacement des colonnes stratigraphiques

D'après Allen, M. B., *Palaeoclimatology*, 2008

LES CLÉS DU SUJET

Étape 1. Comprendre le sujet

- Le mot-clé « changement climatique » amène à se poser la question du sens de ce changement : le climat s'est-il refroidi ou réchauffé à la fin de l'Éocène ? Cette question résolue, il faut répondre à la question suivante : quelles en sont les causes ?
- Vos connaissances sur les facteurs influençant le climat vous permettent d'exploiter les documents, nombreux et complexes, afin de répondre à ces questions.

Étape 2. Exploiter les documents

• Les données du document 1 permettent d'identifier la nature du changement climatique en s'appuyant sur le $\delta^{18}O$, qui est un indicateur des climats passés. L'étude de l'évolution de la concentration de CO_2 atmosphérique permet de discuter de l'origine du changement climatique. Une information importante est donnée par le seuil de glaciation antarctique, à mettre en relation avec l'évolution du niveau marin.

• Les documents 2 à 5 permettent de montrer comment la tectonique des plaques impacte le climat par l'activité volcanique et la création de reliefs, mais aussi en modifiant les circulations océaniques. Ils sont à mettre en relation avec les informations apportées par le document 1.

Étape 3. Construire la réponse

I. Le refroidissement du climat à la transition Éocène-Oligocène	Exploitez soigneusement le document 1 pour démontrer un refroidissement important durant la transition Éocène-Oligocène, et l'installation probable d'une calotte glaciaire antarctique.
II. Les causes du refroidissement	• Montrez les effets de la tectonique des plaques sur la teneur en CO_2 atmosphérique et sur l'installation d'une calotte polaire. • Montrez le lien entre glace, albédo et climat.
Conclusion	Résumez les grandes idées en mettant en évidence les liens de causalité. Vous pouvez accompagner votre conclusion d'un schéma.

15 CORRIGÉ GUIDÉ

Introduction

Le climat de la Terre a beaucoup varié au cours de son histoire. L'ère mésozoïque fut globalement une période chaude sans calotte glaciaire aux pôles. L'ère cénozoïque débute de la même façon, mais vers –34 millions d'années un changement climatique brusque est intervenu, à la transition Éocène-Oligocène. À l'aide des informations extraites des documents, nous allons en dégager les caractéristiques et identifier les causes qui en sont à l'origine.

I. Le refroidissement du climat à la transition Éocène-Oligocène

A. Informations fournies par les variations de la concentration en CO_2 de l'atmosphère

Pendant la transition Éocène-Oligocène, le CO_2, un des principaux gaz à effet de serre, voit sa concentration baisser, quelle que soit la méthode d'évaluation de la concentration. On sait que température et concentration en CO_2 sont directement corrélées. Ainsi, une baisse de la concentration en CO_2 traduit un refroidissement du climat. À la fin de la transition, cette concentration descend au niveau du seuil permettant l'installation d'une calotte glaciaire sur l'Antarctique.

S'ENTRAÎNER

B. Informations fournies par les variations du delta isotopique ^{18}O des calcaires

> ▶ **Le conseil de méthode**
>
> Le document 1 ne fournit aucune indication sur la signification du $\delta^{18}O$. Vous devez l'expliciter. Il dépend, en période chaude, de la température. En période froide (présence d'une calotte glaciaire), il dépend surtout du volume des glaces. Ici, il s'agit d'une période de transition durant laquelle il y a formation d'une calotte glaciaire. Ainsi, en vous aidant du document sur l'évolution du niveau marin, vous pouvez repérer le moment où l'évolution du $\delta^{18}O$ traduit l'installation d'une calotte antarctique.

• Pendant la fin de l'Éocène, de –37 à –34 millions d'années, le $\delta^{18}O$ des sédiments calcaires est stable, au voisinage de 1 ‰. Pendant le début de l'Oligocène, à partir de –33,5 Ma, le $\delta^{18}O$ est de 2 ‰ environ. Il y a donc une augmentation brusque du rapport isotopique durant la période de transition.

• Les sédiments calcaires ($CaCO_3$) sont principalement constitués par des tests de micro-organismes, notamment les foraminifères. Ces derniers prélèvent des ions HCO_3^- et Ca^{2+} dans l'eau de mer. En période chaude, le $\delta^{18}O$ des tests de foraminifères dépend essentiellement de la température de l'eau de l'océan : il augmente lorsque la température diminue. En période froide, il dépend en plus du volume des glaces : plus ce volume est important, plus l'océan est enrichi en ^{18}O. Il augmente donc lorsque la température de l'eau baisse et lorsque l'eau se trouve piégée dans les calottes et les glaciers. Le changement climatique à la transition Éocène-Oligocène est donc un refroidissement.

> À NOTER
>
> • En **période chaude**, plus la température de l'eau est élevée moins les foraminifères incorporent de ^{18}O à leur coquille.
>
> • En **période froide**, les molécules $H_2{}^{16}O$, plus légères que les molécules $H_2{}^{18}O$, s'évaporent préférentiellement et sont « piégées » dans la glace. Ainsi, plus le volume des glaces est important, plus l'océan est enrichi en ^{18}O.

• Les données sur l'évolution de la teneur en CO_2 et sur le $\delta^{18}O$ témoignent d'un englacement probable de l'Antarctique à la suite de ce refroidissement.

C. Informations fournies par les variations du niveau marin

À la fin de l'Éocène, le niveau marin est de 50 mètres au-dessus du niveau actuel avec une marge d'erreur de +/– 10 mètres. À la transition (– 33,9 Ma) et pendant tout le début de l'Oligocène, le niveau chute pour devenir équivalent au niveau actuel avec une marge d'erreur faible. Cela conforte les conclusions précédentes, à savoir l'installation d'une calotte glaciaire sur l'Antarctique à la fin de la transition Éocène-Oligocène.

▶ Le secret de fabrication

Nous avons choisi l'ordre d'exploitation des données de façon à marquer une progression : d'abord les données qui témoignent d'un refroidissement et de l'installation probable d'une calotte glaciaire (A et B), puis celles sur le niveau marin, qui confortent les conclusions précédentes (C).

II. Les causes du refroidissement

A. Les facteurs ayant contribué à la baisse de la concentration en CO_2 dans l'atmosphère

• La baisse de la concentration en CO_2 a pu être une des causes du refroidissement du climat à la transition Éocène-Oligocène par diminution de l'effet de serre. Mais quelle est l'origine de cette baisse ? Le document 4 renseigne sur les mécanismes qui prélèvent du CO_2 de l'atmosphère et le piège sous forme de roches carbonatées ou carbonées.

• Dissous dans l'eau de pluie, le CO_2 atmosphérique forme des ions HCO_3^- et H^+ qui dissolvent les carbonates. L'altération d'une mole de carbonates consomme une mole de CO_2 avec production de deux moles de HCO_3^- dissous dans l'eau des rivières et des fleuves. La précipitation des carbonates dans les océans redonne une mole de CO_2 à partir de deux moles de HCO_3^-. En revanche, l'altération des silicates consomme deux moles de CO_2 avec formation de deux moles de HCO_3^- alors que la précipitation de deux moles de carbonates dans les océans ne libère qu'une seule mole de CO_2. On en conclut que, à l'échelle des temps géologiques (Ma), l'altération des roches carbonatées n'impacte pas la teneur en CO_2, mais que celle des silicates abaisse la teneur en CO_2 de l'atmosphère. Ainsi, une augmentation de l'altération des roches silicatées a pu entraîner la baisse de la teneur en CO_2.

• La synthèse des matières organiques par photosynthèse prélève du CO_2 dans l'atmosphère. Une augmentation de la photosynthèse puis du piégeage des matières organiques formées a pu entraîner une baisse de la concentration en CO_2 de l'atmosphère. En effet, le piégeage des matières organiques fait que le CO_2 qui a servi à leur synthèse n'est pas restitué à l'atmosphère.

• Le document 5 décrit les roches présentes dans la chaîne du Zagros. Aux points 2, 3 et 4, les roches datant de l'Éocène sont volcaniques. Elles témoignent de la subduction de la lithosphère océanique de la plaque arabique sous la plaque eurasiatique. Ce volcanisme d'arc cesse à la limite Éocène-Oligocène, ce qui doit correspondre à la collision entre les deux plaques. À la même époque, la chaîne des Alpes et celle de l'Himalaya se formaient de la même façon. L'arrêt du volcanisme à la transition Éocène-Oligocène a contribué à la baisse de la teneur en CO_2 atmosphérique.

• Le volcanisme libère du CO_2 dans l'atmosphère, mais la subduction et la collision créent des reliefs, à l'origine d'une érosion et d'une altération importantes, notamment des roches silicatées. Cela se traduit par l'existence dans les sédiments oligocènes d'une roche détritique, le grès. Ainsi, l'érosion et l'altération des roches silicatées à la fin de l'Éocène ont pu entraîner une baisse de la teneur en CO_2 de l'atmosphère.

> **À NOTER**
> Dès le départ, et tant que dure la création des reliefs, l'érosion et l'altération sont très fortes. Ainsi, on estime que la moitié des reliefs de l'Himalaya ont été détruits depuis le début de la surrection de la chaîne.

• Enfin, la transition Éocène-Oligocène est marquée dans l'ensemble de la chaîne par la présence de sédiments très riches en matière organique, particulièrement importante à la station 1. Cela traduit un piégeage important de la matière organique, qui a contribué à la baisse du CO_2 atmosphérique à cette époque.

B. Répartition des masses continentales et climat

• Il y a 86 millions d'années, l'Antarctique était proche de l'Australie et relié à l'Amérique du Sud. La mise en place d'une dorsale a entraîné le déplacement de l'Antarctique vers le pôle Sud et son éloignement de l'Australie et de l'Amérique du Sud. L'ouverture du passage du Drake, entre l'Amérique du Sud et l'Antarctique, a lieu vers –34 Ma, au moment de la transition Éocène-Oligocène. Cela a permis la formation d'un courant froid circumpolaire autour de l'Antarctique, toujours à l'œuvre actuellement. Il a isolé thermiquement l'Antarctique et y a facilité l'installation d'une calotte glaciaire.

• Avant la transition Éocène-Oligocène, la surface de l'Antarctique n'était pas englacée. Son albédo dépendait de la végétation qui s'y trouvait (entre 0,1 et 0,2). L'englacement de l'Antarctique a augmenté son albédo (0,5), ce qui a renforcé le refroidissement de sa surface et facilité le développement de la calotte glaciaire.

MOT-CLÉ
L'albédo est la fraction de l'énergie solaire qui est réfléchie vers l'espace. Sa valeur est comprise entre 0 et 1, et est d'autant plus élevée que la surface est réfléchissante.

Conclusion

• Le changement climatique qui s'est produit lors de la transition Éocène-Oligocène est caractérisé par un net refroidissement du climat. Jusque-là, il n'y avait pas de calotte glaciaire aux pôles. C'est à cette époque que se met en place celle de l'Antarctique.

• Ce refroidissement semble être dû à deux grandes causes. La première est la baisse de la concentration en CO_2 de l'atmosphère (altération des silicates, piégeage de la matière organique), qui a diminué l'effet de serre. La seconde est une modification des circulations océaniques, qui a isolé thermiquement l'Antarctique, situé au pôle Sud, et augmenté son albédo. Ces deux causes sont liées à la tectonique des plaques.

• Enfin, l'augmentation de l'albédo et la baisse de la teneur en CO_2 atmosphérique sont des facteurs qui autorenforcent le sens de leur variation. Ils ont probablement contribué à accentuer le refroidissement à la fin de la transition Éocène-Oligocène.

Modulation de la contraction musculaire

1 h 40
7 points

INTÉRÊT DU SUJET • Ce sujet oblige à mobiliser des connaissances se rapportant à la genèse et aux caractéristiques des messages nerveux moteurs susceptibles de faire varier l'amplitude du raccourcissement de la contraction musculaire qu'ils commandent.

L'intensité de la contraction d'un muscle varie selon l'importance du raccourcissement des cellules musculaires qui le constituent : on parle de modulation de la contraction musculaire. Chaque cellule musculaire est commandée par un neurone moteur qui intègre des messages nerveux d'origines multiples.

Expliquer les mécanismes nerveux qui permettent de moduler la contraction d'une cellule musculaire.

Vous rédigerez un texte argumenté. On attend des expériences, des observations, des exemples pour appuyer votre exposé et argumenter votre propos.

LES CLÉS DU SUJET

Étape 1. Comprendre le sujet

Dans les conditions physiologiques, la contraction des cellules d'un muscle est déclenchée uniquement par les messages nerveux des motoneurones qui les innervent. Il s'agit de voir si les cellules traduisent bien, dans la modulation de leur contraction, les « ordres » émis par les motoneurones. Ensuite, il faut expliquer comment le motoneurone, en intégrant des messages nerveux d'origines diverses, adapte la contraction d'une cellule musculaire aux besoins de l'organisme.

Étape 2. Construire la réponse

Introduction	• Introduisez l'idée que la contraction d'une cellule musculaire est dépendante de la réception d'un message issu du motoneurone qui l'innerve. • Posez le problème à résoudre.
I. Modulation de la contraction en fonction du codage du message nerveux moteur	• Indiquez les caractéristiques du signal nerveux, le potentiel d'action. • Expliquez le fonctionnement de la synapse neuromusculaire, et précisez pourquoi le potentiel d'action nerveux ne peut moduler la contraction musculaire. • Montrez comment le message nerveux moteur codé en fréquence permet de moduler la contraction musculaire.
II. Intégration des messages afférents par le motoneurone	• Évoquez la diversité des messages afférents reçus par le corps cellulaire d'un motoneurone. • Présentez les caractéristiques des synapses interneuroniques, et notamment les notions de synapses excitatrices et inhibitrices. • Présentez les notions de sommation spatiale et de sommation temporelle. • Montrez que l'intégration des messages reçus par le motoneurone adapte la contraction des cellules musculaires à la réalisation du mouvement où elles interviennent.
Conclusion	Montrez que la modulation de la contraction des cellules musculaires dépend fondamentalement des propriétés intégratrices des motoneurones, et que le fonctionnement des synapses neuromusculaires permet de traduire fidèlement, dans la réponse musculaire, le codage du message nerveux moteur.

16 CORRIGÉ GUIDÉ

Introduction

Les cellules (fibres) des muscles squelettiques ne se contractent pas spontanément. Leur contraction est déclenchée, pour chacune d'elles, par les messages émis par le motoneurone qui les innerve. Nous allons d'abord envisager comment la contraction de la fibre musculaire est modulée et traduit fidèlement le codage du message nerveux qu'elle reçoit. Nous verrons ensuite comment la capacité intégratrice du motoneurone rend celui-ci capable d'émettre des messages nerveux assurant une contraction adaptée au mouvement à réaliser.

I. Modulation de la contraction en fonction du codage du message nerveux moteur

• Considérons la contraction d'une cellule d'un muscle squelettique de la jambe. Sa contraction dépend du message nerveux émis par un motoneurone dont le corps cellulaire est situé dans la corne ventrale de la moelle épinière. L'axone de ce motoneurone, par la racine ventrale d'un nerf rachidien puis par le nerf rachidien, arrive finalement à la cellule musculaire, avec laquelle il établit une synapse (jonction neuromusculaire, figure 1).

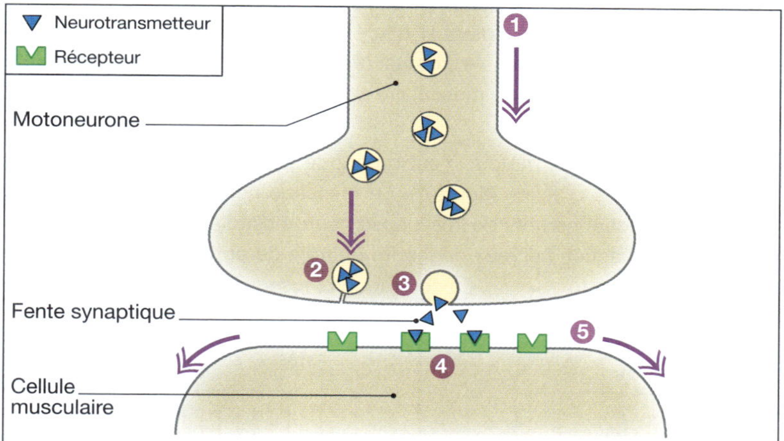

Étape 1 : arrivée d'un message nerveux de nature électrique.
Étape 2 : arrimage des vésicules synaptiques sur la membrane présynaptique.
Étape 3 : exocytose des vésicules.
Étape 4 : Fixation du neurotransmetteur sur les récepteurs postsynaptiques.
Étape 5 : naissance d'un potentiel d'action musculaire qui provoque la contraction.

Figure 1. **Les grandes étapes du fonctionnement de la synapse neuromusculaire**

• Le message nerveux moteur est électrique. Le signal élémentaire de ce message est le potentiel d'action (PA), qui résulte de l'inversion brève du potentiel membranaire. Le PA se propage du corps cellulaire du motoneurone jusqu'à la synapse neuromusculaire. Là, le message électrique est converti en un message chimique. L'arrivée d'un potentiel

> **À NOTER**
> Il faut bien faire la distinction entre messager (PA) et message.
> Le messager nerveux est constant, mais le message est variable.

d'action provoque la libération dans l'espace synaptique d'un neurotransmetteur, l'acétylcholine. Celle-ci, en se fixant sur des récepteurs de la membrane de la cellule musculaire, stimule cette dernière et provoque la naissance d'un potentiel d'action musculaire qui engendre la contraction (figure 1).

• Le potentiel d'action nerveux a une amplitude invariable (loi du tout-ou-rien). En outre, la quantité d'acétylcholine libérée au niveau de la synapse par l'arrivée d'un potentiel d'action nerveux est suffisante pour faire naître un potentiel d'action musculaire. La synapse neuromusculaire fonctionne au coup par coup. La contraction de la cellule musculaire n'est pas modulée par le potentiel d'action nerveux.

À NOTER
Ce mode de fonctionnement représente une différence fondamentale entre la synapse neuromusculaire et les synapses entre neurones.

• Le message nerveux moteur n'est pas codé par un seul PA, mais par un train de potentiels d'action (figure 2). Le message nerveux est codé en fréquence. Le fonctionnement de la synapse neuromusculaire est tel qu'un train de potentiels d'action nerveux engendre un train de potentiels d'action musculaires à la même fréquence. La contraction musculaire dure plus longtemps et son amplitude est plus forte que celle due à un seul potentiel d'action.

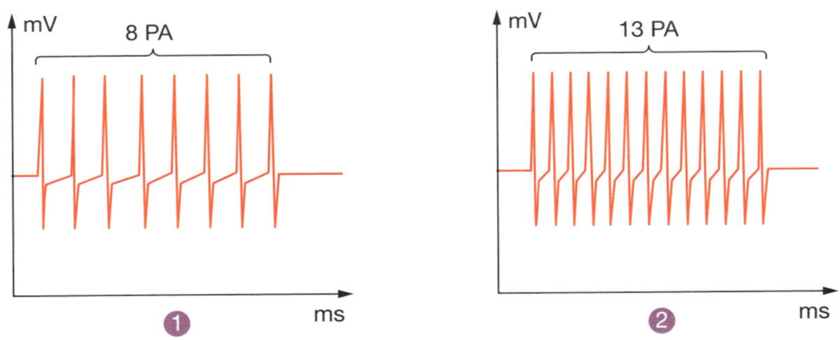

1 Message nerveux moteur de faible intensité émis par un motoneurone et arrivant à la synapse neuromusculaire.
2 Message nerveux moteur de plus forte intensité émis par le même motoneurone.

Figure 2. **Codage du message nerveux moteur**

▶ Le secret de fabrication

Cet aspect de la réponse de la cellule musculaire au message moteur n'est pas souvent souligné, mais c'est un point important. Dans une maladie comme la myasthénie, un potentiel d'action nerveux n'engendre pas toujours un potentiel d'action musculaire.

• La contraction de la cellule musculaire est donc modulée par la fréquence des potentiels d'action du message nerveux moteur. La cellule musculaire traduit fidèlement dans sa contraction l'information véhiculée par le message nerveux moteur.

À NOTER
Dans ce dernier paragraphe, on donne du sens à la modulation de la contraction musculaire en fonction du message nerveux.

II. Intégration des messages afférents par le motoneurone

Puisque la contraction de la cellule musculaire est modulée par les variations du codage du message nerveux émis par le motoneurone, il faut maintenant étudier de quoi dépend ce codage.

A. Des afférences multiples

• Des axones de neurones variés établissent un contact synaptique avec le corps cellulaire et les dendrites d'un motoneurone médullaire. Ce sont par exemple les axones des neurones moteurs du cortex, qui émettent des messages nerveux « volontaires », ou ceux de neurones sensoriels en relation avec des récepteurs périphériques (fuseaux neuromusculaires, récepteurs nociceptifs, à la pression, au froid, au chaud).

• Tous ces neurones afférents véhiculent des messages codés en fréquence de potentiels d'action. Le message émis par le motoneurone dépend du traitement qu'il fait de ces messages afférents, et donc des mécanismes des synapses en jeu. Ceux-ci reposent sur le même principe que la synapse neuromusculaire, à savoir la conversion d'un message électrique en un message chimique, mais les synapses interneuroniques possèdent des propriétés qui leur sont propres.

B. Propriétés des synapses interneuroniques

• L'arrivée d'un potentiel d'action présynaptique provoque la libération d'une quantité de neurotransmetteur insuffisante pour engendrer un potentiel d'action par le motoneurone. La synapse interneuronique ne fonctionne pas au coup par coup.

• Certaines synapses ne sont pas excitatrices, mais inhibitrices. Le neuromédiateur en jeu a pour effet de diminuer la capacité du motoneurone à émettre des potentiels d'action.

C. Sommations spatiale et temporelle, intégration

• Le message chimique libéré par un neurone présynaptique excitateur est codé en concentration du neurotransmetteur. Plus la fréquence des potentiels d'action afférents est forte, plus la concentration du neurotransmetteur dans l'espace synaptique est élevée, ce qui permet l'émission de potentiels d'action moteurs par le motoneurone. On parle de sommation temporelle.

• Plusieurs neurones afférents excitateurs établissent des synapses avec le même motoneurone. Leurs effets sur le motoneurone s'additionnent et peuvent conduire à l'émission de potentiels d'action moteurs. On parle de sommation spatiale.

• Les mêmes propriétés s'appliquent aux synapses inhibitrices. Ainsi le motoneurone est capable de prendre en compte l'ensemble des messages afférents excitateurs et inhibiteurs qu'il reçoit. C'est grâce à cette propriété intégratrice que le motoneurone est capable d'émettre un message nerveux variable, modulant la contraction de la cellule musculaire qu'il commande (figure 3).

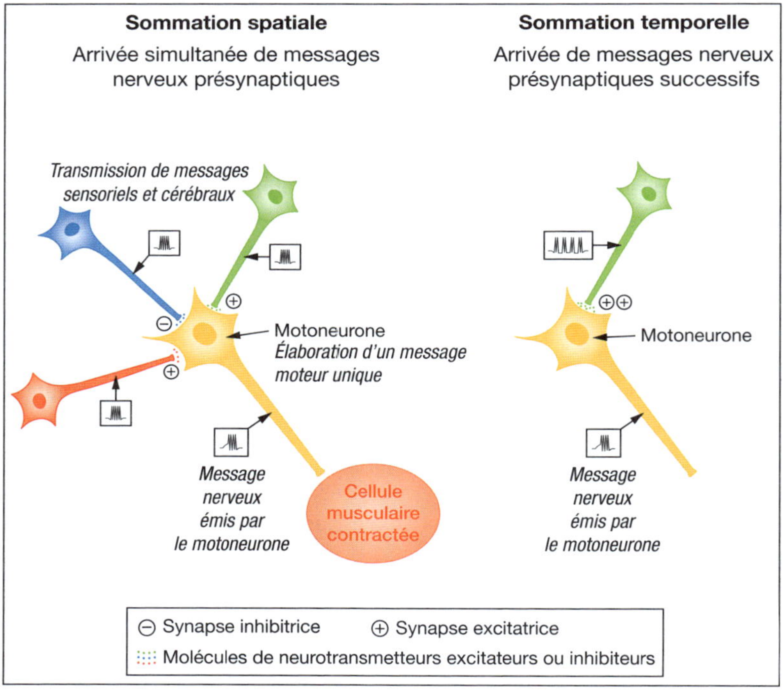

Figure 3. **Intégration des messages nerveux afférents par le motoneurone**

D. Des réponses effectrices adaptées grâce à la modulation de la contraction

Imaginons une situation où on veut saisir un objet qui s'avère brûlant. La stimulation des motoneurones fléchisseurs par voie réflexe conduit à retirer la main, quitte à laisser tomber l'objet. Mais si on tient à cet objet, le cortex moteur émet quasi simultanément des messages nerveux volontaires qui inhibent les motoneurones des muscles fléchisseurs en jeu. Cette inhibition peut supplanter la stimulation périphérique et, grâce à cette modulation de la contraction, la réaction motrice évite la chute de l'objet.

Conclusion

La contraction d'une cellule musculaire est modulée par les variations du codage du message nerveux émis par le motoneurone qui la commande. Les propriétés de la synapse neuromusculaire font que la modulation de la contraction traduit fidèlement les caractéristiques du codage du message nerveux moteur qu'elle reçoit. Le codage du message nerveux moteur dépend des propriétés intégratrices du motoneurone, grâce auxquelles ce dernier est capable de faire une sommation temporelle et spatiale des messages afférents excitateurs et inhibiteurs qu'il reçoit.

17 Exercice 1 • Sujet zéro 2021

Réflexe et fonctionnement des cellules

1 h 30
7 points

INTÉRÊT DU SUJET • Sujet vaste qui, à travers l'étude du réflexe myotatique, permet de faire le point sur la nature du message nerveux, sa conduction et sa transmission au niveau des synapses, mais aussi sur la façon dont les fibres musculaires, autres cellules excitables, y répondent.

La contraction musculaire fait appel à des cellules spécialisées mises en jeu par exemple lors d'un réflexe.

À partir de l'exemple du réflexe myotatique, expliquer comment la cellule musculaire se contracte à la suite de la naissance d'un message nerveux au niveau d'un récepteur sensoriel.

Vous rédigerez un texte argumenté. On attend que l'exposé soit étayé par des expériences, des observations, des exemples…

LES CLÉS DU SUJET

Étape 1. Comprendre le sujet

- Le réflexe myotatique est la contraction d'un muscle déclenchée par voie réflexe suite à son étirement (ex. : les réflexes rotulien et achilléen). Notez que tous les termes du sujet sont au singulier : votre réponse ne tiendra pas compte des populations de récepteurs et de neurones impliqués. Une seule cellule pour chaque catégorie d'éléments impliqués dans le circuit neuronique de ce réflexe sera présentée.
- Le point de départ de ce réflexe est la naissance d'un message nerveux au niveau d'un récepteur sensoriel, le fuseau neuromusculaire.
- L'effecteur est la cellule musculaire qui se contracte. Cela implique de détailler, à l'échelle moléculaire, de quelle façon elle perçoit le message nerveux reçu, et de quelle façon elle se contracte.

• On peut reformuler le sujet. Quelles sont les caractéristiques du message nerveux émis par un fuseau neuromusculaire suite à la détection d'un étirement ? Comment cette information est-elle reçue et traitée par un neurone de la moelle épinière ? Comment le nouveau message, moteur, déclenche-t-il la contraction musculaire ?

Étape 2. Construire la réponse

I. L'organisation anatomique et cellulaire du réflexe myotatique	• Présentez, par un texte et/ou un schéma, l'organisation macroscopique du réflexe myotatique. • Schématisez le circuit neuronique mis en jeu (niveau cellulaire). • Détaillez le fuseau neuromusculaire, récepteur du stimulus, et présentez les caractéristiques du message nerveux sensoriel afférent en fonction de l'intensité du stimulus (étirement).
II. Le traitement du message nerveux par la synapse neuronique	• Présentez le fonctionnement de la synapse neuronique c'est-à-dire la conversion du message nerveux électrique en message chimique. • Expliquez le codage du message chimique, qui permet de traiter l'information relative à l'intensité de l'étirement.
III. La réponse de la fibre musculaire au message nerveux	• Présentez les caractères communs et différents du fonctionnement de la synapse neuromusculaire (jonction neuromusculaire) et de la synapse neuronique. • Présentez les caractéristiques structurales et fonctionnelles de la fibre musculaire qui entraînent sa contraction en réponse à un message nerveux.

S'ENTRAÎNER

17 CORRIGÉ GUIDÉ

Introduction

La contraction des muscles squelettiques résulte toujours d'une commande nerveuse. Celle-ci peut provenir d'un mécanisme réflexe. En prenant comme support le réflexe myotatique, impliqué dans le maintien de la posture, nous allons présenter le circuit neuronique mis en jeu : de la naissance du message nerveux sensoriel au niveau d'un fuseau neuromusculaire, en passant par sa transmission et son traitement au niveau de la synapse entre un neurone sensoriel et un neurone moteur médullaire, jusqu'à la réponse des fibres musculaires. Nous garderons à l'esprit qu'une dizaine de millisecondes seulement s'écoulent entre la détection du stimulus – l'étirement du muscle – et la réponse – sa contraction.

I. L'organisation anatomique et cellulaire du réflexe myotatique

A. L'organisation anatomique

• Le réflexe myotatique se traduit par la contraction d'un muscle suite à son étirement. Ainsi, le réflexe rotulien d'extension de la jambe suit la percussion du tendon du muscle quadriceps de la cuisse.

• Le muscle contient à la fois des récepteurs sensoriels, les fuseaux neuromusculaires, et des éléments effecteurs, les fibres musculaires contractiles, mais les messages sensoriels émis par les fuseaux ne stimulent pas directement les fibres contractiles.

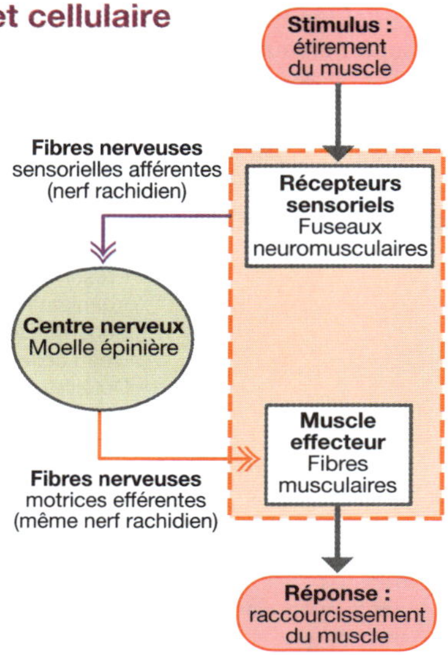

Figure 1. Organisation générale du réflexe myotatique

B. L'organisation neuronique

• L'arc réflexe met en jeu deux types de neurones : les neurones sensoriels, dont les corps cellulaires sont situés dans le ganglion rachidien, et les motoneurones, dont les corps cellulaires sont localisés dans la corne ventrale de la moelle épinière. Le schéma suivant, simplifié, ne présente qu'un seul élément par maillon du circuit neuronique au lieu d'une centaine.

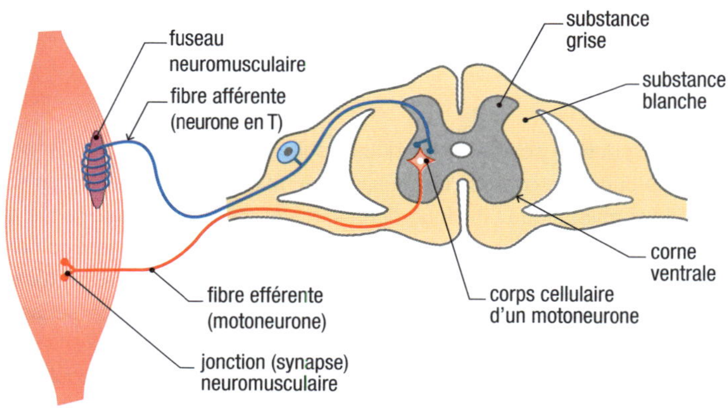

Figure 2. L'arc réflexe myotatique à l'échelle cellulaire

• Le neurone sensoriel est un neurone « en T » possédant un corps cellulaire relié à un seul et même prolongement. Ce prolongement comporte une branche qui passe par un nerf rachidien et est connectée à un récepteur sensoriel périphérique (ici un fuseau neuromusculaire), et une autre branche, qui passe par la racine dorsale du nerf rachidien et entre en contact synaptique avec le corps cellulaire d'un motoneurone médullaire.

• Le message afférent parvient ainsi jusqu'à un motoneurone. En réponse, celui-ci émet un message efférent, transmis par son axone présent dans la racine ventrale et le nerf rachidien. Cet axone se ramifie au niveau du muscle, et chaque ramification entre en contact synaptique avec une fibre motrice contractile de l'unité motrice. Chacune reçoit le message nerveux efférent.

MOT-CLÉ
L'ensemble constitué par un motoneurone et les fibres musculaires qu'il innerve constitue une **unité motrice**.

▶ Le piège à éviter
L'arc réflexe est en réalité plus complexe car le neurone sensoriel est aussi connecté à un motoneurone du muscle antagoniste par l'intermédiaire d'un interneurone, ce qui inhibe la contraction de l'antagoniste. Il n'est pas attendu que vous traitiez l'inhibition des muscles antagonistes.

C. Le codage de l'intensité de l'étirement par un fuseau neuromusculaire

• L'étirement du muscle constitue un stimulus détecté par de nombreux récepteurs sensoriels, les fuseaux neuromusculaires situés au sein du muscle. Un fuseau comporte 3 à 10 fibres musculaires courtes, et, enroulée autour de chacune d'entre elles, une ramification de la fibre nerveuse d'un neurone sensoriel en T présente dans le nerf rachidien qui innerve le muscle.

• L'étirement d'un muscle provoque un étirement des fibres musculaires du fuseau. Leurs terminaisons nerveuses réagissent en émettant des signaux nerveux électriques qui donnent naissance au message nerveux sensoriel afférent sur la fibre nerveuse.

• Le signal élémentaire nerveux est le potentiel d'action. Il est de courte durée (une à quelques millisecondes) et son amplitude est la même quelle que soit l'intensité de l'étirement du fuseau. Il ne code donc pas l'intensité de l'étirement. Celle-ci est en revanche codée en une succession de potentiels d'action dont la fréquence est d'autant plus forte que le stimulus est important. Le message nerveux ainsi codé se propage tout le long de la fibre nerveuse afférente en gardant les mêmes caractéristiques.

S'ENTRAÎNER

II. Le traitement du message nerveux par la synapse neuronique

A. La conversion du message nerveux en message chimique

• Schématisons la structure d'une synapse neuronique. L'extrémité de la fibre nerveuse afférente constitue la partie présynaptique. On y trouve de nombreuses vésicules pleines de molécules d'un médiateur chimique, appelé neurotransmetteur ou neuromédiateur.

• Le corps cellulaire du motoneurone postsynaptique est dépourvu de vésicule synaptique et est séparé de l'extrémité présynaptique par un espace très étroit, la fente synaptique. Les deux neurones sont donc en contact mais pas en continuité. Le message nerveux électrique ne peut pas se propager de la membrane présynaptique à la membrane postsynaptique puisqu'elles ne se touchent pas. Au niveau de la synapse, le message nerveux électrique est converti en message chimique.

> **À NOTER**
> Ce type de sujet peut présenter une photo, prise au microscope électronique, de synapse à légender et à interpréter. Dans ce cas, la présence de vésicules synaptiques vous indique l'élément présynaptique.

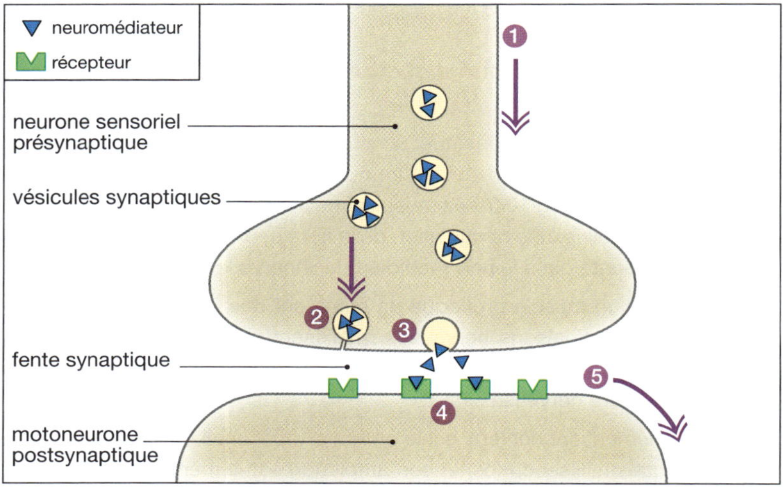

Figure 3. Le fonctionnement d'une synapse neuronique

• L'arrivée d'un potentiel d'action (1) provoque l'exocytose (2 et 3) des molécules du neuromédiateur dans la fente synaptique. Elles se fixent sur des récepteurs de la membrane du motoneurone (4). Ces molécules représentent le stimulus du motoneurone, qui réagit en émettant un message moteur de nature électrique (5).

MOT-CLÉ
Le mot « récepteur » désigne ici une molécule réceptrice membranaire et non un capteur sensoriel, comme le fuseau neuromusculaire.

B. Le codage du message nerveux postsynaptique

Le message nerveux afférent est constitué par une succession rapprochée de potentiels d'action dont les effets s'ajoutent. Plus leur fréquence est élevée, plus la concentration du neuromédiateur libéré dans l'espace synaptique est élevée. Plus il y a de molécules de neuromédiateurs qui se fixent à leurs récepteurs, plus la fréquence des potentiels d'action postsynaptiques est élevée. Ainsi, les caractéristiques du message sensoriel sont conservées au niveau du message efférent.

III. La réponse de la fibre musculaire au message nerveux

A. Le fonctionnement de la synapse neuromusculaire

• La fibre musculaire est une cellule longue de plusieurs centimètres. La ramification axonale d'un motoneurone entre en contact avec elle au niveau d'une région spécialisée de la fibre appelée plaque motrice. L'ensemble formé par l'extrémité axonale et la plaque motrice constitue la synapse neuromusculaire. Les caractéristiques fondamentales de cette synapse sont les mêmes que celles d'une synapse inter-neuronique.

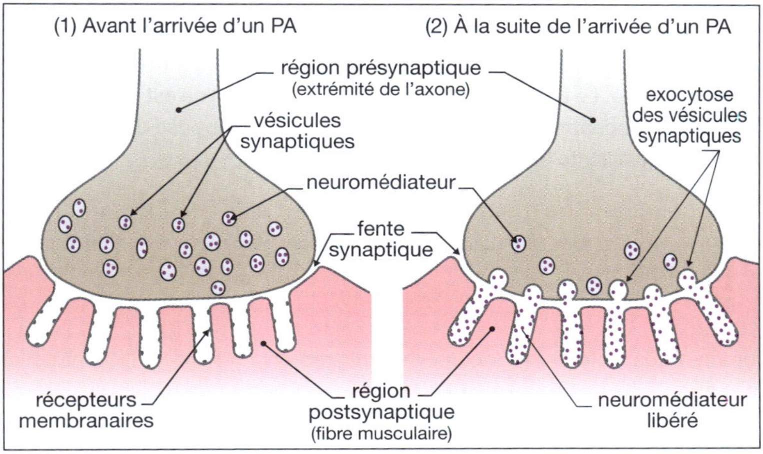

Figure 4. Le fonctionnement de la synapse neuromusculaire

• L'arrivée d'un potentiel d'action (PA) nerveux moteur déclenche la libération de molécules d'un neuromédiateur, l'acétylcholine, dans l'espace synaptique. Ces molécules se fixent sur des récepteurs de la membrane plasmique de la plaque motrice, ce qui entraîne l'émission d'un potentiel d'action musculaire qui se propage ensuite le long de la fibre musculaire.

• Le message chimique est constitué par la concentration de l'acétylcholine dans l'espace synaptique. Si on dépose de l'acétylcholine sur la membrane de la plaque motrice, cela engendre un potentiel d'action musculaire, alors qu'en d'autres régions de la fibre cela n'a aucun effet. Seule la région de la plaque motrice possède des récepteurs à l'acétylcholine.

> **▶ Le conseil de méthode**
> Dans le libellé de tous les exercices 1, on demande que l'exposé soit étayé par des expériences, des observations, des exemples, ce qui n'est pas toujours évident. Ici on a un résumé d'une expérience qui illustre l'importance des récepteurs postsynaptiques pour que la fibre musculaire soit stimulée.

• Contrairement à la synapse inter-neuronique, la synapse neuromusculaire engendre toujours la formation d'un potentiel d'action postsynaptique par potentiel d'action présynaptique. Un potentiel d'action nerveux moteur (présynaptique) engendre une libération d'acétylcholine en quantité suffisante pour déclencher la production d'un potentiel d'action musculaire.

• La fibre musculaire répond à une succession de potentiels d'action nerveux par l'émission de potentiels d'action musculaires de même fréquence. La fibre musculaire traduit ainsi fidèlement l'intensité du message nerveux moteur émis par les motoneurones de la moelle épinière.

• Dans la myasthénie, maladie auto-immune se traduisant par une faiblesse et une fatigue musculaire, il y a une production d'anticorps contre les récepteurs à l'acétylcholine. Le nombre de récepteurs à l'acétylcholine est diminué. Ainsi, malgré une concentration d'acétylcholine normale, la réponse de la fibre musculaire est défaillante lorsque l'effort se prolonge.

> **▶ Le conseil de méthode**
> Voici un exemple d'argument de type observation médicale. Mais il n'est nullement obligatoire de le présenter. Dans l'idéal, présentez un argument pour chacun de vos paragraphes.

Comment les potentiels d'action musculaires engendrent-ils la contraction de la fibre ?

B. Des potentiels d'action musculaires à la contraction de la fibre musculaire

• La fibre musculaire est une cellule spécialisée. Outre l'existence de la plaque motrice, cette spécialisation se marque par trois points importants pour sa contraction :

– La majeure partie du cytoplasme est occupée par des éléments contractiles, les myofibrilles, eux-mêmes constitués par un assemblage de myofilaments, les filaments fins d'actine et les filaments épais de myosine organisés en une succession de sarcomères.

– La membrane plasmique présente de nombreux replis vers l'intérieur de la cellule, formant ainsi des tubules qui entrent en contact étroit avec des compartiments membranaires qui entourent chaque myofibrille. Ces compartiments constituent le « réticulum ». La concentration en ions calcium dans le réticulum est très supérieure à celle du cytoplasme.

– Chaque potentiel musculaire né au niveau de la plaque motrice se propage à la surface de la fibre mais aussi à l'intérieur des tubules. Cela entraîne la sortie d'ions calcium du réticulum vers le cytoplasme, ce qui déclenche la contraction des myofibrilles.

• La contraction résulte du glissement des filaments fins d'actine entre les filaments épais de myosine. Une source d'énergie, l'ATP, est nécessaire à ce glissement.

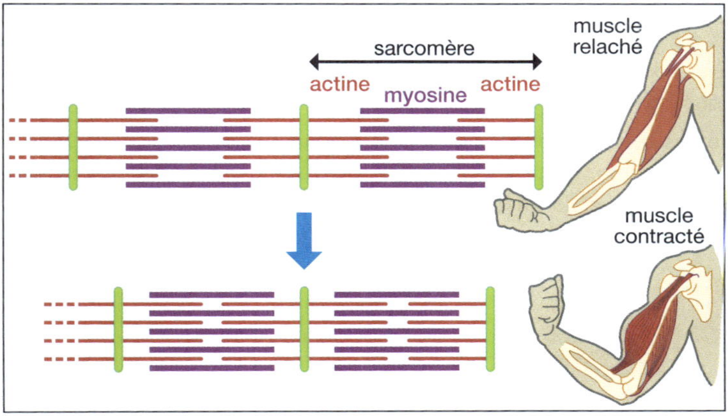

Figure 5. **La contraction des myofibrilles**

• Une succession de potentiels d'action musculaires entraîne une contraction prolongée de la fibre musculaire.

S'ENTRAÎNER

Conclusion

• Le réflexe myotatique fait intervenir deux types de cellules spécialisées, les neurones et les fibres musculaires. Ce sont des cellules excitables qui réagissent à un stimulus spécifique en émettant un message électrique codé en fréquence de potentiels d'action.

• Tout réflexe fait intervenir au minimum deux types de neurones, les uns sensoriels, les autres effecteurs (motoneurones), donc au moins un relais synaptique. Le réflexe myotatique est dit monosynaptique car il comprend un seul relais synaptique : la synapse inter-neuronique entre un neurone sensoriel et un motoneurone.

• Le circuit réflexe de commande de la fibre musculaire n'est pas une simple conduction du message nerveux du récepteur sensoriel jusqu'à la fibre musculaire. Au niveau d'une synapse neuronique, la transmission se traduit par un traitement du message présynaptique qui permet de coder ses caractéristiques. Ainsi, il est converti en un message chimique codé en concentration du neuromédiateur puis en un message nerveux codé en fréquence de potentiels d'action, qui reflètent l'intensité de l'étirement qui a déclenché la mise en jeu du circuit réflexe.

• L'acétylcholine est le neuromédiateur libéré dans l'espace synaptique par l'extrémité de l'axone du motoneurone lors de l'arrivée à la jonction neuromusculaire d'un potentiel d'action nerveux. La plaque motrice réagit en émettant un potentiel d'action musculaire, qui se propage tout au long de la fibre puis à l'intérieur. Il entraîne une augmentation de la concentration en ions calcium du cytoplasme, déclenchant la contraction des myofibrilles donc la réponse musculaire.

• Notons qu'un motoneurone reçoit aussi des messages issus d'autres neurones afférents, en provenance d'autres récepteurs et des aires motrices cérébrales. Ainsi, le traitement des messages reçus est plus complexe que celui que nous avons présenté, et peut moduler la réponse musculaire.

18 Exercice 2

Une toxine d'araignée contre le botulisme

1 h 50
8 points

INTÉRÊT DU SUJET • Du venin d'araignée bénéfique ? Analysez des résultats expérimentaux et organisez vos observations pour montrer comment une toxine peut en bloquer une autre.

DOCUMENT DE RÉFÉRENCE **Le mécanisme de libération de neuromédiateurs au niveau d'une synapse**

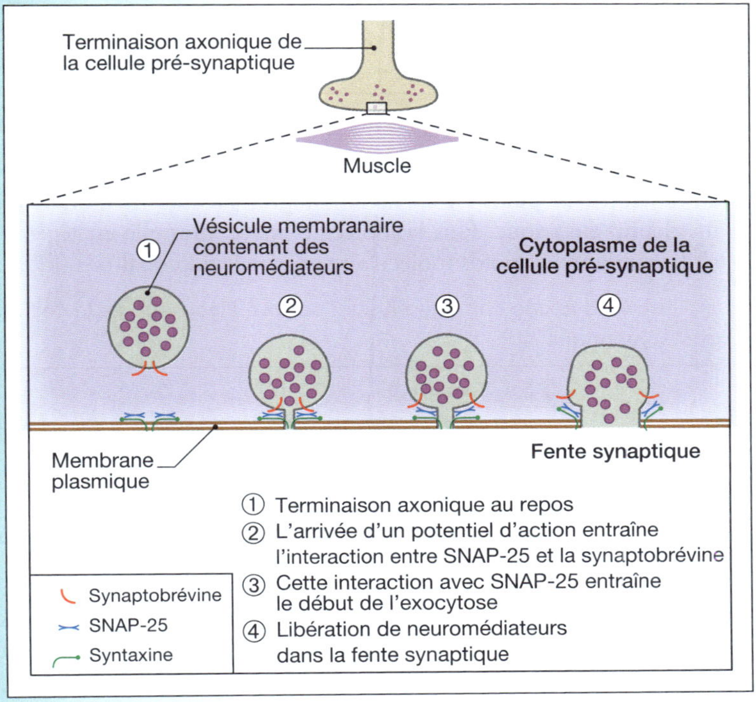

① Terminaison axonique au repos
② L'arrivée d'un potentiel d'action entraîne l'interaction entre SNAP-25 et la synaptobrévine
③ Cette interaction avec SNAP-25 entraîne le début de l'exocytose
④ Libération de neuromédiateurs dans la fente synaptique

D'après biochimej.univ-angers.fr

S'ENTRAÎNER

DOCUMENT 1 **Action de la toxine botulique A sur la jonction neuromusculaire**

a) Effet moléculaire de la toxine botulique A

La toxine botulique de type A est produite par une bactérie du sol appelée *Clostridium botulinum*. Elle agit au niveau des jonctions neuromusculaires dans la terminaison du neurone pré-synaptique. Pour observer son action moléculaire, on réalise une électrophorèse de la syntaxine et de SNAP-25 présentes dans la terminaison axonique de la cellule pré-synaptique, avec ou sans contact avec la toxine botulique A.

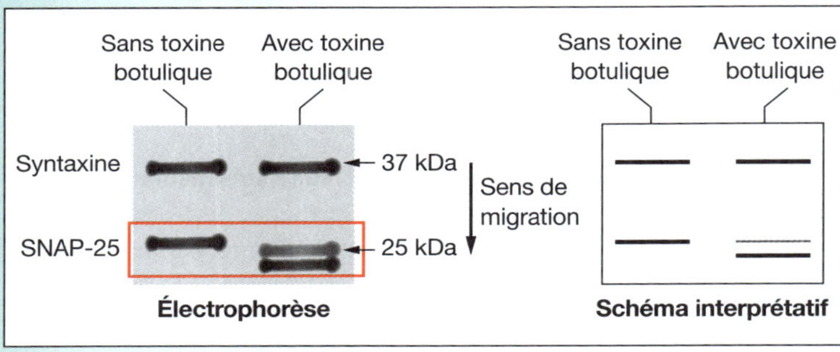

D'après Hubbard *et al.*, *Journal of visualized experiments*, 2015

L'électrophorèse est une technique permettant de séparer les molécules selon leur poids en les faisant migrer sur une membrane dans un champ électrique. Plus la molécule migre, plus elle est légère. Le chiffre indique un poids moléculaire exprimé en kilodaltons (kDa).

b) Effet de la toxine botulique A sur l'activité électrique de la cellule post-synaptique

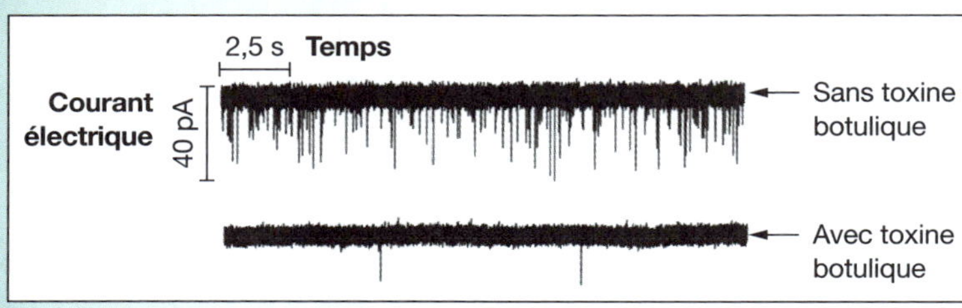

Ces enregistrements montrent l'activité électrique d'une cellule post-synaptique. Chaque pic vers le bas représente une réponse post-synaptique.

D'après Hubbard *et al.*, *Journal of visualized experiments*, 2015

DOCUMENT 2 **Action de la toxine contenue dans le venin de l'araignée *Latrodectus sp.* (veuve noire)**

a) Le venin de veuve noire

Le venin de la veuve noire contient une molécule appelée latrotoxine agissant au niveau de la terminaison de l'axone de la jonction neuromusculaire.

D'après Hostelge, Baer, Pines, Brady, *Visual Diagnosisin Emergency and Critical Care Medicine*, 2011

b) Effet de la latrotoxine sur la terminaison axonique du neurone pré-synaptique

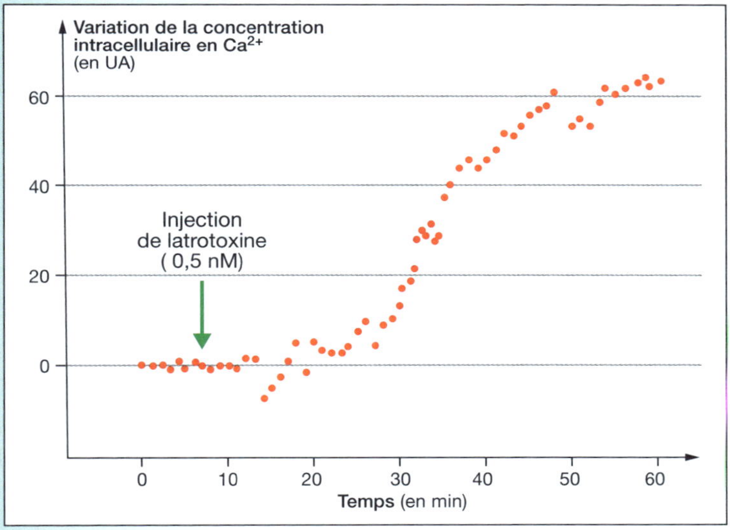

D'après Tsang *et al.*, *The Journal of Neurosciences*, 2000

DOCUMENT 3 **Effet d'un essai de traitement expérimental du botulisme par des injections de toxine de veuve noire**

a) L'autocatalyse de la toxine botulique A dans la terminaison du neurone pré-synaptique

Il a été mis en évidence qu'une des extrémités de la toxine botulique A entraîne spontanément sa propre dégradation (= autocatalyse) et son inactivation. L'importance de cette dégradation spontanée a été testée en présence de Ca^{2+} ou en absence de Ca^{2+} (témoin).

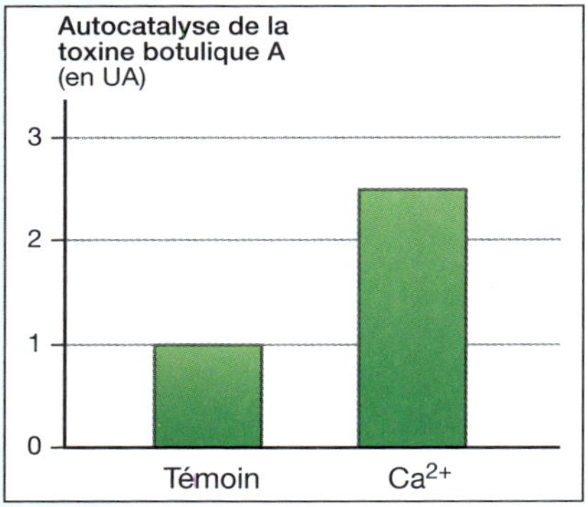

D'après S. Ashraf Ahmed *et al.*, *The Protein Journal*, 2004

b) Effet de la latrotoxine sur les protéines impliquées dans l'exocytose

Des cellules intoxiquées par la toxine botulique A sont soumises (ou non) à la présence de la latrotoxine pendant 13 minutes. On réalise, 48 h plus tard, une électrophorèse de la syntaxine et de SNAP-25 de la cellule.

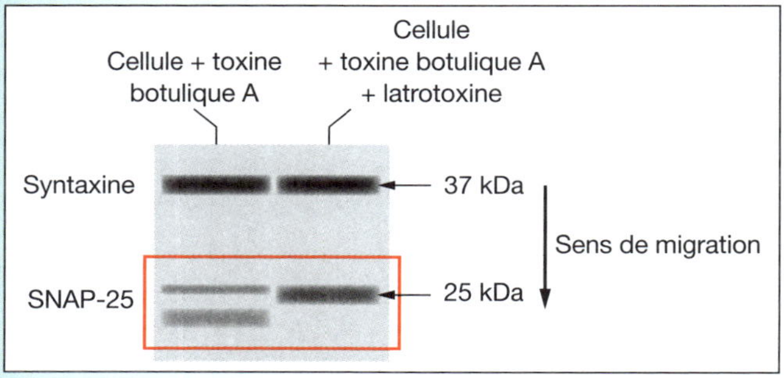

D'après Mesngon et McNutt, 2011

À partir de l'étude des documents et de vos connaissances, expliquez comment l'utilisation d'extrait de venin de veuve noire peut constituer un espoir de traitement contre le botulisme.

LES CLÉS DU SUJET

Étape 1. Comprendre le sujet

- Il faut d'abord déterminer la façon dont la toxine botulique bloque le fonctionnement de la synapse neuromusculaire.
- Ensuite, il s'agit de préciser les effets de la latrotoxine du venin d'araignée sur la terminaison axonique pré-synaptique et expliquer comment ceux-ci neutralisent l'action de la toxine botulique.
- La conclusion est alors l'occasion de mettre en évidence le rétablissement possible du fonctionnement de la synapse bloquée par la toxine botulique grâce à la latrotoxine.

Étape 2. Exploiter les documents

- Le document 1 révèle le blocage du fonctionnement de la synapse sous l'action de la toxine botulique et permet d'expliquer le mode d'action de celle-ci en s'appuyant sur les informations du document de référence.
- Le document 2 précise les effets de la latrotoxine au niveau de la terminaison pré-synaptique.
- Le document 3 permet d'appréhender la façon dont la latrotoxine agit sur la toxine botulique au niveau de la terminaison pré-synaptique et révèle que cela peut annihiler les effets de cette dernière sur le fonctionnement synaptique.

Étape 3. Construire la réponse

I. Action de la toxine botulique A	• Expliquez que la toxine botulique provoque le clivage d'une protéine impliquée dans le fonctionnement de la synapse. • Indiquez les conséquences de cette action.
II. Action de la toxine de la veuve noire (latrotoxine)	• Dégagez les conséquences directes de la toxine d'araignée sur la terminaison pré-synaptique. • Expliquez comment ces conséquences ont un impact sur l'action de la toxine botulique.
Bilan	Expliquez pourquoi la latrotoxine pourrait être utilisée pour bloquer l'action de la toxine botulique.

18 CORRIGÉ GUIDÉ

• La toxine botulique agit sur le fonctionnement de la synapse neuromusculaire au niveau pré-synaptique (document 1a). Cela peut entraîner une paralysie musculaire et avoir de graves conséquences.

• Récemment, l'étude d'une autre toxine présente dans le venin de l'araignée appelée veuve noire a conduit à l'hypothèse que cette toxine pourrait être utilisée pour neutraliser la toxine botulique. Nous allons, à partir de l'analyse des documents, dégager des arguments en faveur de l'utilisation de cette toxine contre le botulisme.

I. Action de la toxine botulique A

• Le document 1b montre que, sous l'action de la toxine botulique, l'activité électrique de la fibre musculaire est considérablement réduite : apparition de deux pics en 20 secondes, contre plusieurs dizaines de pics durant le même temps en l'absence de toxine. Comme l'activité électrique est révélatrice du fonctionnement synaptique, la toxine botulique A semble avoir empêché la synapse neuromusculaire de fonctionner.

À NOTER
Les enregistrements (doc. 1b) sont des réponses de la fibre musculaire post-synaptique à la stimulation du neurone moteur qui l'innerve. Dans une synapse fonctionnelle, les courants électriques membranaires entraînent la naissance de potentiels d'action musculaires déclenchant la contraction de la fibre.

• Le document 1a permet de préciser comment la toxine botulique réalise ce blocage. L'électrophorèse en présence de toxine botulique diffère de celle réalisée en son absence par la présence de deux bandes au lieu d'une au niveau de la protéine SNAP-25. Il est apparu une bande de poids moléculaire plus faible. Cela indique que la toxine botulique a provoqué un clivage de la protéine SNAP-25.

À NOTER
Dans le schéma interprétatif du document 1a, la première bande de 25 kDa (moins apparente) est en fait une bande persistante. Sa présence peut être due au fait que toutes les molécules de la protéine SNAP-25 n'ont pas été clivées par la toxine botulique.

• La protéine SNAP-25 est indispensable pour déclencher le début de l'exocytose (document de référence). La toxine botulique agit donc au niveau pré-synaptique en empêchant la libération du neuromédiateur, l'acétylcholine, dans la fente synaptique. La synapse ne peut fonctionner, ce qui se traduit par l'absence d'activité électrique (document 1b) de la fibre musculaire qui n'est plus stimulée.

II. Action de la toxine de la veuve noire (latrotoxine)

A. Action de la latrotoxine sur l'axone pré-synaptique

- Le document 2a indique que la latrotoxine agit au niveau de la terminaison axonique de la jonction neuromusculaire, comme la toxine botulique.
- Le document 2b montre que la latrotoxine provoque une forte augmentation, de 0 à 60 UA (au bout d'une heure), de la concentration en ions Ca^{2-} dans la région pré-synaptique.

B. Action des ions calcium sur la toxine botulique

Le document 3a indique que la toxine botulique A se dégrade spontanément (autocatalyse) dans le bouton pré-synaptique. Cette dégradation fait plus que doubler (de 1 à 2,5 UA) en présence d'ions calcium.

C. Effets de la latrotoxine sur la toxine botulique

- L'électrophorèse du document 3b révèle qu'en présence de latrotoxine et de toxine botulique, le clivage de la protéine SNAP-25 provoqué par la toxine botulique seule n'a pas lieu (présence d'une seule bande à 25 kDa).
- La latrotoxine inhibe donc l'action de la toxine botulique sur SNAP-25.

Bilan

- La toxine botulique bloque le fonctionnement de la synapse neuromusculaire en empêchant l'exocytose de l'acétylcholine, conséquence de son action sur une protéine, SNAP-25, indispensable à la réalisation de l'exocytose.
- La toxine de la veuve noire, la latrotoxine, agit directement en augmentant la concentration en ions calcium dans l'extrémité axonale pré-synaptique, là où agit la toxine botulique. Via cette augmentation, elle agit aussi indirectement sur la toxine botulique en favorisant sa dégradation.
- En conséquence, le clivage de la protéine SNAP-25 est annulé ou réduit. L'extrait de venin de la veuve noire peut donc être utilisé pour restaurer le fonctionnement des synapses neuromusculaires déréglé par la toxine botulique.

À NOTER
La latrotoxine est elle-même dangereuse. Elle peut s'opposer aux effets de la toxine botulique, mais à condition d'être utilisée à des concentrations compatibles.

S'ENTRAÎNER

19 Exercice 1

La production d'ATP dans les cellules musculaires

1 h 30
7 points

INTÉRÊT DU SUJET • Étudiez le métabolisme énergétique de l'effort et distinguez les voies énergétiques mobilisées en fonction de la nature de cet effort.

L'entraîneur d'une équipe de natation souhaite comprendre d'où vient l'énergie utilisée par les muscles lors des courses de 100 mètres et de 1 500 mètres.

▶ **Expliquez à l'entraîneur d'où provient l'énergie utilisée par les cellules musculaires dans ces deux types de course.**

Les documents fournis sont conçus comme une aide : ils peuvent vous permettre d'illustrer votre exposé, mais leur analyse n'est pas attendue.

DOCUMENT 1 **Les différentes voies métaboliques de régénération de l'ATP dans les cellules musculaires**

Lors d'un effort, une cellule musculaire consomme de très nombreuses molécules d'ATP. Elle régénère ces molécules grâce à trois voies métaboliques décrites ci-dessous.

	Voie 1 Anaérobie alactique	Voie 2 Anaérobie lactique	Voie 3 Aérobie
Substrats utilisés	Créatine phosphate + ADP	Glucose ou autres substrats + ADP	Glucose ou autres substrats + O_2 + ADP
Produits formés	Créatine + ATP	Acide lactique + ATP	H_2O + CO_2 + ATP

D'après *L'Exercice musculaire*, C. Lacoste et D. Richard, Nathan Université, collection 128

DOCUMENT 2 **Performances et données métaboliques chez des nageurs professionnels**

Aux derniers Jeux olympiques d'été, le médaillé d'or du 1 500 m nage libre homme a mis 14 minutes 31 secondes pour parcourir la distance. Sa vitesse moyenne était donc de 103 m/min.
Le médaillé d'or du 100 m nage libre a mis 47 secondes et 52 centièmes. Sa vitesse moyenne était donc de 125 m/min.

Les contributions relatives de la voie aérobie et des voies anaérobies selon les types de course et selon les vitesses atteintes par des nageurs de niveau olympique sont renseignées dans le tableau ci-dessous.

Distance de la course (en mètres)	**Contribution relative** (en %)	
	Voies anaérobies	**Voie aérobie**
100	90	10
200	60	40
400	40	60
800	17	83
1 500	10	90

D'après *L'Exercice musculaire*, C. Lacoste et D. Richard, Nathan Université, collection 128

DOCUMENT 3 **Mise en jeu des trois voies métaboliques en fonction de la durée d'un exercice musculaire en athlétisme**

On considère que l'effort maximal fourni lors d'un 100 m correspond à une dépense énergétique de 100 %.

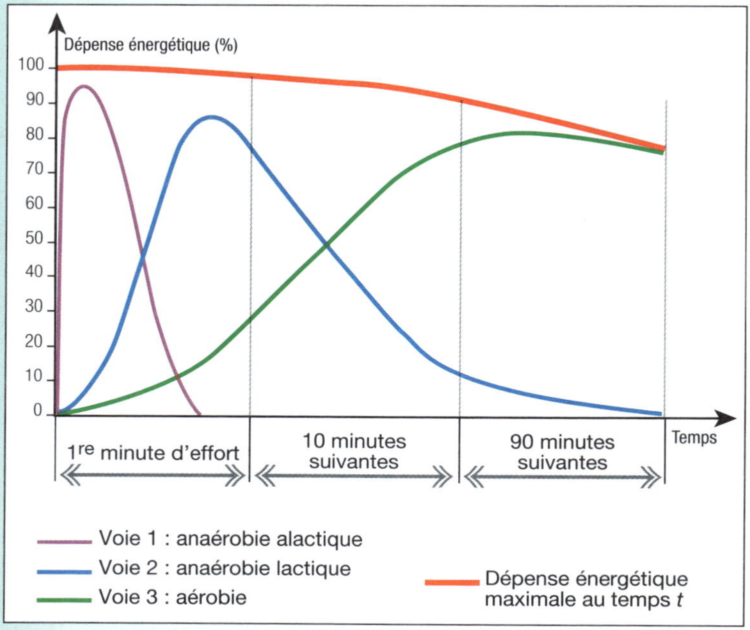

D'après Cometti *et al.*, 1989 – svt.ac-dijon.fr/schemassvt

LES CLÉS DU SUJET

Étape 1. Comprendre le sujet

- Il faut partir du fait que l'ATP est la seule source d'énergie qui permet la contraction musculaire et que les réserves cellulaires d'ATP sont infimes. Ce sont les mécanismes qui permettent de renouveler l'ATP au cours de l'effort qu'il faut exposer.
- Il faut ensuite envisager l'implication des voies métaboliques décrites dans des exercices intenses et de durée différente.

Étape 2. Exploiter les documents

• Le document 1 indique, d'un point de vue qualitatif et non quantitatif, le bilan global des trois voies métaboliques assurant la production d'ATP.
• Le document 2 renseigne sur la contribution des voies métaboliques à la régénération de l'ATP en fonction de l'intensité et, surtout, de la durée de l'effort chez des nageurs.
• Le document 3 précise quantitativement l'intervention des trois voies métaboliques au cours d'efforts de durée variable.

Étape 3. Construire la réponse

I. Différents mécanismes de régénération de l'ATP	• Exposez les mécanismes anaérobies et aérobies renouvelant l'ATP. • Localisez dans la cellule (fibre) musculaire l'endroit où ont lieu les métabolismes.
II. La régénération de l'ATP durant le 100 mètres nage	Expliquez pourquoi la contribution des mécanismes anaérobies au renouvellement de l'ATP est prépondérante au cours d'exercices intenses de courte durée.
III. La régénération de l'ATP durant le 1 500 mètres nage	Expliquez pourquoi les mécanismes anaérobies, contrairement aux mécanismes aérobies, ne peuvent assurer la production d'ATP au cours d'exercices intenses de longue durée.
Bilan	Proposez un schéma de synthèse des voies métaboliques.

19 CORRIGÉ GUIDÉ

Introduction

• L'ATP est l'unique source d'énergie utilisable pour la contraction des cellules musculaires. Les réserves cellulaires d'ATP sont très faibles, de sorte que l'ATP doit être sans cesse régénéré dans la cellule musculaire pour entretenir sa contraction.

• Nous allons envisager les mécanismes énergétiques assurant ce renouvellement de l'ATP chez des nageurs au cours de deux épreuves, l'une relativement courte, le 100 mètres, et l'autre beaucoup plus longue, le 1 500 mètres.

I. Des mécanismes différents de régénération de l'ATP

Le document 1 indique que la régénération de l'ATP peut se faire par trois voies métaboliques : deux anaérobies, c'est-à-dire ne nécessitant pas de dioxygène, et une troisième aérobie.

A. Les voies anaérobies sont de deux types

• Une voie anaérobie alactique (voie 1), ainsi nommée car elle n'entraîne pas la production d'acide lactique, contrairement à la voie 2 lactique. Elle se déroule en une seule réaction catalysée par une enzyme :

$$\text{Créatine phosphate} + \text{ADP} \rightarrow \text{Créatine} + \text{ATP}$$

• Une voie anaérobie lactique (voie 2) qui se traduit par la réaction globale :

$$\text{Glucose} + 2\ \text{ADP} + 2\ \text{Pi} \rightarrow 2\ \text{acides lactiques (lactates)} + 2\ \text{ATP}$$

(Pi = phosphate)

• Contrairement à la voie alactique qui ne fait intervenir qu'une seule réaction chimique, la voie lactique comporte deux phases :

– la première, appelée glycolyse, dégrade une molécule de glucose en deux molécules d'acide pyruvique (pyruvate). Elle fournit 2 molécules d'ATP par molécule de glucose dégradée ;

– la seconde, nécessaire pour que la glycolyse se poursuive, se traduit par la réduction des pyruvates en lactates en condition anaérobie.

• La créatine phosphate et le glucose (ou sa forme de réserve, le glycogène, présent dans les fibres musculaires) sont les deux sources d'énergie respectives de ces deux voies métaboliques. Les réactions chimiques de ces deux voies ont lieu dans le cytoplasme des fibres. La voie 2, contrairement à la voie 1, produit un déchet métabolique, le lactate.

B. La voie aérobie

• Le bilan global de cette voie 3 est :

$$C_6H_{12}O_6\ \text{(glucose)} + 6\ O_2 + 36\ \text{ADP} + 36\ \text{Pi} \rightarrow 6\ CO_2 + 6\ H_2O + 36\ \text{ATP}$$

• Ce bilan global résulte de deux phases :

– la première, commune avec la voie 2, est la glycolyse et fournit 2 molécules d'ATP ;

– la deuxième a lieu dans les mitochondries et nécessite du dioxygène. Le pyruvate issu de la glycolyse est dégradé en dioxyde de carbone et en eau, et cela s'accompagne de la production de 34 molécules d'ATP. Le dioxyde de carbone est donc un déchet de cette phase.

• Le glucose (mais aussi d'autres molécules comme les acides gras) est donc, comme pour la voie 2, la source d'énergie de cette voie aérobie. Cette voie fournit beaucoup plus d'ATP par molécule de glucose dégradée que la voie 2.

II. La régénération de l'ATP durant le 100 mètres nage

- Le document 2 indique que, lors d'un 100 mètres à vitesse maximale, 90 % de la régénération de l'ATP sont assurés par les voies anaérobies et seulement 10 % par la voie aérobie.

> **▶ Le piège à éviter**
> Attention, le document 3 ne se rapporte pas à des épreuves de natation, mais à des épreuves d'athlétisme.
> Le 100 mètres de natation correspond à peu près à un 400 mètres en athlétisme et le 1 500 mètres de natation à un peu plus de 5 000 mètres en athlétisme.

- On peut préciser ces données grâce aux informations du document 3 :

– pendant les premières secondes, la voie 1, anaérobie alactique, assure quasiment toute la régénération de l'ATP. Son apport diminue rapidement pour s'annuler vers 30 secondes d'effort ;

– au bout d'environ 10 secondes, la voie 2 anaérobie lactique contribue de plus en plus à la régénération de l'ATP, pour en assurer 90 % au bout de 40 secondes ;

– la voie aérobie (voie 3) n'intervient que durant les 20 dernières secondes du 100 mètres, où elle assure 10 à 20 % de la régénération de l'ATP.

- Les caractéristiques des trois voies métaboliques permettent d'expliquer leurs interventions au cours du 100 mètres nage :

– ne faisant intervenir qu'une seule réaction chimique, la voie alactique est mise en jeu sans délai. À condition de consommer beaucoup de molécules de créatine phosphate, elle permet d'obtenir beaucoup d'ATP immédiatement. Comme les réserves de créatine phosphate sont limitées et s'épuisent très rapidement, la voie alactique cesse d'être efficace très rapidement ;

– la voie 2 lactique est plus complexe que la voie 1 alactique, ce qui explique qu'elle soit mise en jeu avec un certain délai et qu'elle n'atteigne son efficacité maximale que vers 40 secondes. Sa source d'énergie, le glucose, est abondant dans les fibres musculaires, ce qui rend compte de son efficacité prolongée par rapport à la voie alactique ;

– la voie 3 aérobie n'est mise en jeu qu'à la fin du 100 mètres nage, en raison du temps mis par le système cardio-respiratoire à fournir aux muscles le supplément de dioxygène nécessaire à son fonctionnement.

III. La régénération de l'ATP durant le 1 500 mètres nage

- La voie aérobie assure 90 % du renouvellement de l'ATP au cours d'un 1 500 mètres nagé en moins de 15 minutes, donc très rapidement.

- Les voies anaérobies, essentiellement la voie 2 lactique, sont prépondérantes pendant la première minute et pendant le sprint final éventuellement.

- Ensuite, le renouvellement de l'ATP est de plus en plus assuré par la voie aérobie qui l'assure quasiment à elle seule au bout de quelques minutes. Elle est efficace longtemps du fait de l'abondance du glucose et de la capacité de l'appareil cardio-respiratoire à fournir davantage de dioxygène pendant longtemps.

- La voie alactique ne joue qu'un rôle très mineur à cause de l'épuisement très rapide des réserves de créatine phosphate. La voie lactique, malgré l'abondance du glucose, diminue d'efficacité dès la fin de la première minute, car le lactate qu'elle engendre est un déchet qui altère les possibilités de contraction des fibres musculaires. Toutefois, cette voie lactique peut être mise en jeu au moment du sprint final, lorsque la dépense d'ATP est maximale et que la voie aérobie ne peut satisfaire totalement ces besoins en ATP.

Bilan (figure 1)

- Pour les longues distances, la régénération de l'ATP est assurée essentiellement par la voie métabolique aérobie et dépend en conséquence de la capacité de l'organisme à fournir du dioxygène aux muscles durant l'effort, donc des capacités du système cardio-respiratoire. La production d'ATP par la voie aérobie dépend aussi de la capacité des fibres musculaires à utiliser ce dioxygène grâce à leurs mitochondries. L'entraînement doit viser à améliorer ces capacités.

- Pour les courtes distances, ce sont les voies métaboliques anaérobies qui fournissent très rapidement beaucoup d'ATP, alors que la voie aérobie ne peut satisfaire les besoins en ATP pendant des efforts brefs et intenses. L'entraînement doit viser à améliorer les capacités de ces voies anaérobies.

À NOTER
Au cours d'un 50 m nage parcouru en 22-23 secondes, c'est la voie alactique qui assure la quasi-totalité des besoins en ATP.

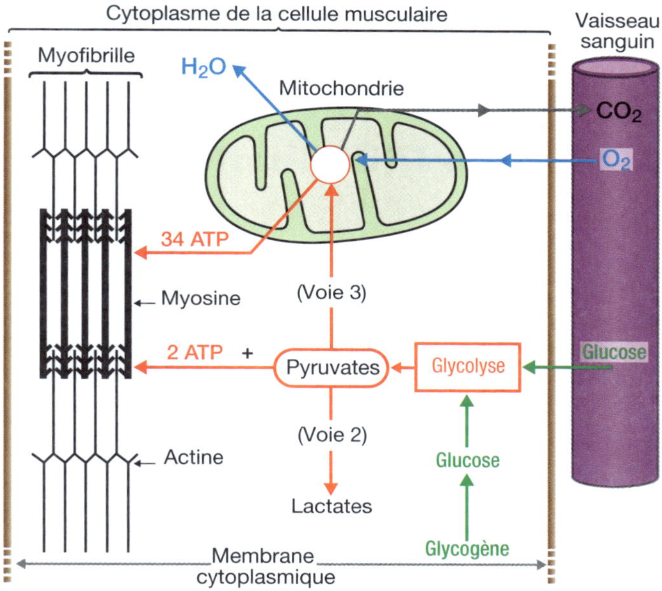

Figure 1. Schéma de synthèse
Portion de cellule musculaire avec localisation des voies métaboliques 2 et 3

20 France métropolitaine, juin 2021
Exercice 2

Vitesse de raccourcissement des cellules musculaires

1 h 50
8 points

INTÉRÊT DU SUJET • Ce sujet demande d'utiliser les connaissances sur les mécanismes moléculaires de la contraction musculaire pour proposer, à partir des informations extraites des documents, une hypothèse explicative des différences de vitesse de raccourcissement des fibres musculaires.

Selon l'activité motrice effectuée, les mouvements mis en jeu s'appuient sur la réalisation de contractions plus ou moins rapides. On cherche à comprendre ce qui détermine la vitesse de raccourcissement des cellules musculaires.

▶ **À partir de l'exploitation de l'ensemble des documents et de l'apport des connaissances nécessaires, proposer une hypothèse expliquant les vitesses de raccourcissement différentes des cellules musculaires.**

Vous organiserez votre réponse selon une démarche de votre choix intégrant des données des documents et les connaissances utiles.

DOCUMENT 1 **Électrophorèse[1] des chaînes lourdes de la myosine de différentes cellules musculaires**

Diverses cellules musculaires sont isolées à partir de muscles de rats ; les chaînes lourdes de myosine (MHC pour « *Myosin Heavy Chain* ») en sont extraites et subissent une électrophorèse suivie d'une coloration les faisant apparaître en noir. Chacune des pistes a, b, d, e et f correspond aux MHC extraites d'une seule cellule venant d'un muscle donné. La piste c révèle les MHC extraites d'un mélange de cellules issues de divers muscles de rats.

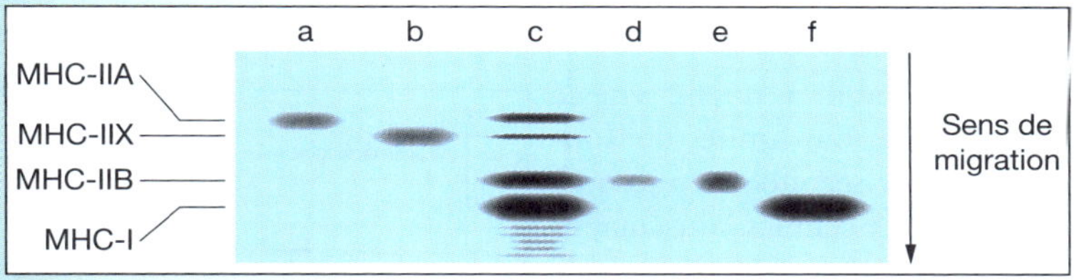

D'après Weiss *et al.*, *J. Biol. Chem.* 276, 45902-45908, 2001

1. Électrophorèse : technique permettant de faire migrer dans un champ électrique des molécules chargées électriquement. Plus les molécules sont légères et plus loin elles migrent en partant de la zone de dépôt en haut de l'image.

DOCUMENT 2 **Intervention de la myosine dans le raccourcissement de la cellule musculaire**

Lors du raccourcissement d'une cellule musculaire, il y a plusieurs cycles tels que celui décrit ci-dessous qui se succèdent. Plus ces cycles sont nombreux sur une période donnée, et plus le raccourcissement est important.

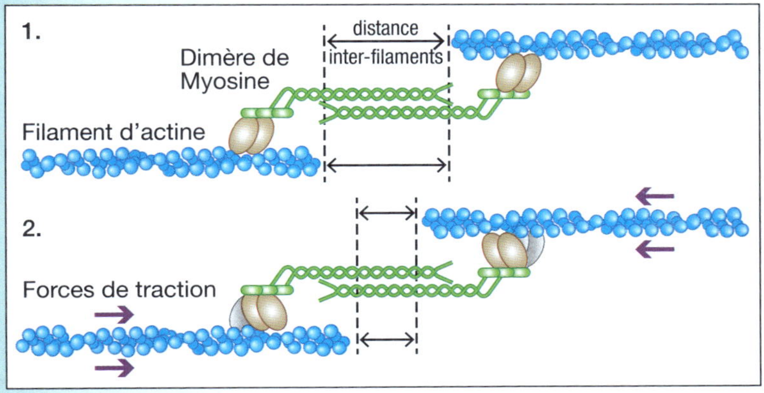

D'après le site researchgate.net

DOCUMENT 3 Vitesses de raccourcissement des cellules musculaires

On a établi à quelle vitesse maximale (en unité de longueur par seconde) se raccourcissent les cellules musculaires en fonction de la chaîne lourde de myosine présente (résultats obtenus chez le chien, l'analyse montre que toutes les différences de vitesse entre les fibres sont statistiquement significatives, à l'exception de la différence entre MHC-IIX et MHC-IIB).

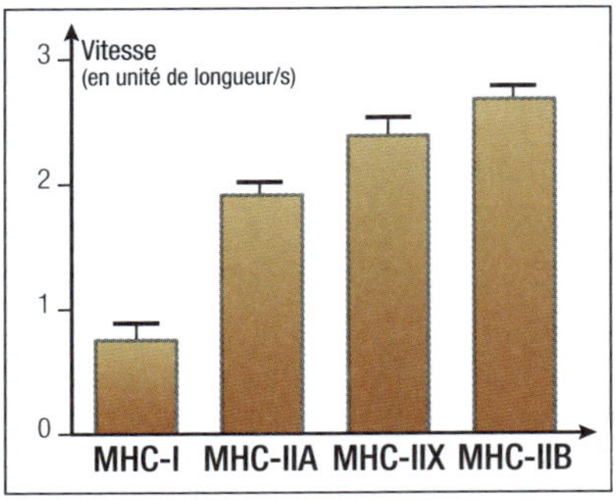

D'après le site journals.physiology.org

DOCUMENT 4 Hydrolyse de l'ATP et vitesse de raccourcissement

On a évalué la vitesse du raccourcissement (V_0) de cellules musculaires en fonction de la vitesse d'hydrolyse de l'ATP (v) de la myosine qu'elles contiennent. Les résultats ont été obtenus à partir de muscles appartenant à plusieurs espèces de mammifères et contenant différentes sortes de myosine pour la chaîne lourde MHC.

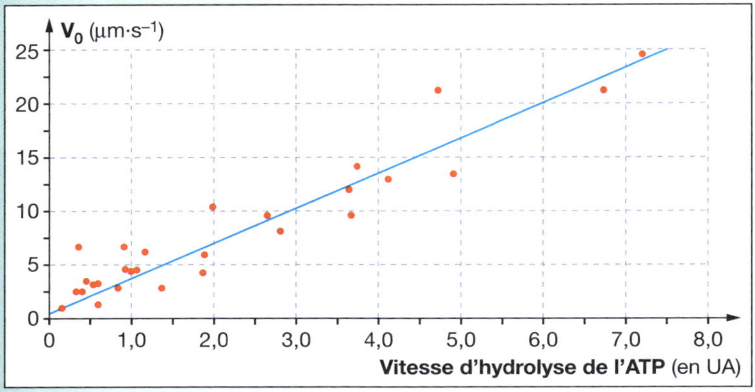

D'après Richard K. Brizendine *et alii.*,
Department of Biochemistry and Molecular Biology,
University of Nevada School of Medicine, Reno, NV 99557

DOCUMENT 5 **Structure de la chaîne lourde de la myosine**

a. Représentation tridimensionnelle d'une partie de la « tête » de la chaîne lourde de la myosine

Grâce à la combinaison de divers résultats d'analyses, des ordinateurs permettent d'élaborer des modèles de la structure spatiale des molécules ; sur la visualisation ci-dessous la chaîne de myosine est affichée en « rubans » sauf deux zones correspondant aux acides aminés de la « boucle 1 », située au niveau du site de fixation de l'ATP, et aux acides aminés de la « boucle 2 », située au niveau du site de fixation sur l'actine.

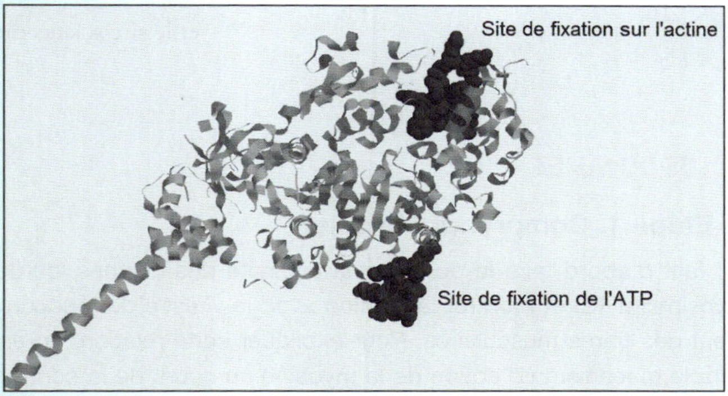

Image obtenue avec le logiciel Rastop

b. Rôle des boucles

Les acides aminés de la boucle 1 interviennent directement dans la fixation de l'ATP et son hydrolyse ; les études ont montré peu de différences de fonctionnement entre les boucles 1 des différentes chaînes lourdes de myosine.

Par contre des techniques de biologie moléculaire ont permis de remplacer la boucle 2 d'une chaîne lourde de myosine donnée par une boucle 2 d'une autre forme de myosine : on a alors observé que la vitesse d'hydrolyse de l'ATP est modifiée. Les chercheurs ont proposé que la boucle 2 interviendrait sur la durée pendant laquelle l'actine est attachée à la myosine et donc, indirectement, sur la durée totale d'un épisode de raccourcissement.

Le document ci-dessous présente des extraits de séquences peptidiques alignées des différentes formes de chaînes lourdes de la myosine porcine (chaque lettre correspond à un acide aminé différent ; les tirets correspondent à des acides aminés non présents) ; des acides aminés de chaque forme de chaîne lourde se retrouvent à l'identique dans les mêmes formes de chaînes lourdes d'autres espèces de mammifères.

Boucle 2

MHC-I	618	SNLFANY- -AGADTP- -VEKGKGKAKKGSSFQTVSALHREN
MHC-IIA	621	AFLFSGAQTGE- - -AEAGGTKKGGKKKGSSFQTVSALFREN
MHC-2X	621	AFLFTGAAGAD- - -AEAGGGKKGGKKKGSSFQTVSALFREN
MHC-IIB	621	AFLFAER- -QSS- - -EEGGTKKGGKKKGSSFQTVSALFREN

D'après *médecine/sciences* 1998 ; 14 : 1077-82
et le site sciencedirect.com

LES CLÉS DU SUJET

Étape 1. Comprendre le sujet

• Il faut d'abord faire le point sur la diversité des chaînes lourdes de myosine (MHC) et montrer la relation avec la vitesse de raccourcissement des fibres musculaires. Pour expliquer cette relation, on envisagera le mécanisme d'action de la myosine au cours de la contraction, en s'appuyant sur le document 2 et sur les connaissances sur l'ATP.

• On peut alors proposer une hypothèse explicative de la façon dont le type de chaîne lourde influence la vitesse de raccourcissement. Il faut préciser cette hypothèse à l'aide des informations du document 5.

Étape 2. Exploiter les documents

• Le document 1 montre que chaque cellule musculaire contient un type de MHC donné parmi les quatre existants, et que les muscles sont constitués de cellules musculaires de différents types.

• Le document 3 complète le document 1 en associant une vitesse de raccourcissement à chaque type de MHC.

• Le document 2, complété par le document 5, permet de préciser le mode d'action de la myosine au cours du raccourcissement d'une fibre musculaire et de faire l'hypothèse d'un impact possible du type de MHC sur ce mode d'action, et donc sur la vitesse du raccourcissement.

• Le document 4 permet d'émettre une hypothèse sur la nature de cet impact.

• Le document 5 permet d'affiner l'hypothèse émise.

Étape 3. Construire la réponse

Introduction	Indiquez qu'en exploitant les documents, on va proposer une hypothèse sur la façon dont des différences entre les chaînes lourdes de myosine se répercutent sur le raccourcissement.
I. Différentes chaînes lourdes de myosine	• Décrivez la diversité des chaînes lourdes de myosine des fibres musculaires d'un muscle. • Établissez un lien entre type de chaîne lourde et vitesse de raccourcissement des fibres musculaires.
II. Mode d'action des chaînes lourdes de myosine	Décrivez les étapes de l'action de la myosine qui entraînent le raccourcissement des fibres musculaires.
III. Propriétés de la chaîne lourde de myosine et vitesse de raccourcissement	• Précisez comment la vitesse de raccourcissement varie en fonction de la vitesse d'hydrolyse de l'ATP. • Proposez une hypothèse sur le mécanisme par lequel les différences entre les chaînes de myosine se répercutent sur les vitesses de raccourcissement.
Conclusion	Soulignez que la vitesse de raccourcissement d'une fibre musculaire est fonction du nombre de molécules d'ATP hydrolysées en un temps donné par les MHC, et que cela dépend de la séquence d'acides aminés du site de liaison à l'actine.

20 CORRIGÉ GUIDÉ

Introduction

Les fibres musculaires ont des propriétés différentes d'un muscle à l'autre, mais aussi au sein d'un même muscle. On sait que certaines propriétés sont liées aux différents mécanismes de renouvellement de l'ATP, mais nous allons ici étudier un autre facteur : le lien entre le type de chaîne lourde de myosine d'une fibre musculaire et la vitesse de raccourcissement de cette dernière.

I. Différentes chaînes lourdes de myosine

A. Diversité des chaînes lourdes d'un muscle de rat (doc. 1)

• Pour les fibres musculaires a, b, d, e, f, l'électrophorèse ne montre qu'une seule bande, ce qui signifie que chacune d'entre elles ne possède qu'un seul type de chaîne lourde de myosine (MHC). La position de chacune des bandes étant dépendante du poids de la MHC qui a migré, on en déduit qu'il existe différents types de MHC. La chaîne MHC-I a migré le plus loin et est donc la chaîne la plus légère. La chaîne MHC-IIA a migré le moins loin et est donc la plus lourde. Les chaînes MHC-IIX et MHC-IIB occupent un emplacement intermédiaire. Les fibres d et e possèdent le même type de chaîne lourde.

• La piste c renseigne sur les divers types de MHC présents globalement dans les muscles de rats. On dénombre quatre bandes, qui correspondent individuellement à celles trouvées dans les fibres isolées. On en déduit que chez le rat, chaque cellule musculaire contient un type de MHC donné parmi les quatre existants.

B. Diversité des chaînes lourdes de myosine et vitesse de raccourcissement des fibres (doc. 3)

• Le document 3 montre un lien entre le type de MHC présent dans une fibre musculaire et la vitesse de raccourcissement de cette dernière : celles possédant la chaîne MHC-I sont les plus lentes, celles possédant MHC-IIA sont plus rapides, et celles possédant MHC-IIX ou MHC-IIB sont encore plus rapides.

• Pour expliquer comment les différences entre les MHC affectent les vitesses de raccourcissement, il faut étudier le mode d'action de la myosine.

II. Mode d'action des chaînes lourdes de myosine (doc. 2)

> **▶ Le conseil de méthode**
>
> Sans faire un exposé de connaissances sur le sarcomère, décrivez les schémas proposés et utilisez les connaissances pour interpréter les observations faites. Vous pouvez découper le schéma et le coller ici, puis le légender ou l'annoter si besoin.

• Le sarcomère est l'unité contractile d'une myofibrille, elle-même unité fonctionnelle d'une fibre musculaire. Le document fournit un schéma du sarcomère limité à deux filaments fins d'actine qui se font face et à deux dimères de myosine d'un filament épais constitués chacun de deux chaînes lourdes. Le document montre deux états du sarcomère : relâché (1) et contracté (2). On constate qu'à la suite de la contraction, la distance entre les deux filaments fins a diminué, ce qui est la conséquence d'un glissement de chaque filament fin vers le centre du sarcomère. Cela entraîne le raccourcissement du sarcomère, et par là de la myofibrille.

• À l'état relâché (1), les deux têtes des chaînes lourdes de chaque dimère de myosine sont fixées sur un filament d'actine. En pivotant vers le centre du sarcomère par un changement de conformation (2), elles entraînent le filament fin d'actine. Les chaînes lourdes de myosine, par leurs têtes, sont ainsi le moteur moléculaire du raccourcissement du sarcomère.

• Le document 2 indique que le raccourcissement est dû à plusieurs cycles, mais les schémas fournis n'envisagent qu'une partie d'un cycle. Pour finir de décrire un cycle, il faut envisager les mécanismes assurant le retour à l'état 1 à partir de l'état 2.

▶ **Le secret de fabrication**

Le document ne fournit aucune indication sur les modalités du retour à l'état 1 à partir de l'état 2. Comme c'est une étape essentielle puisque l'hydrolyse de l'ATP s'y réalise, il faut indiquer les points cruciaux à l'aide de vos connaissances.

• Le document 5 indique que chaque tête globulaire possède deux sites de liaison, l'un à l'actine, l'autre à l'ATP. Le premier phénomène qui permet de passer de l'état 2 (têtes basculées vers l'intérieur du sarcomère) à l'état 1 (têtes basculées vers l'extrémité du sarcomère) est la dissociation des têtes de myosine d'avec l'actine, laquelle est provoquée par la fixation d'une molécule d'ATP sur chaque tête globulaire. Le second phénomène est l'hydrolyse de l'ATP, qui est catalysée par une région du site de fixation de l'ATP ayant une activité ATPase. L'énergie libérée par cette hydrolyse entraîne un pivotement de chaque tête du dimère de myosine, qui reprend la conformation de l'état 1. Dans cet état, chaque tête se lie à nouveau à l'actine du filament fin, un peu plus loin sur ce filament.

• La nature de la chaîne lourde de myosine doit impacter la durée du cycle, comme le suggère le document : « plus les cycles sont nombreux sur une période donnée et plus le raccourcissement est important ».

III. Propriétés de la chaîne lourde de myosine et vitesse de raccourcissement

A. Vitesse de l'activité ATPase des différentes chaînes lourdes de myosine (doc. 4)

• Le graphique du document 4 montre que la vitesse de raccourcissement est proportionnelle à la vitesse d'hydrolyse de l'ATP.

• On sait que l'hydrolyse de l'ATP est catalysée par la myosine. En outre, le document précise que les données du graphique ont été obtenues à partir de différentes sortes de myosine, qui diffèrent par le type de leur MHC. On fait donc l'hypothèse que la vitesse d'hydrolyse de l'ATP, et donc la vitesse de raccourcissement d'une fibre dépend du type de MHC qu'elle contient.

À NOTER

Le document apporte deux informations : sur la proportionnalité d'une part, sur l'effet de la variabilité des chaînes lourdes sur la vitesse d'hydrolyse d'autre part.

B. Séquences des sites catalytiques des têtes de myosine (doc. 5)

• Les acides aminés de la boucle 1 de la tête de myosine interviennent directement dans la fixation de l'ATP et son hydrolyse. Suivant l'hypothèse précédemment émise, on s'attend à ce qu'il existe plusieurs différences dans la séquence des boucles 1 des différents types de chaîne lourde. Or le document 5b indique qu'il existe peu de différences de fonctionnement entre les boucles 1 des différentes chaînes de myosine. Cela réfute l'hypothèse d'une implication directe de la boucle 1 qui fixe l'ATP dans le déterminisme de la vitesse d'hydrolyse de l'ATP.

• En revanche, les quatre chaînes identifiées dans les fibres musculaires de muscles de mammifères (porc, rat, etc.) ont de nombreuses différences dans la séquence d'acides aminés de leur boucle 2. En particulier la chaîne lourde MHC-I, présente dans les fibres musculaires les plus lentes (doc. 3), est celle qui a la boucle 2 qui diffère le plus. La boucle 2 se lie à l'actine et non à l'ATP, elle modifierait donc indirectement la vitesse d'hydrolyse de l'ATP.

Conclusion

• Le raccourcissement des sarcomères des myofibrilles d'une fibre musculaire est dû à un cycle répétitif de liaison-dissociation entre la myosine des filaments épais et l'actine des filaments fins, associé à un changement de conformation (doc. 2) des têtes de chaînes lourdes de myosine. La myosine est l'élément moteur, et l'énergie nécessaire au pivotement des têtes des chaînes lourdes provient de l'hydrolyse de l'ATP qu'elle catalyse.

• La vitesse de raccourcissement varie en fonction du type de chaîne lourde de myosine. Dans un muscle, il existe plusieurs types de fibres musculaires, qui diffèrent par le type de chaîne lourde de myosine qu'elles possèdent. Les étapes du cycle de raccourcissement sont les mêmes quelle que soit la chaîne lourde. En revanche, la durée de chaque cycle est un facteur important, conditionné par la vitesse d'hydrolyse de l'ATP des têtes de myosine.

• Chaque tête de myosine possède deux sites actifs : l'un assure la liaison avec l'actine (boucle 2), l'autre avec l'ATP (boucle 1). Les boucles 1 des différentes chaînes lourdes de myosine sont peu différentes, contrairement aux boucles 2. Les chercheurs pensent donc que la boucle 2 interviendrait indirectement sur l'activité catalytique de la boucle 1 (ATPase), et donc sur la durée de l'étape du cycle où la myosine est liée à l'actine.

> ▶ **Le secret de fabrication**
> Dans la phrase finale, on a tout simplement repris l'hypothèse proposée par les chercheurs (doc. 5b), mais on l'a explicitée grâce au raisonnement déroulé dans la conclusion.

Régulation de la glycémie lors d'un jeûne

1 h 50
8 points

INTÉRÊT DU SUJET • Ce sujet aborde la régulation de la glycémie au cours d'un jeûne prolongé. On s'attend à ce que l'insuline et le glucagon soient mobilisés. Or c'est le cortisol, l'hormone « du stress », qui intervient ici.

Le jeûne correspond à la privation totale ou partielle de nourriture pour une période donnée. Au-delà de 10 heures de jeûne, des mécanismes physiologiques particuliers impliqués dans la régulation de la glycémie et nécessaires à son maintien autour de sa valeur de consigne se mettent en place. On cherche à comprendre certains mécanismes impliqués dans la régulation de la glycémie lors d'un jeûne prolongé.

▶ Expliquer les mécanismes pouvant être impliqués dans le maintien de la glycémie dans un intervalle de valeurs normales lors d'un jeûne prolongé.

Vous organiserez votre réponse selon une démarche de votre choix intégrant des données des documents et les connaissances utiles.

DOCUMENT 1 **Concentration de cortisol sanguin avant et après un jeûne prolongé**

On mesure la concentration de cortisol sanguin chez 8 hommes avant la période de jeûne et après un jeûne de 5 jours. Les résultats sont présentés dans le graphique.

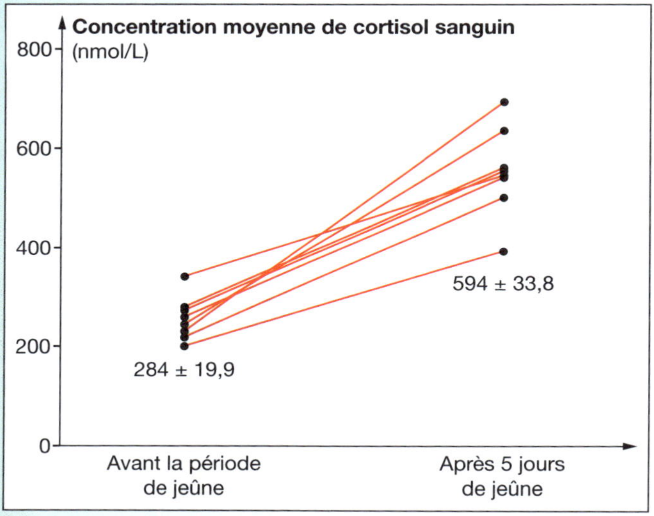

Chaque point sur le graphique correspond à la moyenne des valeurs de cortisol sanguin mesurées chez un homme pendant 24 heures. Les valeurs obtenues chez un même individu sont reliées par un trait.
Les valeurs indiquées dans le graphique sous les points correspondent aux moyennes calculées à partir des valeurs des concentrations moyennes des 8 hommes avant et après un jeûne de 5 jours.

D'après Bergendhal *et al.*, « Cortisol secretion during fasting », *Journal of Clinical Endocrinology and Metabolism*, 1996

DOCUMENT 2 **Rôle des glucocorticoïdes dans l'expression de certains gènes**

Afin de comprendre le rôle des glucocorticoïdes (comme par exemple le cortisol) dans la régulation de la glycémie, on mesure la quantité de deux ARN messagers différents extraits de cellules du foie de souris sauvages, 2 heures après l'injection d'une solution physiologique (PBS) ou de dexaméthasone (DEX), un analogue des glucocorticoïdes qui possède les mêmes effets (agoniste) que les glucocorticoïdes.

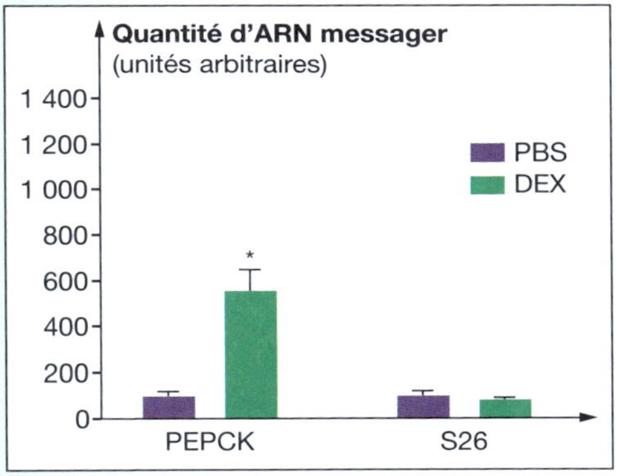

PEPCK : ARN messager issu de la transcription du gène codant la protéine phosphoénolpyruvate carboxykinase.
S26 : ARN messager issu de la transcription du gène codant la protéine ribosomique S26 exprimée de manière constitutive dans toutes les cellules quelles que soient les conditions et qui est donc utilisée pour vérifier la qualité technique de la manipulation.

D'après Opherk *et al.*, « Glucocorticoid Receptor and Gluconeogenesis », *Molecular Endocrinology*, 2004, 18, p. 1346-53

* Différence significative

DOCUMENT 3 **Exemples de réactions chimiques pouvant se dérouler dans les cellules hépatiques**

En moyenne, chez un homme de 70 kg, les réserves de glycogène sont estimées à 100 g et sont utilisées à une vitesse de 5 g par heure lors d'un jeûne.

D'autres réactions que celles impliquées dans la glycogénolyse peuvent se dérouler dans les cellules hépatiques. Certaines d'entre elles sont présentées sur le schéma ci-dessous. Elles sont catalysées par différentes enzymes (protéines notées en italique et encadrées).

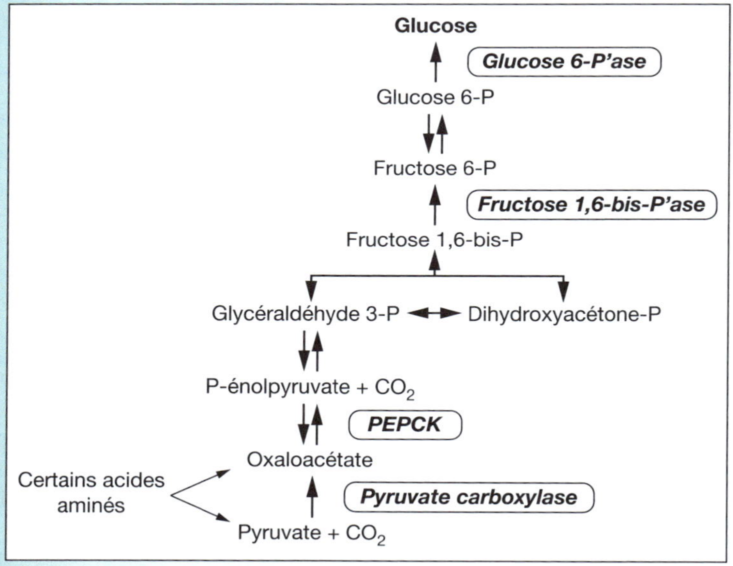

D'après Beale *et al.*, *Cell Biochem. Biophys.*, 2007

DOCUMENT 4 **Rôle du récepteur des glucocorticoïdes dans l'expression de certains gènes lors d'un jeûne**

Afin de comprendre le mode d'action des glucocorticoïdes dans la régulation de la glycémie, on réalise des expériences sur des souris sauvages et des souris mutantes dont le gène codant pour le récepteur des glucocorticoïdes a été inactivé dans les cellules de leur foie.

Le Northern blot est une méthode de biologie moléculaire permettant l'analyse des ARN messagers. Les ARN messagers sont extraits de cellules, séparés par électrophorèse en fonction de leur taille puis détectés grâce à des sondes (séquences de nucléotides complémentaires à l'ARN messager étudié). La présence d'un ARN messager spécifique est révélée par radiographie et apparaît sous forme d'une tache noire (plus la tache est sombre et grande, plus la quantité d'ARN messagers détectée est importante).

Résultats de Northern blot obtenus à partir d'ARN messagers extraits des cellules du foie de souris sauvages et de souris mutantes

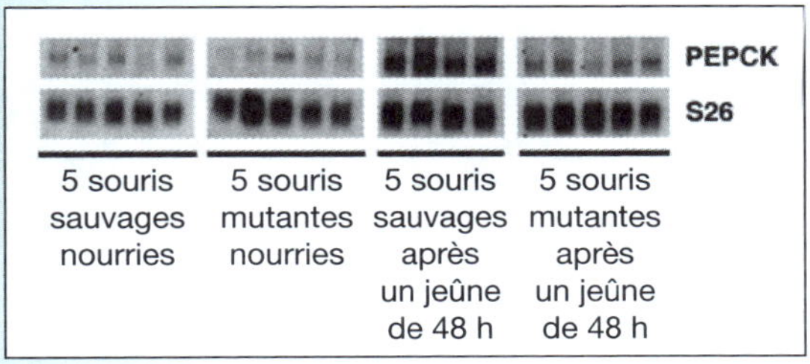

PEPCK : ARN messager issu de la transcription du gène codant la protéine phosphoénolpyruvate carboxykinase.

S26 : ARN messager issu de la transcription du gène codant la protéine ribosomique S26 exprimée de manière constitutive dans toutes les cellules quelles que soient les conditions et qui est donc utilisée pour vérifier la qualité technique de la manipulation.

D'après Opherk *et al.*, « Glucocorticoid Receptor and Gluconeogenesis », *op. cit.*, 2004

S'ENTRAÎNER

DOCUMENT 5 Étude de la localisation cellulaire des récepteurs des glucocorticoïdes

Pour étudier le mode d'action des glucocorticoïdes au niveau cellulaire, on intègre une construction génique comportant le gène codant pour le récepteur des glucocorticoïdes associé au gène codant pour la GFP (*Green Fluorescent Protein*) dans des cellules vivantes (fibroblastes de singe) en culture. Une cellule ayant intégré dans son génome la construction génique exprime alors des récepteurs émettant une fluorescence observable avec un microscope optique à fluorescence lorsque la cellule est éclairée avec des rayons ultraviolets.

Photographies de l'observation au microscope optique à fluorescence d'un fibroblaste de singe ayant intégré la construction génique depuis 24 heures

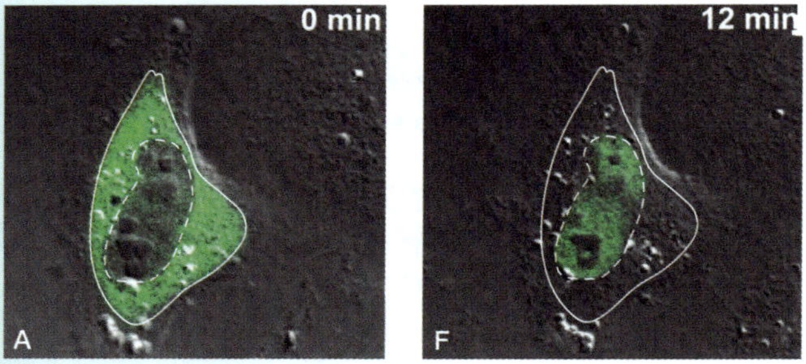

Sur les deux photographies (A et F), on repère la membrane plasmique de la cellule étudiée par le trait blanc continu et l'emplacement de son noyau par les pointillés blancs.
À $t = 0$ min, on injecte dans le milieu extracellulaire de la dexaméthasone.
La photographie A est réalisée à $t = 0$ minute et la photographie F à $t = 12$ minutes.
La fluorescence observée apparaît en vert sur les photographies ; l'intensité de fluorescence se maintient tout au long de l'expérience.
En absence d'injection de dexaméthasone dans le milieu extracellulaire, la localisation de la fluorescence est équivalente à celle observée dans la cellule correspondant à la photographie A tout au long de l'expérience.

D'après Kino *et al.*,
« GR Nucleocytoplasmic Trafficking and Glucocorticoid Resistance »,
The Journal of Clinical Endocrinology & Metabolism, 2001, 86, p. 5600-5608

LES CLÉS DU SUJET

Étape 1. Comprendre le sujet

• Il faut expliquer comment l'augmentation de la sécrétion d'une hormone, le cortisol, au cours d'un jeûne prolongé, contribue à maintenir à peu près constante la glycémie, malgré le prélèvement permanent de glucose par les organes. En particulier par le cerveau, qui consomme à lui seul 20 % du glucose sanguin.

• Cela nécessite d'expliquer les mécanismes d'action du cortisol qui aboutissent à la production de glucose par le foie.

Étape 2. Exploiter les documents

• Le document 1 renseigne sur l'évolution de la concentration plasmatique de cortisol au cours d'un jeûne de 5 jours.

• Les documents 2 et 3 renseignent sur l'activation par le cortisol d'une chaîne métabolique hépatique productrice de glucose.

• Les documents 4 et 5 informent sur la manière dont le cortisol, en se fixant à ses récepteurs cellulaires hépatiques, assure la constance de la glycémie au cours du jeûne.

Étape 3. Construire la réponse

Introduction	Expliquez pourquoi le maintien d'une glycémie à peu près constante au cours d'un jeûne prolongé implique un mécanisme endogène de production de glucose.
I. Un message hormonal au cours d'un jeûne prolongé	Sélectionnez les informations qui permettent de décrire les caractéristiques du message émis par les corticosurrénales au cours d'un jeûne de 5 jours.
II. Cortisol et néoglucogenèse	• Sélectionnez les informations qui permettent de décrire la chaîne métabolique hépatique productrice de glucose. • Montrez qu'elle est activée par le cortisol.
III. Mécanisme d'activation de la néoglucogenèse par le cortisol	• Montrez que l'expérimentation sur les récepteurs hépatiques au cortisol confirme que le cortisol active la néoglucogenèse durant le jeûne. • Expliquez comment la liaison du cortisol à son récepteur active la néoglucogenèse.
Conclusion	Résumez l'ensemble des informations extraites de l'exploitation des documents qui expliquent les mécanismes intervenant dans la régulation de la glycémie au cours d'un jeûne prolongé.

21 CORRIGÉ GUIDÉ

Introduction

Au cours d'un jeûne prolongé, la glycémie reste à peu près constante, au voisinage de 0,8-0,9 g/L, et cela malgré l'absence d'apport exogène (alimentaire) de glucose. Or les organes, particulièrement le cerveau, consomment en permanence du glucose. Cela implique l'existence d'un mécanisme endogène de production de glucose. À partir des informations fournies par les documents, recherchons les mécanismes en jeu.

I. Un message hormonal au cours d'un jeûne prolongé (doc. 1)

- Chez les 8 hommes, la concentration moyenne du cortisol sanguin est nettement plus élevée au bout de 5 jours de jeûne qu'elle ne l'était au départ, avant le jeûne. Il existe une forte variabilité entre eux. La concentration a quasi triplé chez un sujet, alors qu'elle ne s'est élevée que de 50 % environ chez un autre.

> **CONSEIL**
> Vous devez montrer que vous exploitez les données chiffrées du document 1.

- En résumé, la concentration moyenne de cortisol pour ce groupe a quasi doublé, passant de 284 nmol/L à 594 nmol/L.
- Le cortisol, comme toutes les hormones, est un messager chimique. Le message, codé en amplitude, est défini par la concentration plasmatique de l'hormone. Le jeûne a pour effet d'augmenter l'intensité du message émis par les corticosurrénales.
- Il faut maintenant envisager les conséquences de l'augmentation de la sécrétion de cortisol au sein de l'organisme.

II. Cortisol et néoglucogenèse (doc. 3 puis doc. 2)

> **▶ Le secret de fabrication**
> Nous choisissons d'analyser le document 3 avant le document 2, car les informations du document 3 sur la chaîne de la néoglucogenèse donnent du sens à l'étude du document 2 sur l'action du cortisol.

- Le document 3 indique que les réserves de glycogène hépatique, estimées à 100 g, sont épuisées au bout d'une vingtaine d'heures. Ces réserves sont converties en glucose par la glycogénolyse hépatique, et le glucose est délivré dans la circulation sanguine. Le foie étant le seul organe susceptible de livrer du glucose au sang, la glycémie devrait fortement baisser lors du jeûne du fait de la consommation permanente de glucose par le cerveau. Un autre mécanisme producteur de glucose doit donc intervenir au cours du jeûne.

- Le document 3 montre une chaîne métabolique, ayant lieu dans les cellules hépatiques, produisant du glucose à partir de composés non glucidiques, pyruvate et acides aminés. Cette chaîne comprend de nombreuses étapes, chacune étant catalysée par une enzyme spécifique. En particulier, une des premières étapes fait intervenir l'enzyme PEPCK.

- Le document 2 montre l'effet de l'injection d'un agoniste du cortisol sur la quantité d'ARNm codant pour l'enzyme PEPCK dans les cellules hépatiques. Il renseigne donc sur l'effet du glucocorticoïde sur la transcription du gène codant pour la protéine PEPCK.

- L'injection d'une solution physiologique PBS indique la quantité d'ARNm PEPCK en l'absence de stimulation hormonale exogène. Après injection du glucocorticoïde de synthèse, la quantité de cet ARNm est multipliée par 6. Le glucocorticoïde, et donc le cortisol, activent considérablement la transcription du gène codant pour une enzyme intervenant dans la néoglucogenèse. On peut supposer qu'il en est de même pour les gènes codant pour les autres enzymes de la néoglucogenèse.

> **MOT-CLÉ**
> La néoglucogenèse désigne la formation du glucose à partir de précurseurs non glucidiques tels que pyruvate et acides aminés.

> **▶ Le conseil de méthode**
> Le terme de néoglucogenèse se trouve (en anglais) dans le titre de l'article d'où sont extraites les données du document 2. Prenez l'habitude de lire les titres des articles lorsqu'ils sont fournis.

III. Mécanisme d'activation de la néoglucogenèse par le cortisol (doc. 4 et 5)

A. Fixation du cortisol sur ses récepteurs et activation de la néoglucogenèse

- Comme pour toutes les hormones, le cortisol doit, pour agir sur ses cellules cibles, se fixer à des récepteurs. Les documents 4 et 5 permettent d'établir comment le cortisol active la néoglucogenèse, en s'associant à ses récepteurs, qui sont des protéines cytoplasmiques.

> **À NOTER**
> Les récepteurs de nombreuses hormones sont membranaires. Ceux du cortisol sont à l'intérieur des cellules cibles.

• Le cliché du document 4 indique que la quantité d'ARNm provenant de la transcription du gène codant pour l'enzyme PEPCK est plus importante chez les souris après un jeûne de 48 heures que chez des souris bien nourries. Au cours du jeûne, l'expression de ce gène, qui intervient dans la néoglucogenèse hépatique, a donc été activée.

• Chez les souris mutantes ayant un gène codant pour le récepteur aux glucocorticoïdes inactivé, le jeûne n'entraîne qu'une faible augmentation de la quantité de l'ARNm de l'enzyme PEPCK. Le gène codant pour le récepteur aux glucocorticoïdes (dont le cortisol) est donc nécessaire pour activer au moins un gène de la néoglucogenèse (gène PEPCK).

B. Mécanisme d'activation de la néoglucogenèse

• Les clichés du document 5 permettent d'établir comment un glucocorticoïde active la transcription d'un gène. La fluorescence des cellules renseigne sur la localisation des récepteurs. Au temps $t = 0$, en l'absence de glucocorticoïde dans le milieu de culture, la fluorescence est limitée au cytoplasme. Douze minutes après l'injection du glucocorticoïde dans le milieu extracellulaire suivie par la pénétration de ce dernier dans la cellule, la fluorescence est localisée dans le noyau. On en déduit que les récepteurs aux glucocorticoïdes, cytoplasmiques, sont transloqués vers le noyau lorsque les molécules de glucocorticoïdes s'y sont fixées.

• Le couple glucocorticoïde-récepteur se comporte alors comme un facteur de transcription qui active la transcription des gènes de la néoglucogenèse.

Conclusion

• Le maintien d'une glycémie à peu près constante durant un jeûne prolongé, compensant la consommation de glucose par l'organisme, implique une production endogène de glucose par les cellules hépatiques par néoglucogenèse. Il s'agit d'une chaîne métabolique où du glucose est synthétisé à partir de composés non glucidiques.

• Le jeûne constitue un stress pour l'organisme, dont la réponse consiste, comme face à tout autre agent stresseur, en une sécrétion accrue de cortisol par les corticosurrénales. La concentration plasmatique du cortisol augmente, ce qui constitue un message hormonal décodé par les cellules hépatiques.

• Le cortisol se lie à ses récepteurs situés dans le cytoplasme des cellules du foie. Les couples cortisol-récepteur sont alors transloqués dans le noyau où ils activent la transcription des gènes de la néoglucogenèse, en particulier le gène qui code pour l'enzyme PEPCK.

• L'activation de la néoglucogenèse assure la production de glucose pendant le jeûne, ce qui maintient la glycémie aux alentours de 0,8-0,9 g/L.

Les besoins en glucose de l'organisme au cours de l'effort

1 h 50
8 points

INTÉRÊT DU SUJET • Envisagez les mécanismes qui, tout en assurant un apport constant de glucose au cerveau, permettent de satisfaire les besoins énergétiques des muscles au cours de l'effort.

▶ À partir des informations extraites des documents et exploitées grâce à vos connaissances, dégagez les caractéristiques de la régulation de la glycémie au cours d'une activité physique.

DOCUMENT 1 **Variation de la teneur en glycogène des muscles des membres inférieurs au cours d'exercices (bicyclette ergométrique) d'intensités variées**

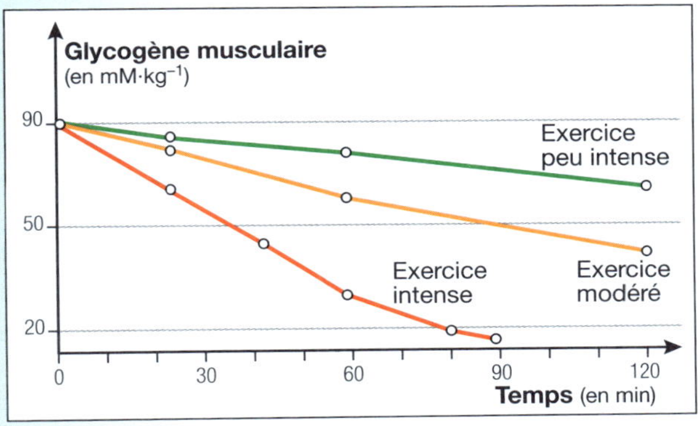

DOCUMENT 2 **Prise de glucose sanguin par les muscles des membres inférieurs au cours d'exercices (bicyclette ergométrique) d'intensités variées**

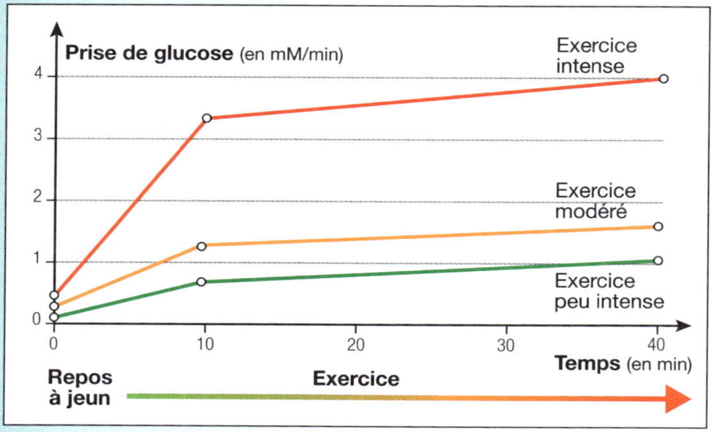

DOCUMENT 3 **Variation de la production de glucose par le foie au cours d'exercices d'intensités variées**

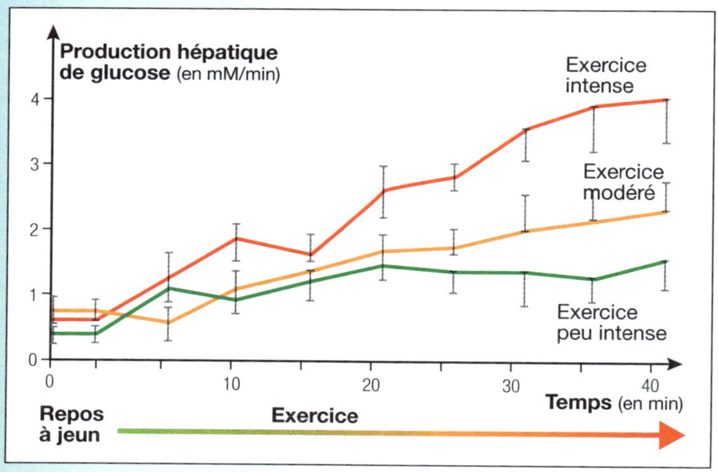

DOCUMENT 4 Comparaison de la production de glucose par le foie et du prélèvement de glucose sanguin par les muscles, 40 minutes après le début d'exercices d'intensités variées

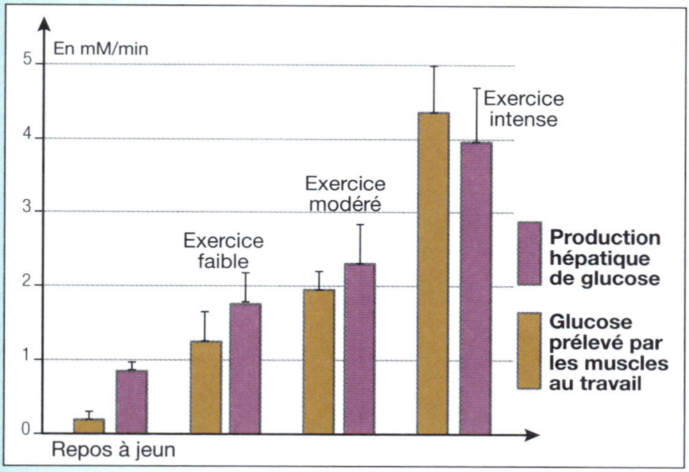

DOCUMENT 5 Variations de niveaux plasmatiques d'hormones lors d'une épreuve de pédalage de 3 heures d'intensité moyenne (65 % VO_2 max)

a) Niveaux plasmatiques d'adrénaline et de glucagon

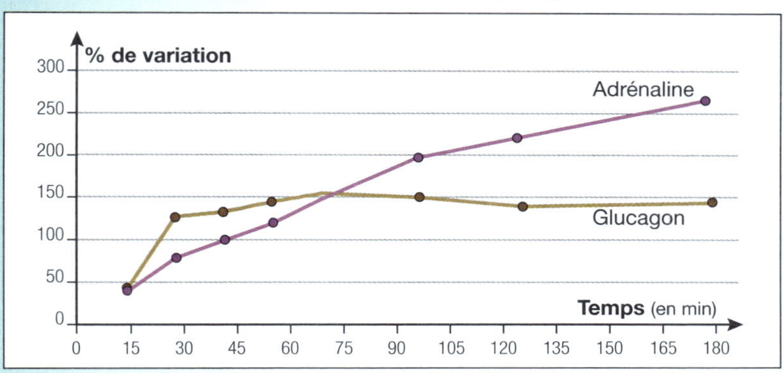

b) Niveaux plasmatiques d'insuline

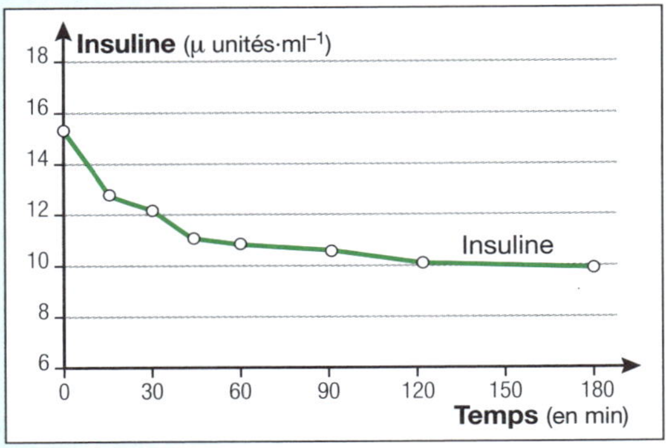

LES CLÉS DU SUJET

Étape 1. Comprendre le sujet

• Les besoins en glucose des muscles sont satisfaits par leurs réserves privées de glycogène et par le prélèvement de glucose dans le sang. Au cours de l'effort la glycémie devrait baisser.

• Il n'en est rien car le foie, seul producteur de glucose, augmente sa production, compensant ainsi la consommation par les muscles.

• Utilisation du glucose par les muscles et production par le foie sont permises grâce aux variations des hormones contrôlant le métabolisme.

Étape 2. Exploiter les documents

• Les documents 1 et 2 renseignent sur l'origine du glucose consommé par les muscles en activité : origine privée (un métabolite est présent dans les cellules d'un organe et utilisé exclusivement par ces cellules) ou publique (le métabolite est présent dans le plasma sanguin et livré à toutes les cellules de l'organisme).

• Le document 3 informe sur l'augmentation de la production de glucose par le foie au cours d'une activité physique.

• Le document 4 permet de faire un bilan production-consommation de glucose au cours d'un effort et d'en déduire l'état de la glycémie durant l'exercice physique.

• Le document 5 fait le bilan des variations hormonales au cours de l'effort et explique leur impact sur la production et la consommation.

Étape 3. Construire la réponse

I. Les origines du glucose consommé par les muscles au cours d'un effort	• Dégagez la notion d'utilisation des réserves privées des muscles. • Explicitez l'idée d'augmentation du prélèvement de glucose sanguin public.
II. La production de glucose par le foie au cours de l'effort	Mettez en évidence l'idée d'augmentation de la production de glucose par le foie, d'autant plus importante que l'intensité de l'effort est grande.
III. La glycémie au cours de l'effort	• Comparez la consommation et la production de glucose au cours de l'effort. • Déduisez-en les caractéristiques de la glycémie au cours de l'effort.
IV. Les variations des concentrations hormonales au cours de l'effort	Montrez comment les changements de concentrations plasmatiques de certaines hormones contribuent aux augmentations de la consommation et de la production de glucose.
Conclusion	Concluez sur le fait que l'hypoglycémie est évitée au cours de l'effort et ainsi l'apport de glucose au cerveau maintenu.

22 CORRIGÉ GUIDÉ

Introduction

Au cours d'un effort physique, les besoins énergétiques augmentent. Le glucose est un nutriment essentiel de l'énergétique musculaire et il est, d'autre part, nécessaire en permanence au fonctionnement cérébral. Nous allons voir comment ces besoins en glucose sont satisfaits.

I. Les origines du glucose consommé par les muscles au cours d'un effort (documents 1 et 2)

A. Utilisation des réserves en glycogène du muscle

▶ Le piège à éviter

Les molécules de glucose provenant de la glycogénolyse musculaire sont entièrement consommées par l'activité des muscles. Ces molécules ne passent pas dans le sang et ne contribuent donc pas à la glycémie.

• Le document 1 montre qu'au cours d'un effort, il y a toujours une diminution de la réserve en glycogène du muscle, diminution d'autant plus importante que l'intensité de l'effort est grande.

• Cela signifie que le glycogène musculaire est utilisé pour satisfaire les besoins énergétiques des muscles.

> À NOTER
> Au cours d'un exercice, la glycogénolyse est activée. Elle aboutit à la libération de molécules de glucose à partir des macromolécules de glycogène. Ce sont les molécules de glucose qui servent de substrat énergétique.

B. Le prélèvement de glucose sanguin par les muscles

• Le document 2 indique que, durant l'exercice de 10 à 40 minutes, le prélèvement de glucose dans le sang par les muscles actifs est d'autant plus grand que l'effort est intense. L'augmentation maximale est environ 20 fois plus importante qu'au repos.

• Outre leurs réserves de glycogène, les muscles utilisent comme source d'énergie le glucose dissous dans le plasma sanguin, glucose « public » pouvant atteindre tous les organes, et en particulier le cerveau, grâce à la circulation sanguine.

II. La production de glucose par le foie au cours de l'effort (document 3)

• La seule source de glucose relâché dans le sang est le glucose hépatique. Au repos la production de glucose par le foie est inférieure à 1 mM/min. Elle est multipliée par 4 au cours d'un exercice intense de 40 minutes.

• Les réserves en glycogène du foie fournissent du glucose à toutes les cellules de l'organisme (réserves publiques) contrairement aux réserves de glycogène des muscles (réserves privées).

> À NOTER
> Le glucose provient de la glycogénolyse des réserves hépatiques en glycogène et de la néoglucogenèse à partir d'acides gras, de glycérol, d'acides aminés, de lactate, etc.

III. La glycémie au cours de l'effort (document 4)

• Le document 4 montre que la production hépatique de glucose au bout de 40 minutes d'exercice est légèrement supérieure à la consommation par les muscles.

> À NOTER
> Au repos et pour des exercices d'intensité faible et modérée, la production de glucose est supérieure à la consommation par les muscles. La différence est liée à la consommation de glucose par le cerveau.

- Puisque la production de glucose hépatique est supérieure à la consommation par les muscles, ou pratiquement égale lors des exercices les plus intenses, cela signifie que la glycémie demeure pratiquement constante quelle que soit l'intensité de l'effort.
- Cette constance de la glycémie est fondamentale pour maintenir durant tout l'effort un apport constant de glucose au cerveau.

IV. Les variations des concentrations hormonales au cours de l'effort (document 5)

- Au cours de l'activité physique, il y a augmentation de la concentration de glucagon et d'adrénaline, et diminution de la concentration d'insuline. Ces variations s'amplifient avec la durée de l'exercice.

> **▶ Le conseil de méthode**
> Ne cherchez pas à interpréter les variations des concentrations d'insuline et de glucagon à partir des connaissances acquises.

- Glucagon et adrénaline sont des hormones hyperglycémiantes qui agissent sur les cellules hépatiques possédant des récepteurs spécifiques. Elles activent la glycogénolyse et donc la production de glucose par le foie.
- L'insuline est une hormone hypoglycémiante qui agit sur le foie en le transformant en stockeur de glucose, et non en producteur. La baisse de la concentration d'insuline associée à l'augmentation des concentrations de glucagon et adrénaline contribue à la production de glucose au cours de l'effort.

> **▶ Le piège à éviter**
> L'insuline facilite l'entrée du glucose dans les cellules musculaires. La diminution de sa concentration au cours de l'effort devrait réduire cette entrée. Mais ce n'est pas le cas, car les contractions rendent les cellules musculaires plus sensibles à l'action de l'insuline.

Conclusion

- Les variations hormonales au cours de l'effort, en agissant sur le foie et les muscles font que la production de glucose compense sa consommation par les muscles.
- En conséquence, la glycémie varie peu au cours de l'effort. Malgré la consommation importante de glucose, l'hypoglycémie est évitée, ce qui préserve le fonctionnement cérébral.

23 Exercice 1

Mécanismes neuroendocriniens lors d'un stress aigu

1 h 30
7 points

INTÉRÊT DU SUJET • Vous allez, aborder un aspect du fonctionnement intégré de l'organisme à travers l'exemple du stress aigu. Vous devrez notamment expliquer la mise en place de voies de coopération entre deux systèmes de contrôle.

▶ **Montrez comment le système nerveux et le système endocrinien coopèrent au cours du stress aigu en réponse à une perturbation de l'environnement d'un individu. Un schéma fonctionnel des mécanismes est attendu en conclusion.**

DOCUMENT D'AIDE **La coopération système nerveux-système endocrinien durant un état de stress aigu**

a) Axe hypothalamus-hypophyse-corticosurrénale

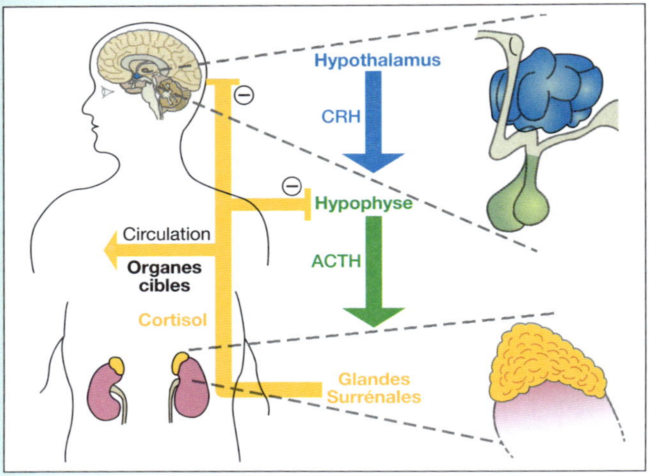

b) Schéma de la médullosurrénale et de son innervation

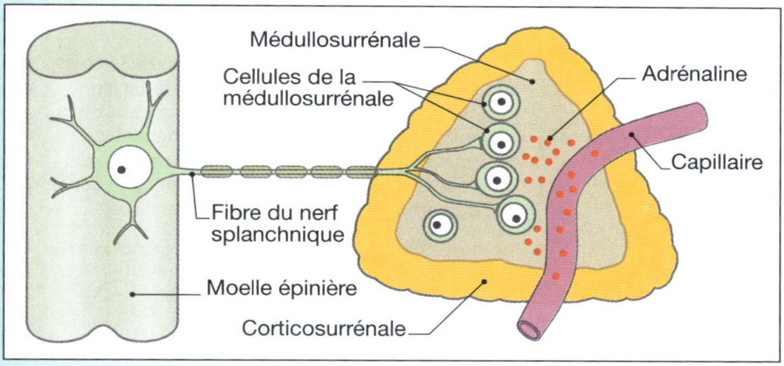

Le document fourni est conçu comme une aide : il peut vous permettre d'illustrer votre exposé, mais son analyse n'est pas attendue.

LES CLÉS DU SUJET

Étape 1. Comprendre le sujet

• Le sujet demande de montrer la coopération, c'est-à-dire l'intégration, des fonctionnements du système nerveux et du système endocrinien dans la réalisation des réactions physiologiques au stress aigu.
• Le système nerveux, capteur de l'agent stresseur, est le premier impliqué. Il faut exposer la façon dont le système endocrinien est alors activé par le système nerveux, puis expliquer comment les messages hormonaux déclenchent les réactions physiologiques du stress.

Étape 2. Exploiter le document

• Les deux parties du document d'aide vous permettent de repérer les deux grandes modalités de la coopération entre système nerveux et système endocrinien à envisager.
• Ce document vous suggère en outre les points à développer.

Étape 3. Construire la réponse

I. Activation des centres nerveux cérébraux	Évoquez l'activation du système limbique et surtout celle de l'hypothalamus.

II. Activation du système endocrinien par voie nerveuse	• Montrez comment les messages nerveux émis par les neurones hypothalamiques stimulent les cellules de la médullosurrénale. • Indiquez les effets de l'augmentation de la concentration plasmatique de l'adrénaline sur l'organisme. • Expliquez comment les messages nerveux émis par les neurones hypothalamiques déclenchent la sécrétion de cortisol par les cellules de la corticosurrénale. • Indiquez les effets de l'augmentation de la concentration du cortisol plasmatique sur l'organisme.
III. La fin du stress	Montrez comment la rétroaction du cortisol sur les neurones hypothalamiques et les cellules hypophysaires entraîne un retour à la situation initiale.
Conclusion	Réalisez un schéma bilan.

23 CORRIGÉ GUIDÉ

Introduction

• Le stress aigu désigne une réponse de l'organisme à une perturbation nocive ou potentiellement nocive de son environnement.

• Les stimuli qui déclenchent un stress sont appelés « agents stresseurs » ou « stresseurs ». Ils sont très divers et peuvent être d'origine externe (bruits stridents, températures très basses ou très élevées, chocs, etc.) ou d'origine interne (hypoglycémie, hémorragie, etc.).

• Les réponses à ces agents stresseurs sont elles-mêmes très variées. Mais elles présentent des caractéristiques communes qui font intervenir de façon étroitement liée le système nerveux et le système endocrinien.

À NOTER
Les agents stresseurs peuvent également être sociaux ou psychiques (anxiété, dépression, etc.). Ils sont plus impliqués dans le stress chronique même s'ils peuvent, dans certaines conditions, déclencher un stress aigu.

I. Activation des centres nerveux cérébraux

• Des messages sensoriels afférents déclenchés par un agent stresseur parviennent au cerveau. Ils activent plus particulièrement des zones cérébrales du système limbique, et notamment des régions de l'amygdale impliquées dans les émotions et de l'hippocampe, structure où sont mémorisées les agressions passées.

• Ces zones cérébrales activées émettent des messages nerveux vers l'hypothalamus, zone cérébrale fondamentale dans l'élaboration des réponses aux agents stresseurs.

II. Activation du système endocrinien par voie nerveuse

A. Activation de la glande médullosurrénale

• Il s'agit de l'un des aspects de la coopération neuro-hormonale.

• Les messages nerveux issus de l'hypothalamus descendent dans la moelle épinière, puis se propagent dans les nerfs splanchniques qui innervent les glandes médullosurrénales. Les axones des neurones des nerfs splanchniques établissent des contacts synaptiques avec des cellules de la médullosurrénale. Celles-ci, stimulées, réagissent en libérant une hormone, l'adrénaline, qui passe alors dans la circulation sanguine.

• L'augmentation du taux d'adrénaline provoque :

– une augmentation de la fréquence cardiaque ;

– une vasodilatation des artérioles des muscles et une vasoconstriction dans d'autres territoires (cutanés par exemple) ;

– une augmentation de la ventilation pulmonaire et la dilatation des bronches ;

– l'augmentation de la glycogénolyse hépatique et ainsi une augmentation de la production de glucose.

• Cet ensemble de réactions facilite une réponse immédiate susceptible de s'opposer à l'agent stresseur.

B. Activation de la corticosurrénale

• La stimulation de l'hypothalamus entraîne une sécrétion accrue de cortisol à la suite de l'activation de l'axe hypothalamus-hypophyse-corticosurrénale. Le fonctionnement de cet axe fait intervenir trois voies.

• La première voie assure la communication entre l'hypothalamus et l'hypophyse par l'intermédiaire d'une neurohormone, la CRH. Les axones des neurones hypothalamiques, stimulés au cours du stress, se terminent au contact d'un premier réseau

> **MOT-CLÉ**
> La CRH est libérée comme l'est un neuromédiateur au niveau d'une synapse. Mais comme elle passe dans le sang, on dit que c'est une **neurohormone**.

capillaire situé à la base de la tige hypophysaire. Les potentiels d'action arrivant à leurs extrémités provoquent la libération de la CRH qui passe dans le sang de ce réseau capillaire. Ces neurones hypothalamiques transforment donc le message nerveux en un message hormonal.

- La CRH transportée par le sang de la veine porte parvient à l'hypophyse où elle stimule certaines cellules hypophysaires qui, activées, secrètent à leur tour une hormone : l'ACTH transportée par la circulation générale.

MOT-CLÉ
Système porte où deux réseaux capillaires en série sont reliés par une veine qui collecte le sang du premier et le conduit vers le second. La **veine porte** hypophysaire relie le premier réseau capillaire à un second situé au niveau de l'hypophyse. La CRH est libérée dans ce système porte et non dans la circulation générale.

- La deuxième voie, purement hormonale, assure la liaison entre l'hypophyse et la corticosurrénale. L'ACTH agit sur les cellules de la corticosurrénale qui sécrètent alors une hormone : le cortisol.
- La troisième voie assure la communication entre la corticosurrénale et les organes possédant des récepteurs spécifiques du cortisol.
- L'axe hypothalamus-hypophyse-corticosurrénale fonctionne en permanence, mais son activation par des agents stresseurs amplifie son fonctionnement.
- Le stress aigu est caractérisé par une augmentation importante de la concentration de cortisol dans le sang.

C. Le rôle du cortisol

- Le cortisol a essentiellement un rôle sur le métabolisme glucidique : il active surtout la néoglucogenèse par les cellules hépatiques, et donc la production de glucose par le foie. C'est une hormone hyperglycémiante.
- Son rôle est de mettre à disposition de l'organisme les métabolites énergétiques dont les cellules (notamment musculaires) ont besoin pour répondre aux agents stresseurs.

À NOTER
Le cortisol agit aussi sur les muscles et le tissu adipeux en provoquant la libération de métabolites (acides aminés, glycérol, acides gras) qui sont utilisés pour la néoglucogenèse hépatique. Il a également une action anti-inflammatoire et tend à abaisser l'efficacité des réponses immunitaires adaptatives.

III. La fin du stress

• Quand l'agent stresseur disparaît ou est maîtrisé, une concentration élevée de cortisol et d'adrénaline deviendrait nocive pour l'organisme (en particulier à cause de la fragilisation du système immunitaire).

• Cela est évité grâce au rétrocontrôle négatif du cortisol sur l'hypothalamus et l'hypophyse. En effet, ces deux organes possèdent des récepteurs au cortisol, et la fixation de celui-ci sur ces récepteurs freine la production de CRH par les neurones hypothalamiques et celle d'ACTH par les cellules hypophysaires.

> **MOT-CLÉ**
> Action où un paramètre (le cortisol, par exemple) inhibe l'activité d'organes (hypothalamus et hypophyse, par exemple) qui régissent sa production.

• Ces freins entraînent une baisse de la sécrétion de cortisol et d'adrénaline et permettent donc un retour à l'état initial.

Conclusion

• Le schéma ci-après (figure 1, page suivante) montre les relations étroites entre le système nerveux et le système endocrinien au cours du stress aigu.

• Le système nerveux est le premier à être mobilisé et activé. Il agit de deux façons :

– dans un premier temps via des messages nerveux activant directement les cellules de la médullosurrénale, qui répondent en sécrétant de l'adrénaline ;

– dans un second temps par l'intermédiaire d'une neurosécrétion de la neurohormone hypothalamique CRH qui, via la sécrétion d'ACTH par l'hypophyse, active la sécrétion de cortisol par la corticosurrénale.

• Dans les deux cas, il y a bien coopération entre système nerveux et système endocrinien, d'autant plus que les actions conjuguées de l'adrénaline et du cortisol se complètent et facilitent une réaction adaptative vis-à-vis de l'agent stresseur. Par rétroaction, le cortisol agit en retour sur le système nerveux en freinant son activité.

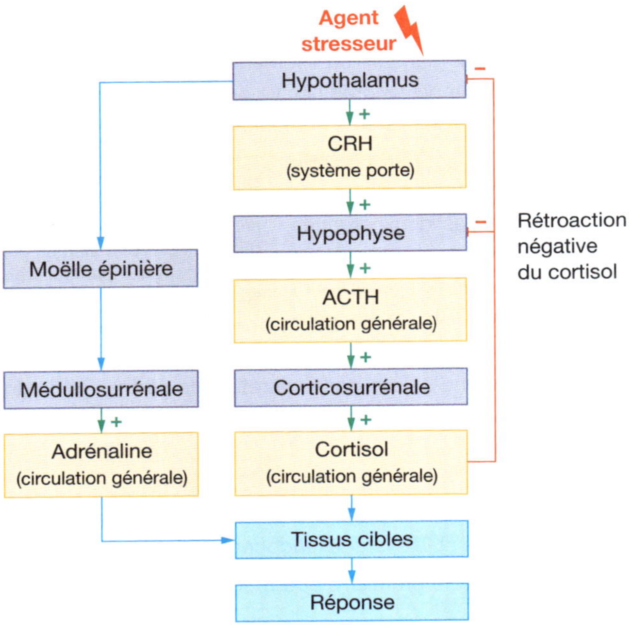

Figure 1. Schéma bilan fonctionnel

24 France métropolitaine, septembre 2021 Exercice 2

Un cas clinique de perturbation physiologique et son traitement

1 h 50
8 points

S'ENTRAÎNER

INTÉRÊT DU SUJET • Il faut utiliser ses connaissances pour exploiter les données d'un bilan médical. Cela permet de proposer un diagnostic sur l'origine des symptômes d'une patiente et d'expliquer pourquoi le traitement proposé a été efficace.

Une personne se présente à l'hôpital en raison de douleurs abdominales. Les examens médicaux pratiqués permettent de constater certains dysfonctionnements et de cerner l'origine de sa pathologie. L'équipe médicale procède alors à une intervention chirurgicale qui aboutit à la guérison de la patiente. Son état est décrit par les documents suivants.

▶ **Expliquer comment le traitement choisi par l'équipe médicale a pu supprimer les dérèglements physiologiques de la patiente.**

Vous organiserez votre réponse selon une démarche de votre choix intégrant des données des documents et les connaissances utiles.

DOCUMENT 1 Informations médicales sur la patiente avant traitement

• Diabète sucré avec une glycémie non à jeun à 3,21 $g.L^{-1}$ (valeur normale inférieure à 1,4 $g.L^{-1}$).
• Extrait des résultats du bilan hormonal :
Différentes analyses ont été pratiquées :
– un dosage du cortisol dans les urines sur 24 heures ;
– un dosage sanguin de l'hormone hypophysaire ACTH* dans le cadre d'un protocole médical particulier, après injection d'un glucocorticoïde de synthèse. Ce protocole est utilisé dans le diagnostic d'anomalie de l'hypophyse ou de sécrétion d'ACTH non hypophysaire (par exemple par une tumeur).

	Hormones	Valeurs de la patiente	Valeurs normales
Dosage dans les urines collectées sur 24 h	Cortisol	386 µg	12-100 µg
Dosage sanguin	ACTH*	84,6 $pg.ml^{-1}$	< 20 $pg.ml^{-1}$

D'après les sites louvainmedical.be et ceed-diabete.org

* L'ACTH est une hormone hypophysaire qui stimule l'activité de la glande corticosurrénale.

DOCUMENT 2 **Résultat d'un scanner abdominal de la patiente avant traitement (image de gauche) et scanner abdominal d'une personne sans pathologie (image de droite)**

Les différences de contraste des deux images ne sont pas significatives.

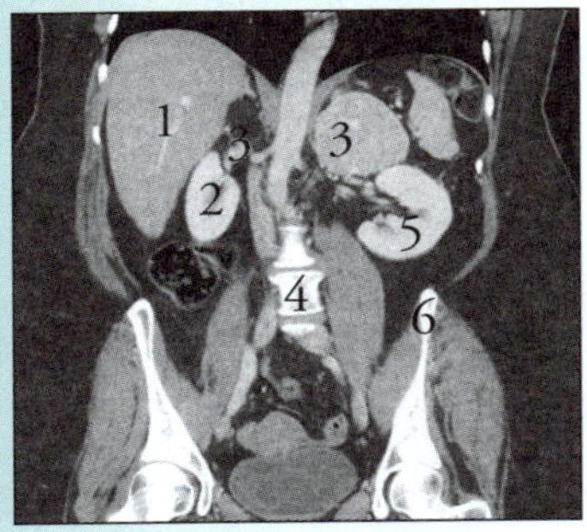

© A. Dysseleer, D. Maiter, *Louvain Med* 2019, 138 (1) : 30-36

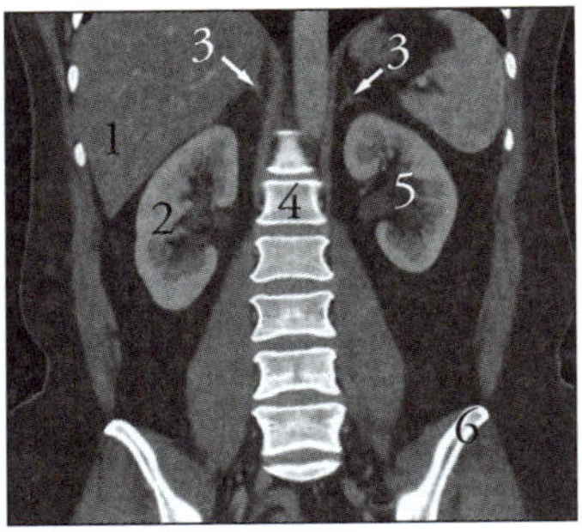

ph © DR

1. foie
2. rein droit
3. glande surrénale
4. vertèbre
5. rein gauche
6. bassin (côté gauche)

D'après le site louvainmedical.be

DOCUMENT 3 **Traitement chirurgical et analyses postopératoires**

La patiente a bénéficié d'une ablation de la glande surrénale gauche, sans complications, qui a permis sa guérison. La taille de la masse enlevée est de 8 cm de diamètre. Son examen indique la présence d'une partie tumorale richement vascularisée.

L'équipe médicale a ensuite procédé à une analyse d'un prélèvement de la partie tumorale par immunohistochimie. Ce prélèvement est préparé, incubé avec des anticorps couplés à un marqueur, et rincé. Après révélation du marquage, le tissu est observé.

Les deux images suivantes présentent les observations microscopiques du tissu tumoral surrénalien (T) après immunohistochimie.

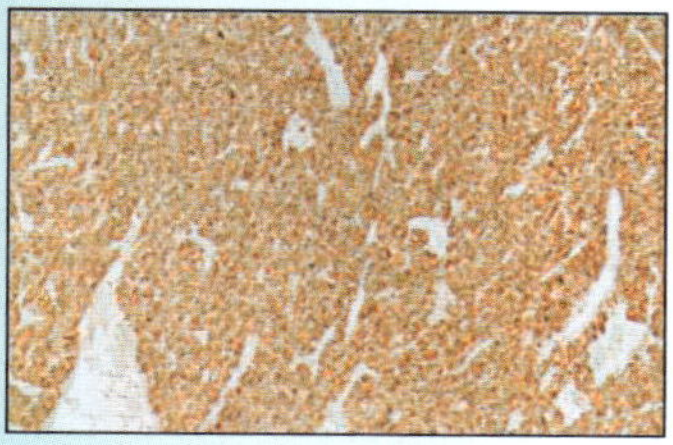

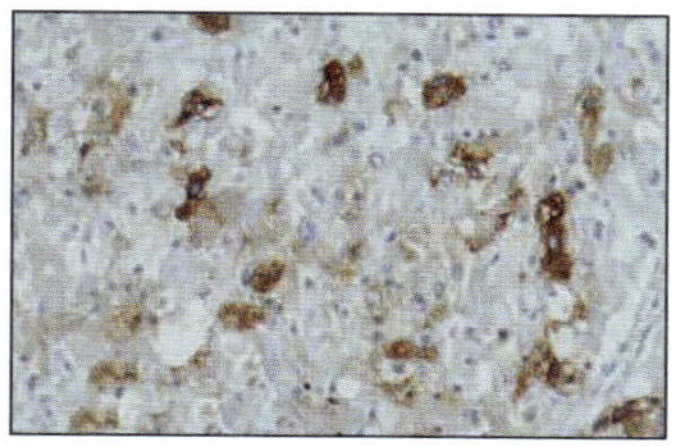

- Image de gauche : les anticorps utilisés sont des anticorps anti-chromogranine couplés à un marqueur foncé. La chromogranine est une protéine utilisée comme marqueur de cellules capables de sécréter une hormone.
- Image de droite : les anticorps utilisés sont des anticorps anti-ACTH couplés à un marqueur foncé.

Une observation témoin de tissu tumoral (T) sans marquage immunohistochimique a aussi été réalisée au niveau du contact avec le tissu de la glande surrénale (S) :

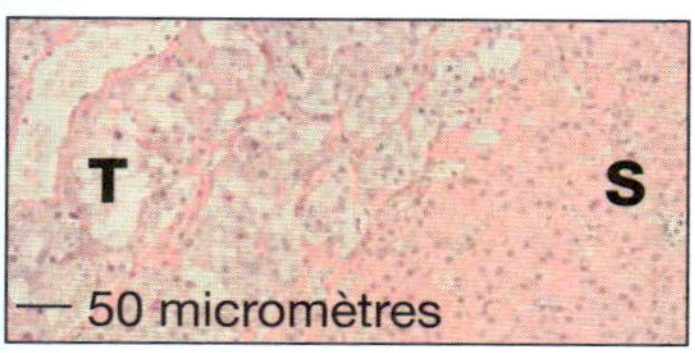

D'après le site louvainmedical.be/fr

S'ENTRAÎNER

DOCUMENT 4 **Mise en évidence expérimentale de l'effet d'un glucocorticoïde de synthèse**

Les glucocorticoïdes de synthèse sont utilisés par exemple dans le cadre de certains tests médicaux. Ils forment une famille de molécules dont les effets sur l'organisme sont identiques à ceux du cortisol, un glucocorticoïde naturel.

Une étude a été réalisée sur l'effet de la prednisolone, qui est un glucocorticoïde de synthèse. On a administré à six sujets en bonne santé, formant le groupe test, une solution contenant 10 mg de prednisolone par intraveineuse et à six autres sujets en bonne santé également, formant le groupe témoin, le volume identique sans prednisolone, à 16 h 30. On a ensuite mesuré chez ces sujets la concentration plasmatique d'ACTH à des intervalles de 10 minutes. La concentration de prednisolone des sujets du groupe test a également été mesurée lors de cette expérience. Le graphique ci-dessous présente les moyennes des résultats obtenus.

Évolution des concentrations plasmatiques d'ACTH et de prednisolone chez les sujets

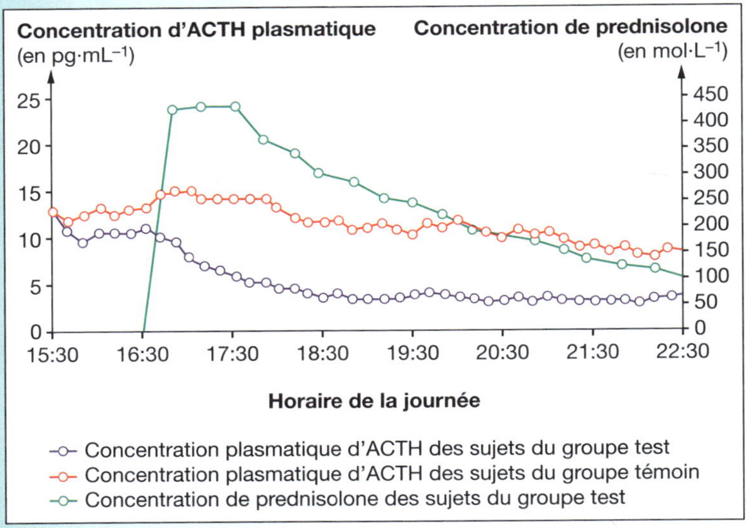

D'après le site europepmc.org

LES CLÉS DU SUJET

Étape 1. Comprendre le sujet

- Il faut d'abord identifier les dérèglements physiologiques de la patiente, c'est-à-dire les dérèglements de son bilan hormonal.
- Ensuite, pour expliquer comment le traitement choisi par l'équipe médicale a pu supprimer ces dérèglements, il faut trouver ce qui en est la cause. Certains documents permettent d'émettre deux hypothèses et d'autres permettent de confirmer l'une d'elles.
- Il est alors facile de justifier la réussite du traitement.

Étape 2. Exploiter les documents

- Le document 1 indique que la personne est diabétique. Un dosage du cortisol et de l'ACTH montre que leur production est anormalement élevée chez la patiente.
- Le document 2 révèle l'anomalie anatomique d'une des glandes surrénales de la patiente.
- Le document 3 indique que l'opération chirurgicale a consisté à retirer une glande surrénale dont une partie était tumorale. Des observations microscopiques révèlent des caractéristiques fonctionnelles des cellules tumorales.
- Le document 4 montre que le glucocorticoïde de synthèse agit sur la sécrétion de l'ACTH hypophysaire de la même façon que le cortisol produit par les glandes surrénales.

Étape 3. Construire la réponse

Introduction	Indiquez le problème à résoudre.
I. Anomalies du bilan hormonal	• Caractérisez les concentrations plasmatiques du cortisol et de l'ACTH chez la patiente. • Précisez l'action du cortisol sur la sécrétion de l'ACTH hypophysaire. • Indiquez l'anomalie de l'action du cortisol sur la production d'ACTH de la patiente.
II. Anomalie de l'image du scanner abdominal	Comparez les images du scanner abdominal de la patiente et d'une personne sans pathologie.

III. Production d'hormones par les cellules de la tumeur	Dégagez des observations microscopiques de la tumeur les caractéristiques de son activité endocrine.
Conclusion	• Résumez comment l'activité endocrine de la tumeur est cause des anomalies du bilan hormonal. • Concluez sur la façon dont le traitement médical choisi a permis un retour à un état physiologique normal.

24 CORRIGÉ GUIDÉ

Introduction

• La production de cortisol par les glandes surrénales dépend de l'action de l'hormone hypophysaire ACTH.

• À l'aide des informations extraites des documents, nous allons rechercher les causes d'anomalies dans la concentration plasmatique de ces hormones chez une patiente et expliquer comment le traitement appliqué par l'équipe médicale a conduit à la guérison.

I. Anomalies du bilan hormonal (doc. 1 et 4)

A. Concentrations plasmatiques d'hormones (doc. 1)

• La patiente présente un diabète sévère puisque sa glycémie est plus de deux fois supérieure à la valeur maximale considérée comme normale. On pense naturellement à des anomalies des concentrations des hormones pancréatiques, insuline et glucagon. Comme les documents ne font jamais allusion à ces hormones, une autre origine est à rechercher.

> **▶ Le conseil de méthode**
> Faites toujours une analyse globale de l'ensemble des documents. Ici, cela indique que les hormones pancréatiques ne sont pas en cause.

• La quantité de cortisol collecté dans les urines de la patiente est presque quatre fois supérieure à la valeur maximale considérée comme normale. Le cortisol présent dans les urines provient du cortisol présent dans le sang (le plasma sanguin). On peut conclure que durant les 24 heures la concentration plasmatique de cortisol a été nettement supérieure à la normale. Le cortisol est une hormone hyperglycémiante, ce qui explique le diabète de la patiente.

• La concentration plasmatique de l'ACTH est plus de quatre fois supérieure à la valeur maximale considérée comme normale. Le bilan hormonal de la patiente est donc caractérisé par des concentrations plasmatiques du cortisol et de l'ACTH très au-dessus des valeurs normales.

B. Effet d'un glucocorticoïde de synthèse sur la concentration plasmatique d'ACTH (doc. 4)

> ▶ **Le conseil de méthode**
> Pour interpréter les données sur l'ACTH sanguin, exploitez le document 4, en raison du protocole médical particulier pour doser cette hormone.

• Le document 1 indique que le dosage sanguin de l'ACTH a été réalisé après injection d'un glucocorticoïde de synthèse.

• Le document 4 précise l'action de ce corticoïde sur la concentration plasmatique de l'ACTH. Entre 16 h 30 (moment de l'injection de prednisolone) et 19 heures, la concentration plasmatique de l'ACTH chez les personnes du groupe test a été réduite de moitié (de 10 $pg.ml^{-1}$ à 5 $pg.ml^{-1}$). Chez le groupe témoin en revanche, la concentration d'ACTH n'a qu'un peu baissé. Comme les sujets des deux groupes sont en bonne santé et que la seule différence porte sur l'injection de prednisolone au groupe test, on peut conclure que le corticoïde de synthèse a pour effet de diminuer la concentration d'ACTH et donc la sécrétion d'ACTH par l'hypophyse comme le fait le cortisol. C'est ce qu'on appelle la rétroaction négative du cortisol, ou du corticoïde de synthèse, sur l'hypophyse.

C. Précisions sur l'anomalie du bilan hormonal

• L'injection du corticoïde de synthèse, dans le cadre du protocole de dosage de l'ACTH du document 1, devrait avoir pour effet d'abaisser considérablement la concentration d'ACTH. Or ce n'est pas le cas.

• Le texte du document 1 évoque deux explications possibles : une anomalie de l'hypophyse ou une sécrétion d'ACTH par une tumeur non hypophysaire.

II. Anomalie de l'image du scanner abdominal

• Le document 2 permet de comparer l'image du scanner abdominal de la patiente avec celle d'une personne ne souffrant d'aucune pathologie. La seule différence est la présence d'une tumeur de la glande surrénale gauche, située au-dessus du rein gauche, chez la patiente.

• La forte concentration plasmatique de l'ACTH serait donc due à une tumeur d'une glande surrénale qui sécréterait beaucoup d'ACTH, hormone qui n'est normalement pas produite par la glande surrénale, qui sécrète du cortisol.

S'ENTRAÎNER

III. Production d'hormones par les cellules de la tumeur

• Le document 3 renseigne sur l'histologie de la tumeur et sur son activité endocrine. Les coupes ont été traitées avec des anticorps anti-ACTH et anti-chromogranine marqués. Ces anticorps, en se liant spécifiquement à leur antigène, vont, du fait qu'ils sont marqués, révéler la présence des antigènes dans les cellules. Pour voir où ils se sont fixés, on travaille par comparaison avec l'observation témoin.

• L'image de gauche laisse voir des points noirs dans toutes les cellules de la tumeur : ces cellules produisent donc de la chromogranine, ce qui montre leur caractère endocrine.

• L'image de droite montre de nombreuses cellules tumorales isolées qui apparaissent foncées, ce qui indique qu'elles synthétisent de l'ACTH.

• La tumeur surrénalienne est donc une glande endocrine comme la surrénale, mais son originalité réside dans le fait que certaines de ses cellules sécrètent de l'ACTH, hormone normalement produite par l'hypophyse.

Conclusion

• La patiente présente une tumeur de sa glande surrénale gauche. Les cellules de cette tumeur ont une activité endocrine et certaines d'entre elles sécrètent de l'ACTH. L'ACTH produite par la tumeur stimule la production de cortisol par les cellules des corticosurrénales, comme le fait l'hormone hypophysaire. Il en résulte une forte concentration plasmatique de cortisol, qui est à l'origine du diabète de la patiente et d'autres troubles.

• Le cortisol exerce une rétroaction négative sur la production d'ACTH hypophysaire, mais non sur la tumeur. Cela aboutit finalement à des concentrations très au-dessus de la normale de l'ACTH et du cortisol.

• L'ablation de la surrénale gauche avec sa tumeur a supprimé la cause de la sécrétion « ectopique » (en dehors de son site normal) d'ACTH et de la forte concentration du cortisol, et a donc assuré un traitement du diabète de la patiente. La glande surrénale restante devait suffire à la production des hormones surrénaliennes : cortisol, mais aussi adrénaline.

Influence du microbiote intestinal sur le comportement de stress

1 h 50
8 points

INTÉRÊT DU SUJET • L'importance du microbiote dans divers aspects relatifs à la santé est désormais bien établie. Le sujet vise, à partir de données expérimentales chez les rongeurs, à montrer la façon dont le microbiote influence le comportement de stress.

Le microbiote intestinal est composé d'une grande diversité de micro-organismes. Si son rôle dans la digestion est bien connu, il semble qu'il joue également un rôle important dans le fonctionnement du cerveau. Des études récentes suggèrent qu'il aurait un impact sur le comportement.

Expliquer l'influence du microbiote intestinal sur le comportement des rats et des souris.

Vous organiserez votre réponse selon une démarche de votre choix intégrant des données issues des documents et les connaissances complémentaires nécessaires.

DOCUMENT 1 Le dispositif open-field

Afin d'évaluer le comportement anxieux des rats ou des souris, on place les animaux dans différents dispositifs.
L'« open-field » : l'animal est placé dans un coin d'une enceinte rectangulaire, ouverte, fortement éclairée au centre. On observe l'animal pendant son exploration de l'enceinte. Plus l'animal passe par le centre, moins il est considéré comme anxieux.
Durée du test : 6 minutes.

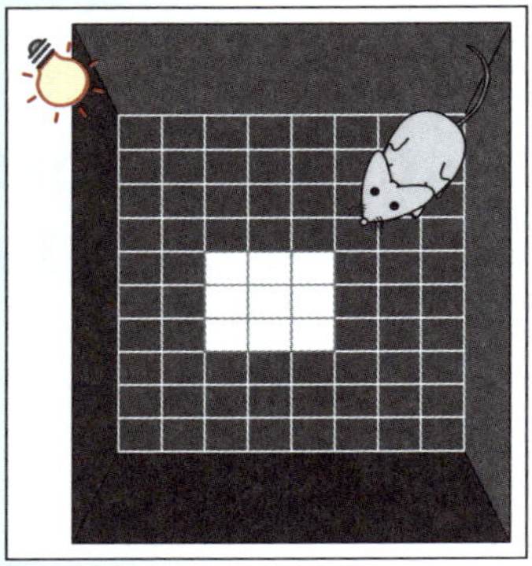

***Figure.* Dispositif de l'« open-field »**

D'après Rabot, 2015

DOCUMENT 2 **Méthode d'obtention de lignées axéniques**

Les rats de lignées axéniques n'ont pas de microbiote, c'est-à-dire que leur tube digestif est stérile, il ne contient aucun micro-organisme.

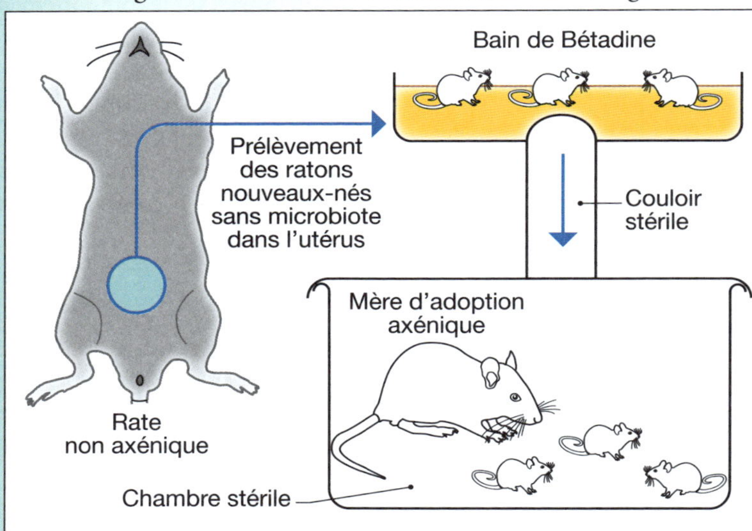

La Bétadine est un antiseptique. Elle est utilisée ici pour éliminer les micro-organismes du pelage.

Schéma d'après Rabot, 2015

DOCUMENT 3 **Comportement anxieux de rats axéniques**

Une étude a été réalisée sur une lignée de rats de souche S connue pour sa forte sensibilité aux agents stresseurs.
On dispose de deux lots de rats de souche S : un lot axénique et un lot de rats conventionnels. Les rats de ces deux lots sont placés indépendamment dans un dispositif « open-field » durant 6 minutes.

Résultats observés dans le dispositif « open-field » pour les deux lots de rats

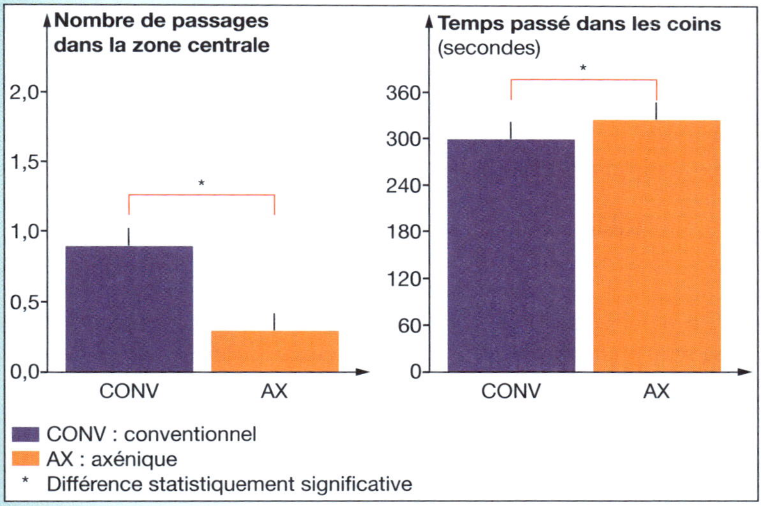

D'après Crumeyrolle-Arias M., Jaglin M., Bruneau A., *et al.*

DOCUMENT 4 **Influence du microbiote sur l'activité de l'axe hypothalamo-hypophyso-corticosurrénalien**

On dispose de deux lots de rats de souche S : des rats axéniques et des rats conventionnels. Chaque lot est divisé en deux groupes :
– l'un soumis à un stress aigu sous la forme d'un séjour de 6 minutes dans un dispositif d'« open-field » ;
– l'autre n'est pas soumis à ce stress aigu.

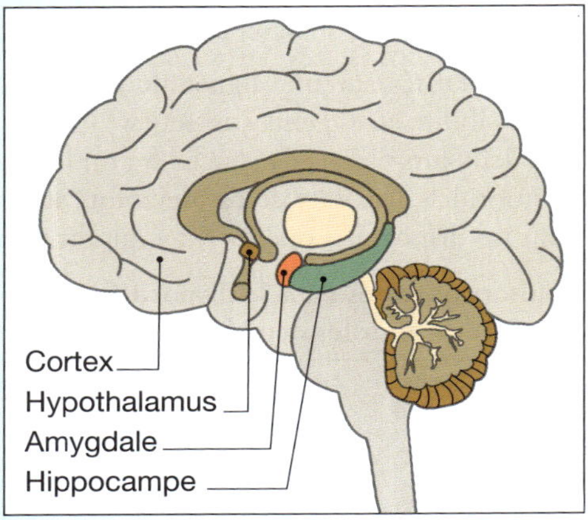

Le dessin ci-dessus rappelle la localisation de structures dans l'encéphale.

Résultats des mesures réalisées chez les rats axéniques et conventionnels soumis ou non à un séjour dans un dispositif d'« open-field »

On a mesuré chez ces rats plusieurs paramètres : la concentration sanguine en corticostérone et l'expression du gène codant la corticolibérine ou CRH dans l'hypothalamus.

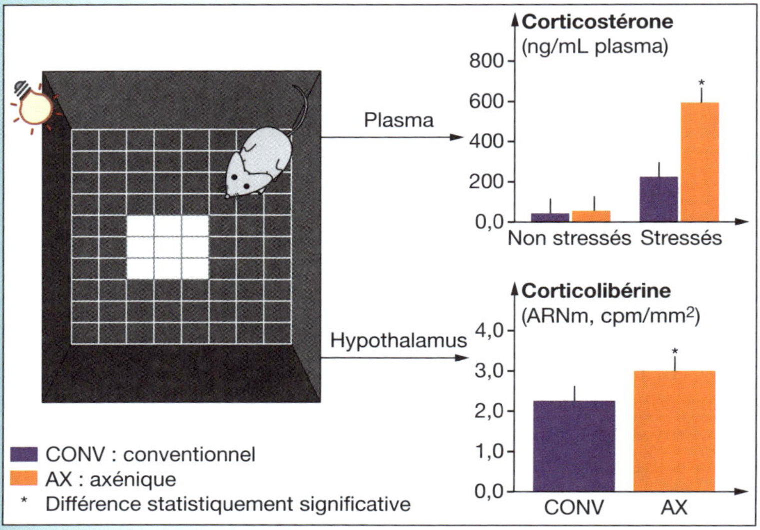

D'après Rabot, 2015

DOCUMENT 5 **Influence de la consommation de *Lactobacillus rhamnosus* sur la réponse au stress de souris**

On travaille sur une souche de souris S axéniques à qui on administre des bactéries *Lactobacillus rhamnosus* par voie orale. Ces bactéries font naturellement partie du microbiote.
On mesure la concentration de corticostérone dans le sang de ces souris en absence de stress et suite à un stress.

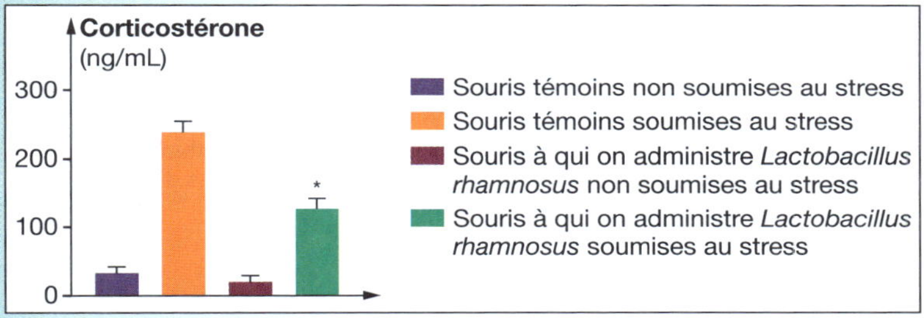

D'après Crumeyrolle-Arias M., Jaglin M., Bruneau A., *et al.*

LES CLÉS DU SUJET

Étape 1. Comprendre le sujet

- Des chercheurs mènent une étude comparative de la réponse comportementale et endocrinienne de rongeurs soumis à un agent stresseur, selon qu'ils sont pourvus ou non d'un microbiote intestinal.
- En comparant l'intensité de la réponse chez les rongeurs conventionnels, pourvus de microbiote, et chez les rongeurs axéniques, qui en sont dépourvus, on établit l'influence du microbiote.
- À partir de là, en exploitant les connaissances sur les zones cérébrales impliquées dans le stress, on précise que cette influence s'exerce au niveau du cerveau.

Étape 2. Exploiter les documents

- Les documents 1, 2 et 3 renseignent sur le protocole expérimental et sur les caractéristiques des animaux qui y sont soumis.
- Les documents 3 et 4 permettent de comparer les manifestations émotionnelles et endocriniennes chez les animaux conventionnels et axéniques, et donc de tirer des conclusions sur l'influence du microbiote sur l'intensité du stress.

• Le document 5 est une contre-épreuve, c'est-à-dire une expérience complémentaire de vérification.

Étape 3. Construire la réponse

Introduction	Rappelez l'importance du microbiote pour la santé et précisez qu'on va étudier son impact sur le comportement de stress.
I. Le protocole expérimental	• Montrez que le protocole permet d'étudier un comportement de stress chez les rats. • Indiquez l'objectif de l'expérimentation.
II. Les réponses émotionnelles et endocriniennes à l'agent stresseur	• Comparez la réponse émotionnelle (anxiété) des rats conventionnels et des rats axéniques. • Comparez l'activation de l'axe hypothalamo-hypophyso-surrénalien (HHS) du stress des rats conventionnels et axéniques.
III. Influence de l'apport de microbiote sur le stress des souris axéniques	Étudiez si l'apport de microbiote influence l'activité de l'axe HHS en absence et en présence d'agent stresseur chez les souris axéniques.
Conclusion	• Résumez les conclusions relatives à l'influence du microbiote sur l'activité de l'axe HHS. • Expliquez en quoi les réactions émotionnelles du stress illustrent l'influence du microbiote sur le cerveau.

25 CORRIGÉ GUIDÉ

Introduction

L'importance du microbiote intestinal dans divers domaines en rapport avec la santé (digestion, synthèse de vitamines, maturation et activité du système immunitaire) est désormais bien établie. Les données expérimentales fournies par les documents permettent de voir si le microbiote a une action sur le comportement de stress des rongeurs, et par là sur l'activité cérébrale.

I. Le protocole expérimental (doc. 1, 2 et 3)

▶ Le secret de fabrication

Au lieu d'étudier les trois premiers documents l'un après l'autre, on peut considérer qu'ils n'en forment qu'un, les deux premiers permettant de préciser les paramètres expérimentaux (animaux, dispositif) de l'expérience menée dans le document 3.

A. Les animaux en expérimentation

• Les chercheurs ont utilisé deux groupes de rats appartenant à la même souche S (doc. 3). Les rats du premier lot sont des rats conventionnels, c'est-à-dire ayant acquis un microbiote dès leur naissance, lequel s'est enrichi par la suite. Ceux du deuxième lot, dits axéniques, sont dépourvus de microbiote dès leur naissance à la suite de pratiques des chercheurs visant à éliminer tout contact avec des bactéries (doc. 2).

• Les rats des deux lots ne se distinguent que par la présence ou l'absence de microbiote. Les différences dans le comportement et la physiologie des rats des deux lots sont donc liées à l'action du microbiote.

B. Le dispositif où les rats sont placés

• Les rongeurs préfèrent les endroits sombres aux endroits éclairés. De ce fait, pour un rat placé dans l'enceinte du dispositif « open-field » (doc. 1), la zone centrale fortement éclairée constitue un agent stresseur.

• À la suite de ce stress aigu, les réactions comportementales et physiologiques des rats des deux lots sont comparées.

C. Les paramètres étudiés par les chercheurs

• Deux marqueurs de la réaction émotionnelle de stress pendant l'exploration de l'enceinte durant les 6 minutes sont mesurés : le nombre de passages dans la zone éclairée aversive et le temps passé dans les coins obscurs de l'enceinte. Plus le nombre de passages est réduit et plus le séjour dans les coins est important, plus l'animal est stressé.

• Les auteurs ont aussi étudié un marqueur endocrinien du stress, la concentration plasmatique de corticostérone, équivalent du cortisol humain, juste après les 6 minutes d'exposition à l'agent stresseur. Plus cette concentration est forte, plus l'intensité du stress de l'animal est grande.

II. Les réponses émotionnelles et endocriniennes à l'agent stresseur

A. Comparaison des réactions émotionnelles des rats conventionnels et des rats axéniques

• Le nombre de passages des rats axéniques dans la zone éclairée est environ trois fois plus faible que celui des rats conventionnels. Inversement, le temps passé dans les coins, donc les endroits obscurs, est plus élevé (330 s contre 300 s) chez les rats axéniques.

• Ces deux paramètres indiquent que les rats axéniques soumis à un stress aigu sont plus anxieux que les rats conventionnels. Le microbiote intestinal diminue donc les réactions émotionnelles d'anxiété des rats.

B. Comparaison de l'activation de l'axe hypothalamo-hypophyso-surrénalien (HHS) des rats axéniques et conventionnels

• La corticostérone est une hormone sécrétée par les glandes surrénales. Sa sécrétion dépend de l'activation de l'axe HHS : des neurones hypothalamiques secrètent une neurohormone, la CRH, qui stimule la sécrétion d'une hormone, l'ACTH, par l'hypophyse. Celle-ci agit sur les glandes surrénales des rongeurs en stimulant la production et la sécrétion de corticostérone.

• En l'absence de stress, la concentration plasmatique de corticostérone est la même chez les rats axéniques et les rats conventionnels. Le microbiote intestinal n'influence donc pas l'activité de base de l'axe HHS.

• Chez les deux lots de rats, la concentration plasmatique de corticostérone à la suite du stress a considérablement augmenté par rapport à la concentration de base. Cela montre qu'au cours du stress il y a une activation de l'axe HHS. Mais la concentration de corticostérone est plus importante chez les rats axéniques que chez les rats conventionnels, presque trois fois plus élevée. Cela traduit une activation plus importante de l'axe HHS chez les rats axéniques. Le microbiote diminue donc l'activation de l'axe HHS au cours du stress.

• La concentration de l'ARNm du gène codant pour la CRH dans les neurones hypothalamiques à la suite du stress est plus élevée chez les rats axéniques (la différence est considérée comme significative). Chez eux, la synthèse de CRH par l'hypothalamus est donc plus forte que chez les rats conventionnels, d'où une activation plus importante de l'ensemble de l'axe et une plus forte sécrétion de corticostérone. Cela indique que l'action du microbiote sur l'axe HHS s'exerce en premier au niveau hypothalamique, donc sur le cerveau.

▶ Le secret de fabrication

Repérez comment on a utilisé les données sur l'ARN messager pour déboucher sur l'impact du microbiote sur le cerveau.

III. Influence de l'apport de microbiote sur le stress des souris axéniques

• L'expérience proposée dans le document 5 est la contre-épreuve de celle du document 4. L'apport de microbiote à des souris axéniques modifie-t-il leur réaction endocrinienne au stress ?

• La consommation de *Lactobacillus rhamnosus* aboutit à l'acquisition d'un microbiote intestinal, certes peu diversifié, par les souris axéniques. On constate que les souris axéniques pourvues ou non de ce microbiote ont, en absence de stress, la même concentration de corticostérone, ce qui confirme que le microbiote ne modifie pas l'activité de base de l'axe HHS.

• À la suite du stress, la concentration de corticostérone est environ deux fois plus faible chez les souris axéniques pourvues d'un microbiote que chez les souris axéniques qui en sont dépourvues. Cela confirme que le microbiote intestinal au cours du stress limite l'activation de l'axe HHS.

Conclusion

• Les informations extraites de l'analyse des documents 3, 4 et 5 indiquent que le microbiote intestinal a pour effet, au cours de l'exposition à un agent stresseur, de limiter les réactions émotionnelles à un stress aigu ainsi que l'activation de l'axe HHS.

• Les messages nerveux engendrés au niveau des récepteurs stimulés par l'agent stresseur (stimuli lumineux) parviennent au cortex cérébral et activent des régions cérébrales du système limbique, en particulier l'amygdale, spécialisée dans la perception des émotions, et l'hippocampe, spécialisé dans leur mémorisation (doc. 4). Le système limbique, ainsi stimulé, envoie des messages nerveux à l'hypothalamus, ce qui déclenche l'activation de l'axe HHS et donc une sécrétion accrue de corticostérone.

• Le fait que le microbiote limite l'ampleur des réponses émotionnelles et endocriniennes au cours d'un stress montre son influence sur le cerveau, au niveau du système limbique. Les documents ne renseignent toutefois pas sur la manière dont il agit à distance sur l'activité cérébrale.

Préparer l'épreuve écrite : le sprint final

L'essentiel du programme en 11 fiches MÉMO

La Terre, la vie et l'organisation du vivant

Enjeux planétaires contemporains

Corps humain et santé

Deux SUJETS COMPLETS

1 Le brassage génétique intrachromosomique

A Représenter le brassage génétique intrachromosomique *(figure)*

Représenter les chromosomes maternel et paternel chacun avec une couleur différente. Pour chaque gène, considérer deux allèles différents. Dans la figure de prophase de première division (prophase I), placer le chiasma entre les loci des deux gènes. Aboutir (en légende) aux gamètes parentaux et aux gamètes recombinés. À chaque étape, figurer les limites cellulaires.

B Reconnaître les chromosomes homologues appariés durant la prophase I *(photo)*

Repérer les deux chromatides de chaque chromosome. Localiser les centromères et les chiasmas.

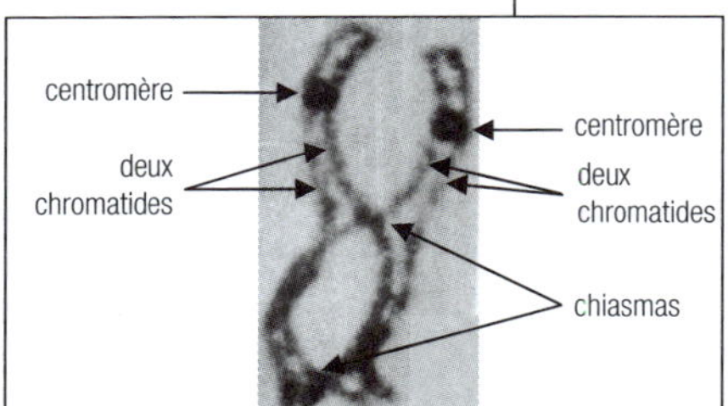

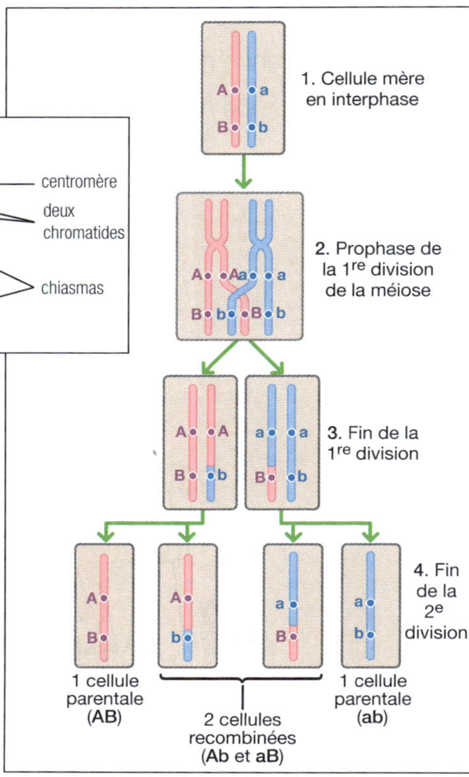

2 Le brassage génétique interchromosomique

A Représenter le brassage génétique interchromosomique

Représenter deux paires de chromosomes non homologues de forme différente, en distinguant par la couleur les chromosomes d'origine paternelle et ceux d'origine maternelle. Localiser deux gènes, le premier sur l'une des paires de chromosomes, le deuxième sur l'autre paire. Pour chaque gène, considérer deux allèles différents. Schématiser les deux méioses possibles en insistant sur le « ou », qui traduit le comportement indépendant des paires de chromosomes au cours des deux méioses. Indiquer les gamètes parentaux et les gamètes recombinés.

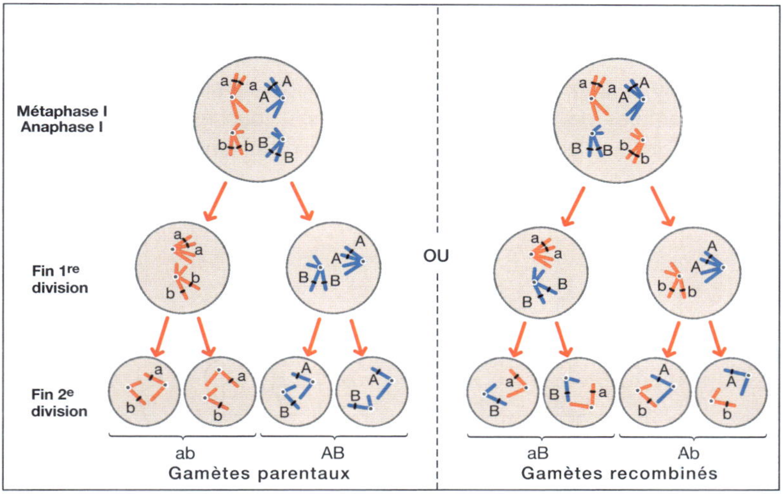

B Reconnaître une anaphase de première division de méiose

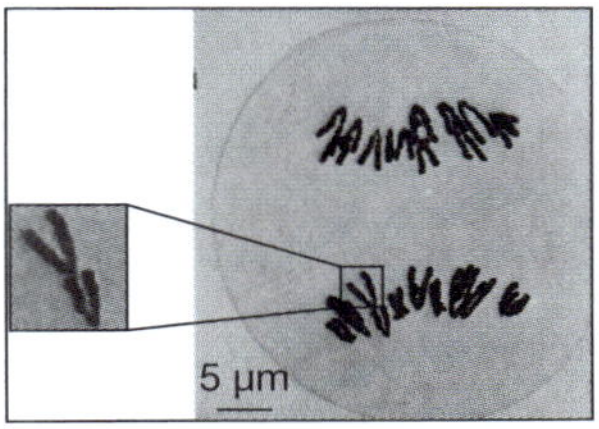

Reconnaître deux lots de chromosomes, chacun formé de deux chromatides. Si le nombre de chromosomes de l'espèce ($2n$) est précisé, noter qu'on n'en compte que n à chaque pôle.

SPRINT FINAL

3 Analyser et exploiter un arbre familial

A Déterminer si l'allèle impliqué est dominant ou récessif

● L'allèle impliqué est **récessif** si dans l'arbre on trouve une personne malade alors que ses parents ne le sont pas.

● L'allèle impliqué est **dominant** si chaque personne atteinte a un parent atteint.

B Localiser le gène en cause

● Votre démarche doit être basée sur des **hypothèses**.
– Hypothèse 1 : le gène est récessif et localisé sur un autosome. Dans ce cas les femmes et les hommes devraient être atteints à égalité.
– Hypothèse 2 : le gène est récessif et situé sur le chromosome X. Dans ce cas les hommes devraient être majoritairement touchés. Ils doivent avoir hérité leur allèle de leur mère, qui doit appartenir à la famille étudiée.

● **Exemple : l'albinisme, un cas d'hérédité récessive autosomale**

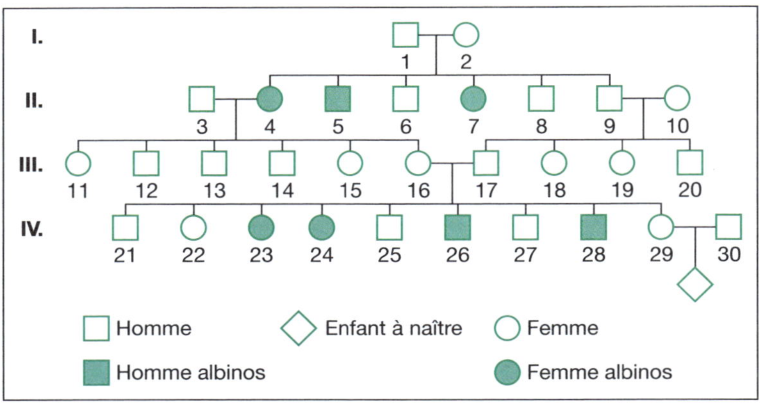

LIRE LE DOCUMENT

❶ Notez que les individus 4, 5, 7, 23, 24, 26 et 28 ont un phénotype albinos et sont tous issus de parents n'étant pas albinos eux-mêmes. Le phénotype albinos est donc récessif.

❷ Remarquez que les femmes et les hommes sont touchés de la même manière : on en déduit que le gène en jeu est localisé sur un autosome.

C Estimer la probabilité pour qu'un couple ait un enfant malade

- Déterminez toutes les **conditions nécessaires** pour que l'enfant à naître soit malade et la probabilité qu'il en soit ainsi pour chacune de ces conditions.
- Ces conditions étant indépendantes, la probabilité globale est égale au **produit des probabilités** de chacune des conditions nécessaires pour la naissance d'un enfant malade.
- Ainsi, dans le cas de l'albinisme, l'enfant à naître du couple 29 et 30 doit recevoir un allèle récessif de chacun de ses parents pour être albinos.
- La probabilité que sa mère en soit porteuse est de 2/3 (n'étant pas homozygote récessive, elle a deux chances sur trois d'avoir reçu un allèle de l'albinisme, et une chance sur trois d'avoir reçu les deux allèles sains).
- Si la mère est hétérozygote, la probabilité qu'elle transmette son allèle muté est de 1/2. La probabilité pour qu'elle transmette l'allèle de l'albinisme est donc :

$$\frac{2}{3} \times \frac{1}{2} = \frac{2}{6} = \frac{1}{3}$$

- La probabilité d'être hétérozygote dans la population est de 1/20. La probabilité que le père soit hétérozygote et transmette un allèle de l'albinisme à son enfant est de :

$$\frac{1}{20} \times \frac{1}{2} = \frac{1}{40}$$

- La probabilité que l'enfant à naître soit albinos est donc de :

$$\frac{1}{3} \times \frac{1}{40} = \frac{1}{120}$$

SPRINT FINAL

D Bilan sur divers cas d'hérédité humaine

● L'arbre généalogique représenté est un arbre synthétique, conçu pour illustrer diverses modalités de transmission des caractères héréditaires.

● Les cinq personnes de la descendance d'un couple ont comme conjoint une personne affectée d'une maladie héréditaire ou qui est porteuse d'un allèle d'un gène à l'origine d'une maladie.

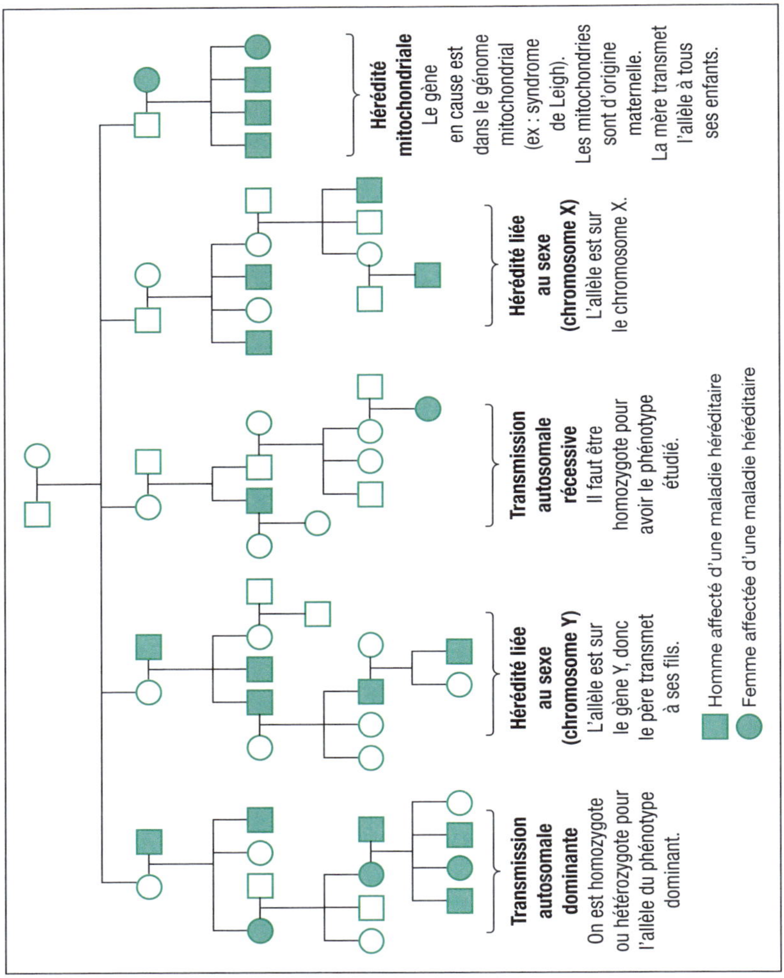

4 L'origine des mitochondries et des chloroplastes des cellules eucaryotes

Les mitochondries et les chloroplastes sont des organites ayant pour origine un processus d'endosymbiose.

A Quelques caractéristiques des bactéries et des mitochondries

L'observation de la structure et du mode de reproduction permet de dégager des arguments en faveur de l'idée que les mitochondries des cellules eucaryotes dérivent de bactéries ancestrales.

	Bactérie	Mitochondrie
Structure	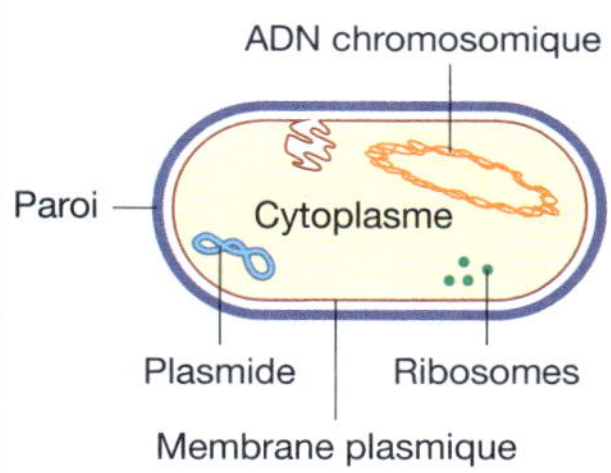	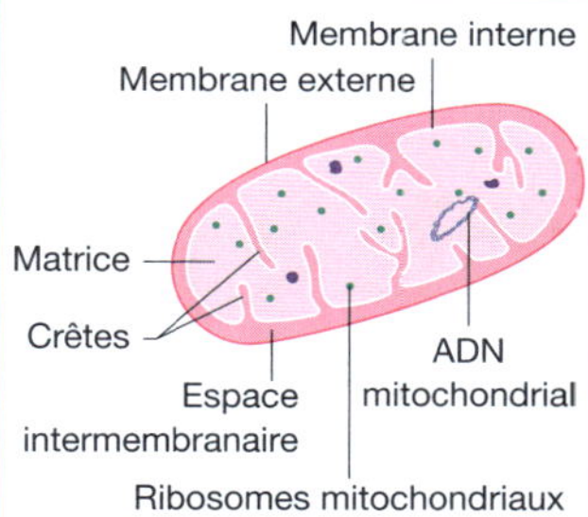
Aspect de la molécule d'ADN	Circulaire	
Reproduction	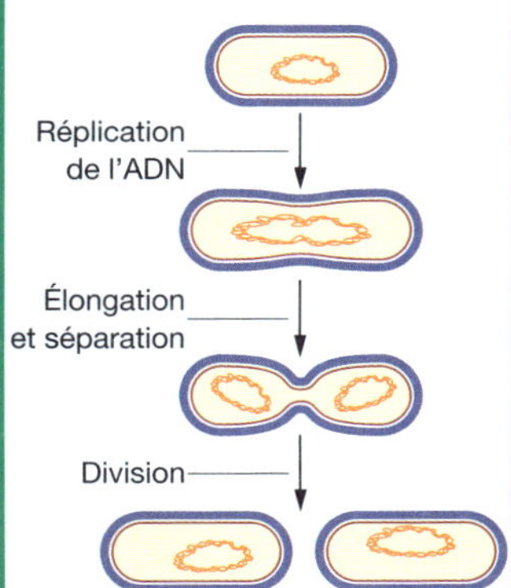	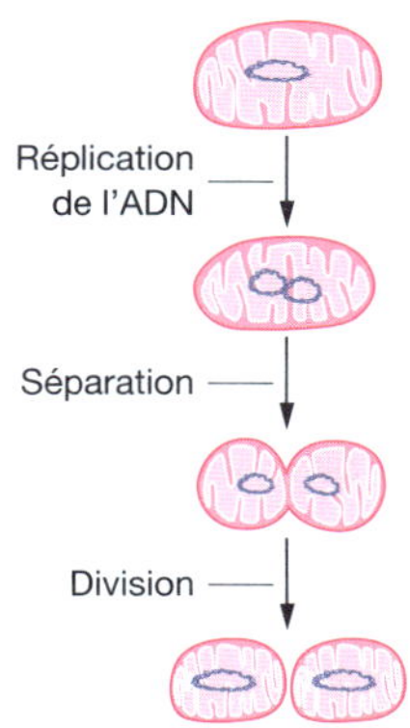

B Les endosymbioses à l'origine des organites énergétiques

● Il y a deux milliards d'années environ, la phagocytose de bactéries par des cellules eucaryotes primitives est à l'origine de l'endosymbiose mitochondriale.

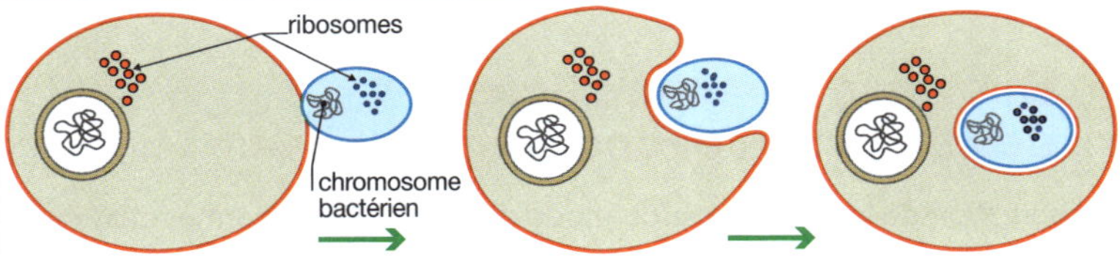

En rouge, une cellule eucaryote hétérotrophe à métabolisme anaérobie ;
en bleu, une bactérie hétérotrophe capable de respirer (métabolisme aérobie).

● Plus tard, il y a entre 1 et 2 milliards d'années, le même phénomène s'est déroulé entre une cellule eucaryote endosymbiotique et une cyanobactérie.

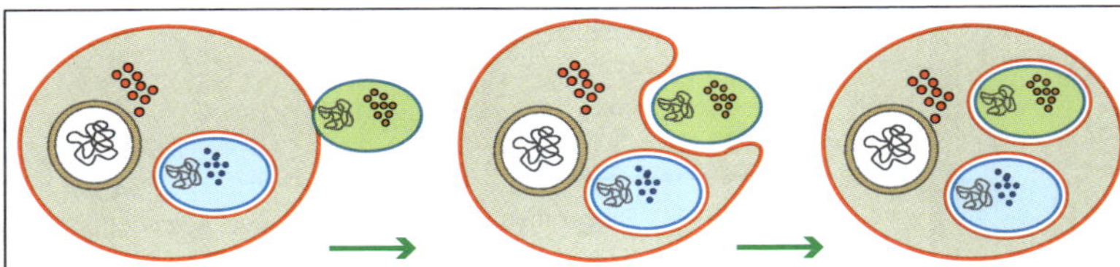

En rouge, une cellule eucaryote ;
en vert, une cyanobactérie, bactérie capable de photosynthèse.

LIRE LES DOCUMENTS

1 Remarquez que la bactérie phagocytée n'est pas digérée.

2 Notez que la vésicule de phagocytose entraîne la présence d'une double membrane autour de la bactérie phagocytée. C'est l'un des arguments en faveur de l'origine endosymbiotique des organites.

3 Sachez argumenter sur le fait que ces deux endosymbioses sont devenues héréditaires : les cellules eucaryotes possèdent plusieurs mitochondries, bien qu'une seule soit ici schématisée (de même pour les chloroplastes). On suppose que les bactéries endosymbiotiques pouvaient se multiplier dans leurs cellules hôtes sans devenir envahissantes. De plus, le génome nucléaire comprend plusieurs gènes codant les protéines mitochondriales et chloroplastiques. L'association originelle a évolué : elle est devenue obligatoire.

5 Chronologies relative et absolue

Reconstituer une histoire des événements passés de la Terre implique de les dater.

A Principes des chronologies relative et absolue

- La **chronologie relative** permet de dater les structures et les événements géologiques **les uns par rapport aux autres**.
- La **chronologie absolue** permet de donner un **âge chiffré** à une formation géologique.

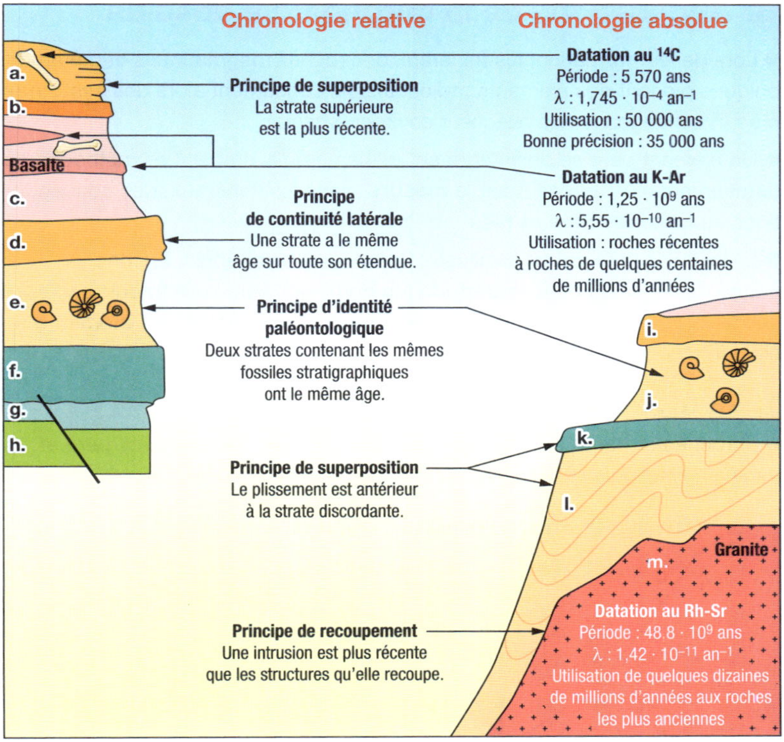

- Un **bon fossile stratigraphique** appartient à une espèce qui a vécu peu de temps à l'échelle des temps géologiques (en moyenne 1 million d'années) et qui a eu une répartition très étendue.

SPRINT FINAL

LIRE LE DOCUMENT

❶ Au-delà de 50 000 ans, on ne peut pas dater les fossiles par la méthode du C^{14}. L'os inclus dans la couche *c* a le même âge que cette dernière, tout comme les inclusions de basalte (rose foncé).

❷ *e* et *j* ont les mêmes associations de fossiles, elles sont synchrones.

❸ La faille ne coupe que *g* et *h*. L'évènement tectonique qui l'a créée a eu lieu après la formation de ces couches et avant celle des couches suivantes.

❹ *m* recoupe les terrains plissés *i* : elle est postérieure au plissement.

B Applications de la chronologie absolue

● Lors de leur formation, les minéraux des roches magmatiques et métamorphiques piègent des éléments radioactifs. Ils constituent alors des **systèmes clos**, n'échangeant plus avec leur environnement.

● Un élément père se désintègre en un élément fils stable. Les méthodes de datation absolue reposent sur la **mesure**, dans les minéraux, des concentrations en **isotopes père et fils**.

● La loi de désintégration est illustrée par le graphe ci-après. En fonction de la nature de l'élément père, la **période** (ou demi-vie) varie : elle traduit la vitesse de désintégration, le temps nécessaire pour que la moitié des atomes d'un élément radioactif soit désintégrée.

1. La méthode potassium-argon

Une roche est datée à partir des valeurs mesurées des éléments père et fils dans les minéraux de la roche.

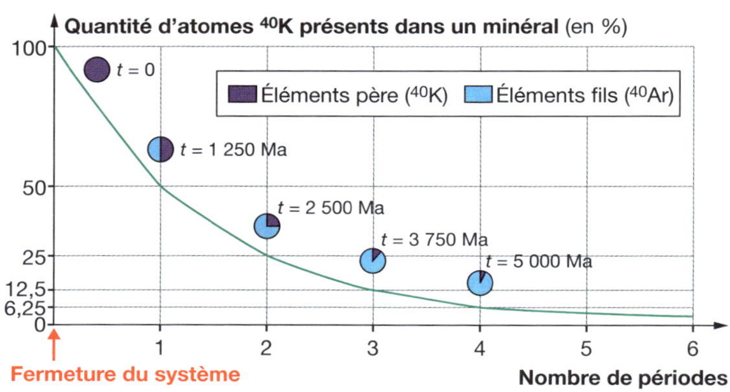

2. La méthode rubidium-strontium

● Le rubidium 87 est un élément radioactif présent dans des minéraux des roches magmatiques tels que les micas et les feldspaths. Il se désintègre en un isotope stable du strontium, le ^{87}Sr. Lors de sa formation au cours du refroidissement d'un magma, le minéral incorpore du ^{87}Rb et du ^{87}Sr.

● Ainsi, le ^{87}Sr mesuré correspond à celui formé par désintégration du ^{87}Rb plus celui présent initialement dans le minéral et qui est inconnu. Pour remédier à cette difficulté, on mesure aussi un isotope stable du strontium, le ^{86}Sr, présent initialement dans les minéraux. On mesure dans plusieurs minéraux d'une roche les rapports : $^{87}Sr/^{86}Sr$ et $^{87}Rb/^{86}Sr$.

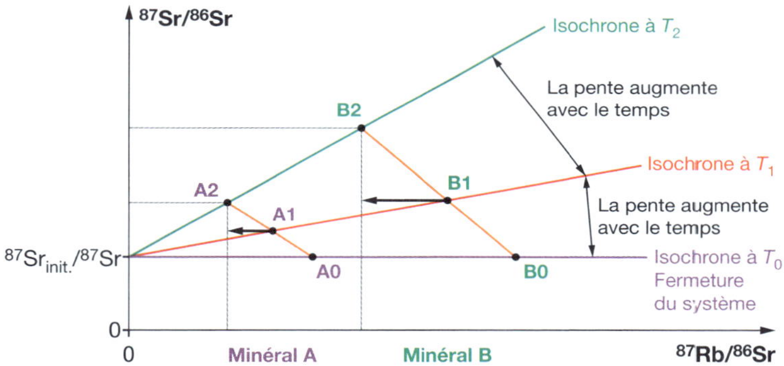

Évolution des rapports isotopiques au cours du temps

LIRE LE DOCUMENT

❶ A_0 et B_0 sont identiques : lors de leur formation, les minéraux incorporent dans les mêmes proportions les deux isotopes du strontium. En revanche, B était plus riche en rubidium 87 que A.

❷ À $t = 0$, la pente de l'isochrone est donc nulle. Ensuite, la pente augmente avec le temps. Plus le coefficient directeur de l'isochrone est élevé, plus la roche est vieille.

SPRINT FINAL

6 Organisation fonctionnelle et reproduction de la plante

A Représenter l'organisation fonctionnelle de la plante

Il faut mettre en évidence les lieux clés :

– les **poils absorbants des racines** absorbent l'eau et les ions ;

– les **stomates des feuilles** sont les portes d'entrée et de sortie des gaz (CO_2, O_2, et H_2O). Ils rendent ainsi possible la photosynthèse, qui a lieu dans les **chloroplastes des cellules vertes**, et l'évaporation de l'eau, qui permet la circulation des sèves depuis les poils absorbants jusqu'aux feuilles.

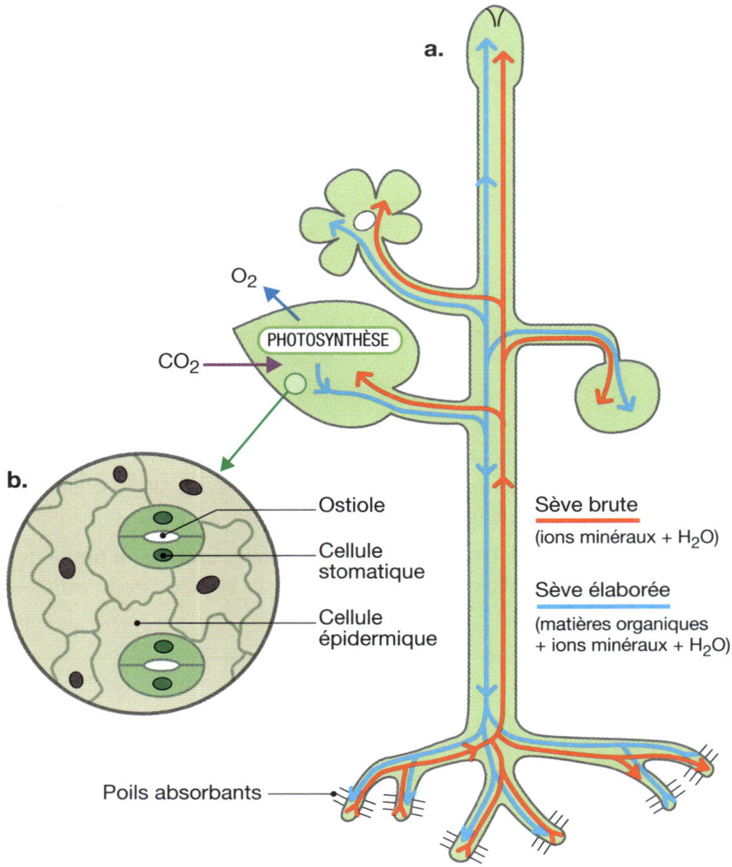

B Reconnaître l'organisation de la fleur

Un diagramme floral montre les éléments constitutifs d'une fleur : à l'extérieur, les pièces florales stériles, mais qui servent à attirer les animaux pollinisateurs (sépales [S] et pétales [P]) ; à l'intérieur, les éléments reproducteurs (les étamines [E], qui produisent le pollen, et le ou les carpelles [C] du pistil, qui produisent les ovules).

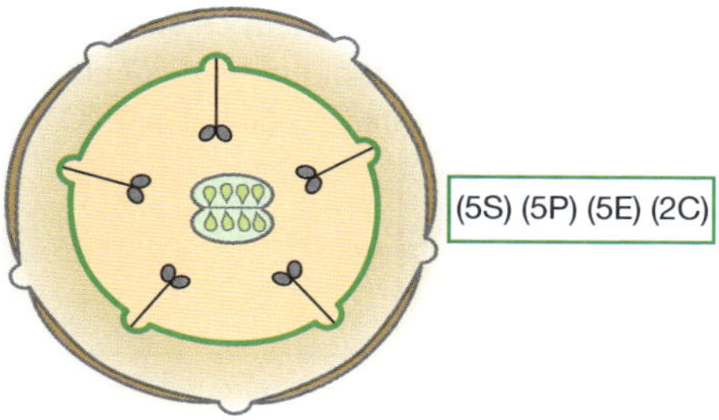

C Représenter la fécondation

- Schématiser un pistil en indiquant ses trois parties : stigmate, style et ovaire. Placer un ovule dans l'ovaire et y localiser le gamète femelle. Placer un grain de pollen sur le stigmate et dessiner le tube pollinique qui en dérive, vecteur d'un gamète mâle atteignant le gamète femelle.
- Après fécondation, un ovule se transforme en graine.

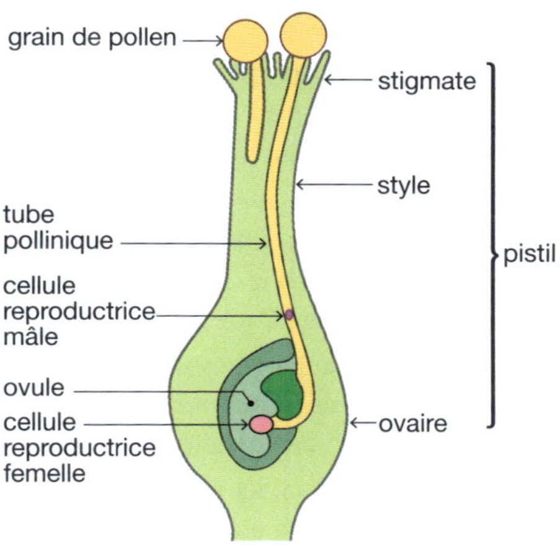

SPRINT FINAL

7 Les variations climatiques passées

La convergence d'indices obtenus à partir de plusieurs méthodes a permis d'établir les variations climatiques passées.

A Les changements climatiques durant les 700 000 dernières années

L'oxygène existe sous la forme de deux isotopes stables, ^{18}O et ^{16}O. En prenant comme référence le rapport isotopique $^{18}O/^{16}O$ actuel de l'eau de mer (SMOW = *Standard Mean Ocean Water*) on établit le $\delta^{18}O$ de la glace.

Par définition :

$$\delta^{18}O_{\text{(glace)}} = \frac{(^{18}O/^{16}O)_{\text{échantillon}} - (^{18}O/^{16}O)_{\text{SMOW}}}{(^{18}O/^{16}O)_{\text{SMOW}}} - 1\,000$$

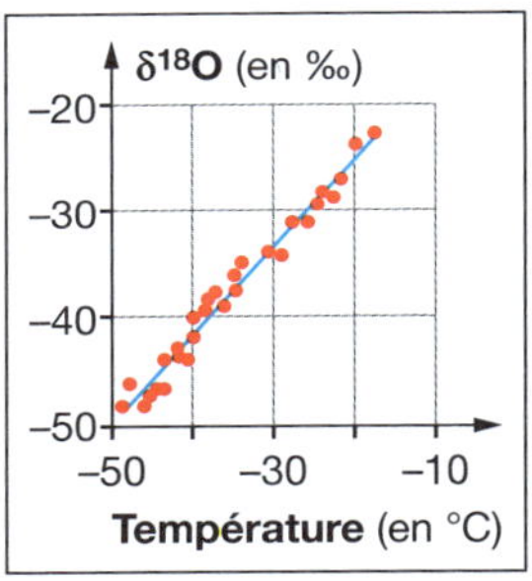

A. Relation entre $\delta^{18}O_{(glace)}$ et température

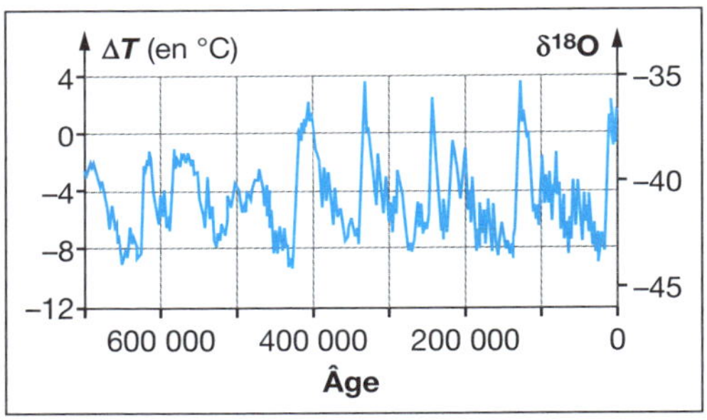

B. Variation du $\delta^{18}O$ dans une carotte de glace prélevée dans l'est de l'Antarctique

LIRE LES DOCUMENTS

1. Repérez que le $\delta^{18}O$ de la glace est toujours négatif, et ce d'autant plus que la température est basse.
2. Le $\delta^{18}O$ permet de mesurer les variations de température qui ont existé par rapport à la température moyenne actuelle en Antarctique (– 40 °C). Ainsi, les températures ont varié de + 2 à – 10 °C.
3. Notez l'alternance de pics délimitant des périodes interglaciaires et des périodes de refroidissement, glaciaires, correspondant à des températures très basses entraînant l'extension des calottes glaciaires.
4. Le dernier maximum glaciaire ($\delta^{18}O$ très négatif et une température moyenne de – 10 °C en Antarctique) a eu lieu il y a 20 000 ans.

B Les mécanismes à l'origine des cycles glaciaires et interglaciaires

1. Les variations de la température et de la teneur en CO_2 et CH_4 de l'atmosphère

- Les variations de température par rapport à la température moyenne actuelle en Antarctique ont été déterminées à partir des **variations isotopiques du $\delta^{18}O$** dans les glaces.
- La **composition passée de l'atmosphère** a été déterminée à partir des bulles d'air emprisonnées dans les glaces de l'Antarctique.

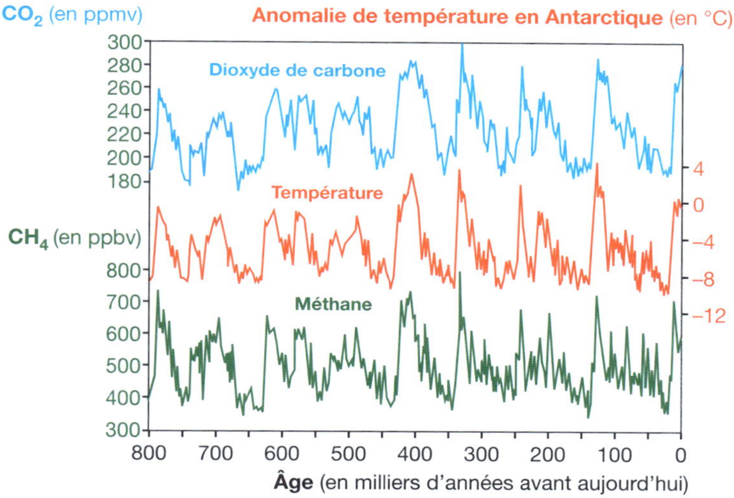

ppmv : partie par million en volume ppbv : partie par milliard en volume

LIRE LE DOCUMENT

1. Notez que les pics de la teneur en méthane, CH_4, et en dioxyde de carbone, CO_2, deux gaz à effet de serre, sont corrélés aux pics de température positive de l'atmosphère.
2. C'est une corrélation : certes les gaz à effet de serre retiennent davantage la chaleur terrestre, mais on sait aussi que plus la température est basse, plus les gaz à effet de serre sont dissous dans les océans. Ainsi, on ne peut pas dire précisément quel paramètre engendre l'évolution de l'autre.

SPRINT FINAL

2. Une explication de l'alternance des périodes glaciaires et interglaciaires

● Les variations cycliques (**cycles de Milankovitch**) des paramètres orbitaux entraînent des variations de l'insolation de la Terre, en particulier aux hautes latitudes de l'hémisphère nord.

● Les variations d'insolation entraînent des variations de l'**albédo** et des variations de la teneur en CO_2 de l'atmosphère (la solubilité du CO_2 dans les eaux océaniques dépend de la température). Ces variations, par **rétroaction positive**, amplifient les **variations climatiques initiées** par les variations d'insolation.

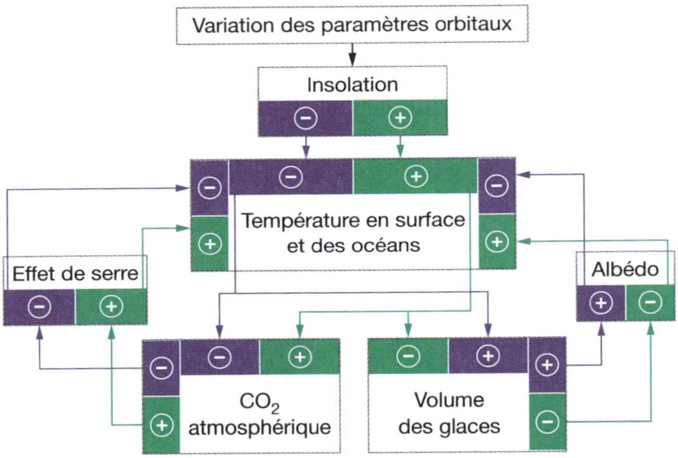

Les flèches associées au signe « – » traduisent une diminution de l'intensité du paramètre envisagé ; les flèches associées au signe « + » traduisent une augmentation. Le violet correspond au passage à une phase glaciaire ; le vert correspond au passage à une phase interglaciaire.

LIRE LE DOCUMENT

❶ Ce schéma illustre le concept de rétroaction positive : une baisse de l'insolation (boucle violette) entraîne une baisse de la température de surface et de la température des océans, une baisse de la teneur en CO_2 atmosphérique, et donc une diminution de l'effet de serre.
La baisse de température engendre une augmentation du volume des glaces et donc un albédo plus important. La baisse de l'effet de serre et l'augmentation de l'albédo amplifient la baisse des températures.

❷ Inversement, une augmentation de l'insolation (boucle verte) entraîne une baisse de l'albédo et une augmentation de l'effet de serre qui augmentent la température de surface et celle des océans.

8 L'arc réflexe myotatique

A Représenter l'organisation générale du réflexe

Bien mettre en évidence les cinq éléments du réflexe myotatique et le fait que le muscle est à la fois capteur et effecteur.

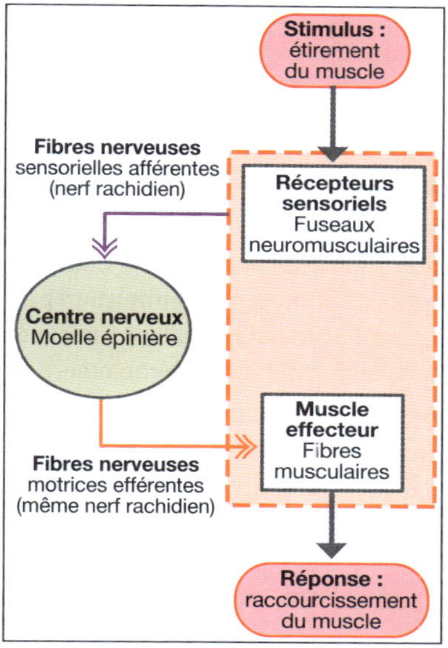

B Représenter l'arc réflexe myotatique à l'échelle cellulaire

Représenter un neurone afférent dont le corps cellulaire est localisé dans le ganglion spinal, et un neurone efférent dont le corps cellulaire est localisé dans la corne ventrale. Relier la fibre afférente à un fuseau neuromusculaire et la fibre efférente à une cellule musculaire.

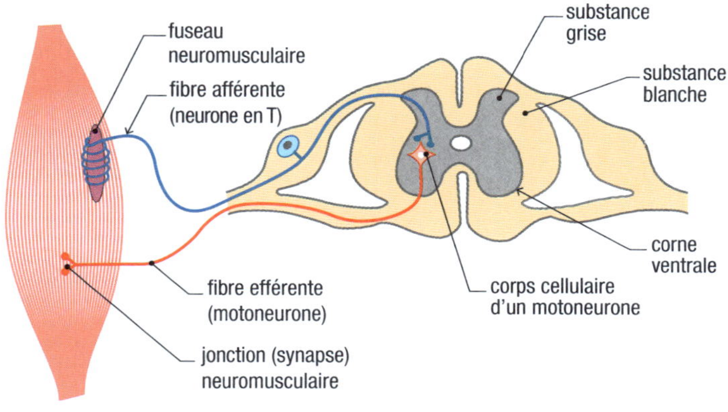

SPRINT FINAL

9 La régulation de la glycémie

La glycémie est maintenue constante grâce à un système de régulation dont l'activité dépend notamment des apports alimentaires.

A La glycémie

- **La glycémie** désigne la concentration en glucose du plasma sanguin. Elle est maintenue au voisinage de **1 g/L**.
- Pourtant elle devrait varier beaucoup à cause des **apports alimentaires** discontinus et de la **consommation permanente** par les cellules de l'organisme, en particulier par **les cellules nerveuses** (6 g par heure). Cette consommation peut augmenter considérablement lors d'une activité physique.
- Un bon fonctionnement du système de régulation de la glycémie est fondamental :

– à court terme pour éviter l'hypoglycémie, qui serait fatale pour le cerveau : les cellules nerveuses ne peuvent satisfaire leurs besoins énergétiques qu'en oxydant le glucose ;
– à long terme pour éviter l'hyperglycémie, à l'origine des diabètes.

B Le système de régulation

1. Après un apport alimentaire

Le système va assurer la mise en réserve d'une grande partie du glucose exogène (d'origine alimentaire).

2. Au cours d'un jeûne

Cette fois, le système doit livrer du glucose au sang à partir des réserves (apport endogène) lorsque la glycémie baisse.

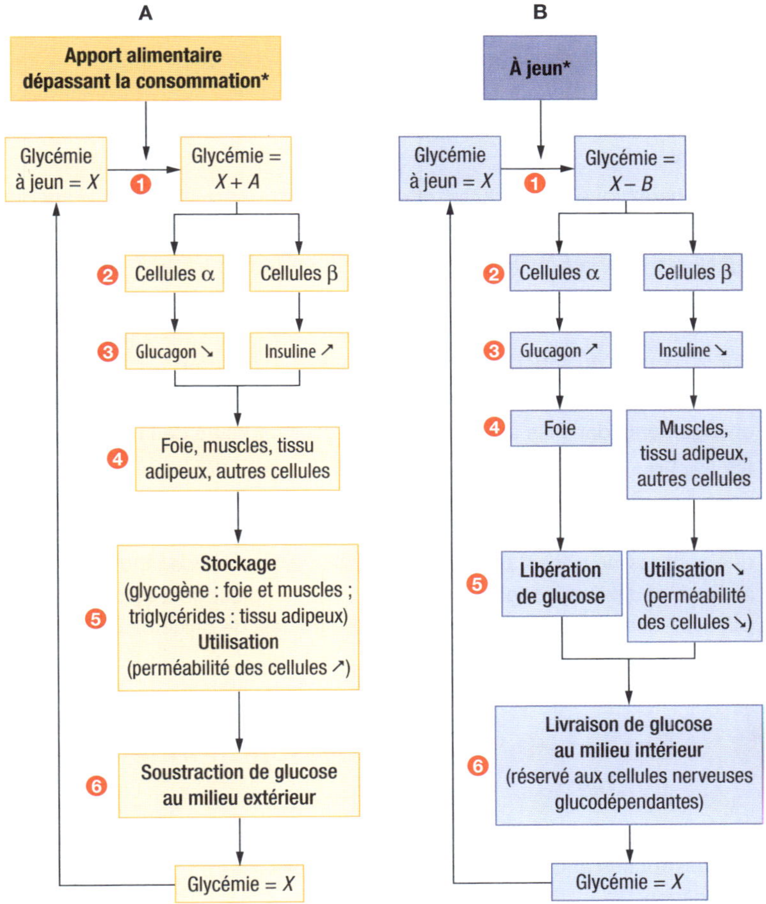

*Consommation permanente de glucose

1. Variation de la glycémie ($X + A$: augmentation ; $X - B$: diminution)
2. Détection de la variation par les capteurs (cellules α et β)
3. Modification des messages hormonaux (I/G augmente ou diminue)
4. Action des hormones sur les effecteurs
5. Réponse des effecteurs (glucose soutiré au milieu intérieur ou livré au milieu intérieur et réservé aux cellules glucodépendantes)
6. Retour de la glycémie à sa valeur X

SPRINT FINAL

LIRE LE DOCUMENT

Sur la partie A du schéma fonctionnel (page précédente) :

1 Repérez que les deux types de cellules pancréatiques sont les capteurs de l'élévation de la glycémie, et qu'elles émettent un message hormonal différent.

2 Repérez que les cellules effectrices (foie, muscles, tissu adipeux) répondent à ces messages en mettant le glucose en réserve.

3 Notez bien la boucle de régulation du système : l'action des cellules effectrices empêche une élévation trop importante de la glycémie et permet un retour à sa valeur d'équilibre.

Sur la partie B du schéma fonctionnel (page précédente) :

4 Repérez, par rapport à la situation précédente (apport alimentaire), les changements dans les messages émis par les capteurs de la glycémie.

5 Repérez surtout que le foie est le seul organe livrant du glucose au sang. Les réserves du glycogène du foie sont des réserves publiques destinées à toutes les cellules et en particulier aux grands consommateurs que sont les neurones. Le foie livre du glucose par glycogénolyse, c'est-à-dire à partir du glycogène, mais aussi par néoglucogenèse c'est-à-dire par synthèse de glucose à partir d'acides aminés, de glycérol, de lactate.

C Le cas du diabète : un dysfonctionnement du système

- Cela peut être dû :
  - à la destruction auto-immune des cellules sécrétrices d'insuline (cas du diabète de type 1) ;
  - surtout à une mauvaise réponse des organes effecteurs au message insulinique (cas du diabète de type 2).
- Le diabète est une maladie qui se traduit par une hyperglycémie, dommageable pour l'organisme.

10 Mécanismes neuroendocriniens du stress aigu (1)

L'organisme dispose de réponses adaptatives impliquant la coordination de différentes voies physiologiques face aux perturbations de son environnement.

A Le stress aigu

● Le stress aigu désigne une réponse adaptative de l'organisme à une perturbation nocive de son environnement externe ou interne. Les stimuli déclencheurs de la réaction de stress sont appelés agents stresseurs ou plus simplement stresseurs.

● Appliquez cette définition générale au cas de stress dans les deux documents suivants (B et C) en identifiant la raison pour laquelle l'agent stresseur est une menace pour l'organisme (les neurones cérébraux ne pouvant utiliser que le glucose comme source d'énergie) et la façon dont se traduit finalement la réaction de stress (le retour à une glycémie normale).

B Une première réponse très rapide

La première réponse au stress implique des mécanismes déclenchant une sécrétion d'adrénaline.

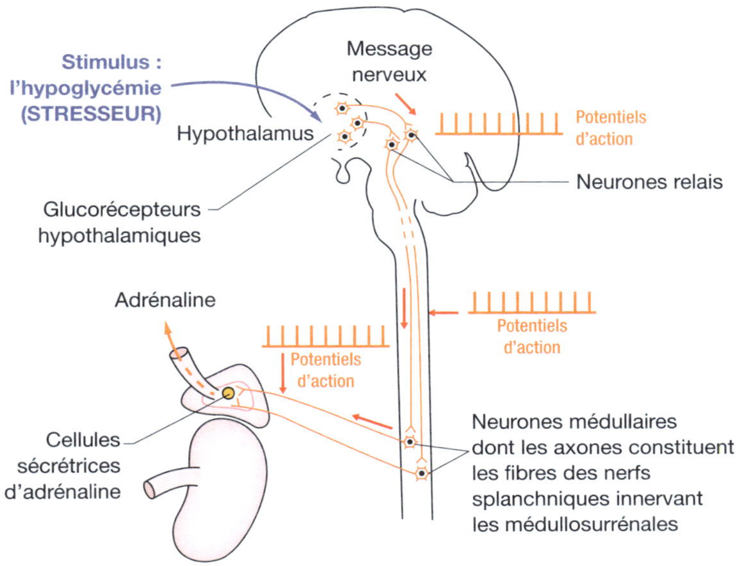

SPRINT FINAL

LIRE LE DOCUMENT

❶ Notez le point de départ de la réaction : la détection du stresseur par des récepteurs.

❷ Suivez la transmission des messages nerveux issus de l'hypothalamus par la moelle épinière, puis par un nerf, à la glande médullosurrénale. Celle-ci produit d'autant plus d'adrénaline que la fréquence des potentiels d'action est élevée. Le message nerveux, codé en fréquence des potentiels d'action, est donc converti en un message hormonal, codé en concentration d'adrénaline.

❸ L'adrénaline est une hormone qui agit sur de multiples organes en leur permettant de se préparer à une situation menaçante pour l'organisme. Elle augmente les fréquences cardiaque et respiratoire, et accroît la glycogénolyse dans le foie, ce qui provoque une hausse de la glycémie. Ainsi elle met à disposition du cerveau et des muscles les ressources respiratoires et nutritives qui leur permettront de réagir.

C La mobilisation de l'axe hypothalamus-hypophyse-corticosurrénale

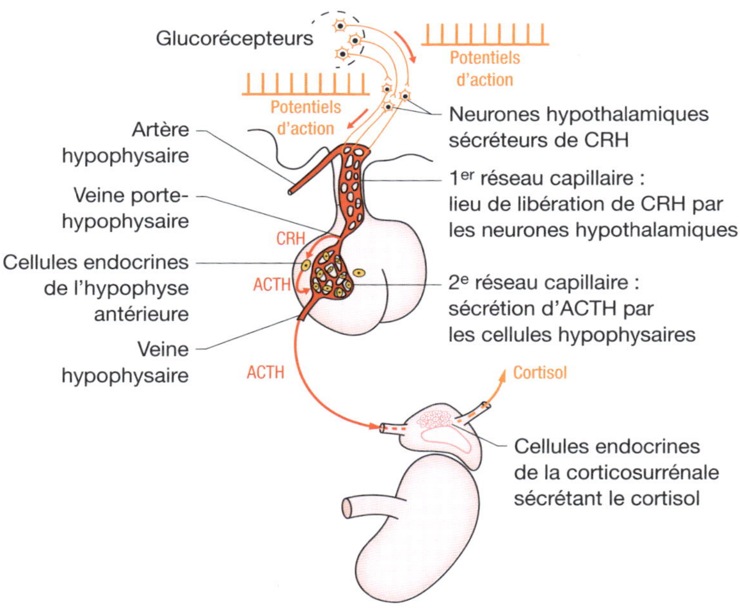

LIRE LE DOCUMENT

❶ Notez le point de départ : l'activation des neurones hypothalamiques par les glucorécepteurs (glycémie trop basse détectée).

❷ Les neurones hypothalamiques déversent la CRH dans le réseau capillaire de la tige hypophysaire. Cette neurohormone atteint ses cellules cibles, les cellules hypophysaires sécrétrices d'ACTH, sans être diluée comme elle l'aurait été dans la circulation générale.

❸ Le message nerveux initial est donc converti en un message hormonal : la concentration sanguine en ACTH.

❹ L'ACTH agit sur les glandes corticosurrénales : celles-ci produisent d'autant plus de cortisol que la concentration d'ACTH est élevée. Le cortisol agit sur différentes cibles, permettant ainsi à l'organisme de s'adapter face à un stress plus durable. En activant la néoglucogenèse, il permet en particulier de reconstituer le stock de glucose du foie et contribue au rétablissement de la glycémie.

❺ Rappelez-vous que le cortisol exerce une rétroaction négative sur l'hypothalamus et l'hypophyse, particulièrement importante si la réponse a fait disparaître le stresseur. Le cortisol permet un retour à l'état initial.

D Un exemple de manifestation du stress

Les concentrations plasmatiques en cortisol (A) et en glucose (B) ont été mesurées chez des individus stressés ou non. Notez l'augmentation de la concentration en cortisol, qui entraîne celle de la glycémie.

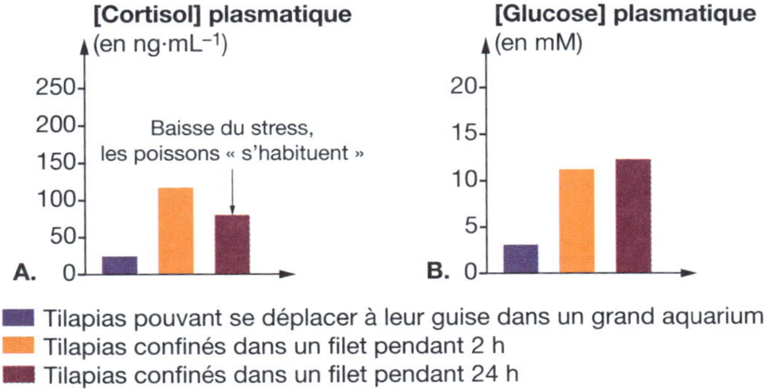

Manifestation de stress chez le Tilapia, un poisson d'eau douce

11 Mécanismes neuroendocriniens du stress aigu (2)

Cette fiche prolonge la fiche précédente en proposant un schéma fonctionnel que vous devez être capable de réaliser.

Cette représentation est valable pour tous les stress en ce qui concerne les mécanismes physiologiques neuroendocriniens. L'implication et les réponses du système limbique et du cortex varient en fonction de la nature de l'agent stresseur.

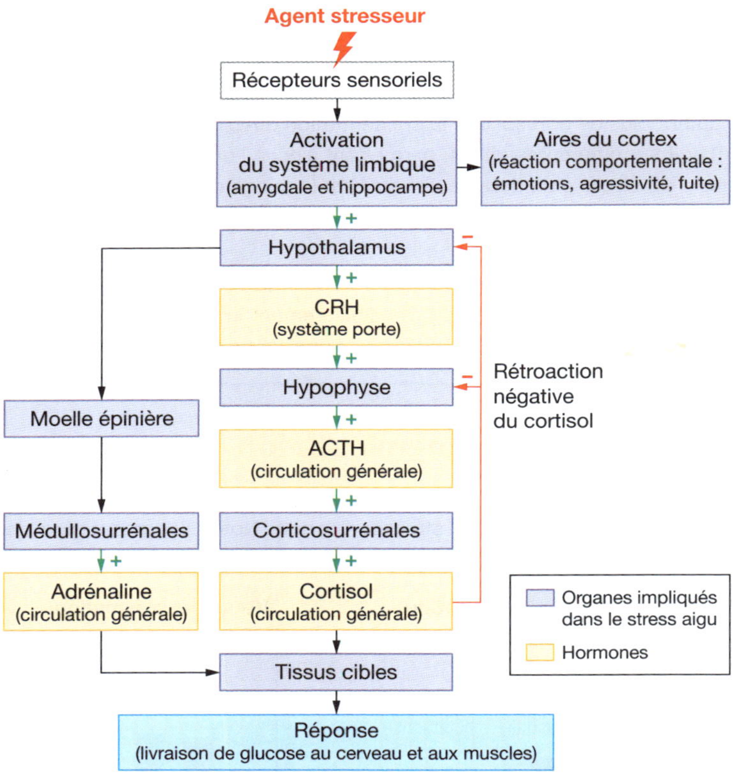

LIRE LE DOCUMENT

❶ Repérez qu'il y a deux axes dans les mécanismes physiologiques en jeu : l'axe hypothalamus-médullosurrénales, qui se traduit par une production d'adrénaline, et l'axe hypothalamus-hypophyse-corticosurrénales, qui stimule la production de cortisol.

❷ Repérez que le cortisol exerce une rétroaction négative.

26 France métropolitaine, mars 2023 • Jour 1
EXERCICE 1

Climat et utilisation des combustibles fossiles

1 h 30
7 points

INTÉRÊT DU SUJET • Ce sujet montre qu'utiliser des combustibles fossiles revient à restituer, en un laps de temps quasi instantané à l'échelle géologique, l'énergie solaire et le CO_2 emmagasinés pendant des millions d'années dans une biomasse qui s'est fossilisée.

En 150 ans, les émissions anthropiques de CO_2 sont passées d'environ 1 Gigatonne par an ($Gt{\cdot}an^{-1}$) à environ 34 $Gt{\cdot}an^{-1}$, expliquant en grande partie le réchauffement climatique actuel.
Ces émissions sont entre autres dues à l'utilisation de combustibles fossiles comme le charbon, roche sédimentaire dont les principaux gisements se sont formés à partir de forêts du Carbonifère.

Montrer que le réchauffement climatique actuel est en partie lié à l'utilisation par l'être humain de l'énergie solaire du passé.

Vous rédigerez un texte argumenté. On attend des expériences, des observations, des exemples pour appuyer votre exposé et argumenter votre propos.

SPRINT FINAL

LES CLÉS DU SUJET

Étape 1. Comprendre le sujet

• Le titre, « Climat et utilisation des combustibles fossiles », est à mettre en lien avec l'énoncé, qui fait référence à « l'énergie solaire du passé ». Il s'agit de décrire la conversion de l'énergie lumineuse en énergie chimique par photosynthèse, puis d'expliquer comment cette énergie chimique (biomasse) est piégée lors de la formation de combustibles fossiles.

• Dans un second temps, il faut montrer que l'utilisation des combustibles fossiles, donc de l'énergie solaire passée, est à l'origine du réchauffement de l'atmosphère.

Étape 2. Construire la réponse

I. Piégeage de l'énergie solaire dans les gisements de combustibles fossiles	• Précisez comment la photosynthèse, dont vous donnerez l'équation-bilan, a permis le développement d'immenses forêts durant le Carbonifère. • Expliquez comment cette forêt a donné naissance à d'immenses gisements de charbon. • Évoquez la formation des autres combustibles fossiles.
II. Consommation des combustibles fossiles et effet de serre	• Montrez que l'augmentation de la teneur atmosphérique en CO_2 est récente. • Expliquez que cette augmentation provient de la combustion des combustibles fossiles, et donnez l'équation-bilan de la combustion. • Expliquez en quoi le CO_2 provoque directement le réchauffement de l'atmosphère, et indirectement via des mécanismes amplificateurs. • Faites le lien entre l'utilisation des combustibles fossiles, l'augmentation de la teneur en CO_2 et le réchauffement climatique.
Conclusion	• Résumez les grandes idées présentées dans votre exposé. • À partir de ce bilan, ouvrez sur les enjeux énergétiques et climatiques actuels.

26 CORRIGÉ GUIDÉ

Introduction

• Les combustibles fossiles (pétrole, gaz naturel et charbon) représentent la source d'énergie la plus utilisée dans le monde, et les besoins mondiaux ne cessent d'augmenter depuis deux siècles.

• Après avoir présenté les mécanismes impliqués dans la formation des combustibles fossiles, et notamment le rôle de l'énergie solaire, nous montrerons la perturbation anthropique récente du cycle du carbone, qui a conduit à l'accumulation de CO_2 dans l'atmosphère, malgré les mécanismes naturels qui l'en extraient en partie. Nous discuterons de la part de ce phénomène dans l'augmentation de la température moyenne atmosphérique actuelle, à l'origine du changement climatique mondial.

I. Piégeage de l'énergie solaire dans les gisements de combustibles fossiles

A. Photosynthèse et stockage du carbone dans la biomasse : l'exemple de la forêt carbonifère

> ▶ **Le secret de fabrication**
> Pour que votre exposé soit concret et concis, vous devez choisir un exemple et non pas traiter l'ensemble des combustibles fossiles. Soyez précis : détaillez l'exemple proposé dans l'énoncé, le charbon. Citez les autres combustibles sans développer. Vous montrerez ainsi votre maîtrise du sujet.

• Il y a 360 millions d'années débute le Carbonifère, période nommée d'après l'importance des gisements européens de charbon (riches en carbone) datés de cette époque. Il durera un peu plus de 60 millions d'années et sera marqué par le développement d'une importante forêt tropicale humide sur les actuels continents de l'hémisphère nord.

• Durant cette période, le supercontinent de la Pangée se forme : deux masses continentales, une au nord et une au sud, entrent en collision et forment l'immense chaîne hercynienne, dont on retrouve la trace dans les massifs anciens en France.

• La masse continentale de l'hémisphère nord est située dans les zones intertropicales, où les conditions d'ensoleillement, de chaleur et d'humidité favorisent le développement d'une forêt luxuriante, constituée de fougères arborescentes et autres arbres (premières gymnospermes). Cette forêt se développe grâce à la photosynthèse, dont l'équation-bilan est :

> **À NOTER**
> En Terminale, on attend des équations de réactions chimiques équilibrées.

$$6CO_2 + 6H_2O + \text{énergie lumineuse} \rightarrow \underset{\text{glucose}}{C_6H_{12}O_6} (\text{énergie chimique}) + 6O_2$$

• Les premières molécules organiques sont formées par photosynthèse dans les feuilles, au sein des cellules, dans les chloroplastes, où l'énergie lumineuse est captée par les pigments chlorophylliens : l'énergie solaire est ainsi convertie en énergie chimique des molécules organiques synthétisées.

• Ces premières molécules serviront à la synthèse de cellulose et de lignine, constituants majeurs du bois, ce qui conduit au stockage du carbone dans la biomasse végétale.

B. Des forêts du Carbonifère aux gisements de charbon

• Lorsqu'un être vivant meurt, sa matière est décomposée en CO_2 et H_2O par la respiration des micro-organismes du sol, à condition que ces derniers disposent de dioxygène. En revanche, si la matière organique sédimente dans un milieu anaérobie (où le dioxygène est absent), elle est conservée.

- Les mouvements tectoniques associés à la surrection de la chaîne hercynienne forment des bassins sédimentaires. Lorsque les bassins s'affaissent, l'eau et les sédiments issus de l'érosion de la chaîne s'y déposent, conduisant à la mort de l'écosystème forestier. On peut observer en France des affleurements carbonifères riches en arbres pétrifiés, et, au niveau des couches de grès, des stratifications traduisant les mouvements de l'eau qui circulait et apportait du sable et des argiles.
- L'apport permanent de sédiments, couplé aux mouvements tectoniques, conduit à l'enfouissement des couches sédimentaires, dont celles contenant la biomasse morte. Les gisements sont d'ailleurs constitués d'une alternance de couches charbonneuses et de couches stériles (sédiments minéraux).
- Le phénomène se répète pendant des millions d'années. La biomasse morte est rapidement enfouie, ce qui empêche le dioxygène de circuler dans ces strates. Seules les bactéries anaérobies s'y développent et transforment la matière organique. Dans un premier temps, cette matière organique devient de la tourbe, où l'on distingue encore des restes végétaux. Ensuite, lors de son enfouissement, elle subit des températures et pressions croissantes et devient du lignite et de la houille. La richesse en carbone croît (figure 1) lorsqu'on passe de la tourbe (60 %) à la houille, et plus encore à l'anthracite (95 %). Elle devient donc davantage combustible.

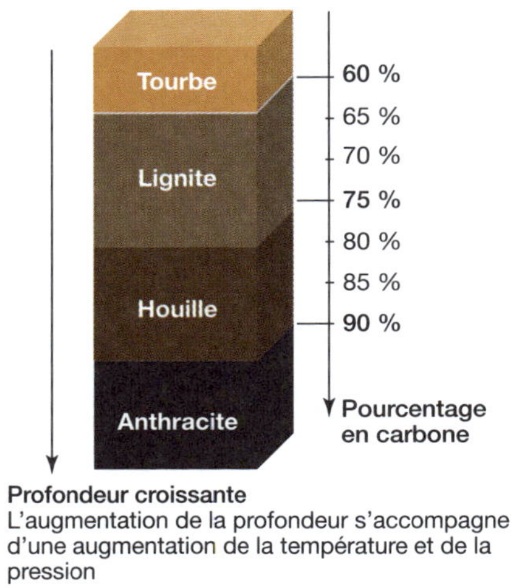

Figure 1. **Formation du charbon sous l'effet de l'enfouissement**

C. Les autres combustibles fossiles

• Les autres gisements de combustibles fossiles (pétrole, gaz naturel) se sont formés suivant des mécanismes semblables :

– en premier lieu, conversion de l'énergie solaire en énergie chimique par la photosynthèse d'organismes planctoniques en milieu aquatique ;

– en second lieu, suite à leur enfouissement, transformation et stockage des matières organiques mortes en combustibles fossiles.

• Ainsi, l'énergie solaire du passé s'est retrouvée convertie en énergie chimique dans les différents combustibles fossiles formés au cours de millions d'années d'enfouissement.

II. Consommation des combustibles fossiles et effet de serre

A. Modification anthropique du cycle du carbone préindustriel et augmentation de la concentration atmosphérique en CO_2

> **▶ Le piège à éviter**
> Pour le cycle du carbone comme pour la photosynthèse, veillez à dégager les idées essentielles sans les noyer sous trop d'informations. Contentez-vous d'être précis, sans détailler trop. Ici, montrez que les mécanismes qui extraient durablement le CO_2 de l'atmosphère sont trop lents pour compenser sa production massive et rapide.

• Les données sur la composition de l'atmosphère emprisonnée dans les glaces de l'Antarctique durant les 10 000 dernières années indiquent que la teneur en CO_2 est restée à peu près stable jusqu'à la révolution industrielle, il y a 150 ans environ. Elle était de 280 ppm. Actuellement, elle est de plus de 400 ppm, et augmente constamment.

• La stabilité de la teneur en CO_2 de l'atmosphère avant l'ère industrielle était due à un équilibre entre les mécanismes naturels qui prélèvent du CO_2 de l'atmosphère et ceux qui l'y restituent (figure 2).

• Depuis 150 ans, les émissions anthropiques de CO_2 dans l'atmosphère sont passées de 1 à 34 $Gt{\cdot}an^{-1}$ (soit 34 fois plus), ce qui représente chaque année un ajout important au rejet naturel dû à la respiration et à la fermentation des êtres vivants, ainsi qu'à la diffusion du CO_2 des eaux océaniques vers l'atmosphère. Les mécanismes prélevant le CO_2 (photosynthèse des végétaux terrestres et océaniques, dissolution du CO_2 dans les eaux océaniques [flèches bleues descendantes sur la figure 2]) ne compensent que partiellement cet apport anthropique, d'où l'augmentation constante de la teneur en CO_2 de l'atmosphère.

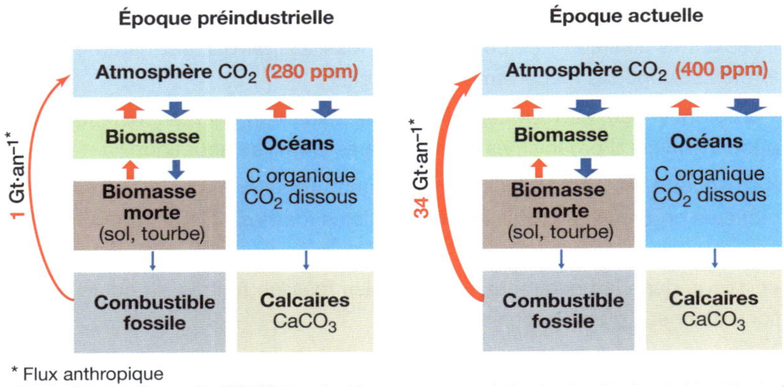

La grosseur des flèches indique l'intensité relative des flux en un an. Une partie du CO_2 d'origine anthropique est prélevée par les puits terrestres et océaniques.

Figure 2. **Flux du carbone entre ses principaux réservoirs, à l'époque préindustrielle et à l'époque actuelle**

• L'homme, pour assurer ses divers besoins énergétiques, convertit l'énergie des combustibles fossiles par combustion. L'utilisation des combustibles fossiles libère massivement dans l'atmosphère le CO_2 qui avait mis des millions d'années à être prélevé. Équation-bilan de la combustion :

$$C + O_2 \rightarrow CO_2 + \text{énergie exploitable pour les activités humaines}$$

B. Augmentation du CO_2 produit et réchauffement de l'atmosphère

• Le CO_2 atmosphérique est un gaz à effet de serre qui absorbe une partie du rayonnement infrarouge émis par la Terre. Il émet lui-même un rayonnement infrarouge, dont une partie est absorbée par la Terre et contribue à sa température (en absence d'effet de serre, la température moyenne terrestre serait de –18 °C). L'amplification de l'effet de serre due au CO_2 d'origine anthropique engendre une augmentation de la température de la surface terrestre et une modification du climat.

> **À NOTER**
> La déforestation, qui conduit à la combustion du carbone organique stocké dans le bois et les sols (dont la capacité de stockage diminue) contribue aussi à l'accumulation du CO_2 atmosphérique.

• De plus, il existe des mécanismes amplificateurs du réchauffement de l'atmosphère, consécutifs à l'amplification de l'effet de serre liée à l'utilisation des combustibles fossiles : la fonte de la banquise arctique et des glaces continentales (glaciers, calottes polaires) augmente. Le volume et la surface de ces derniers diminuent, ce qui affaiblit l'albédo, la part de l'énergie solaire renvoyée vers l'espace. En conséquence, les eaux polaires absorbent plus d'énergie solaire qu'avant l'ère préindustrielle, provoquant une augmentation de la température de l'atmosphère arctique supérieure à celle des autres latitudes.

Conclusion

- Le réchauffement climatique actuel est dû à une augmentation de la teneur en CO_2 de l'atmosphère, en particulier depuis une cinquantaine d'années. Cela engendre une augmentation de l'effet de serre naturel et donc une hausse de la température moyenne de la surface terrestre.
- L'accroissement de la teneur en CO_2 atmosphérique est provoqué par l'utilisation par l'homme des combustibles fossiles. Par leur combustion, l'homme convertit leur énergie chimique en énergie utilisable pour ses besoins, mais cela s'accompagne d'un fort rejet de CO_2 dans l'atmosphère.
- L'origine de l'énergie des charbons et pétroles est à rechercher dans leur formation. Ils sont formés à partir des matières organiques fabriquées par photosynthèse par les organismes chlorophylliens du passé. Au cours de ce phénomène, l'énergie solaire est convertie en énergie chimique des matières organiques.
- Pour devenir combustibles, les matières organiques doivent être soustraites à l'action des êtres vivants décomposeurs. Cela est réalisé par leur enfouissement dans des bassins sédimentaires, au cours duquel elles subissent des transformations qui les convertissent en combustibles fossiles.
- Comme l'énergie des combustibles fossiles provient de l'énergie solaire du passé, piégée par la photosynthèse des végétaux, on peut conclure que l'augmentation de la teneur en CO_2 atmosphérique résulte de l'utilisation de l'énergie solaire d'un passé plus ou moins lointain, ou, en d'autres termes, que le réchauffement climatique actuel est en partie lié à l'utilisation de l'énergie solaire du passé.
- Le réchauffement climatique entraîne une évaporation plus intense, ce qui modifie le cycle de l'eau et est à l'origine de changements climatiques dans l'ensemble des régions du monde (désertifications, augmentation des phénomènes climatiques extrêmes). À cela s'ajoute l'augmentation du niveau des océans par dilatation thermique et fonte des glaces continentales. Ces changements provoquent famines et migrations, et réduisent la biodiversité. Il est urgent de limiter notre consommation de combustibles fossiles.

Mucoviscidose : mutations et traitement

1 h 30
8 points

INTÉRÊT DU SUJET • Ce sujet porte sur un traitement récent et novateur de la mucoviscidose. Il s'agit d'une trithérapie qui s'est avérée très efficace chez une partie des patients. Le sujet permet d'en comprendre le principe.

La mucoviscidose est une maladie génétique qui touche principalement les voies respiratoires et le système digestif. En 1989, le gène *CFTR* responsable de la maladie a été identifié sur le chromosome 7. Le développement des techniques de séquençage a permis d'identifier près de 2 000 mutations différentes de ce gène.
Depuis 2021, un traitement associant 3 molécules et considéré comme une véritable révolution thérapeutique est proposé à certains patients.

Expliquer pourquoi ce nouveau traitement n'est prescrit qu'aux patients atteints de mucoviscidose présentant la mutation *delF508*.

Vous organiserez votre réponse selon une démarche de votre choix intégrant des données des documents et les connaissances utiles.

DOCUMENT 1 **Mutations du gène *CFTR* et conséquences sur la protéine**

a. Rôle de la protéine CFTR

La protéine CFTR est un canal chlore inséré dans la membrane des cellules de différentes muqueuses : respiratoire, digestive… Elle est constituée de 1 480 acides aminés. Ce canal permet la sortie d'ions chlorure (Cl^-) des cellules. Dans le cas des cellules respiratoires, cet échange d'ions est indispensable pour obtenir un mucus suffisamment fluide, permettant ainsi l'élimination de bactéries et d'impuretés qui s'y déposent.

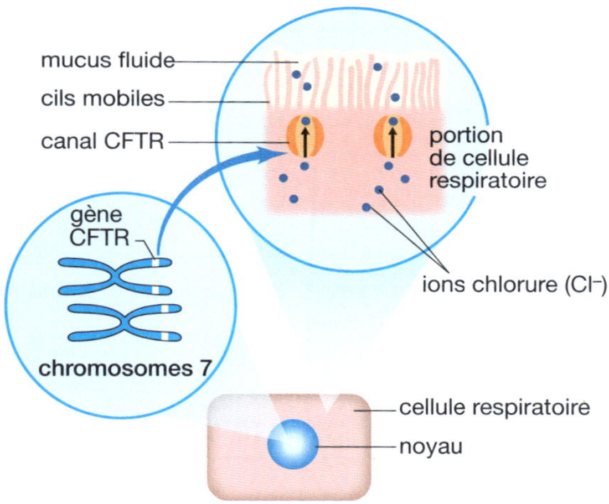

Échelles non respectées

D'après ABCF Mucovicidose

b. Comparaison des séquences nucléotidiques de quatre allèles du gène *CFTR* et comparaison des séquences en acides aminés des protéines CFTR correspondantes

Les séquences nucléotidiques de 3 allèles mutés du gène codant la protéine CFTR (*delF508*, *G542X* et *G551D*) sont comparées à la séquence non mutée (*CFTR*).

Les séquences en acides aminés des protéines correspondantes (Pro-delF508, Pro-G542X, Pro-G551D) sont comparées à la séquence en acides aminés de la protéine fonctionnelle (Pro-CFTR).

	Comparaison des séquences nucléotidiques avec la séquence *CFTR* non mutée Les numéros indiquent la position des nucléotides	**Comparaison des séquences en acides aminés avec la protéine fonctionnelle** Les numéros indiquent la position des acides aminés
Mutation *delF508*	1510 1520 Traitement 0 Identités 0 `***************   ****` CFTR.adn 0 `AAAGAAAATATCATCTTTGGT` delF508.adn 0 `---------------___----`	505 510 Traitement 0 Pro-CFTR.adn 0 `leLysGluAsnIleIlePheGlyValS` Traitement 0 Pro-delF508.adn 0 `leLysGluAsnIleIleGlyValSer`
Mutation *G542X*	1620 1630 Traitement 0 Identités 0 `********** **********` CFTR.adn 0 `TATAGTTCTTGGAGAAGGTGG` G542X.adn 0 `----------T----------`	540 545 Traitement 0 Pro-CFTR.adn 0 `spAsnIleValLeuGlyGluGlyGly` Traitement 0 Pro-G542X.adn 0 `spAsnIleValLeu`
Mutation *G551D*	1650 1660 Traitement 0 Identités 0 `****** ************` CFTR.adn 0 `GTGGAGGTCAACGAGCAAG` G551D.adn 0 `------A-------------`	550 555 Traitement 0 Pro-CFTR.adn 0 `LeuSerGlyGlyGlnArgAlaArg` Traitement 0 Pro-G551D.adn 0 `LeuSerGlyAspGlnArgAlaArg`

- et * : nucléotides identiques

_ : délétion de nucléotides

D'après la banque de données du logiciel Anagène

DOCUMENT 2 **Conséquences de mutations sur l'état de maturation de la protéine CFTR**

La protéine CFTR subit différentes modifications dans le réticulum endoplasmique, un organite cellulaire. D'une forme immature d'environ 140 kilodalton (kDa, unité de mesure de masse moléculaire), elle est transformée en une forme mature de 170 kDa. Seule cette protéine CFTR mature est capable ensuite de s'insérer dans la membrane plasmique pour y exercer sa fonction de canal chlore.
Le poids moléculaire des protéines CFTR dans des cellules présentant ou non une mutation peut être déterminé par électrophorèse, une technique de laboratoire qui permet de séparer des molécules chargées au travers d'un gel sous l'effet d'un champ électrique. Après révélation avec une technique adaptée, celles-ci sont alors visualisables sous forme de bandes. Une bande sombre indique la présence d'une molécule.

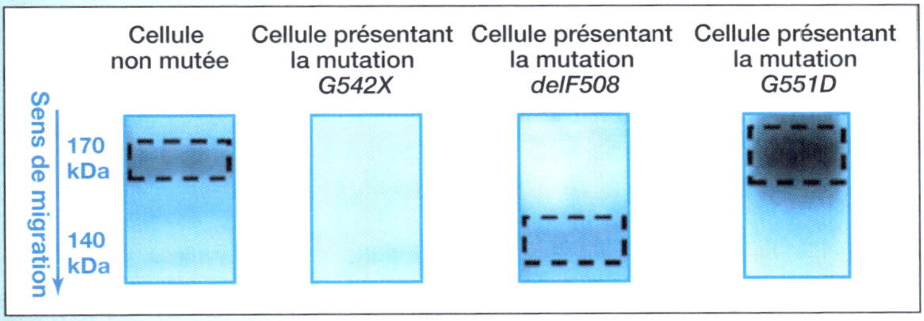

Les pointillés indiquent les limites des bandes sombres visibles.

D'après *Ataluren stimulates ribosomal selection of nearcognate tRNAs to promote nonsense suppression*, B. Roy *et al.*, 2016 et *G551D mutation impairs PKA-dependent activation of CFTR channel*, W. Wang, 2022

DOCUMENT 3 **Localisation des protéines CFTR fonctionnelles et CFTR delF508**

Une étude de 1993 montre par microscopie électronique où se situent les protéines CFTR fonctionnelles (notées CFTR wt) et CFTR delF508 dans des cellules. La protéine CFTR est visualisée en noir.

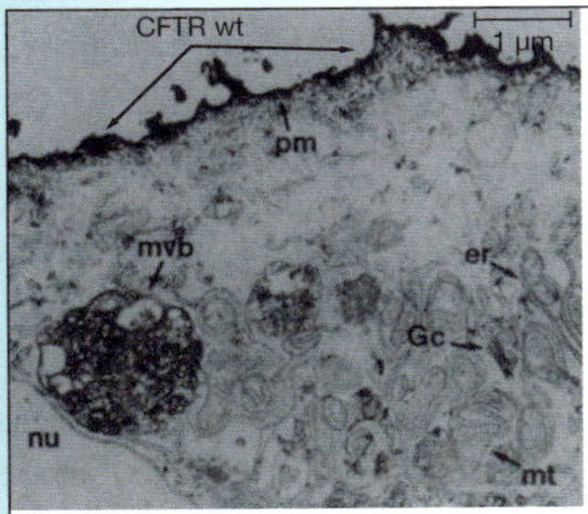

Cellule d'un individu non atteint

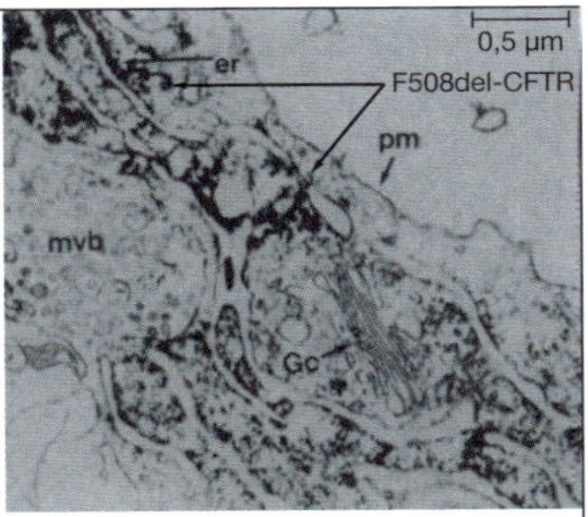

Cellule d'un individu atteint

nu : noyau, **er :** réticulum endoplasmique, **mt :** mitochondrie, **Gc :** appareil de Golgi, **pm :** membrane plasmique

D'après Yang *et al.*, 1993 et Dormer *et al.*, 2001

DOCUMENT 4 Un traitement novateur adapté à certains patients atteints de mucoviscidose

Un nouveau traitement associant trois molécules (VX 445 + VX 661 + VX 770) est disponible depuis 2021 en France pour les patients présentant la mutation *delF508*, âgés de plus de 12 ans.

a. Effet du nouveau traitement sur la protéine CFTR

Le document présente le résultat d'une électrophorèse permettant de mettre en évidence l'état de maturation de la protéine CFTR dans les cellules de deux sujets porteurs de la mutation *delF508*. Le principe de l'électrophorèse est le même que dans le document 2. Les pointillés indiquent les limites des bandes sombres visibles.

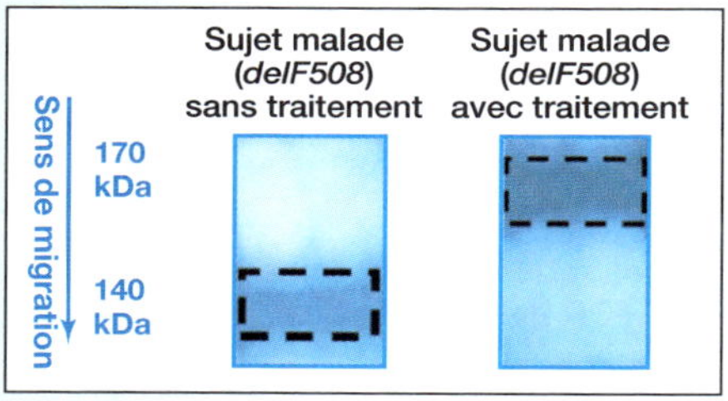

D'après O. laselva *et al.*, « Rescur of multiple class II CFTR mutation by elexacaftor + tezacaftor + ivacaftor », *Eur Respir*, 2021

b. Évolution du VEMS lors d'une étude clinique chez des patients atteints de mucoviscidose et porteurs de la mutation *delF508*

Le principal critère d'évaluation de l'efficacité du traitement est le VEMS, qui correspond au volume maximum d'air qu'une personne peut expirer en une seconde, comparé aux valeurs d'une personne présentant des caractéristiques similaires (telles que le poids, la taille et le sexe).

L'étude a été menée sur 403 sujets porteurs de la mutation *delF508*, dont 200 ont reçu le traitement et 203 le placebo (un produit sans principe actif qui n'a donc aucun effet). Ni le patient ni l'expérimentateur ne savent qui reçoit le médicament ou le placebo.

Au début de l'étude, les patients présentaient des valeurs moyennes de VEMS de 60 à 68 % seulement par rapport à celles observées chez une personne moyenne en bonne santé.

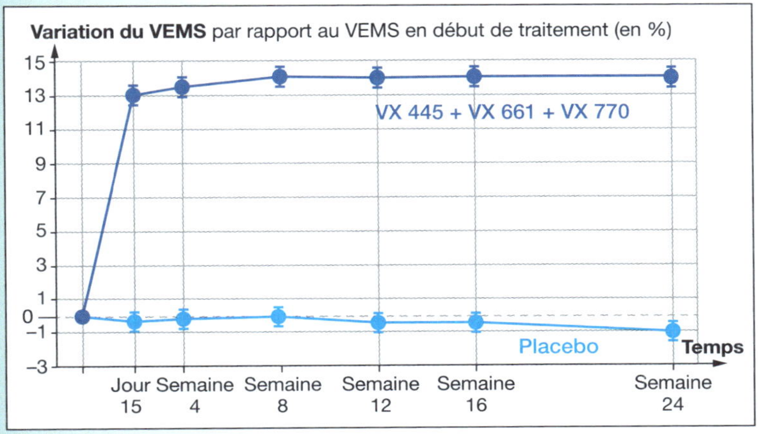

D'après P.G. Middleton *et al.*, « Elexacaftor-Tezacaftor-Ivacaftor for cystic fibrosis with a single Phe508del allele », *The New England Journal of Medicine*, 2019

LES CLÉS DU SUJET

Étape 1. Comprendre le sujet

Il existe deux raisons pour lesquelles un nouveau traitement n'est pas prescrit à une catégorie de patients : soit son efficacité est faible, soit il existe un risque de toxicité. Aucun document n'évoquant la toxicité du nouveau traitement contre la mucoviscidose, cette explication est exclue. Les données portent sur la remédiation aux conséquences pathologiques de la mutation *delF508*. Il faut alors montrer que le mode d'action du traitement rend ce dernier inefficace chez les patients porteurs des mutations *G542X* et *G551D*.

Étape 2. Exploiter les documents

- Le document 1a renseigne sur le trajet suivi par la protéine CFTR depuis sa synthèse jusqu'à son insertion dans la membrane plasmique ainsi que sur sa fonction.
- Le document 1b permet d'identifier la nature des mutations étudiées dans le sujet.
- Le document 2 précise l'état de maturation des protéines CFTR non mutée et mutées.

SPRINT FINAL

• Le document 3 informe sur la localisation cellulaire de la protéine CFTR non mutée et de la protéine due à la mutation *delF508*.
• Le document 4 montre l'effet du nouveau médicament sur la maturation de la protéine CFTR et sur le phénotype clinique des patients possédant la mutation *delF508*.

Étape 3. Construire la réponse

I. Efficacité du traitement chez les patients possédant la mutation *delF508*	Comparez l'évolution de la capacité respiratoire des patients ayant reçu le traitement à celle des patients à qui on a fourni un placebo.
II. Explication de l'efficacité de la trithérapie	• Précisez le trajet suivi par la protéine CFTR dans les cellules épithéliales, et indiquez l'importance du rôle joué par cette protéine. • Précisez l'anomalie de la protéine CFTR engendrée par la mutation *delF508*. • Démontrez que cette anomalie disparaît au moins en partie sous l'action du traitement.
III. Inefficacité du traitement face aux autres mutations	• Indiquez les conséquences des mutations *G542X* et *G551D* sur les séquences des protéines CFTR mutées. • Expliquez alors pourquoi la trithérapie ne peut être efficace chez les patients qui possèdent l'une ou l'autre de ces deux mutations.
Conclusion	• Résumez les caractéristiques des trois mutations étudiées et leurs effets négatifs respectifs sur les propriétés de la protéine CFTR. • Expliquez pourquoi la trithérapie peut avoir une efficacité vis-à-vis de la mutation *delF508* et non vis-à-vis des deux autres.

27 CORRIGÉ GUIDÉ

Introduction

• La mucoviscidose est une maladie monogénique récessive causée par des allèles du gène *CFTR*. Ce gène a un très grand polymorphisme au sein des populations (près de 2 000 mutations). Le phénotype clinique de la mucoviscidose varie en fonction des allèles possédés, ce qui explique la réponse différentielle des patients aux traitements.

• En 2021, une trithérapie associant trois médicaments permet une amélioration nette de la vie des patients. À l'aide des données relatives aux mutations *G542X* et *G551D*, nous expliquerons pourquoi elle n'est prescrite qu'aux malades ayant la mutation *delF508* dans leur génotype.

I. Efficacité du traitement chez les patients possédant la mutation *delF508*

• Un groupe de 403 patients possédant tous la mutation *delF508* a été divisé en deux lots : 200 patients reçoivent le traitement (trithérapie VX 445 + VX 661 + VX 770), 203 reçoivent le placebo (doc. 4b). Tous ont des capacités respiratoires semblables, avec des valeurs moyennes de leur VEMS (volume expiratoire maximal par seconde) de 60 à 68 % par rapport aux valeurs moyennes observées chez une personne en bonne santé. Le protocole est en double aveugle : ni le médecin ni le patient ne sait qui reçoit le médicament. Ainsi, aucun des deux n'est influencé par des facteurs psychiques et la différence de résultats ne peut être attribuée qu'au traitement reçu.

• Le VEMS des malades ayant reçu le placebo n'a presque pas varié durant la période d'expérimentation. En 15 jours, le VEMS des patients ayant reçu la trithérapie a augmenté de 13 %, puis l'augmentation s'est poursuivie lentement jusqu'à ce que l'amélioration se stabilise à 14 % par rapport à la valeur initiale.

• Ces résultats montrent que le placebo n'a eu aucune efficacité alors que la trithérapie s'est révélée très efficace dès le début du traitement, induisant une amélioration qui s'est maintenue pendant plusieurs semaines. Ces deux éléments justifient sa préconisation.

• L'amélioration du VEMS chez les patients ayant reçu le traitement est due à l'augmentation de la fluidité du mucus. Toutefois le VEMS à 24 semaines reste inférieur à celui de personnes en bonne santé.

> **À NOTER**
> L'élimination du mucus est facilitée : son volume dans les voies respiratoires diminue.

• Comment expliquer l'efficacité de la trithérapie sur les caractéristiques du mucus produit ?

II. Explication de l'efficacité de la trithérapie

A. Fonction de la protéine CFTR non mutée

• Le document 1a renseigne sur le devenir de la protéine CFTR au sein de la cellule épithéliale respiratoire. Après transcription du gène *CFTR* situé sur le chromosome 7, puis épissage de l'ARN pré-messager, l'ARN messager passe dans le cytoplasme, où il est traduit. La protéine CFTR produite est transférée, en passant par le réticulum endoplasmique, jusqu'à la membrane plasmique, où elle s'insère en formant un canal chlore. Les canaux chlore permettent le passage des ions chlorures Cl^- de l'intérieur de la cellule vers la lumière de la voie respiratoire, ce qui fluidifie le mucus présent.

- Lors de son transfert, la protéine CFTR subit une maturation : elle passe d'une forme immature de 140 kDa à une forme mature de 170 kDa (doc. 2).

B. Caractéristiques et fonction de la protéine CFTR mutée *delF508*

- Le document 1b indique que l'allèle du gène *CFTR* porteur de la mutation *delF508* a subi une délétion de 3 nucléotides à thymine (1522-1523-1524) par rapport à l'allèle de référence, donc non muté. La protéine CFTR codée par cet allèle présente la délétion de l'acide aminé phénylalanine (Phe 508).
- Les documents 2 et 4a montrent que la protéine mutée a une masse moléculaire de 140 kDa, ce qui indique qu'elle est immature. La délétion 508 empêche la maturation de la protéine CFTR. La protéine mutée n'atteint pas la membrane plasmique.
- L'absence du canal CFTR se traduit par un mucus respiratoire épais et peu fluide. Il encombre les bronches, ce qui cause les manifestations chroniques de la mucoviscidose.

C. Mode d'action de la trithérapie

- Le document 4a renseigne sur la protéine CFTR produite à la suite du traitement. Sa masse moléculaire est voisine de 170 kDa, ce qui correspond à la masse moléculaire de la protéine CFTR mature non mutée.
- La trithérapie semble donc agir en provoquant, au sein du réticulum endoplasmique, la maturation de la protéine mutée, qui peut alors poursuivre son trajet intracytoplasmique pour s'insérer dans la membrane plasmique et y jouer son rôle.

III. Inefficacité du traitement face aux autres mutations

> **▶ Le conseil de méthode**
>
> Utilisez le vocabulaire précis associé aux conséquences des mutations sur la protéine synthétisée : mutations non sens (arrêt de la synthèse par apparition d'un triplet stop anticipé) et faux sens (remplacement d'un acide aminé par un autre).

A. Patients possédant la mutation *G542X*

- Le document 1b montre que, par rapport à l'allèle non muté, l'allèle possédant la mutation *G542X* présente une substitution non sens au nucléotide 1624 : un nucléotide à thymine (T) remplace un nucléotide à guanine (G). La protéine CFTR produite n'a que 541 acides aminés au lieu de 1 480. La substitution a donc fait apparaître dans la séquence un triplet stop TGA.

- On ne voit pas la présence de la protéine CFTR sur le cliché d'électrophorèse (doc. 2). L'explication la plus probable est que la protéine mutée est bien synthétisée, mais qu'étant très raccourcie elle est finalement détruite.
- Le traitement agit sur la maturation d'une protéine CFTR stable mais incapable d'atteindre sa cible. Il ne peut agir sur une protéine instable et éliminée, on ne le prescrit donc pas.

B. Patients possédant la mutation *G551D*

- Le document 1b montre que la séquence de l'allèle possédant la mutation *G551D* présente une substitution faux sens : un nucléotide à adénine remplace un nucléotide à guanine en position 1652, ce qui provoque la production d'une protéine CFTR mutée avec l'acide aminé 551 Asp au lieu de l'acide aminé Gly.
- Le document 2 indique que cette protéine a une masse moléculaire voisine de 170 kDa, ce qui signifie qu'elle a bien subi la maturation lui permettant de s'insérer dans la membrane plasmique. Cependant, elle cause la maladie. Une des deux sources du document 2 indique que la mutation entraîne un dysfonctionnement du canal à chlorures formé par la protéine CFTR mutée.
- La trithérapie agit sur la maturation, mais non sur l'activité des canaux à chlorures, et n'est donc pas prescrite.

Conclusion

- Les trois mutations étudiées sont cause de la mucoviscidose car elles entraînent une anomalie de la protéine CFTR. Celle-ci, non mutée, est une protéine qui, dans la membrane plasmique des cellules épithéliales des voies respiratoires, forme un canal à chlorures indispensable à la fluidité du mucus.
- La mutation *delF508*, une délétion de trois nucléotides, se traduit par une délétion de l'acide aminé 508, la phénylalanine, dans la protéine CFTR mutée. Cela empêche sa maturation et, par suite, son insertion membranaire.
- La mutation *G542X* est une substitution non sens qui conduit à une protéine CFTR très raccourcie, instable et éliminée. La mutation *G551D* est une substitution faux sens qui provoque un dysfonctionnement du canal à chlorures formé par la protéine CFTR mutée.
- Ces trois mutations entraînent des anomalies différentes de la protéine CFTR. La trithérapie remédie au défaut de maturation de la protéine CFTR, c'est donc un traitement efficace chez les patients ayant la mutation *delF508*. Ce traitement ne remédie pas aux anomalies engendrées par les deux autres mutations, ce qui explique qu'on ne le prescrit pas à tous les patients.

Molécules organiques et germination des graines

1 h 30
7 points

INTÉRÊT DU SUJET • Ce sujet met en lumière un parallèle intéressant : la synthèse des réserves des graines repose sur un duo plante mère-graine qui évoque une situation de viviparité dans le règne animal.

La graine mature contient une plantule issue du développement d'un embryon, ainsi que des molécules de réserve. Des conditions favorables permettent la germination et donc la naissance d'une nouvelle plante.

▶ Expliquer comment les molécules organiques contenues dans la graine ont été produites, stockées puis utilisées lors de la germination.

Vous rédigerez un texte argumenté. On attend des expériences, des observations, des exemples pour appuyer votre exposé et argumenter votre propos.
Les documents sont conçus comme des aides : ils peuvent vous permettre d'illustrer votre exposé mais leur analyse n'est pas attendue.

DOCUMENT Plant de haricot, détail du fruit et de la graine

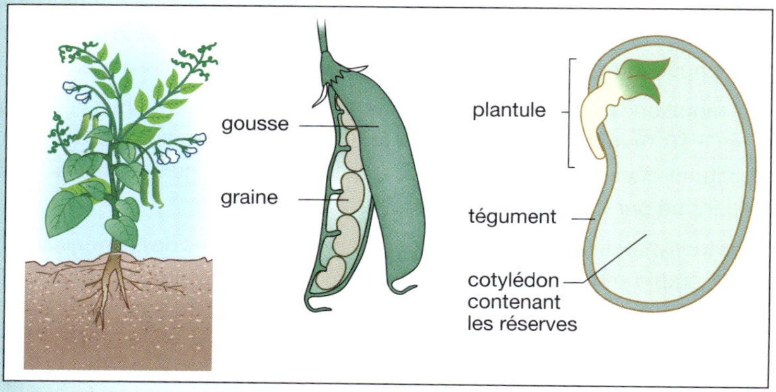

D'après Larousse

LES CLÉS DU SUJET

Étape 1. Comprendre le sujet

• Les mécanismes à expliciter sont donnés par le sujet :
– la production de molécules organiques à partir de matières minérales dans les parties chlorophylliennes de la plante par photosynthèse ;
– l'acheminement puis le stockage de ces molécules dans les organes de réserve des graines ;
– le développement de la plantule à partir des réserves accumulées dans la graine.

• Sur ce dernier point, moins présent dans les programmes que la photosynthèse, vous montrerez votre maîtrise du sujet en détaillant les mécanismes qui permettent à la plantule d'exploiter les réserves, et en citant des expériences.

Étape 2. Exploiter le document

Une référence au document du sujet peut être faite quand, dans la réponse, on parle de notions qu'il illustre : organes chlorophylliens, gousse (fruit), plantule, cotylédon, etc.

Étape 3. Construire la réponse

Le libellé du sujet suggère une chronologie, que vous pouvez suivre pour construire vos parties. Nous avons ajouté une première partie afin de présenter les matières organiques des graines, référence indispensable pour toutes les autres parties.

Introduction	Indiquez votre plan, suggéré par le libellé du sujet.
I. Les matières organiques de réserve dans les graines	Décrivez la structure de deux graines en mettant l'accent sur les matières de réserve.
II. La production de matières organiques dans les feuilles	Mobilisez vos connaissances sur la photosynthèse en vous limitant aux données essentielles, notamment à l'équation globale.

SPRINT FINAL

III. La synthèse des matières organiques des graines	• Rappelez l'hétérotrophie des graines, qui dépendent du transport de matières organiques des feuilles jusqu'aux ovules grâce à la sève élaborée. • Montrez comment les matières organiques qui arrivent aux ovules sont utilisées pour former des réserves d'amidon dans les organes de réserve des graines.
IV. L'utilisation des réserves au cours de la germination	• Mettez en évidence, en présentant des expériences réalisées sur des graines germées, la mobilisation des réserves pour la croissance de la plantule. • Précisez les mécanismes physiologiques en jeu.
Conclusion	• Résumez les idées développées. • Indiquez le moment où les réserves de la graine, d'ailleurs en partie épuisées, ne sont plus utiles à la plantule.

28 CORRIGÉ GUIDÉ

Introduction

• La genèse de nouvelles plantes par la reproduction sexuée s'effectue à partir des graines produites par la plante mère. Toutes les graines, aussi diverses soient-elles, possèdent une plantule et des matières organiques, indispensables au développement de la plantule (comme l'illustre le document d'aide).

• Nous allons envisager la photosynthèse à l'origine des réserves des graines, le transport de molécules organiques dans les graines et la synthèse de leurs réserves. Nous montrerons enfin comment ces réserves sont utilisées pour la croissance de la plantule.

I. Les matières organiques de réserve dans les graines

• Les graines ont des formes et des dimensions variables, mais toutes possèdent un tégument protecteur et un embryon de plante, la plantule, avec un cotylédon (par exemple, une graine de blé) ou deux (par exemple, une graine de haricot). Les cotylédons sont des feuilles embryonnaires primitives, peu différenciées.

• Toutes les graines contiennent des matières organiques de réserve, soit dans les cotylédons (cas des légumineuses) ou dans un tissu, l'albumen, qui occupe une grande partie du volume de la graine (cas des céréales).

• Ces organes de réserve sont remplis d'amidon, une macromolécule polymère du glucose. Cette structure moléculaire est en rapport avec sa fonction de réserve. Les graines sont donc très riches en glucides.

• Les cellules à la périphérie de l'albumen des graines des céréales, comme le blé ou le maïs, forment une enveloppe, sous le tégument, appelée couche à aleurone, pleine de grains riches en protéines (figure 1).

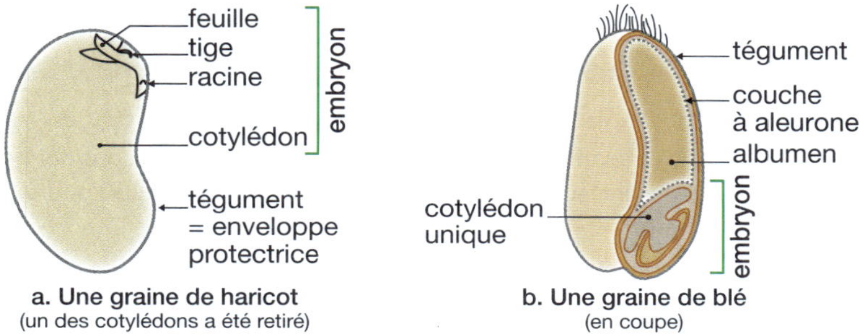

Figure 1. Schémas de coupes de graines

II. La production de matières organiques dans les feuilles

• La formation de la graine à partir de l'ovule s'effectue à l'intérieur de la plante mère, dans le ou les ovaires du pistil, lequel devient un fruit (cf. la graine de haricot dans sa gousse).

• Les plantes chlorophylliennes sont autotrophes, c'est-à-dire capables de réaliser la synthèse de leurs matières organiques à partir de substances minérales : eau (H_2O), dioxyde de carbone (CO_2), ions minéraux dont les nitrates. Seuls les organes chlorophylliens sont autotrophes, de par leur capacité à réaliser la photosynthèse : les graines en sont donc incapables.

• La photosynthèse est un processus complexe qui a lieu dans les chloroplastes. En prenant comme exemple la synthèse d'une molécule de glucose, l'équation-bilan peut s'écrire :

$$6CO_2 + 12H_2O \xrightarrow{\text{Énergie lumineuse}} \underset{\text{(glucose)}}{C_6H_{12}O_6} + 6O_2 + 6H_2O$$

Réactifs — Produits

• Cette équation-bilan traduit une réaction d'oxydo-réduction : réduction du CO_2, oxydation d'H_2O. Cette réaction nécessite de l'énergie lumineuse, captée par les pigments chlorophylliens des chloroplastes, d'où le terme de « photosynthèse ».

• L'équation-bilan traduit aussi le fait que les atomes du dioxygène produit (O_2) proviennent des molécules d'eau. La photosynthèse commence d'ailleurs par la photolyse de l'eau ($2H_2O \rightarrow 4H^+ + O_2 + 4e^-$), permise par l'énergie lumineuse absorbée par les pigments chlorophylliens.

• Le glucose n'est pas le seul produit de la photosynthèse. Sont également produits des acides aminés, des acides gras et des vitamines.

• Le saccharose, formé par l'union d'une molécule de glucose et d'une molécule de fructose, est la forme de transport des glucides dans la plante.

III. La synthèse des matières organiques des graines

A. Transfert des matières photosynthétiques jusqu'à l'ovule

• Les organes de la plante non chlorophylliens et les graines sont hétérotrophes. Ils synthétisent leurs matières organiques à partir de celles apportées par la sève élaborée.

• Cette solution concentrée riche en glucides, essentiellement du saccharose, formée dans les feuilles, est transportée par les tubes criblés jusqu'aux fruits et graines (document d'aide).

B. Stockage des matières organiques par la graine

• Suite à la fécondation, qui se déroule dans l'ovule, ce dernier se transforme en graine. Cela se traduit par la formation d'une plantule et par la synthèse de réserves glucidiques dans l'albumen ou les cotylédons, suivant l'espèce.

• Ainsi, la synthèse d'amidon dans les amyloplastes des cellules de l'albumen ou des cotylédons s'effectue en utilisant le glucose résultant de l'hydrolyse du saccharose apporté par la sève élaborée.

> **À NOTER**
> La synthèse d'amidon dans les amyloplastes à partir du saccharose se distingue de celle qui se déroule dans les chloroplastes à partir du glucose produit par photosynthèse.

IV. L'utilisation des réserves au cours de la germination

A. Mise en évidence expérimentale de l'utilisation des réserves

> **▶ Le conseil de méthode**
> Le sujet demande d'appuyer votre exposé sur des expériences. Celles sur la mobilisation des réserves, réalisées au lycée, sont à privilégier car elles sont au cœur du sujet.

• Durant la germination, les matières organiques des réserves de la graine sont mobilisées, ce que montrent diverses observations et expériences.

• L'observation microscopique des grains d'amidon d'une graine de blé germée révèle des grains corrodés, dont la dégradation augmente progressivement : l'amidon qu'ils contiennent disparaît peu à peu lors de la germination.

• On broie des graines de blé germées dans de l'eau, on filtre le broyat et on teste le filtrat à la liqueur de Fehling à chaud : on observe un précipité rouge qui traduit la présence de sucres réducteurs (sucres simples). Un filtrat préparé à partir de graines non germées ne réduit pas la liqueur de Fehling.

• Au cours de la germination, l'amidon, macromolécule de stockage, insoluble, est hydrolysé en sucres, maltose puis glucose, solubles. Ils peuvent alors diffuser jusqu'à la plantule.

B. Rôle de l'embryon au cours de la germination

• L'hydrolyse de l'amidon en glucose n'est pas spontanée. Elle est catalysée par des enzymes, amylase et maltase, apparues dans l'albumen ou les cotylédons au cours de la germination.

• L'expérience suivante (figure 2) illustre l'intervention de l'amylase : on dépose des graines de blé germées, coupées longitudinalement, sur la gélose d'une boîte de Petri imprégnée d'empois d'amidon. 48 heures après, on ajoute sur la gélose du réactif iodo-ioduré. Toute la boîte est colorée en bleu sauf autour des graines de blé germées.

> **▶ Le conseil de méthode**
> Afin de montrer votre maîtrise de la démarche expérimentale, il est important de citer le témoin (graines non germées) dans les expériences décrites.

• Ce protocole, réalisé avec des graines non germées, donne une boîte entièrement bleue. On en conclut que la disparition de l'amidon résulte de son hydrolyse, provoquée par une enzyme émise par les graines germées : l'amylase.

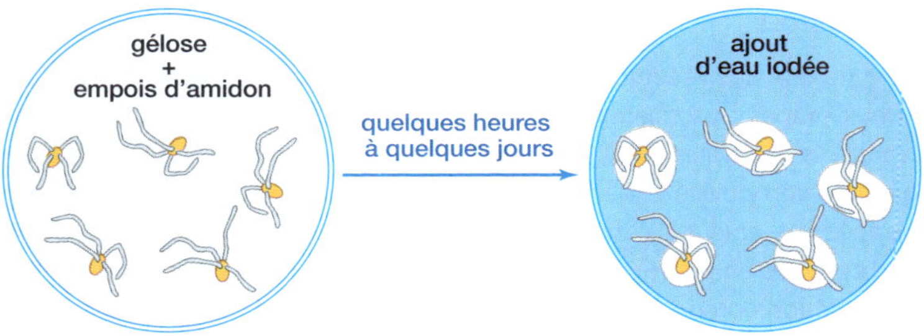

La présence d'une auréole blanche autour de chaque graine germée indique que l'amidon présent dans la gélose a été hydrolysé par la graine en germination. Celle-ci a produit des enzymes, des amylases, qui ont diffusé dans la gélose.

Figure 2. **Mise en évidence de la production d'enzymes par la graine en germination**

• On a montré expérimentalement que l'embryon est à l'origine de la synthèse de l'amylase et de la maltase. Cela a été mis en évidence chez l'orge. En début de germination, l'embryon produit une hormone végétale, la gibbérelline, qui diffuse vers la couche à aleurone. Cette hormone active les gènes qui codent les enzymes maltase et amylase. Ainsi, l'embryon joue un rôle moteur en activant la synthèse des enzymes nécessaires à sa nutrition.

• Amylase et maltase diffusent dans l'albumen et catalysent l'hydrolyse de l'amidon (en maltose puis glucose). Le glucose, à la fois source d'énergie et nutriment bâtisseur, permet la croissance de l'embryon (figure 3).

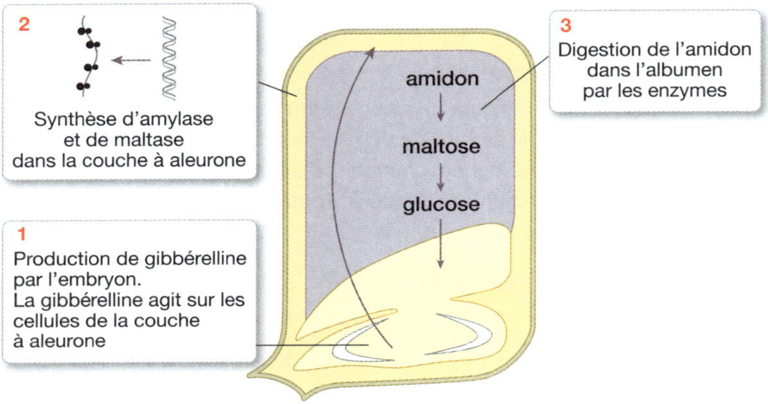

Figure 3. **Déclenchement de l'hydrolyse de l'amidon par l'embryon**

Conclusion

• La synthèse des réserves des graines résulte d'un processus se déroulant en deux étapes : premièrement la synthèse de matières organiques à partir de matières minérales (H_2O, CO_2, ions minéraux) par photosynthèse, dans les organes chlorophylliens de la plante mère. La graine et son embryon, hétérotrophes, ne sont pas impliqués dans cette première étape. La deuxième étape consiste en la synthèse de réserves (amidon, protéines) par les cellules des cotylédons ou de l'albumen, à partir des nutriments (saccharose, acides aminés) apportés par la sève élaborée.

• La phase d'utilisation des réserves au cours de la germination est propre à la graine. Chez les céréales, cette phase est remarquable par le caractère actif de l'embryon qui envoie un message hormonal vers une région de l'albumen, stimulant l'expression des gènes qui codent pour la maltase et l'amylase.

• En catalysant l'hydrolyse de l'amidon, amylase et maltase assurent la production de glucose, nécessaire à la croissance de l'embryon. L'utilisation des réserves se termine lorsque la nouvelle plante acquiert l'autotrophie grâce à ses premières feuilles.

Étude d'une modification climatique dans la région du lac Salinas au Pérou

1 h 30
8 points

INTÉRÊT DU SUJET • Les sédiments contenus dans les lacs constituent des archives des événements géologiques et climatiques ayant affecté une région. L'étude des sédiments du lac de Salinas est un bel exemple de reconstitution d'une histoire climatique locale.

Le climat d'une région est défini par deux paramètres principaux : la température et l'humidité. On s'intéresse au climat local du lac Salinas, un lac salé situé à 4 300 m d'altitude dans la région d'Arequipa au Pérou. Des études montrent que ce lac a enregistré une modification de certains paramètres climatiques au cours des 15 000 dernières années.

▶ **Montrer quelle variation climatique a affecté la région du lac Salinas au cours des 15 000 dernières années.**

Vous organiserez votre réponse selon une démarche de votre choix intégrant des données des documents et les connaissances utiles.

DOCUMENT 1 **Profil d'une carotte prélevée dans les sédiments du lac Salinas**

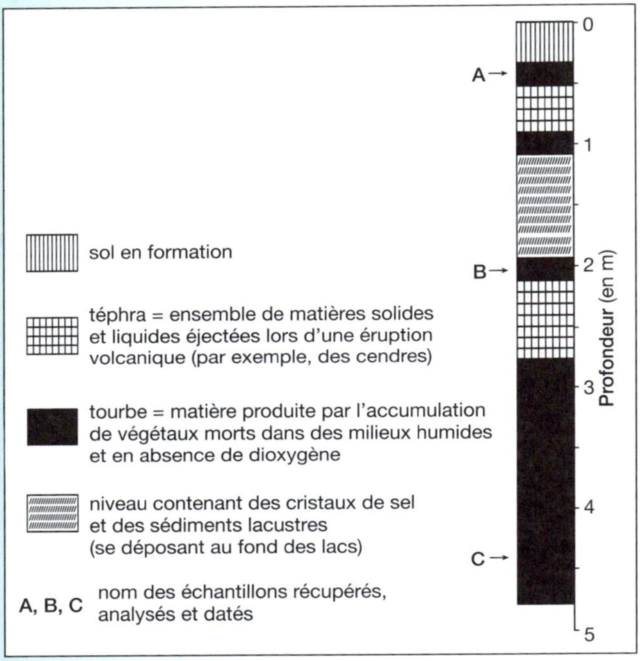

D'après Juvigné *et al.*, « Étude téphrostratigraphique et bio-climatique du Tardiglaciaire et de l'Holocène de la Laguna Salinas, Pérou méridional », *Géographie physique et Quaternaire*, 1997

DOCUMENT 2 **La datation par radiochronologie à l'aide de la méthode du ^{14}C**

Il existe trois isotopes de l'atome de carbone. Deux sont des isotopes stables : le ^{12}C (majoritaire à 98,9 %) et le ^{13}C. Le troisième isotope, le ^{14}C, est radioactif. Le CO_2 atmosphérique contient principalement l'isotope stable ^{12}C. Cependant, une très faible quantité (1 pour 1 012 molécules) de CO_2 atmosphérique contient du ^{14}C radioactif. Ce $^{14}CO_2$ est produit en continu dans la haute atmosphère. On considère que le rapport $^{14}C/^{12}C$ du CO_2 est relativement stable dans le temps. Cependant lorsqu'un organisme meurt, il n'échange plus avec son milieu et son propre rapport $^{14}C/^{12}C$ commence à décroître selon la courbe suivante.

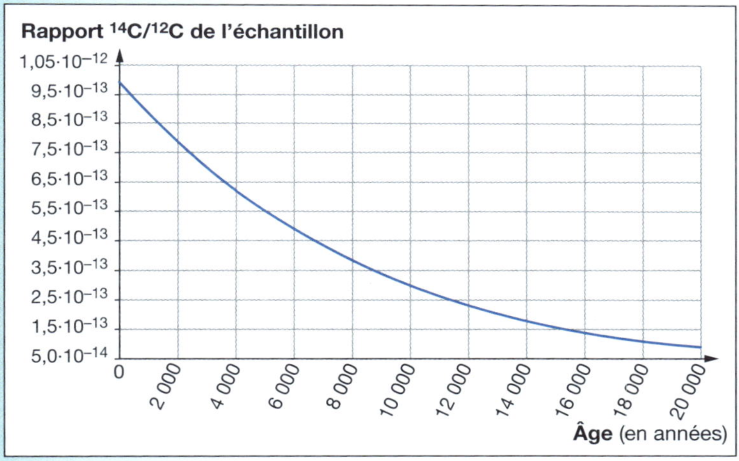

***Figure 1.* Évolution du rapport $^{14}C/^{12}C$ en fonction du temps écoulé depuis la mort de l'organisme**

D'après Thierry Lhuillier, « Comment calculer l'âge grâce au carbone 14 », 2020 (acces.ens-lyon.fr)

Le temps de demi-vie du ^{14}C est d'environ 5 730 ans ce qui permet de dater des échantillons contenant du carbone, et pour lesquels la fermeture du système a eu lieu il y a moins de 40 000 ans.
Le tableau suivant présente les mesures effectuées sur les échantillons de tourbe de la carotte de sédiments du lac Salinas.

Nom des échantillons	A	B	C
Rapport $^{14}C/^{12}C$ de l'échantillon	$9{,}86 \cdot 10^{-13}$	$3{,}10 \cdot 10^{-13}$	$1{,}69 \cdot 10^{-13}$

DOCUMENT 3 **Diagramme pollinique réalisé à partir des échantillons des tourbes localisées dans la carotte de sédiments du lac Salinas**

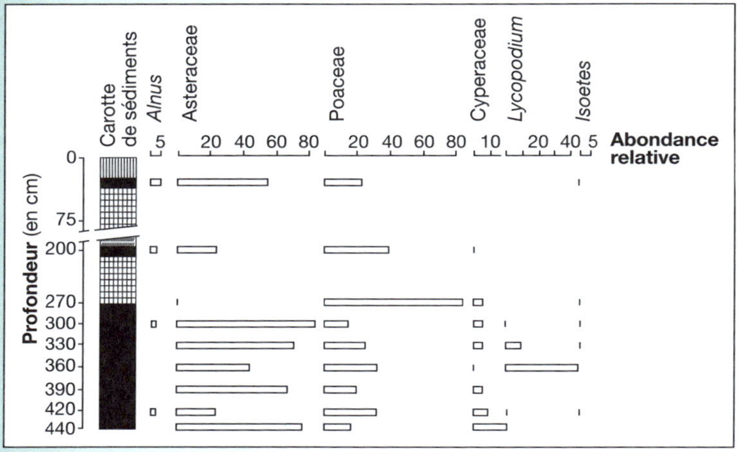

Légende :

- Les doubles barres obliques ⫽ entre 75 et 200 cm signifient que l'échelle n'est plus respectée dans l'intervalle car il n'y a pas de données disponibles.
- Les figurés utilisés correspondent à ceux utilisés dans le document 1.
- Les noms indiqués avec une majuscule (par exemple *Alnus* ou Asteraceae) correspondent à des noms de genre ou familles de végétaux.

D'après Juvigné *et al.*, « Étude téphrostratigraphique et bio-climatique du Tardiglaciaire et de l'Holocène de la Laguna Salinas, Pérou méridional », *Géographie physique et Quaternaire*, 1997

DOCUMENT 4 **Relevé des diatomées présentes dans la carotte de sédiments du lac Salinas**

Les diatomées sont des algues unicellulaires, vivant dans des milieux aquatiques très variés.

Profondeur (en cm) 420	360	270	200	95	25	
	Très rare		Rare	Rare	Très abondant	*Rhopalodia acuminata* *
				Rare	Abondant	*Denticula* sp. *
		Très rare		Rare	Rare	*Navicula mutica* *
		Très rare		Rare		*Hantzschia amphioxys* *
Abondant	Très rare	Très rare	Rare	Rare		*Nitzschia perminuta* *
				Rare		*Diploneis* sp. *
		Très rare	Très rare	Rare		*Caloneis bacillum* *
	Très rare		Rare			*Pinnularia microstauron*
Très rare	Abondant		Rare			*Navicula bryophila* *
	Très rare	Très rare	Très rare			*Pinnularia borealis* et var. *rectangularis*
Abondant	Très abondant	Rare	Rare			*Cymbella alpina* *
Très rare	Très abondant	Très rare	Rare			*Cymbella norvegica* *
Très rare	Très rare	Très rare	Très rare		Rare	*Navicula* sp.
			Très rare			*Caloneis tenuis*
		Rare	Rare			*Nitzschia amphibia*
		Très rare	Très rare			*Caloneis silicula*
		Rare	Très abondant			*Navicula gallica* *
Abondant	Abondant	Très rare	Très rare			*Navicula* cfr. *disjuncta* *
		Très rare				*Amphora coffeaeformis*
Très rare	Très rare	Rare				*Fragilaria lapponica* *
Très rare	Très abondant	Rare				*Cymbella falaisensis* *
		Très rare				*Eunotia exigua*
	Très rare					*Surirella striatula*
	Très rare					*Cocconeis placentula* var. *euglypta*
	Très rare					*Neidium testa*
Très rare						*Pinnularia appendiculata*
Très rare						*Nitzschia* cfr. *intermedia*
Rare						*Denticula valida*
Rare						*Achnanthes lanceolata* ssp. *rostrata*
Très rare						*Nitzschia dubia*
Très rare						*Pinnularia* cfr. *divergens*

● Très abondant • Abondant • Rare + Très rare

Les « * » désignent les espèces qui sont reprises dans le document 5b.

D'après Juvigné *et al.*, « Étude téphrostratigraphique et bio-climatique du Tardiglaciaire et de l'Holocène de la Laguna Salinas, Pérou méridional », *Géographie physique et Quaternaire*, 1997

DOCUMENT 5 **Écologie des organismes présents dans la carotte de sédiments**

a. Milieux de vie actuels des organismes dont les pollens ont été retrouvés dans la tourbe du lac Salinas

Nom de groupe	Données écologiques
Alnus	Tolère les climats assez humides ou secs
Asteraceae	L'association des deux est caractéristique des steppes de haute altitude du Pérou, qui peuvent être plus ou moins sèches ou humides
Poaceae	
Cyperaceae	Milieux humides
Lycopodium	
Isoetes	

Les groupes sont ici des genres ou familles d'organismes.

D'après les sites du réseau des botanistes francophones : tela-botanica.org et de l'Institut national du patrimoine naturel : inpn.mnhn.fr

b. Diatomées et salinité de l'eau

Espèce de diatomée	Salinité de l'eau
Rhopalodia acuminata	Forte
Denticula sp.	Forte
Navicula mutica	Moyenne
Hantzschia amphioxys	Moyenne
Nitzschia perminuta	Moyenne
Diploneis sp.	Moyenne
Caloneis bacillum	Moyenne
Cymbella alpina	Faible
Cymbella norvegica	Faible
Cymbella falaisensis	Faible
Fragilaria lapponica	Faible
Navicula gallica	Faible
Navicula cfr. *disjuncta*	Faible
Navicula bryophila	Faible

La salinité de l'eau d'un lac augmente lorsque l'évaporation est supérieure à l'apport d'eau par les pluies ou rivières.

D'après Lortie, « Les diatomées fossiles de deux tourbières ombrotrophes du Bas-Saint-Laurent, Québec », *Géographie physique et Quaternaire*, 1983 et d'après Juvigné *et al.*, article cité, 1997

LES CLÉS DU SUJET

Étape 1. Comprendre le sujet

Il s'agit de reconstituer l'histoire climatique de la région à partir des données enregistrées dans les sédiments d'un lac. La nature physique des sédiments est importante (ainsi des dépôts de sel traduisent une évaporation importante), mais bien plus précise est la mise en relation de la présence d'espèces fossiles.

Étape 2. Exploiter les documents

- Le document 1 présente l'épaisseur, la nature et la disposition des couches sédimentaires les unes par rapport aux autres. C'est le document de référence qu'il va falloir « faire parler ».
- Le document 2 permet une datation absolue des couches de tourbe, puis, grâce au document 1, une datation relative des autres couches de la carotte.
- Les documents 3 et 4 sur l'évolution des populations fossiles fournissent des informations qu'il faut interpréter et traduire en évolution des paramètres climatiques (température et humidité) à l'aide des données du document 5.

Étape 3. Construire la réponse

I. Datation des sédiments et hypothèse sur la variation climatique	• Présentez les sédiments qui se succèdent dans la carotte (doc. 1). • Datez les couches de tourbe à l'aide de la courbe du document 2. • Datez les autres couches grâce au principe de superposition. • Faites une hypothèse sur la nature de la variation climatique en exploitant les données sédimentaires (présence de dépôts de sel) et situez-la dans le temps.
II. Informations fournies par les pollens	Confirmez la nature de la variation climatique et précisez le moment de cette variation à l'aide du diagramme pollinique.
III. Informations fournies par les diatomées	Confirmez et précisez les conclusions précédentes à l'aide des données sur les diatomées.
Conclusion	Résumez les informations apportées par l'ensemble des données pour reconstituer l'histoire climatique de la région.

SPRINT FINAL

29 CORRIGÉ GUIDÉ

Introduction

Pour connaître les caractéristiques passées du climat d'une région, les géologues font l'analyse de carottes de sédiments. Celle des sédiments du lac Salinas au Pérou montre une variation du climat local survenue au cours des 15 000 dernières années. À partir de l'exploitation des documents, nous allons préciser cette variation climatique.

I. Datation des sédiments et hypothèse sur la variation climatique

> ▶ **Le secret de fabrication**
> On exploite de façon complémentaire les documents 1 et 2 (informations sur l'âge) et on utilise les données du document 1 en lien avec la question posée (identifier la variation climatique et la situer dans le temps).

A. Âge relatif et âge absolu des sédiments

• L'observation de la carotte (doc. 1) révèle trois types de sédiments : la tourbe, formée à partir de végétaux morts, qui contient également de nombreux grains de pollens des plantes qui vivaient à proximité du lac ; le téphra, composé de matériaux volcaniques (cendres, ponces) émis au cours d'éruptions explosives par un ou plusieurs volcans situés à proximité du lac ; les sédiments lacustres, contenant des cristaux de sel.

• Le principe de superposition (chronologie relative) implique que les formations sont de plus en plus anciennes lorsqu'on descend la colonne de sédiments. La couche de tourbe C est la formation la plus ancienne.
La méthode de chronologie absolue du ^{14}C sur des échantillons issus des tourbes A, B et C établit le rapport $^{14}C/^{12}C$ de chaque échantillon. Ce rapport est d'autant plus faible que le temps écoulé depuis la mort des végétaux est important (doc. 2). Ainsi, le rapport de la tourbe C est de $1{,}69 \cdot 10^{-13}$, ce qui correspond à un âge de 14 700 ans environ. Il est de $3{,}10 \cdot 10^{-13}$ pour la tourbe B, ce qui correspond à un âge de 9 700 ans environ. Le rapport de l'échantillon de tourbe A, de $9{,}86 \cdot 10^{-13}$, indique un âge d'une centaine d'années.

• En associant les données des chronologies relative et absolue, on situe dans le temps les formations autres que tourbeuses. L'âge minimal de chaque couche de téphra est celui de la tourbe qui la surmonte : une centaine d'années pour la plus récente, 9 700 ans pour la plus ancienne. Les sédiments lacustres, compris entre les couches A et B, se sont déposés après 9 700 ans.

• Ces informations permettront de dater la variation climatique, dont nous allons montrer l'existence en étudiant la nature des sédiments et les éléments fossiles qu'ils renferment.

B. Profil de la carotte et variation climatique

• La tourbe indique un milieu humide. Les sédiments lacustres situés au-dessus de la tourbe B contiennent des cristaux de sel, dont la formation peut être associée à une forte évaporation. Cela semble indiquer une période de sécheresse (températures plus élevées, humidité plus faible), donc une variation climatique, qui aurait eu lieu après 9 700 ans (âge de la tourbe B).

• On peut tester et préciser cette hypothèse à l'aide des données fossiles qu'on interprète en appliquant le principe de l'actualisme, qui admet que les exigences climatiques des êtres vivants du passé n'ont pas changé par rapport à celles de leurs équivalents actuels.

II. Informations fournies par les pollens (doc. 3 et 5)

• Le diagramme pollinique (doc. 3) a été réalisé à partir des données sur les pollens recueillis dans toutes les formations tourbeuses.

• Toutes indiquent une végétation dominée par les astéracées et les poacées, association caractéristique des steppes de haute altitude du Pérou, qui pouvaient être plus ou moins sèches ou humides (doc. 5). Cette association ne suffit donc pas pour déterminer le climat qui régnait à cette époque.

• La tourbe C présente, en plus de l'association astéracée-poacées, des pollens de plantes de milieux humides : cypéracées, lycopodium et isoètes.

• La tourbe B, datée de –9 700 ans, ne contient aucun pollen de plante de milieu humide. Elle est située sous les dépôts de sédiments lacustres riches en sel, associés à une évaporation élevée, donc à un climat sec.

• Les données polliniques viennent donc confirmer une variation climatique survenue il y a 9 700 ans : Entre –14 700 ans et –9 700 ans, le climat était humide, puis il est devenu plus sec.

III. Informations fournies par les diatomées (doc. 4 et 5)

• Certaines espèces de diatomées sont indicatrices de la salinité de l'eau où elles vivent, laquelle dépend de l'évaporation et de la pluviosité.

• La couche de tourbe C (420-360 cm de profondeur) ne comporte aucune espèce caractéristique d'une forte salinité. On y trouve quelques espèces vivant dans des milieux de salinité moyenne, et, en forte ou très forte abondance, de nombreuses espèces indicatrices d'une faible salinité (*Cymbella norvegica*, *alpina* et *falaisensis*, *Navicula* cfr. *disjuncta* et *bryophila*).

• La couche de tourbe B (200 cm), située sous les sédiments lacustres, contient majoritairement une espèce de faible salinité : *Navicula gallica*, et, en moindre abondance, des Cymbella, également caractéristiques d'une faible salinité. Cependant elle contient aussi, en faible quantité, des espèces de moyenne et de forte salinité : *Nitzschia amphioxus* et *Rhopalodia acuminata*. On peut supposer que c'est au cours de la période de dépôt de ces sédiments que le climat est devenu plus sec, ce qui a pu conduire à un assèchement et à la salinisation du lac.

• Les dépôts de tourbe suivants ne contiennent que des espèces de moyenne et de forte salinité. *Rhopalodia acuminata* et Denticula sp., caractéristiques des milieux très salins, sont majoritaires dans le dernier dépôt, la couche de tourbe A, datée d'une centaine d'années.

• Ainsi, la salinité de l'eau du lac augmente du bas vers le haut de la séquence étudiée : vers –10 000 ans, le climat devient plus sec. Cette sécheresse se maintient et s'accentue il y a une centaine d'années.

▶ Le conseil de méthode

Parmi toute cette diversité d'espèces, on peut se perdre. Recherchez la présence ou l'absence dans une couche des espèces de faible ou de forte salinité. Les espèces de moyenne salinité sont plus tolérantes aux écarts de salinité : ce sont de moins bons indicateurs.

Conclusion

• Durant les 15 000 dernières années, le lac Salinas a enregistré l'évolution locale de l'environnement en piégeant des sédiments, dont la nature renseigne sur l'humidité et sur la température du climat.

• La richesse en carbone des couches de tourbe permet de les dater (grâce à la méthode de datation au ^{14}C) et donc de dater relativement les autres formations. La mise en relation des données témoigne d'une variation climatique survenue il y a 10 000 ans, à la fin de la dernière glaciation (tardiglaciaire) et au début de l'holocène :

1) Entre –15 000 et –10 000 ans (tourbe C), la région était couverte d'une végétation de steppe humide, le lac recevait suffisamment d'eau pour que des diatomées de faible salinité y prospèrent.

2) Il y a 10 000 ans, le climat est devenu plus sec : l'absence de pollens de milieu humide dans les couches de tourbe, la présence de sédiments lacustres riches en sel traduisant une forte évaporation, et l'abondance des diatomées fossiles de forte salinité (évaporation supérieure à l'apport d'eau dans le lac) confirment cette variation vers un climat plus sec et probablement moins froid.

Réussir l'épreuve pratique (ECE)

Un sujet d'ECE pas à pas

Localisation des stomates et pertes en eau

1 heure
5 points

Il est impossible, dans un Annabac, d'évaluer la qualité des manipulations réalisées, mais le corrigé vous indique cependant les comportements qui, au cours de celles-ci, seront pris en compte dans la notation.

FICHE SUJET

Mise en situation et recherche à mener

Les stomates sont des structures intervenant dans plus de 90 % des échanges gazeux (O_2, CO_2 et vapeur d'eau) entre la plante et l'atmosphère. Ils jouent un rôle essentiel dans la photosynthèse mais aussi dans la régulation des pertes d'eau par transpiration de la plante, notamment en les limitant. Chez certaines plantes, les feuilles ont un port horizontal : une face supérieure exposée au Soleil, et donc plus fortement soumise à la déshydratation, et une face inférieure, moins exposée au Soleil. Chez d'autres plantes, les feuilles ont un port vertical et les deux faces ont une égale exposition à la lumière.

▶ On cherche à déterminer, en étudiant les feuilles des végétaux, s'il existe une relation entre le port des feuilles et la répartition des stomates, permettant de limiter les pertes en eau de la plante.

Ressources à disposition

A. Matériel

- Feuilles de végétal chlorophyllien à port vertical (poireau, muguet, etc.)
- Pinces fines et ciseaux
- Aiguille lancéolée
- Microscope
- Marqueur ou crayon à verre
- Lames
- Lamelles
- Eau
- Vernis à ongle transparent
- Lampe ou sèche-cheveux
- Papier absorbant

B. Observations microscopiques et terminologie

Observation au microscope optique d'une empreinte de la face supérieure d'une feuille de lierre (port horizontal)

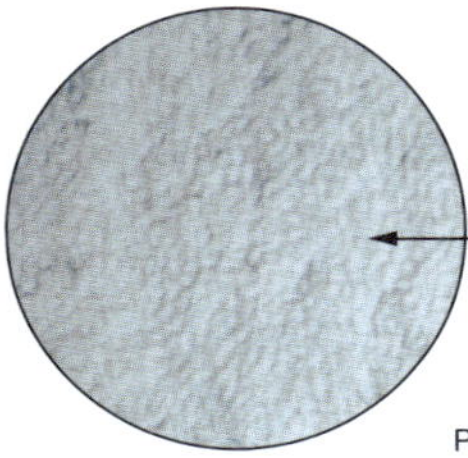

Ph © Hervé Conge

Observation au microscope optique d'une empreinte de la face inférieure d'une feuille de lierre (port horizontal)

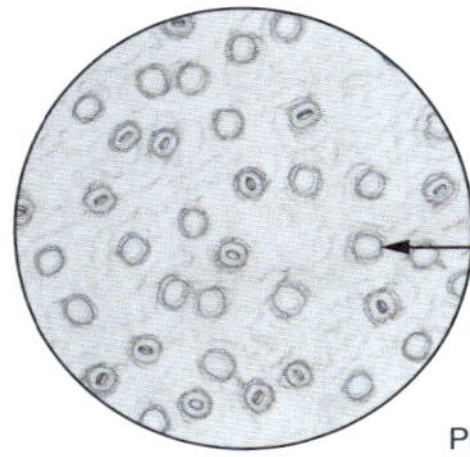

Ph © Hervé Conge

Le poireau, feuilles à port vertical

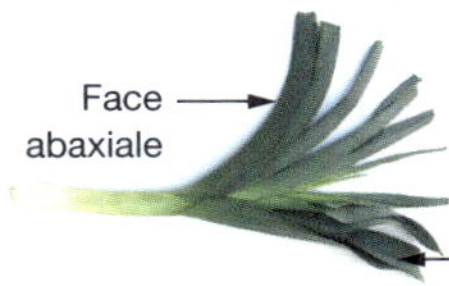

Ph © Unclesam – stock.adobe.com

Dans le cas de feuilles à port vertical, on ne parle pas de face inférieure ou supérieure. On appelle face adaxiale la face la plus proche de la tige et face abaxiale la face la plus distante de la tige.

Protocole d'utilisation du matériel

Fiche technique : réaliser une empreinte d'épiderme de feuille

- **Poser le vernis**

– Étaler sur l'épiderme de la feuille une goutte de vernis transparent sur une surface d'environ 0,5 cm de diamètre. Éviter les couches trop fines (elles se cassent au prélèvement) ou trop épaisses (elles sèchent trop lentement).
– Répéter la même opération sur plusieurs endroits de la feuille afin de multiplier les empreintes et en obtenir au moins une de bonne qualité.
– Poser la feuille sous une lampe ou utiliser le sèche-cheveux pour accélérer le séchage.

- **Prélever les empreintes** (N'effectuer le prélèvement que lorsque le vernis est sec)

– Soulever le bord d'une zone vernie en la grattant légèrement avec une aiguille lancéolée.
– Décoller le vernis à l'aide d'une pince fine (un lambeau suffit).
– Refaire les mêmes manipulations pour toutes les empreintes réalisées sur la feuille.

- **Réaliser une préparation microscopique**

– Déposer chaque empreinte prélevée sur une lame, dans une goutte d'eau, face décollée vers le dessus, bien à plat, sans la froisser et recouvrir d'une lamelle.
– Observer au microscope au grossissement permettant de voir l'empreinte des cellules.
– Refaire les mêmes opérations pour tous les prélèvements.

En cas d'échec de l'obtention d'une empreinte microscopique à cause d'une mauvaise manipulation ou d'une incapacité à utiliser le matériel, un document de secours vous sera fourni.

DÉROULEMENT DE L'ÉPREUVE

Étape 1 : proposer une stratégie pour résoudre le problème posé (40 minutes)

A. Exposer sa stratégie à l'oral (20 minutes)

• Prenez d'abord connaissance, dans la fiche sujet qui vous est remise, de la recherche à mener et des ressources disponibles. Lisez ensuite le protocole d'utilisation du matériel (fiche technique).

• Vous devez concevoir une stratégie pour résoudre le problème posé en prenant en compte le matériel dont vous disposez ainsi que la fiche technique. Il se peut que le matériel proposé soit **volontairement imprécis**, par exemple qu'il ne fasse pas apparaître la nécessité d'un témoin ou de réaliser plusieurs préparations. Dans ce cas, n'hésitez pas à demander un **matériel complémentaire** pour enrichir votre démarche.

• Lorsque vous êtes prêt·e, appelez l'examinateur ou l'examinatrice pour lui exposer oralement votre stratégie. Vous pouvez faire un brouillon rapide, mais celui-ci ne sera pas pris en compte. Ce qui importe est **l'exposé oral**.

• Il peut vous être posé des questions pour affiner votre stratégie ou vous inciter à en concevoir une autre si vous avez fait fausse route. Prêtez une grande attention aux questions posées pour faire évoluer, s'il y a lieu, votre démarche.

• Si, malgré les questions posées, votre proposition reste incomplète ou imprécise, la stratégie vous sera imposée. Cela constituera une aide majeure qui aura des répercussions négatives sur votre note.

B. Mettre en œuvre le protocole (20 minutes)

• La deuxième étape consiste en la réalisation pratique de votre démarche, en utilisant judicieusement le matériel mis à votre disposition et en montrant que vous maîtrisez le matériel à utiliser (exécution des gestes techniques).

• À ce stade de l'épreuve, vous pouvez dialoguer avec l'examinateur ou l'examinatrice si vous rencontrez un problème et lui montrer les résultats obtenus. Il ou elle vous aidera à surmonter les difficultés mineures d'ordre technique que vous pourriez rencontrer. Si les résultats de votre manipulation ne sont pas exploitables, le document de secours vous sera fourni (aide majeure).

Étape 2 : présenter les résultats obtenus et les interpréter (20 minutes)

• Il s'agit, enfin, d'interpréter **par écrit** les résultats suivant les modalités que vous jugez les plus pertinentes (tableau, dessin de préparation microscopique, schéma, etc.).

• Il faut conclure en montrant comment ces résultats apportent une réponse à la question posée dans la fiche sujet.

30 CORRIGÉ GUIDÉ

Étape 1 : proposer une stratégie pour résoudre le problème posé

A. Exposer sa stratégie à l'oral

• Le document de la fiche sujet montre que l'épiderme de la face supérieure d'une feuille de lierre ne possède pas de stomates, alors que celui de la face inférieure en a de nombreux.

• Les stomates d'une feuille à port horizontal sont donc limités à la face la moins exposée au Soleil. Nous savons que, lors de la transpiration, la vapeur d'eau passe de l'intérieur de la feuille à l'extérieur via les stomates. On peut donc penser que la localisation des stomates sur la face inférieure est une adaptation qui permet de limiter la perte d'eau par la plante. S'il en est bien ainsi, lorsque les feuilles d'une plante ont un port vertical, les deux faces sont exposées au Soleil de façon quasiment égale et il ne doit pas y avoir de différence entre la densité des stomates dans les épidermes de la face adaxiale et de la face abaxiale.

À NOTER
Même si un stomate est légendé sur le document fourni, il est bon d'en montrer plusieurs lors de l'exposition de vos résultats, en précisant comment vous les reconnaissez.

▶ Le conseil de méthode

Il faut argumenter la stratégie que vous allez exposer :
– dans un premier temps, on part des données fournies pour introduire l'hypothèse que la répartition des stomates dépend de l'exposition des deux faces au Soleil. On en tire une conséquence vérifiable : la répartition des stomates sur les épidermes d'une feuille à port vertical doit être à peu près la même ;
– on teste ensuite cette hypothèse en précisant ce que l'on va faire.

• Pour tester cette hypothèse, il faut faire une préparation microscopique d'un épiderme de la face abaxiale, puis de la face adaxiale d'une feuille à port vertical. Il s'agit d'observer l'épiderme, et notamment les stomates, au microscope. Pour cela, on utilise la technique des empreintes qui consiste à réaliser une préparation microscopique à partir d'un film de vernis présentant l'empreinte de l'épiderme que l'on souhaite observer. Il est nécessaire de choisir un grossissement qui permet de voir de nombreux stomates donc pas au plus fort grossissement, soit × 70 (et non × 400 ou × 600).

• Il s'agit ensuite de compter les stomates dans les deux préparations microscopiques. L'expérience permettra de vérifier si la densité des stomates est à peu près la même ou non dans les épidermes des deux faces.

> **▶ Le conseil de méthode**
>
> Il n'est pas interdit de critiquer, ou du moins de nuancer, la démarche : celle-ci suppose en effet que toutes les feuilles à port horizontal aient cette disposition des stomates, ce qui n'est pas précisé.
>
> Vous pouvez d'ailleurs demander si l'on dispose de préparations microscopiques relatives à d'autres plantes. Et, bien sûr, il faudrait observer plusieurs plantes dont les feuilles ont un port vertical.

B. Mettre en œuvre le protocole

• **Utilisation des techniques et gestion du poste de travail**

On attend de vous que vous mettiez en œuvre le protocole et évidemment que vous arriviez, pour chacune des deux préparations, à des observations interprétables pour résoudre le problème.

> **ATTENTION**
>
> L'examinateur vous observe durant votre manipulation et peut éventuellement vous fournir une aide mineure qui n'aura qu'un impact réduit sur votre note. S'il réalise les gestes techniques à votre place, cela représentera en revanche une aide majeure qui sera pénalisante.

a) Pour la préparation microscopique, l'examinateur ou l'examinatrice regardera :

– si votre dépôt du vernis est soigné ;

– si le prélèvement des empreintes est conforme aux consignes de la fiche technique ;

– si la répartition du liquide est bonne ;

– si le montage entre lame et lamelle est correctement réalisé ;

– si la préparation utilisée est nette.

b) Pour l'utilisation du microscope, il ou elle vérifiera :

– si vos réglages (éclairage, diaphragme) sont bien réalisés ;

– si le choix des objectifs est adapté et si leur utilisation est correcte ;

– si vous avez su rechercher puis centrer la région la plus favorable de l'empreinte.

c) Pour la fin de la manipulation :

– veillez à bien ranger votre poste de travail ;

– faites en sorte de le laisser propre et immédiatement utilisable par une autre personne à votre suite.

• **Exemples de préparations d'épidermes de feuille de poireau**

L'observation des deux empreintes au même grossissement est prise en compte par l'examinateur.

> **À NOTER**
> Vous pouvez éventuellement demander un dispositif d'acquisition d'images.

Épiderme de poireau face adaxiale	Épiderme de poireau face abaxiale
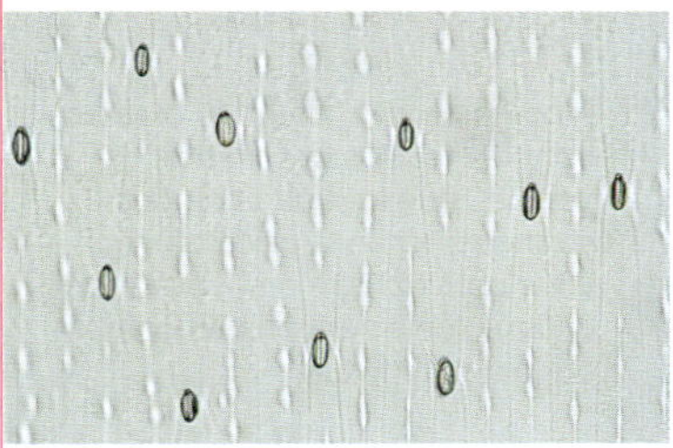 Ph © Hervé Conge	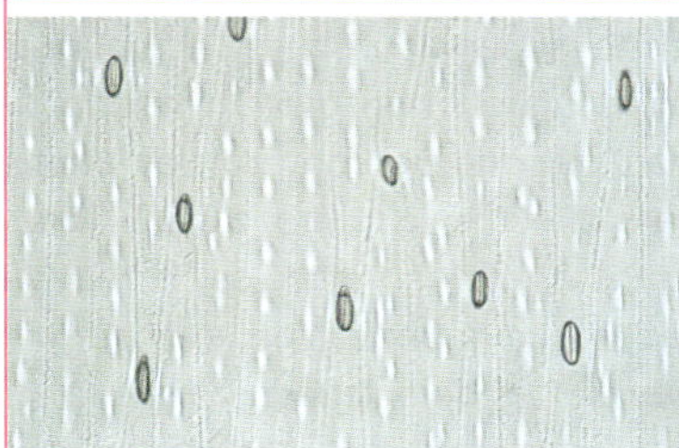 Ph © Hervé Conge

Étape 2 : présenter les résultats obtenus et les interpréter

A. Communication des résultats obtenus

Pour que cette communication soit en rapport avec le problème à résoudre, les résultats sont présentés sous la forme d'un tableau indiquant de façon comparative la densité des stomates chez les épidermes des deux faces de la feuille.

	Feuille à port horizontal (exemple des feuilles de lierre)		Feuille à port vertical (exemple des feuilles de poireau)	
Type d'épiderme	Épiderme supérieur	Épiderme inférieur	Épiderme adaxial	Épiderme abaxial
Présence ou non de stomates	Absence de stomates	Nombreux stomates	Présence de stomates (10 sur la surface observée au grossissement × 70)	Présence de stomates (densité voisine de celle de l'épiderme adaxial : 9 sur une même surface et au même grossissement)

B. Exploitation des résultats pour répondre au problème posé

• Sur les feuilles disposées horizontalement (port horizontal), on observe des stomates répartis sur la face inférieure, qui est moins exposée au Soleil que la face supérieure. En revanche, sur les feuilles disposées verticalement (port vertical), on constate une égale répartition des stomates entre les deux faces. Il existe donc une relation entre port des feuilles et répartition des stomates.

• Cette répartition, chez les plantes à feuilles à port horizontal, limite la perte d'eau puisque ce sont par les stomates que s'effectue la perte d'eau. Chez les plantes à feuilles verticales, la répartition indique que la perte d'eau (vapeur d'eau) a lieu par les deux faces.

À NOTER
Rien ne prouve, chez les plantes dont les feuilles ont un port vertical, que la répartition des stomates limite la perte d'eau ; vous pouvez faire preuve d'esprit critique, cela sera pris en compte pour la note finale.

• Ainsi, la répartition des stomates chez les plantes dont les feuilles ont un port horizontal est une adaptation permettant de limiter la perte d'eau lorsque l'atmosphère est sèche.

▶ Le piège à éviter

Il est tentant d'adopter un discours finaliste : « Quand le port est horizontal, les stomates sont situés sur la face inférieure des feuilles pour que la plante évite une trop grande perte en eau ». En s'exprimant ainsi, on exprime une intention, un but. C'est tout à fait contraire à ce que vous avez appris sur les mécanismes de l'évolution. Ce que l'on constate, en réalité, c'est simplement une corrélation entre la disposition des stomates et le port de la feuille. On peut en tirer une conséquence : cela limite la perte d'eau tout en permettant les échanges gazeux. On peut parler d'**adaptation**.

Réussir le Grand Oral

Les fiches MÉTHODE

Trois SIMULATIONS de Grand Oral

1 Choisir une question en SVT

Selon le BO du 13 février 2020, qui définit le « Grand Oral », vous devez choisir une question pour chacun de vos deux enseignements de spécialité. Vous serez interrogé(e) sur l'une de ces deux questions le jour de l'épreuve.

A Le « cahier des charges »

Le choix de la question doit répondre à ces **trois conditions**.

La question :
1. met en lumière un des grands enjeux du programme de spécialité.
2. se prête à une explicitation aisée, sans support et sans notes.
3. permet de nourrir une réflexion sur votre projet d'orientation.

B Des idées de sujets en SVT

1. Questions en lien avec les thèmes au programme de l'écrit

À NOTER La deuxième question est en lien avec un thème du programme de 1re (thème de l'immunologie).

Voici quelques suggestions qui se rapportent aux chapitres du programme limitatif de l'épreuve écrite.

Chapitres	Idées de sujet
Chapitre 1 (les brassages génétiques)	• Quelle est la probabilité de posséder un sosie ? • Pourquoi la plupart des greffes d'organe sont-elles rejetées par le receveur ?
Chapitres 3 et 7 (l'histoire de la Terre et les climats du passé)	Quel était le climat au moment de la formation de la roche se trouvant sous mon lycée ?
Chapitres 10 et 11 (le système neuromusculaire)	Quelles sont les conséquences des produits dopants sur l'organisme ?

2. Questions en lien avec les thèmes hors du programme de l'écrit

À NOTER Ces thèmes, étudiés entre les épreuves écrites et le Grand Oral, se prêtent bien à des rapprochements avec d'autres disciplines. Par exemple, le premier sujet permet de faire le lien avec le cours de philo.

● Une partie du **chapitre 2** est consacrée à l'évolution non génétique, notamment culturelle.
– Existe-t-il des cultures animales ?
– Comment les langues évoluent-elles au cours du temps ?

● Le **chapitre 5** porte sur la domestication des plantes.
– Quels sont les avantages des OGM ?
– Pourquoi conserver les variétés anciennes ?

● Le **chapitre 8** traite du réchauffement climatique, un problème majeur de notre société.
– Comment modéliser l'évolution de la température mondiale ?
– Quelles sont les conséquences du réchauffement climatique dans les échanges économiques intercontinentaux ?
– En quoi la combustion industrielle est-elle l'un des principaux contributeurs au réchauffement climatique ?

● Le **chapitre 12** décrit les adaptations de l'organisme soumis au stress.
– Comment le stress nous fait-il perdre nos moyens ?
– La méditation peut-elle aider à lutter contre le stress ?

FOCUS

« Pitcher » son sujet auprès de ses proches

● N'hésitez pas à exposer brièvement votre sujet à vos parents ou vos amis. Ce premier « pitch » vous aide à délimiter votre sujet et vous permet de tester l'intérêt qu'il suscite.

Doc. Oral du bac – vidéogramme extrait de « Ma Thèse en 180 secondes : la science pour les nuls »

● Ainsi, dans le cadre du concours « Ma thèse en 180 secondes », les doctorants doivent résumer en trois minutes un sujet de recherche qu'ils ont développé dans une thèse de plusieurs centaines de pages.

2 Concevoir sa présentation

Les recherches sur les questions choisies peuvent débuter assez rapidement dans l'année. Pour chacune, vous devez vous documenter et organiser vos idées, au fur et à mesure, en vue d'un exposé structuré.

A Se documenter, chercher des idées

1. Se constituer une bibliographie pertinente

- Pour chaque question, établissez une **liste de mots-clés** : ils vont vous permettre d'interroger Internet, mais aussi le catalogue de votre CDI ou de la médiathèque de votre quartier.
- Consultez les documents ainsi sélectionnés, **des plus généraux** (manuels, encyclopédies) **aux plus spécialisés**.
- Dans le cas de recherches sur Internet, pensez à **vérifier les sites** que vous consultez à l'aide de ces questions :

1. Qui est l'auteur du site ? Quelle est son expertise sur le sujet ?
2. De quand datent les informations ?
3. L'exposé est-il clairement construit, solidement argumenté ?

> CONSEIL **Commencez par lire les informations données par la page de présentation du site, souvent intitulée « À propos ».**

2. Garder la trace de ses recherches

- **« Fichez » chacun des documents** consultés : le support peut être, selon votre préférence, physique (fiche Bristol) ou numérique.
- Reformulez les idées qui vous paraissent essentielles, en distinguant bien les arguments des exemples.

> CONSEIL **Notez précisément la source : le titre de l'ouvrage ou du site, le nom de l'auteur, la date de publication, ainsi que les pages consultées.**

FICHE DOCUMENT

Source :

Sujet :

Idées clés :
-
-
-

Citation :

B Organiser ses idées

1. Plusieurs méthodes de classement

● Au fil de vos prises de notes, vous allez être conduit à regrouper vos idées autour de lignes directrices : une organisation de votre exposé se dessine progressivement. Essayez de la traduire sous forme de **« carte mentale »**.

● Si vous avez du mal à faire émerger les grands axes, vous pouvez recourir à la **méthode des post-it**.

1. Écrivez une idée clé par post-it.
2. Ajoutez, le cas échéant, des exemples sur des post-it d'une autre couleur.
3. Sur un mur, déplacez les post-it jusqu'à ce qu'ils s'enchaînent logiquement.

2. Le choix du plan

Votre plan dépend de la question et du type de réflexion proposé.

	Objectif	Question
Plan thématique	Il permet d'approfondir les différents aspects d'un sujet.	Il correspond à une question qui se subdivise en différentes sous-questions.
Plan dialectique	Il oppose deux thèses puis opère une synthèse des points de vue.	Il correspond à une question qui implique une discussion, un dilemme.

FOCUS

Mettre son plan sous forme de carte mentale

1. Prenez une feuille blanche A4, en format paysage.
2. Notez la question au centre, dans un « noyau ».
3. Créez autant de « branches » que de grands axes (une couleur par axe).
4. Ramifiez les branches de manière à faire apparaître les idées clés.

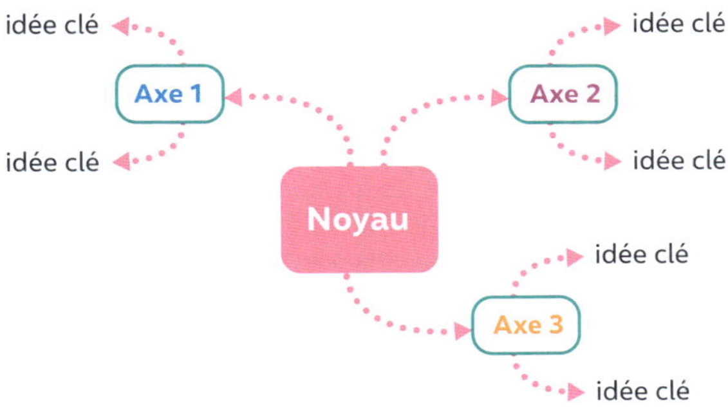

3 Préparer efficacement l'exposé

Le jour J, vous devrez faire votre présentation en cinq minutes, sans notes. Cela suppose un travail préparatoire important : de rédaction, de mémorisation et d'entraînement à la prise de parole.

A Rédiger une trame précise

Une fois que vous êtes au clair sur la structure générale de votre exposé, vous devez mettre par écrit le déroulement de votre argumentation, sous la forme d'un plan semi-rédigé.

1. L'introduction

- L'introduction doit montrer :
– que **votre sujet est intéressant** ;
– que vous l'avez bien cerné ;
– que votre plan découle de la question posée et y répond.
- Elle comprend **trois étapes** qui s'enchaînent logiquement.

1. L'accroche	En une ou plusieurs phrases, amenez progressivement votre sujet.
2. La question	Posez clairement la question à laquelle vous allez répondre et explicitez-la.
3. Le plan	Annoncez les deux ou trois grands axes, de manière que le jury comprenne d'emblée l'organisation de l'exposé.

2. Le corps de l'exposé

- Recopiez le plan que vous avez établi et remplissez-le de manière télégraphique, à l'aide de listes à puces.
- N'oubliez pas d'**appuyer chaque argument** par un exemple vérifié.
- Distinguez bien les informations nécessaires à la bonne compréhension du sujet de celles qui sont secondaires et que vous pourrez préciser dans l'entretien.

3. La conclusion

- La conclusion est l'étape de l'exposé qui reste en mémoire : rédigez-la complètement pour être sûr(e) qu'elle marque votre auditoire.
- Elle se compose de **deux parties** :

1. Le bilan	Reprenez les étapes du développement et répondez à la question initiale.
2. L'ouverture	Élargissez le champ de la réflexion à l'aide d'une citation, d'un fait d'actualité, d'une question proche.

B Mémoriser la présentation, puis simuler l'épreuve

Vous êtes désormais au clair sur le contenu de votre exposé. Il s'agit maintenant de préparer sa restitution orale.

1. Faire travailler sa mémoire

● Vous devez posséder votre exposé « sur le bout des doigts », de telle manière que les idées se rappelleront à vous naturellement le jour de l'épreuve et que vous pourrez consacrer toute votre attention à votre auditoire.

● Pour ce faire, sollicitez vos différentes mémoires (visuelle, auditive, kinesthésique…) pour fixer le déroulement de l'exposé puis récitez-le plusieurs fois, de manière à vous en souvenir durablement.

> À NOTER **Des chercheurs ont prouvé qu'il faut refaire au moins sept fois le chemin vers un souvenir pour l'ancrer durablement.**

2. Simuler un Oral blanc

● C'est à ce moment-là, quand vous avez mémorisé votre exposé, que vous devez faire appel à votre entourage – vos professeurs, vos parents ou vos amis – pour leur demander de constituer votre premier auditoire.

● Demandez-leur d'évaluer votre présentation selon ces trois critères :

1. Pertinence. Ai-je bien répondu à la question posée ?

2. Clarté. Qu'est-ce qui était clair ? moins clair ?

3. Efficacité. Ai-je retenu votre attention ? Comment puis-je le faire mieux ?

● N'hésitez pas également à leur demander de vous poser des questions sur le contenu de la présentation : cela vous entraînera pour l'entretien qui suit.

FOCUS

Comment fonctionne la mémoire ?

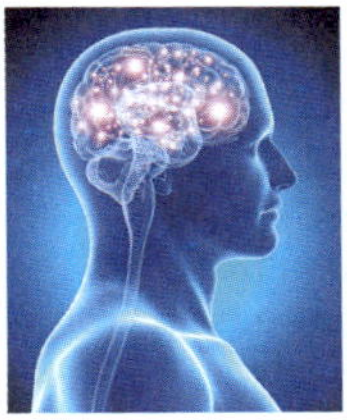

Ph © pankajstock123 – stock.adobe.com

● La mémorisation est le résultat d'un processus biochimique dans lequel les neurones jouent un rôle essentiel.

● Elle se déroule en trois étapes :

1. L'encodage : enregistrement d'une nouvelle information
2. Le stockage : rangement, consolidation de l'information
3. Le rappel : recherche du souvenir afin de le restituer

● Plus on rappelle un souvenir, plus on l'ancre durablement dans la mémoire.

4 Présenter la question au jury

Votre présentation doit être synthétique et rendre compte efficacement du questionnement. Vous êtes principalement évalué(e) sur la solidité de vos connaissances et votre capacité à argumenter.

A Optimiser le temps de préparation

Le jury vient de choisir l'une des deux questions préparées. Vous avez alors 20 minutes pour mettre en ordre vos idées et préparer – si vous vous sentez suffisamment sûr(e) de vous – un support pour le jury.

1. Mettre en ordre vos idées au brouillon

20 minutes de préparation, c'est à la fois long et court. Comment les utiliser ?

Pensez à...	Évitez de...
rédiger l'introduction et la conclusion	rédiger tout l'exposé
noter le plan	noter des idées en désordre
résumer les principales idées	ajouter du contenu au dernier moment

2. Préparer un support pour le jury

- Si vous avez bien en tête votre exposé, mettez à profit les 20 minutes pour préparer un support destiné au jury.
- L'objectif est de permettre à votre auditoire de **mieux suivre votre présentation**. Votre support peut ainsi prendre des formes variées.

CONSEIL Bien que non évalué, le support doit être pertinent et lisible pour bien disposer le jury.

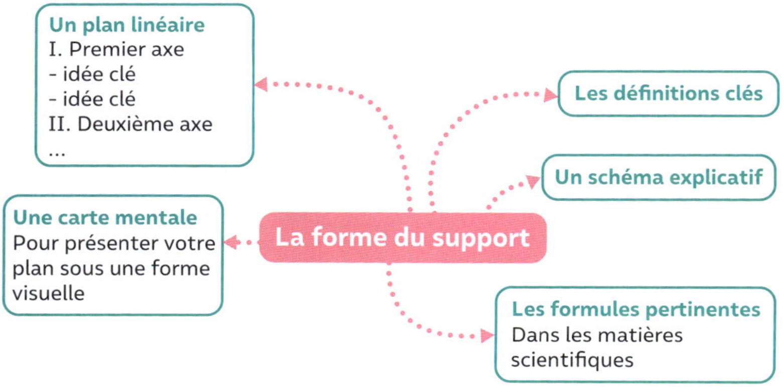

B Faire une présentation claire et fluide

1. Soigner les étapes clés de l'exposé

● Vous devez prêter une attention particulière à l'introduction et à la conclusion.

L'introduction	La conclusion
• amène la question • pose clairement la question • annonce le plan	• fait le bilan des recherches • répond à la question • ouvre de nouvelles perspectives

● Quand vous annoncez le plan, vous pouvez recourir à des formules telles que :

Tout d'abord nous nous intéresserons…
Puis nous étudierons…, avant de montrer que…

2. Mettre en évidence la progression de l'exposé

● Plus encore qu'à l'écrit, vous devez être attentif(ve) aux **transitions** de sorte que votre auditoire comprenne bien la progression de votre présentation.

Les passages d'une partie à l'autre doivent être ainsi explicités :

Nous venons de voir que…
Nous allons maintenant essayer de comprendre comment ce processus…

> CONSEIL **Tout au long de votre présentation, n'hésitez pas à rappeler le fil conducteur en reprenant les mots-clés de la question.**

● Les **liens entre les idées** d'une partie doivent être clarifiés au moyen de connecteurs logiques : de cause (*car, en effet*…), de conséquence (*donc, c'est pourquoi*…), d'opposition (*mais, cependant*…), de concession (*certes*…), d'addition (*de plus, en outre*…).

FOCUS

Parler debout

● Placez-vous face à votre jury, bien au centre.

● Ancrez vos pieds au sol, de manière à avoir une assise stable.

● Placez dès le départ vos mains à hauteur de votre ventre, sans les laisser pendre le long du corps. Vous pouvez les croiser devant vous et les dénouer lorsqu'il sera nécessaire d'appuyer le propos.

Coll. Prod DB © Ingrid Chabert – My Box Productions / DR

Image extraite du film *À voix haute* de Ladj Ly et Stéphane de Freitas, 2017.

5 Répondre aux questions en lien avec la présentation

Lors de la deuxième partie de l'épreuve, le jury revient sur la présentation et évalue plus largement vos connaissances dans les disciplines correspondant à vos spécialités.

A Anticiper les questions

1. Les questions sur la présentation

● Le jury va en premier lieu revenir sur certains points de la présentation pour vous **demander des précisions**.

- *Vous avez affirmé que... : pouvez-vous donner un exemple ?*
- *Vous avez cité... : quelle est votre source ?*
- *Comment définissez-vous le mot... ?*

● Afin de ne pas être surpris(e), efforcez-vous de les anticiper lors de l'élaboration de l'exposé.

2. Les questions sur le programme

● Cependant le jury peut aussi vous poser des questions sur d'autres thèmes de vos **programmes de spécialité**.

> ATTENTION **Ces questions peuvent porter sur des thèmes hors du programme limitatif de l'épreuve écrite.**

● C'est pourquoi vous devez travailler tout au long de l'année les notions au programme, en imaginant cette interrogation. Voici 4 conseils clés :

4 conseils clés

1. Faites des fiches pour chaque chapitre
2. Apprenez par cœur les définitions clés
3. Questionnez votre enseignant en cas d'incompréhension
4. Complétez le travail fait en cours avec des recherches personnelles

> CONSEIL **Cette préparation vous servira également pour l'écrit !**

B Développer une posture d'échange

1. Faire des réponses appropriées

- Un seul des deux membres du jury est un spécialiste des domaines concernés par votre question. Votre réponse doit donc être **précise mais pas trop jargonneuse**.
- D'autres conseils utiles :

Pensez à…	Évitez de…
prendre quelques secondes pour « ingérer » la question	vous précipiter : vous risquez de ne pas répondre à la question
donner des réponses brèves pour des précisions, plus longues pour un avis personnel	répondre par oui ou par non, ne pas développer
vous appuyer sur des connaissances précises, des chiffres, des dates…	rester dans les généralités, utiliser le pronom *on*

2. Gérer les difficultés

- Si vous n'êtes **pas sûr(e) de comprendre** la question :

– reformulez-la à voix haute pour vérifier que vous avez bien compris ;

Vous me demandez si… Vous voulez savoir comment…

– demandez des précisions ou un exemple.

Qu'entendez-vous par… ? Pouvez-vous me donner un exemple ?

- Si vous **ne savez pas quoi répondre**, osez le dire : vous pouvez toutefois commencer par faire remarquer la pertinence de la question.

Ce point me semble en effet très intéressant,
mais je n'ai pas eu le temps de l'approfondir.

FOCUS

Éviter les gestes parasites

Apprenez à identifier les gestes d'auto-contact que vous effectuez pour vous rassurer en situation de stress : ils brouillent la communication et traduisent votre inconfort. Or, avec un peu d'entraînement, il est facile de les éviter.

Passer la main dans ses cheveux

Remonter ses manches, tirer dessus

Toucher sa montre, un bijou

Se gratter avec insistance

6 Défendre son projet d'orientation

Au cours de cette partie de l'épreuve, vous exposez votre projet d'orientation : quel domaine vous intéresse, depuis quand, quels choix vous avez faits pour vous en rapprocher.

A Faire le lien entre la question traitée et son projet d'orientation

● Le jury va commencer par vous demander en quoi le travail sur la question traitée **a nourri votre réflexion sur votre projet d'orientation**. Voici quelques éléments de réponse, à adapter en fonction de votre sujet et de votre projet :

- *En travaillant sur ce sujet au croisement de deux disciplines, j'ai acquis la certitude que je souhaitais continuer à les étudier l'une et l'autre : d'où le choix d'un cursus réunissant...*
- *La préparation de cet oral m'a permis de rencontrer des personnes travaillant dans le domaine de..., qui m'ont donné envie de suivre leur voie ; c'est pourquoi j'ai choisi des études dans la filière...*

> CONSEIL **Même si vous avez évidemment envisagé plusieurs choix (sur Parcoursup ou par des candidatures directes), mettez plutôt l'accent sur celui permettant d'établir un lien avec la question traitée. Ainsi votre démarche paraîtra cohérente.**

● Vous pouvez aussi analyser les **compétences acquises** lors de la préparation de cette épreuve orale : mener un travail de recherche, confronter des données, faire un travail de synthèse, faire un exposé oral, et montrer qu'elles vous seront **utiles pour la suite de vos études**.

B Expliquer les étapes de son projet d'orientation

1. Projet professionnel ou projet de poursuite d'études ?

● Si vous avez une idée de métier précise, vous pouvez partir de ce **projet professionnel**, expliquer pourquoi il vous attire ; puis faire le lien avec les études qui y mènent.

● Mais vous avez le droit, à 17-18 ans, de ne pas savoir quel métier vous aimeriez exercer. Contentez-vous alors d'expliquer quel domaine vous intéresse et **quels choix d'études** après le bac vous avez faits en conséquence.

> **CONSEIL Quand vous vous êtes inscrit(e) sur Parcoursup ou si vous avez candidaté à des écoles, vous avez dû rédiger des lettres de motivation. Utilisez-les pour préparer cette partie de l'oral.**

● Si vous hésitez encore entre **deux voies**, vous pouvez exposer les différentes possibilités envisagées.

2. La genèse et la mise en œuvre du projet

● Pour retracer la **genèse** du projet, expliquez :
– comment l'idée de ce projet d'orientation vous est venue ;
– comment elle a guidé vos choix de spécialités ;
– comment elle s'est renforcée à travers différentes activités et expériences.

> **CONSEIL N'hésitez pas à détailler des expériences vécues ou à rapporter une anecdote pour rendre votre présentation plus personnelle.**

● Mentionnez la **filière choisie**, l'école ou l'université que vous souhaiteriez intégrer et les enseignements qui vous attendent. Décrivez concrètement la manière dont vous souhaitez mener ce projet : cursus envisagé, diplôme visé.

● Faites le bilan de vos atouts et de vos limites pour le domaine envisagé. Montrez que vous disposez d'une **bonne connaissance de vous-même** et de vos capacités.

FOCUS

Développer une argumentation personnelle

Pour mieux convaincre le jury de votre motivation, vous devez mettre en évidence que ce projet est vraiment le vôtre.

Les composantes personnelles de votre projet

1. scolaires
- vos spécialités de 1re et Tle
- vos préférences pour certaines matières
- vos compétences scolaires

2. extrascolaires
- votre stage de 3e
- vos engagements (comme délégué de classe, dans un projet…)
- vos centres d'intérêt, vos convictions

7 Retenir l'attention du jury

Lors de l'épreuve orale, il ne suffit pas de maîtriser son sujet, il faut aussi communiquer de manière efficace pour convaincre le jury. Le visage et ses expressions, ainsi que la gestuelle, sont alors essentiels pour renforcer le propos.

A Établir le contact

- Le premier contact est essentiel. Dès l'entrée dans la salle, donnez l'impression d'être ouvert à l'échange, avenant, sans être trop familier.
- Le **sourire** est l'atout indispensable pour détendre l'atmosphère et gagner la sympathie du jury. Il ne s'agit pas de rire faussement ou de sourire en permanence, mais d'afficher une attitude aimable.
- La **politesse** est de mise, même si parfois le stress fait oublier les fondamentaux de la courtoisie : saluer vos interlocuteurs, remercier, attendre d'être invité à s'asseoir ou à partir avant de le faire.
- Laissez à vos examinateurs le temps de s'installer et montrez-vous **à l'écoute de leurs attentes**, sans foncer tête baissée dans votre exposé.

B Communiquer efficacement

1. Regarder l'examinateur

- Se retrouver face à face avec un jury composé de deux professeurs inconnus peut vous paraître impressionnant. Cependant, votre réussite à l'oral repose aussi sur votre capacité à **surmonter ce stress** et à vous adresser réellement à vos interlocuteurs à travers ce que vous dites, mais aussi par le regard.
- Ne fixez pas vos interlocuteurs, mais accordez-leur **des regards réguliers**, afin de capter leur attention. Évitez de regarder ailleurs : vous donneriez l'impression d'être fuyant. Inutile donc de fixer vos pieds, le plafond, ou encore le mur au fond de la salle.

> CONSEIL **Si vous avez des difficultés à regarder votre interlocuteur dans les yeux, vous pouvez imaginer un point entre ses deux yeux, ce qui vous évitera d'être mal à l'aise en croisant son regard.**

2. Soigner la gestuelle

- **Évitez de rester trop statique** pendant votre intervention mais ne surchargez pas non plus votre intervention par des gestes répétitifs ou sans lien avec le propos.

● Vos gestes doivent intervenir à des moments essentiels de votre prise de parole afin d'**appuyer ce que vous dites**. Ils doivent donc coïncider avec ce que vous cherchez à exprimer : enthousiasme, opposition, implication personnelle… (voir la rubrique « Focus » ci-dessous).

3. Éviter la monotonie

● **Variez les intonations** pour donner de la vivacité à ce que vous dites et ne pas ennuyer votre jury.

● **Insistez sur les aspects essentiels** en appuyant sur certains segments de phrases ; marquez les interrogations ou les exclamations par une intonation expressive.

● **Ayez l'air convaincu(e)** de ce que vous affirmez en adoptant une voix claire et en apparaissant sûr(e) de vous.

INFO **La relation interpersonnelle est un phénomène complexe. Les variations de la voix, la gestuelle comptent pour beaucoup dans la bonne réception du message de fond. Les acteurs le savent bien.**

FOCUS

Appuyer son propos par des gestes signifiants

Il est important d'appuyer son discours par des gestes qui retiennent l'attention et soulignent les moments clés.

Mains tendues vers l'auditoire : impliquer le public.

Mains à gauche puis à droite : souligner une opposition.

Compter avec ses doigts : énumérer.

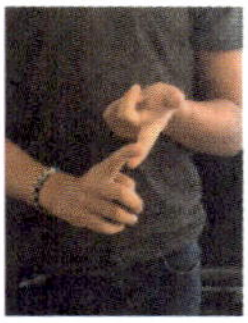

Mains écartées ou rapprochées : exprimer l'union ou la désunion

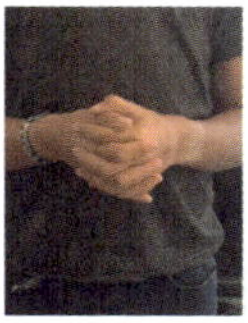

Lever ou baisser un doigt : exprimer un doute ou un questionnement.

Main sur la poitrine : montrer son implication personnelle.

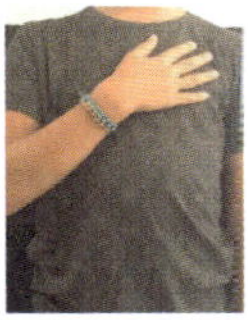

8 S'exprimer de manière claire et fluide

Si une bonne partie de la communication repose sur l'attitude non verbale, il ne faut évidemment pas négliger l'aspect verbal de l'échange. Choisir les mots justes, articuler, faire des pauses sont autant d'atouts dans la prise de parole.

A Utiliser un vocabulaire juste et précis

1. Choisir ses mots

● Vous êtes jugé(e) sur la qualité de votre expression, d'où l'importance de bien choisir vos mots. Il est parfois difficile de trouver la bonne formulation : prenez le temps de chercher les **termes les plus appropriés**.

● Si un terme familier vous échappe, reformulez dans un **registre plus soutenu**. Évitez les contractions (« j'sais pas », « j'pense ») : prononcez correctement les négations en incluant un « ne » audible.

2. Varier son expression

L'examinateur appréciera que vous fassiez un effort pour varier les tournures que vous utilisez.

Varier les expressions utilisées

- **Donner son opinion :** *à mon sens, pour ma part, il me semble, je suis d'avis que…*
- **Appuyer le propos :** *clairement, évidemment, naturellement, nettement…*
- **Introduire une analyse :** *on remarque, on constate, on peut souligner, il est à noter que…*

3. Bannir les tics de langage

Variables d'une époque à une autre, ces petits marqueurs de la communication sont à proscrire le jour de votre oral.

● Commencez par **repérer ceux que vous employez le plus souvent** et essayez de vous en débarrasser lors de vos prises de parole. Il peut s'agir :
– d'expressions en vogue (« genre », « carrément », « trop », « j'avoue »…) ;
– de mots de liaison (« donc », « alors », « et voilà », « en fait »…) ;
– d'onomatopées (« euh », « ben », « bah »…).

● Bannissez également **la mise entre guillemets** (geste à l'appui) qui indique que vous n'avez pas trouvé le mot juste pour vous exprimer.

B Soigner son élocution

- **Parlez distinctement** en articulant pour être bien compris(e). Faites particulièrement attention à ne pas « avaler » les fins de phrases et les fins de mots.
- **Adaptez le volume de votre voix** en fonction de la proximité avec votre auditoire. Ni trop fort, ni pas assez, vous devez trouver le juste équilibre. N'hésitez pas à demander si l'on vous entend.

> **CONSEIL** **Parler face à un public ne s'improvise pas et, pour éviter de bafouiller, il est nécessaire d'exercer sa voix et de s'entraîner.**

C Adopter le bon rythme

- Ne parlez **ni trop lentement**, pour avoir le temps de tout dire, **ni trop vite**, pour laisser au jury la possibilité d'intégrer ce que vous dites et de prendre des notes.
- Trouvez le juste équilibre en ralentissant ou en accélérant le débit **selon la nature de votre propos** :
  – ralentissez lorsque vous présentez le plan, lorsque vous abordez un aspect essentiel, lorsque vous voulez particulièrement retenir l'attention ;
  – accélérez au moment des exemples, des énumérations, des citations.
- N'hésitez pas à **reformuler** plusieurs fois un aspect important de votre intervention et à **faire des pauses** entre deux idées.

FOCUS

Recourir à des figures de style

Pour renforcer votre propos, vous pouvez recourir à des figures de style, en particulier à des **figures de construction** (qui jouent sur la syntaxe).

4 figures de construction

- **l'anaphore :** répétition d'un terme en tête de phrase
- **la gradation :** énumération de termes de force croissante
- **le parallélisme :** répétition d'une même construction
- **l'antithèse :** rapprochement de deux propositions de sens contraire

31 Sujet d'oral

Les sociétés humaines sont-elles dépendantes du climat ? L'exemple de l'Égypte

PRÉSENTATION, SUIVIE D'UN ENTRETIEN

20 min
20 points

INTÉRÊT DU SUJET • L'étude de la dépendance des sociétés humaines aux variations climatiques, à travers l'exemple de l'Égypte, peut vous intéresser si vous êtes passionné(e) d'histoire, de géographie ou d'archéologie.

31 PISTES POUR L'ORAL

1er TEMPS • PRÉSENTATION D'UNE QUESTION — 5 min

Les titres en couleurs mettent en évidence la structure de cette présentation.

Introduction

[Accroche] Actuellement, nous sommes très préoccupés par le réchauffement climatique et nous nous demandons si nos sociétés seront capables de s'adapter à un tel bouleversement. [Présentation du sujet] Pourtant, depuis l'apparition de « l'homme moderne », le climat mondial a déjà été modifié de nombreuses fois : des phases glaciaires ont succédé à des phases plus chaudes, telles l'époque actuelle, et les sociétés humaines se sont toujours adaptées à ces modifications. [Formulation de la problématique] Passionné(e) d'archéologie, j'ai voulu étudier comment le climat a pu contribuer à modeler la civilisation égyptienne antique, et comment de nos jours encore l'Égypte, située aux portes du Sahara, reste un pays particulièrement sensible aux variations climatiques. [Annonce du plan] J'expliquerai d'abord comment le climat a pu influencer l'installation des humains en Égypte, puis j'évoquerai les conséquences du réchauffement climatique actuel sur cette région.

> **▶ Le secret de fabrication**
> En cinq minutes, vous n'aurez pas le temps de présenter plus de deux grandes parties. Le plan proposé est donc le plus simple. Il a aussi l'avantage de reprendre le découpage du programme.

I. S'installer au bord du Nil il y a 10 000 ans

• La Ire dynastie de pharaons égyptiens s'installe vers 3 100 av. J.-C. à Thinis, en Moyenne Égypte, mais les traits de cette civilisation sont plus anciens et déjà visibles chez les populations d'agriculteurs installés vers 5 000 av. J.-C.

• Cette période fait suite à une longue désertification du Sahara. En effet, vers 15 000 à 9 000 av. J.-C., le Sahara était recouvert de savanes et occupée par des populations de chasseurs-cueilleurs, alors que le Nil était un vaste marécage insalubre. La sortie progressive de la dernière phase glaciaire du Würm (vers 10 000 av. J.-C.) s'est traduite par une lente désertification du Sahara, qui a entraîné la migration des humains (entre 9 000 et 5 000 av. J.-C.) vers les rives du Nil, plus accueillantes. Ces sociétés y ont développé l'agriculture, forgeant ce qui allait devenir l'Égypte pharaonique. Le développement de cette civilisation serait donc directement lié aux variations climatiques ayant affecté l'Afrique du Nord.

> **À NOTER**
> Développer une idée signifie ici mettre en évidence une relation de cause à effet : la désertification du Sahara a entraîné la migration vers le Nil. On ne peut faire ici qu'une corrélation temporelle entre les deux événements.

[Transition] Si le réchauffement climatique de l'Holocène a facilité l'installation des humains en Égypte, le réchauffement actuel est problématique pour la société égyptienne contemporaine.

> **▶ Le secret de fabrication**
> À l'oral, les parties doivent s'enchaîner de façon logique et fluide. Une transition est donc indispensable : elle fait le bilan de la première partie et introduit la seconde.

II. S'adapter au réchauffement actuel en Égypte

• Du fait de la poursuite de la désertification du Sahara, la population égyptienne actuelle est concentrée dans une étroite bande sur les bords du Nil. L'extension urbaine couplée à la désertification réduit l'espace dédié aux cultures.

• Si des projets existent pour irriguer le désert, ils risquent de réduire la ressource en eau. L'Égypte dépend exclusivement du Nil pour ses ressources en eau. Or celui-ci prend sa source en Éthiopie et traverse plusieurs pays avant d'arriver en Égypte, et ces pays souhaitent en profiter pour installer des barrages et des systèmes d'irrigation réduisant d'autant les apports en eau en Égypte. Cette dernière contrôle aussi le barrage d'Assouan, qui a considérablement réduit les apports sédimentaires indispensables à la fertilisation des terres cultivables, et pourrait à moyen terme entraîner une régression des côtes du delta.

Conclusion

[Bilan] Selon les époques, les variations climatiques ont pesé de façon favorable ou défavorable sur la civilisation égyptienne. [Ouverture] Le réchauffement climatique actuel pèse lourdement sur l'Égypte : hausse du niveau de la mer et inondation dans le delta, sécheresses récurrentes, développement de parasites, etc.

> **▶ Le secret de fabrication**
> D'autres ouvertures sont possibles, suivant les sensibilités de chacun : insister sur les problèmes économiques du pays ou sur la géopolitique régionale, sur le fait que chaque aménagement proposé peut avoir des avantages et des inconvénients, etc.

2e TEMPS • ÉCHANGE AVEC LE JURY — 10 min

Voici quelques-unes des questions que le jury pourrait poser en lien avec votre présentation, ainsi que les réponses possibles. N'oubliez pas qu'on peut vous interroger sur d'autres thèmes du programme.

- **À quoi est dû le réchauffement climatique actuel ?**

Le CO_2 est un gaz à effet de serre, car il absorbe les infrarouges émis par la Terre. Or depuis les années 1850, les activités humaines ont conduit à une augmentation de la concentration du CO_2 dans l'atmosphère, donc une aggravation de l'effet de serre, d'où la hausse des températures.

- **En quoi le réchauffement climatique est-il responsable des inondations dans le delta du Nil ?**

Le réchauffement climatique entraîne la fonte des glaciers continentaux, donc une hausse du niveau de la mer. Conjugué à la dilatation thermique des océans, ce phénomène peut expliquer les inondations dans le delta. Cependant, le réchauffement climatique n'est pas seul responsable : les barrages réduisent également les apports sédimentaires indispensables au maintien de la ligne côtière dans le delta du Nil.

> **CONSEIL**
> Les questions du jury sont destinées à vérifier vos connaissances et vos capacités d'argumentation. Il faut donc y répondre par une argumentation solide, en y incluant au besoin des observations expérimentales.

• **Comment explique-t-on le passage du Würm à l'Holocène ?**

Le Quaternaire a vu l'alternance de phases glaciaires et de phases interglaciaires. Les chercheurs ont montré que ces alternances climatiques coïncidaient avec des variations des paramètres astronomiques : ainsi des changements dans l'excentricité ou l'obliquité de l'orbite terrestre, ou la précession des équinoxes, expliquent la déglaciation entre le Würm et l'Holocène.

3e TEMPS • ÉCHANGE SUR LE PROJET D'ORIENTATION

5 min

Le jour J, il vous faudrait bien sûr développer la réponse.

Comment avez-vous choisi le sujet de votre exposé ? Celui-ci est-il en lien avec votre projet d'orientation ?

• J'ai choisi ce sujet car je désire travailler à l'interface entre les sciences expérimentales et l'histoire. Petit, je voulais être archéologue, mais mon projet a depuis évolué vers les SVT, et j'ai été particulièrement intéressé par tous les chapitres couplant les deux matières : géologie, histoire du génome humain, développement de l'agriculture, etc.

• L'an prochain, je me destine aux classes préparatoires BCPST, avec pour objectif d'intégrer une école me permettant d'être chercheur…

À NOTER
Ce sujet peut être mis en lien avec d'autres projets d'études : en sciences politiques, en histoire, en ingénierie, en géologie, etc.

32 Sujet d'oral

Quelles sont les conséquences de l'utilisation de la nicotine sur l'organisme humain ?

PRÉSENTATION, SUIVIE D'UN ENTRETIEN

20 min
20 points

INTÉRÊT DU SUJET • L'utilisation de substances exogènes (comme la nicotine) peut modifier gravement le fonctionnement de l'organisme. Cependant, utilisées à bon escient, ces modifications peuvent avoir des applications thérapeutiques. Un sujet sur ce thème pourrait vous intéresser si vous souhaitez vous orienter vers une filière médicale ou paramédicale.

32 PISTES POUR L'ORAL

1er TEMPS • PRÉSENTATION D'UNE QUESTION — 5 min

Les titres en couleurs mettent en évidence la structure de cette présentation.

Introduction

[Accroche] En 2018, 15 millions de Français·es consommaient régulièrement du tabac. [Présentation du sujet] La nicotine, molécule active du tabac, est ainsi l'une des substances exogènes les plus consommées en France. Pourtant, c'est une des molécules les plus addictives : 3,4 millions de Français·es sont traités pour addiction en 2018. [Formulation de la problématique] Je me suis intéressé·e aux modes d'influence de la nicotine sur le fonctionnement de l'organisme. [Annonce du plan] Je montrerai d'abord comment la nicotine peut perturber le système neuromusculaire, puis comment cette molécule et ses dérivés pourraient être utilisés à d'autres fins.

▶ **Le secret de fabrication**

Le plan proposé est très simple – d'abord les inconvénients puis les avantages – mais d'autres plans sont possibles : par exemple, une partie sur les conséquences au niveau du muscle et une autre sur le cerveau.

I. Les conséquences de la prise de nicotine sur l'organisme

• La nicotine représente entre 0,6 et 3 % du poids sec du tabac. Elle est aussi présente à des doses beaucoup plus faibles dans d'autres plantes comestibles de la même famille (pommes de terre, tomates, aubergines).

• Après inhalation, la nicotine traverse la barrière pulmonaire et est alors véhiculée par le sang. Elle traverse aussi la barrière hémato-encéphalique en moins de 20 secondes, en court-circuitant le système porte hépatique retraitant habituellement les molécules ingérées.

• La nicotine se fixe à de multiples récepteurs de l'acétylcholine, situés sur la membrane de nombreuses cellules différentes, notamment les cellules musculaires et les neurones. Elle joue alors le même rôle que l'acétylcholine, se fixant avec le récepteur avec une meilleure affinité.

• Cette fixation permet le passage d'ions (à l'origine des messages nerveux ou de la contraction musculaire), d'où l'amélioration de la cognition, des performances musculaires ou de la mémorisation, observée dans de nombreuses études. Sur d'autres récepteurs, cette fixation facilite *in fine* la sécrétion de plusieurs neurotransmetteurs, notamment la dopamine.

• Ce dernier effet serait à l'origine de l'euphorie ressentie par le fumeur, la dopamine étant le principal neurotransmetteur du système de récompense. Le fumeur aura ainsi tendance à consommer de plus en plus pour retrouver cet état d'euphorie, ce qui est à l'origine de l'addiction.

[Transition] Si ces effets justifient le classement de la nicotine comme poison, ils peuvent également être profitables dans d'autres situations.

CONSEIL
Le phénomène d'addiction est trop complexe pour être décrit en cinq minutes. Gardez des précisions pour répondre aux questions du jury. Vous pourrez vous appuyer sur un schéma réalisé lors du temps de préparation (voir ci-après).

II. Utiliser la nicotine dans d'autres contextes

• En médecine, la nicotine et ses substituts sont principalement utilisés dans le sevrage tabagique. Administrer la substance active à des doses contrôlées et décroissantes dans le temps, sans les autres molécules toxiques que peut contenir la cigarette, augmente le succès des protocoles de sevrage.

• La nicotine pourrait être intéressante dans le traitement des dépressions, mais aussi de certaines maladies neurodégénératives. Des études montrent ainsi un effet protecteur du tabagisme vis-à-vis de la maladie de Parkinson.

• Enfin, du fait de ses effets neurotoxiques, la nicotine a été utilisée comme insecticide dès la fin du XVIIe siècle, avant d'être interdite en 2009 dans l'UE. Actuellement, des dérivés de la nicotine, les néonicotinoïdes, sont toujours largement utilisés comme pesticides, malgré leur toxicité.

Conclusion

[Bilan] Ainsi, la nicotine perturbe durablement le système neuromusculaire, mais ses effets peuvent aussi être utilisés à des fins thérapeutiques.

[Ouverture] D'autres drogues présentent la même ambivalence : les opiacés à l'origine des drogues dures telle l'héroïne, sont ainsi des antalgiques puissants en médecine palliative.

Support écrit

Voici deux exemples de schémas pouvant être dessinés pendant le temps de préparation, et destinés à faciliter vos échanges avec le jury. Ils peuvent servir pendant l'exposé, mais aussi pour répondre aux questions.

Le cercle vicieux de l'addiction (ou dépendance)

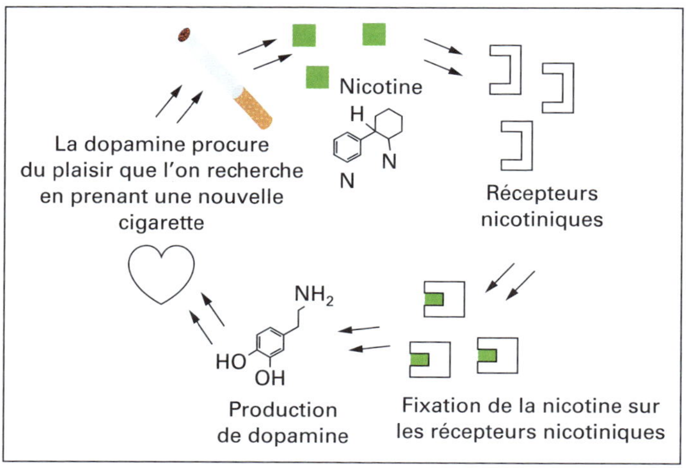

Action de la nicotine sur les neurones à dopamine

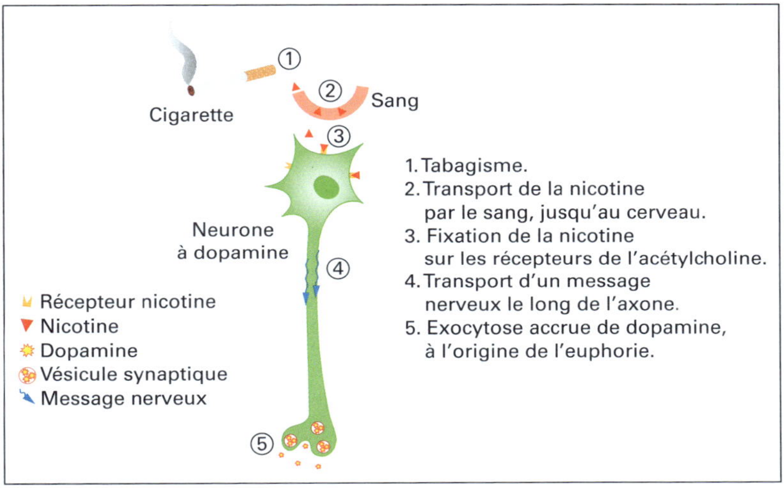

2e TEMPS • ÉCHANGE AVEC LE JURY — 10 min

Voici quelques-unes des questions que le jury pourrait poser en lien avec votre présentation, ainsi que les réponses possibles. N'oubliez pas qu'on peut vous interroger sur d'autres thèmes du programme.

- **En quoi la nicotine serait-elle plus efficace que l'acétylcholine ?**

La fixation de l'acétylcholine entraîne une modification de la conformation du récepteur, qui se caractérise par un rapprochement de deux acides aminés. La distance entre ces deux acides aminés, mesurée sur un logiciel de modélisation moléculaire, est plus faible en cas de fixation à la nicotine qu'après fixation à l'acétylcholine : la nicotine est donc plus efficace.

- **Comment montrer que la nicotine facilite la sécrétion de dopamine ?**

La dopamine est principalement sécrétée dans le système de récompense, comprenant notamment le noyau accumbens. On peut mesurer *in vivo* les concentrations de dopamine dans cet organe en utilisant un organisme modèle, tel le rat, auquel on administre différentes substances. On montre que la concentration de dopamine est significativement plus importante en cas d'injection de dopamine par rapport à un témoin auquel on n'a rien injecté, ou seulement du liquide physiologique.

• **Le tabagisme augmente également le risque de complication du diabète. Pouvez-vous nous résumer ce qu'est cette maladie ?**

Le diabète est dû à une mauvaise régulation de la glycémie, liée à des difficultés de sécrétion (diabète de type I) ou d'action (diabète de type II) de l'insuline. Cette hormone est normalement sécrétée par le pancréas et facilite le stockage du glucose dans le foie, les muscles ou le tissu adipeux.

3e TEMPS • ÉCHANGE SUR LE PROJET D'ORIENTATION

5 min

Le jour J, il vous faudrait bien sûr développer la réponse.

Comment avez-vous choisi le sujet de votre exposé ? Celui-ci est-il en lien avec votre projet d'orientation ?

• J'ai choisi ce sujet car j'ai des proches fumeurs désirant s'arrêter. Je voulais savoir comment le tabac pouvait agir sur l'organisme, et si la nicotine pouvait servir à autre chose qu'à rendre dépendant. De plus, je voudrais travailler dans le domaine médical ou paramédical.

• L'an prochain, je désire intégrer la faculté de médecine avec une mineure STAPS. En effet, je suis sportif·ve et mon sujet est aussi lié au sport, puisque la nicotine améliore les performances musculaires et n'est cependant pas classée dans les produits dopants…

33 Sujet d'oral

Quel a été l'apport de la science à la gestion de la Covid-19 ?

PRÉSENTATION, SUIVIE D'UN ENTRETIEN

20 min
20 points

INTÉRÊT DU SUJET • La science a été au cœur de la gestion de la Covid-19. Cependant, la circulation d'informations scientifiques contradictoires a causé des controverses. Un sujet sur ce thème peut vous intéresser notamment si vous envisagez de faire de la recherche.

33 PISTES POUR L'ORAL

1er TEMPS • PRÉSENTATION D'UNE QUESTION — 5 min

Les titres en couleurs mettent en évidence la structure de la présentation.

Introduction

[Accroche] C'est à Wuhan, métropole chinoise de 11 millions d'habitants, que sont apparus en décembre 2019 les premiers et nombreux cas graves de détresse respiratoire causés par un virus jusqu'alors inconnu : le Sars-CoV-2, à l'origine de la pandémie de la Covid-19 qui sévit encore actuellement. [Formulation de la problématique] Je me suis intéressé·e à l'apport des données et de la méthodologie scientifiques dans la gestion de la Covid-19, et j'ai cherché quelles en sont les limites. [Annonce du plan] J'expliquerai d'abord comment les données scientifiques acquises sur le Sars-CoV-2 ont contribué à comprendre la Covid-19 et à définir les décisions à prendre pour y faire face. J'aborderai ensuite le problème causé par l'évolution du virus. Enfin, j'évoquerai la question des traitements en montrant les limites du savoir scientifique face à un nouveau pathogène.

I. Acquisition rapide de données sur le nouveau virus

A. Structure et biologie du virus

> ▶ **Le secret de fabrication**
> L'objet n'est pas de détailler la structure ou le cycle du virus, mais d'insister sur le rôle de la protéine Spike dans le processus infectieux.

• Fin décembre 2019 : les virologues chinois isolent le virus responsable de la Covid-19, virus aujourd'hui appelé Sars-CoV-2.

• Début janvier 2020 : ils annoncent la séquence du génome viral. Cette connaissance, fondamentale car conditionnant toutes les recherches ultérieures, a été acquise en un temps record grâce aux progrès considérables des méthodes de séquençage des génomes au début des années 2000.

• Dès janvier, la structure du virus est établie : il s'agit d'un coronavirus. Comme pour tous les coronavirus, son génome est entouré d'une enveloppe lipidique comportant quatre types de protéines codées par le génome viral. La plus importante est la protéine Spike, qui permet la fixation du virus sur les cellules de l'appareil respiratoire, et donc la contamination.

B. Diagnostic moléculaire de l'infection par le Sars-CoV-2

• La connaissance de la séquence du génome du virus a permis très rapidement la mise au point d'un test PCR indiquant si une personne est infectée par le Sars-CoV-2. C'est un test moléculaire reposant sur la détection de régions bien définies du génome viral à partir d'un prélèvement nasopharyngé réalisé à l'aide d'un écouvillon.

• Là encore, le diagnostic repose sur des connaissances et techniques connues avant l'apparition du Sars-CoV-2, mais récentes (1984 pour la PCR) et très fiables. En conséquence, ces données sont reconnues par toute la communauté scientifique et constituent le socle sur lequel repose la gestion de la crise.

> **CONSEIL**
> Efforcez-vous de dégager une conclusion générale en rapport avec le point que vous venez d'envisager.

II. Évolution du génome du Sars-CoV-2

• Depuis le début de la pandémie, les chercheurs séquencent, mondialement, des génomes de virus Sars-CoV-2 prélevés chez des patients. Ces milliers de séquences sont regroupées dans une base internationale de données (Gisaid), puis exploitées par une plateforme (Nextstrain). Cette dernière fournit des arbres phylogénétiques traduisant les relations de parenté entre les génomes séquencés et permettant une surveillance épidémiologique fiable.

• Les mutations qui interviennent au cours de la réplicatio… une évolution constante du génome du Sars-CoV-2 et donc … variants, qui n'ont pas tous le même pouvoir infectieux.

• Les graphiques du site Nextstrain montrent l'évolution de la fréquen… variants à travers le monde. Certains d'entre eux remplacent rapidement … variants préexistants, ce qui traduit un avantage sélectif de ces nouveaux variants par rapport aux précédents. Toutes ces données scientifiques orientent la gestion de la crise (restriction des déplacements vers certains pays par exemple) et les voies de recherche.

III. Les traitements contre l'infection par le Sars-CoV-2

• Les industries pharmaceutiques ont travaillé sur deux types de traitements : curatifs ou préventifs.

• En s'appuyant sur les connaissances acquises sur la biologie du virus, les chercheurs ont essayé de mettre au point des médicaments visant à bloquer le cycle viral. Aucun des médicaments antiviraux développés en 2020 et 2021 et annoncés par les laboratoires pharmaceutiques n'a obtenu l'autorisation des autorités de santé, qui en contrôlent l'efficacité et l'innocuité.

• La recherche sur les moyens préventifs a été plus fructueuse : les laboratoires Pfizer puis Moderna ont produit deux vaccins à ARN messager dès la fin 2020. Cette nouvelle technologie repose sur des recherches ayant débuté des décennies avant la pandémie.

CONSEIL
Vous arrivez à la fin de votre présentation : vous n'avez donc plus le temps d'expliquer cette technologie. Préparez toutefois quelques éléments de réponse au cas où le jury vous interrogerait à ce sujet.

Conclusion

• Les acquis scientifiques et techniques précédant la pandémie (séquençage, PCR, connaissance des coronavirus, recherches sur l'ARN) complétés par le développement d'outils à l'échelle internationale ont permis un suivi pointu de l'épidémie et la mise au point de vaccins.

• En revanche, certains traitements ont été annoncés prématurément par les laboratoires, qui n'ont pas attendu la fin des essais cliniques et le résultat d'une méthodologie stricte, dite en double aveugle. Cela illustre l'interférence entre la science, la pression du monde politique et la recherche du profit.

• L'invalidation, par des autorités de santé, de traitements annoncés a contribué à jeter le discrédit sur la recherche scientifique alors que les phases de développement par des chercheurs, évaluation par d'autres chercheurs, puis validation ou invalidation font partie de la démarche scientifique.

2e TEMPS • ÉCHANGE AVEC LE JURY ⏱ 10 min

Voici quelques-unes des questions que le jury pourrait poser en lien avec votre présentation, ainsi que les réponses possibles. N'oubliez pas qu'on peut vous interroger sur d'autres thèmes du programme.

• **Vous nous avez parlé de test PCR. Quelles différences faites-vous entre ce type de test, un test antigénique et un test sérologique ?**

Comme un test PCR, un test antigénique repose sur un prélèvement naso-pharyngé, mais au lieu de rechercher de l'ARN viral, on recherche certaines protéines virales, comme la protéine S (Spike). Ce test est moins sensible que le test PCR, mais les résultats sont obtenus en 15 à 30 minutes, ce qui permet de savoir si une personne est infectée à l'instant du prélèvement. Un test sérologique impose un prélèvement sanguin afin de détecter la présence d'anticorps contre des protéines virales, notamment la protéine S. La présence d'anticorps spécifiques du Sars-CoV-2 signale une réaction immunitaire passée contre le Sars-CoV-2, donc que la personne a été infectée.

• **Vous avez évoqué la nécessité d'études randomisées en double aveugle pour évaluer l'efficacité d'un traitement. De quoi s'agit-il ?**

Un essai randomisé est une étude dans laquelle l'efficacité d'un traitement est comparée à celle d'un placebo. Les participants sont affectés au hasard au groupe qui reçoit le traitement ou à celui qui reçoit le placebo (groupe témoin ou de contrôle). L'étude est en double aveugle si ni les participants ni les chercheurs évaluant le résultat ne savent qui a reçu le traitement.

• **Vous avez mentionné la technologie des vaccins à ARN messager, utilisés pour la première fois en médecine humaine. Quelle est l'originalité de ce type de vaccin ?**

Comme tous les vaccins, ceux à ARN messager (ARNm) ont pour objectif de provoquer une réaction immunitaire contre des antigènes du pathogène, aboutissant à la production d'anticorps spécifiques des antigènes et à la production de lymphocytes mémoires. Dans les vaccins utilisés jusqu'ici, on injecte des antigènes. Dans un vaccin à ARNm, on n'injecte pas l'antigène, mais l'ARNm qui code pour l'antigène. Ainsi, les vaccins contre la Covid-19 contiennent des nanoparticules limitées par une enveloppe lipidique qui renferment l'ARNm codant pour la protéine S. À la suite de la fusion de l'enveloppe des particules avec la membrane des cellules au lieu d'injection, l'ARNm est introduit dans le cytoplasme des cellules, où il est traduit en protéines : il y a ainsi production par les cellules de protéines Spike, donc d'antigènes viraux. Le système immunitaire réagit à la présence de cette protéine, ce qui aboutit notamment à la production d'anticorps anti-S, neutralisants.

3e TEMPS • ÉCHANGE SUR LE PROJET D'ORIENTATION

5 min

Le jour J, il vous faudrait bien sûr développer la réponse.

Comment avez-vous choisi le sujet de votre exposé ? Celui-ci est-il en lien avec votre projet d'orientation ?

- En spécialité SVT de Première, l'étude de la réplication de l'ADN et celle du mécanisme d'expression des gènes au sein des cellules m'ont beaucoup intéressé.e. J'ai beaucoup apprécié aussi l'étude des mécanismes immunitaires. J'ai alors cherché à faire le lien entre ce que j'avais appris et l'ARN messager des vaccins. D'autre part, les discussions et les oppositions relatives aux vaccins ou aux médicaments m'intriguaient, ce qui m'a donné l'idée d'envisager, outre l'apport des données scientifiques à la gestion de la Covid-19, les débats sur le non-respect de la méthodologie scientifique à l'origine des controverses.
- L'an prochain, je souhaite poursuivre des études en faculté de médecine, avec l'espoir dans l'avenir non seulement de soigner, mais aussi de faire de la recherche.